国家出版基金项目
NATIONAL PUBLICATION FOUNDATION

中宣部2022年主题出版重点出版物

“十四五”国家重点图书出版规划项目

纪录小康工程

全面建成小康社会

江西奋斗者

JIANGXI FENDOUZHE

本书编写组

江西人民出版社
Jiangxi People's Publishing House
全国百佳出版社

出版总监：张德意　梁　菁
项目协调：余　晖　李月华
责任编辑：吴艺文　郑志青　章　虹
封面设计：石笑梦　章　雷　游　珑
版式设计：汪　阳　章　雷
责任印制：潘　璐

图书在版编目（CIP）数据

全面建成小康社会江西奋斗者 /《全面建成小康社会江西奋斗者》编写组编著 . —南昌：江西人民出版社，2022.10
（"纪录小康工程"地方丛书）
ISBN 978－7－210－13997－3

Ⅰ.①全…　Ⅱ.①全…　Ⅲ.①先进工作者—先进事迹—江西　Ⅳ.① K820.856

中国版本图书馆 CIP 数据核字（2022）第 097443 号

全面建成小康社会江西奋斗者
QUANMIAN JIANCHENG XIAOKANG SHEHUI JIANGXI FENDOUZHE

本书编写组

江西人民出版社　出版发行
（330006　江西省南昌市三经路 47 号附 1 号）

南昌市红星印刷有限公司印刷　新华书店经销

2022 年 10 月第 1 版　2022 年 10 月南昌第 1 次印刷
开本：710 毫米 ×1000 毫米 1/16　印张：24.25
字数：304 千字

ISBN 978－7－210－13997－3　定价：85.00 元

邮购地址 330006　江西省南昌市三经路 47 号附 1 号
江西人民出版社发行部　电话：（0791）86898815

赣版权登字－01－2022－261

总　序

为民族复兴修史　为伟大时代立传

小康，是中华民族孜孜以求的梦想和夙愿。千百年来，中国人民一直对小康怀有割舍不断的情愫，祖祖辈辈为过上幸福美好生活劳苦奋斗。“民亦劳止，汔可小康”“久困于穷，冀以小康”“安得广厦千万间，大庇天下寒士俱欢颜”……都寄托着中国人民对小康社会的恒久期盼。然而，这些朴素而美好的愿望在历史上却从来没有变成现实。中国共产党自成立那天起，就把为中国人民谋幸福、为中华民族谋复兴作为初心使命，团结带领亿万中国人民拼搏奋斗，为过上幸福生活胼手胝足、砥砺前行。夺取新民主主义革命伟大胜利，完成社会主义革命和推进社会主义建设，进行改革开放和社会主义现代化建设，开创中国特色社会主义新时代，经过百年不懈奋斗，无数中国人摆脱贫困，过上衣食无忧的好日子。

特别是党的十八大以来，以习近平同志为核心的党中央统揽中华民族伟大复兴战略全局和世界百年未有之大变局，团结带领全党全国各族人民统筹推进“五位一体”总体布局、协调推进“四个全面”战略布局，万众一心战贫困、促改革、抗疫情、谋发展，党和国家事业取得历史性成就、发生历史性变革。在庆祝中国共产党成立100周年大会上，习近平总书记庄严宣告：“经过全党全国各族人民持续奋斗，我们实现了第一个百年奋斗目标，在中华大地上全面建成了小康社会，历史性地解决了绝对贫困问题，正在意气风发向着全面建成社会主义现代化强国的第二个百年奋斗目标迈进。”

这是中华民族、中国人民、中国共产党的伟大光荣！这是百姓的福祉、国家的进步、民族的骄傲！

全面小康，让梦想的阳光照进现实、照亮生活。从推翻“三座大山”到“人民当家作主”，从“小康之家”到“小康社会”，从“总体小康”到“全面小康”，从“全面建设”到“全面建成”，中国人民牢牢把命运掌握在自己手上，人民群众的生活越来越红火。“人民对美好生活的向往，就是我们的奋斗目标。”在习近平总书记坚强领导、亲自指挥下，我国脱贫攻坚取得重大历史性成就，现行标准下9899万农村贫困人口全部脱贫，建成世界上规模最大的社会保障体系，居民人均预期寿命提高到78.2岁，人民精神文化生活极大丰富，生态环境得到明显改善，公平正义的阳光普照大地。今天的中国人民，生活殷实、安居乐业，获得感、幸福感、安全感显著增强，道路自信、理论自信、制度自信、文化自信更加坚定，对创造更加美好的生活充满信心。

全面小康，让社会主义中国焕发出蓬勃生机活力。经过长期努力特别是党的十八大以来伟大实践，我国经济实力、科技实力、国防实力、综合国力跃上新的大台阶，成为世界第二大经济体、第一大工业国、第一大货物贸易国、第一大外汇储备国，国内生产总值从 1952 年的 679 亿元跃升至 2021 年的 114 万亿元，人均国内生产总值从 1952 年的几十美元跃升至 2021 年的超过 1.2 万美元。把握新发展阶段、贯彻新发展理念、构建新发展格局、推动高质量发展，全面建设社会主义现代化国家，我们的物质基础、制度基础更加坚实、更加牢靠。全面建成小康社会的伟大成就充分说明，在中华大地上生气勃勃的创造性的社会主义实践造福了人民、改变了中国、影响了时代，世界范围内社会主义和资本主义两种社会制度的历史演进及其较量发生了有利于社会主义的重大转变，社会主义制度优势得到极大彰显，中国特色社会主义道路越走越宽广。

全面小康，让中华民族自信自强屹立于世界民族之林。中华民族有五千多年的文明历史，创造了灿烂的中华文明，为人类文明进步作出了卓越贡献。近代以来，中华民族遭受的苦难之重、付出的牺牲之大，世所罕见。中国共产党带领中国人民从沉沦中觉醒、从灾难中奋起，前赴后继、百折不挠，战胜各种艰难险阻，取得一个个伟大胜利，创造一个个发展奇迹，用鲜血和汗水书写了中华民族几千年历史上最恢宏的史诗。全面建成小康社会，见证了中华民族强大的创造力、坚韧力、爆发力，见证了中华民族自信自强、守正创新精神气质的锻造与激扬，实现中华民族伟大复兴有了更为主动的精神力量，进入不可逆转的历史进程。今天，我们比历史上任何时期都更接近、更有信心和能力实现中华民族伟大复兴的目标，中国人民的志气、骨气、底气极大增强，奋进新征程、建功新时代有着前所未有的历史主动精神、历史创造精神。

全面小康，在人类社会发展史上写就了不可磨灭的光辉篇章。中华民族素有和合共生、兼济天下的价值追求，中国共产党立志于为人类谋进步、为世界谋大同。中国的发展，使世界五分之一的人口整体摆脱贫困，提前十年实现联合国 2030 年可持续发展议程确定的目标，谱写了彪炳世界发展史的减贫奇迹，创造了中国式现代化道路与人类文明新形态。这份光荣的胜利，属于中国，也属于世界。事实雄辩地证明，人类通往美好生活的道路不止一条，各国实现现代化的道路不止一条。全面建成小康社会的中国，始终站在历史正确的一边，站在人类进步的一边，国际影响力、感召力、塑造力显著提升，负责任大国形象充分彰显，以更加开放包容的姿态拥抱世界，必将为推动构建人类命运共同体、弘扬全人类共同价值、建设更加美好的世界作出新的更大贡献。

回望全面建成小康社会的历史，伟大历程何其艰苦卓绝，伟大胜利何其光辉炳耀，伟大精神何其气壮山河！

这是中华民族发展史上矗立起的又一座历史丰碑、精神丰碑！这座丰碑，凝结着中国共产党人矢志不渝的坚持坚守、博大深沉的情怀胸襟，辉映着科学理论的思想穿透力、时代引领力、实践推动力，镌刻着中国人民的奋发奋斗、牺牲奉献，彰显着中国特色社会主义制度的强大生命力、显著优越性。

因为感动，所以纪录；因为壮丽，所以丰厚。恢宏的历史伟业，必将留下深沉的历史印记，竖起闪耀的历史地标。

中央宣传部牵头，中央有关部门和宣传文化单位，省、市、县各级宣传部门共同参与组织实施“纪录小康工程”，以为民族复兴修史、为伟大时代立传为宗旨，以“存史资政、教化育人”为目的，形成了数据库、大事记、系列丛书和主题纪录片4方面主要成果。目前已建成内容全面、分类有序的4级数据库，编纂完成各级各类全面小康、脱贫攻坚大事记，出版“纪录小康工程”丛书，摄制完成纪录片《纪录小康》。

“纪录小康工程”丛书包括中央系列和地方系列。中央系列分为“擘画领航”“经天纬地”“航海梯山”“踔厉奋发”“彪炳史册”5个主题，由中央有关部门精选内容组织编撰；地方系列分为“全景录”“大事记”“变迁志”“奋斗者”“影像记”5个板块，由各省（区、市）和新疆生产建设兵团结合各地实际情况推出主题图书。丛书忠实纪录习近平总书记的小康情怀、扶贫足迹，反映党中央关于全面建成小康社会重大决策、重大部署的历史过程，展现通过不懈奋斗取得全面建成小康社会伟大胜利的光辉历程，讲述在决战脱贫攻坚、决胜全面小康进程中涌现的先进个人、先进集体和典型事迹，揭示辉煌成就和历史巨变背后的制度优势和经验启示。这是对全面建成小康社会伟大成就的历史巡礼，是对中国共产党和中国人民奋斗精神的深情礼赞。

历史昭示未来，明天更加美好。全面建成小康社会，带给中国人民的是温暖、是力量、是坚定、是信心。让我们时时回望小康历程，深入学习贯彻习近平新时代中国特色社会主义思想，深刻理解中国共产党为什么能、马克思主义为什么行、中国特色社会主义为什么好，深刻把握“两个确立”的决定性意义，增强“四个意识”、坚定“四个自信”、做到“两个维护”，以坚如磐石的定力、敢打必胜的信念，集中精力办好自己的事情，向着实现第二个百年奋斗目标、创造中国人民更加幸福美好生活勇毅前行。

目　录

一、功勋集体

在全面建成小康社会过程中，江西涌现出一批又一批功勋集体，被授予“全国脱贫攻坚组织创新奖”“全国脱贫攻坚楷模”“时代楷模”“全国五一劳动奖状”等荣誉。在这些功勋集体中，有冲锋在前的党员干部，有自强不息的脱贫群众，有上刀山、下火海的消防战士，也有精益求精的大国工匠。

高路入云端

——来自井冈山脱贫攻坚一线的报道

经国务院扶贫开发领导小组评估并经江西省人民政府批准，2017年2月26日，井冈山市正式宣布在全国率先脱贫摘帽。这是胜利的号角，传遍八百里井冈，告慰万千为革命流血牺牲的前辈先烈。2018年，井冈山市获得“全国脱贫攻坚组织创新奖”。

井冈山，信仰之山，胜利之山。

2016年2月1日至2日，习近平总书记重上井冈山，对井冈山精神赋予了新的时代内涵，殷殷嘱托井冈山在脱贫攻坚中作示范、带好头。这是进军的战鼓，激励井冈山儿女坚定信仰，坚决打赢脱贫攻坚战。

经国务院扶贫开发领导小组评估并经江西省人民政府批准，2017年2月26日，井冈山市正式宣布在全国率先脱贫摘帽。这是胜利的号角，传遍八百里井冈，告慰万千为革命流血牺牲的前辈先烈。

“可上九天揽月，可下五洋捉鳖，谈笑凯歌还。世上无难事，

井冈山的新貌新颜（吴文兵 摄）

只要肯登攀。”从信仰出发，从胜利走向胜利，井冈山人民以在全国率先脱贫摘帽的骄人业绩，奋力书写了一曲新时代的凯歌。

“旧貌变新颜。到处莺歌燕舞，更有潺潺流水，高路入云端。”

——题记

井冈山的干部比谁都想冲在脱贫攻坚的最前面……

2016 年 9 月 13 日，大井林场副场长何桂强经历了一次作风之考。

那天，正在外面办事的何桂强接到一个电话，询问他所帮扶的荆竹山村贫困户李冬林家的情况。

在井冈山脱贫攻坚中，全市3000多名党员干部都要点对点联系帮扶贫困户。何桂强负责的对象是李冬林家。

自从结成对子，成为“亲戚”之后，何桂强隔三岔五上门和李冬林同吃、同住、同劳动，哪有不熟悉的道理？在电话里，何桂强如数家珍，有问必答。

何桂强当时不知道，电话那边是省委书记。那天，省委书记在井冈山调研脱贫攻坚工作，随机走进李冬林家，看到帮扶牌上写有何桂强的手机号，便让随行同志现场拨打，现场考核。

作风之考，对何桂强来说，只是一场“单元测试”，真正的“期末大考”，还是李冬林家如何脱贫。

何桂强现在还清晰记得第一次去李冬林家的感受。

“说实话，有些沉重。”那是一栋历经30余年风雨的破旧土坯房，墙面斑驳开裂，下雨天能渗进水来。屋里除了木床和几个大木箱，没有像样的家具。称得上电器的除了一台14英寸的旧电视机，便是昏暗的电灯。

李冬林年近六旬，常年生病，至今未娶，和同样体弱多病的哥哥李春林住一栋房子。嫂子曾桥凤双目失明，侄女李秀兰16岁，正读书。家里靠着低保及其他补助，勉强过活。

这样的条件，靠什么脱贫？

“在家门口做点小工。”何桂强第一个想到的是这个主意。他找到施工队，给李冬林谋了个修路的活。可没几天，李冬林便回来了，因为劳动强度大，力不从心。“那就找一个轻松点的。”何桂强又寻了个粉刷墙的活。但没过多久，李冬林又回来了。

“身体差是一方面原因，主要还是没斗志。”说起最初的那番折腾，李冬林有点不好意思，“穷怕了，穷惯了，老觉得再怎么干也改变不了什么。”

何桂强看出了他的心思，也理解他的想法。但困难再大，都不能退缩。

“让井冈山人民过上幸福生活，是革命先辈未竟的心愿。”何桂强说，“以前面对落后面貌，面对贫困现象，井冈山干部心里比谁都急、都难受。现在，党中央作出了英明决策，全面打响了脱贫攻坚战。我们井冈山的干部比谁都想冲在最前面，想让井冈山在全国率先脱贫。”

这样的责任与使命，让何桂强一往无前。务工扶贫失败后，他换了一种帮扶方式——来到李冬林家带着他一起干。

李冬林家有山地 65 亩。在村合作社的帮助下，山地种上了毛竹、油茶和猕猴桃。要想有收成，必须按时节进行抚育。但由于体弱乏力，别人一天抚育一亩，他三天抚育一亩。时节不等人，何桂强拿起锄头带着李冬林一起干。天气好就去离家远的山林，阴雨天就去屋后的山林。渴了喝口山泉水，饿了吃口自带的干粮，一干就是一个多月，何桂强手上磨出了厚厚的茧。

何桂强融进了这个家，操心着家里每一件事。

李冬林的侄女李秀兰要到城里念高中，生活费对于这个家庭来说是一大笔钱。一家人合计来合计去，决定不让孩子读了。何桂强听说后，心里很不好受。同在农村贫苦家庭长大，他能理解农村失学孩子的痛苦。他和李冬林一家人围坐在桌子前讨论，动情地说：“让孩子上学吧，只有继续读，这个家才有希望。家里有困难，不是还有我吗？”

何桂强把身上的钱都给了李冬林。接下来几天，他跑学校、跑市教育局，一趟又一趟，为李秀兰争取到了 6450 元补助款。李秀兰上学那天，何桂强特意给她准备了床新棉被，希望孩子在城里读书能暖暖和和的。

山上的树在慢慢长大，李冬林一家人心中的希望也在慢慢升腾。2016 年，油茶挂果了，收入已经摸得着了。农闲之时，李冬林会主动去找些轻体力活 ：“能做一点是一点，总比干坐着强。”

春日的午后，何桂强又来到了李冬林家。两人坐在院子里，有一搭没一搭地聊着。冷不丁，李冬林冒出一句 ：“桂强，你看我这地方多好，前面是公路，场地又大，真适合开农家乐。我想找人合伙，要么出租给别人开也行。你说呢？”

我是井冈山后代，对责任的理解和别人不一样……

“呦呦鹿鸣”“雉之朝雊”，《诗经》里描述的悠然景象，出现在井冈山新城镇黄夏村。

2017 年，车子驶过蜿蜒的山路，来到村后的一个小农庄。这里群山环绕，泉水淙淙，好一片桃花源。

这个农庄叫井冈山摇篮生态园。它的主人是黄夏村的谢玉龙，一个“80 后”小伙。

一进生态园，迎面而来的是十几头性格温顺的梅花鹿，忽闪着迷人的大眼睛，悠闲地踱着四方步。不远处，一字排开的禽舍里，美丽的七彩山鸡和骄傲的孔雀竞相争艳。

园子最醒目处，竖着一块公示牌，上面写有 66 户贫困户户主的名字。这些贫困户是黄夏及周边村的，他们将 5000 元至 10000 元不等的产业扶贫资金入股生态园，入股期间，每年能够获得 15% 的分红。

讲起创业往事，谢玉龙自己都笑了 ：“我大学学的是机电，现在养鸡。从‘机’到‘鸡’，也算对口。”

2010年，当谢玉龙回乡搞养殖时，村里人不理解：“别人想方设法走出大山，这崽俚好不容易读了大学，在深圳一个月赚一万多元，怎么还回来重新做农民？”

谢玉龙查看鸡的生长情况　（谢志生　摄）

“原因很简单，我哥想回乡创业，他希望我帮他，我就回来了。我读大学的钱多半是我哥给的，他对我好，我就要对他好，就要帮他。”谢玉龙的处事逻辑像大山一样朴实。

从“机”到“鸡”，说起来轻松做起来难。谢玉龙最难之时，一场鸡瘟让鸡场“全军覆没”。但他从不言败，边学边干，努力向前。最终，他“略有小成”，生态园年出栏山鸡10万余羽，产值600余万元。

自己富了，谢玉龙没忘了乡亲们。看到脱贫攻坚如火如荼，他跃跃欲试。

作为井冈山后代，谢玉龙是听着革命故事长大的。他指着生态园后面层峦叠翠的大山说，那片山叫七溪岭，当年红军就是从那里出击，迂回敌侧，取得了龙源口大捷。“不费红军三分力，打败江西两只羊（杨）”就此传为佳话。

这样的成长环境，让谢玉龙对党从小就有朴素的认同感。在大学他入了党，无论是在深圳工作，还是回乡创业，他始终牢记自己是党员。生态园成立了党支部，他担任党支部书记。

“是党员就应该站出来！”谢玉龙不会忘记，“当年读书时，家里穷交不起学费，是党员带头，乡亲们凑钱给我上学。现在我有能力了，要报答他们，带着大家一起富。”

谢玉龙养殖并不缺资金。但听说政府有产业资金入股的脱贫政策，他主动找到镇领导，要求参与进来。听说小谢牵头，十里八村的贫困户都愿意把宝贵的资金投到他名下，“这崽俚本分踏实，让人放心”。

自此，谢玉龙和政府、贫困户的力气使到了一块儿。

指着进生态园的那条水泥路，谢玉龙说，那是镇政府修的。脱贫任务重，镇里要用钱的地方多。镇干部自己买水泥、砂石，找来施工队一起修，这样做省了近一半的钱。“镇里的干部真是蛮拼的。”

回过头，谢玉龙看到了不远处一位正在拔草的妇女，说：“那是我同村的婶子，叫周花娥，家里有点困难。她入了股，也在生态园务工。她把这里当成了家，做事从不要交代，自己找活干。就是路边有杂草，她都会默默地拔掉。”隐约听到谢玉龙在夸自己，周花娥转过头来往这边瞧，脸上挂着腼腆的笑。

多大的信任，意味着多大的责任。谢玉龙明白，政府、贫困户给予信任与支持，就是想让他的生态园越办越好，能够成为托起乡亲们脱贫致富的坚实产业基础。

2016年，谢玉龙扩大了梅花鹿养殖规模。“不断有贫困户来找我，想在入股的基础上，自己也养点山鸡。”谢玉龙解释说，“我不支持他们这样做，养山鸡技术要求高，有一定的风险，贫困户经不起太大的风浪。我想寻找一个便于贫困户参与、风险又小的项目，这样乡亲们脱贫之后致富才有希望。”

2017年，园里的梅花鹿达80多头，年效益近百万元。谢玉龙把这看作二次创业，他知道，自己只能成功，不能失败。

“我有信心！”谢玉龙再次把目光投向了峻伟的七溪岭，“当年，红军条件那么差，兵力那么少，都能取得龙源口大捷。和他们相比，我们碰到的困难算什么？我们有韧劲、敢拼搏，我相信，我们一定会取得脱贫致富大捷。”

脱贫政策再好，也得靠我们努力才行……

“老曾，你在哪？”“在这呢，河边。”

2017 年，村里的干部带我们拜访黄垇乡洪石村贫困户曾鹤梅时，发现家门关着。喊了几嗓子，听到了应答。顺着声音，走过几块稻田，绕过几株柚子树，在河边的毛竹林里，我们见到正在做竹筏的曾鹤梅。他正挥舞着刀加工竹子，额头上已沁满了汗珠。

上一年砍下的毛竹，经过一个冬天的干燥，最适合做竹筏。曾鹤梅已把 10 根碗口粗的毛竹锯成一样长短，正将两头削皮，方便烤炙成形。“我做的竹筏可以两头翘起，不仅划得稳，还有型、好看，现在村子里有这手艺的只有我了。”曾鹤梅不无得意。

比做竹筏更让曾鹤梅得意的是他的计划。“猜我做竹筏干什么？”他“故作高深”地顿了顿，“现在来井冈山的游客越来越多。我们村下边有条蜀水河，我准备到河里撑竹筏。在竹筏上摆几把小椅、一张矮桌，桌上放着老伴蒸的红薯干、炒的花生、腌的生姜，再沏上一壶山里野茶叶泡的清泉茶。生意肯定好！”

70 多岁的曾鹤梅，18 岁参军进了部队。退伍返乡时，本来可以分配工作，但为了照顾年迈的母亲，他放弃了分配，回村当起了农民。

四五十年风风雨雨，曾鹤梅以客家人的纯朴勤劳，操持着家，拉扯大孩子。眼看着生活一年比一年好，谁料，临到老了，却生了变故。跟老两口一起生活的小儿子原本落下残疾，前几年又突然得了严重的心脏病，还好医治及时，救回了一条命，但从此不能干体力活，家里也背上了10多万元债务。

因病返贫，曾鹤梅也长吁短叹过，也忧心忡忡过，但他不愿意躺在家里等着别人来救济。

“现在的脱贫政策多好，”曾鹤梅停下手中的活计，点上一根烟，坐在竹子上边吸边聊，“看病有报销，上学有补助，搞产业有资金、有培训。我们要跟着一起加油干，党和政府是帮我们、扶我们，不是养我们。脱贫最终还要靠我们自己。”

听说村里在搞竹荪种植合作社，曾鹤梅很想参加。乡亲们打趣他：“搞竹荪种植需要技术，你这么大年纪学得会么？”

“年纪大学得慢，我多下点功夫。”曾鹤梅拿起了书本，走进了课堂，参加乡里统一组织的培训，学得特别努力。

2017年，曾鹤梅把市里给的5000元产业扶贫资金作为股本，入股竹荪种植。平时，他就在大棚里务工，既能赚钱，又能把学到的技术用一用，为以后自己有本钱单干积累经验。有点空闲，曾鹤梅还会带上老伴，一起到村里的合作社做些竹荪烘干、包装的工作，一天可以赚70元。

儿子经过休养，身体状况有所好转，曾鹤梅便鼓励他去市里的一家宾馆学做白案：“我们有手有脚，重活干不了，干点轻活还是没问题的。”

曾鹤梅随身带个小账本，上面清楚地记着自家欠的每一笔钱。最初的几页记录，都一笔笔地画了线。“那是已经还掉了的。”曾鹤梅说，“愿意把钱借给我是信任我，我不能辜负了别人这份信任。虽然欠很多债，但我有信心，一定会还清的。”

曾鹤梅坚定地站起来，领我们往家里走。热情的女主人把小桌椅搬到了门前的院子里。小桌上摆满了客家小点，还有用山泉水沏的茶。“你们尝尝，看看这些东西放到竹筏上，游客爱不爱吃。告诉你们，我家腌的生姜可是有讲究的，用的一定是农历八月十五前的生姜。姜嫩，没有丝。”曾鹤梅热情地招呼着我们。

咬上一小口生姜，果然又嫩又脆，再喝上一口清茶，甘洌爽口。看到我们伸出大拇指，曾鹤梅笑了：“你们喜欢，游客们肯定也会喜欢。我让老伴多做点，怕到时不够卖嘞！”

不远处，曾鹤梅的孙子、孙女玩累了，也搬来小桌子、小椅子，坐在门前画起画来。我们好奇地走了过去。

“你们画的是什么呀？”

“是我们的家。”

“你们家有什么呀？”

“有房子，有树，有花，有爷爷奶奶，有爸爸妈妈，我们一家人快快乐乐地在一起。”

在孩子们稚嫩的画里，色彩用得很明亮，在春日阳光的照耀下，格外醒目，格外亮丽……

（作者：刘勇　郑颖）

致敬叶坪

——来自瑞金叶坪脱贫攻坚一线的报道

90余年前，在以红都瑞金为中心的中央苏区红色大地上，无数革命先辈用鲜血和生命铸就了伟大的苏区精神。如今，瑞金叶坪的干部群众尽锐出战、精准务实、开拓创新、攻坚克难，取得脱贫攻坚战全面胜利。叶坪被授予“全国脱贫攻坚楷模”荣誉称号。

序　幕

2021年2月25日10时30分许，中共中央总书记、国家主席、中央军委主席习近平向江西省瑞金市叶坪镇（2021年1月6日，叶坪撤乡建镇）颁授“全国脱贫攻坚楷模”奖牌。“叶坪”二字，从北京人民大会堂传遍中华大地。

一步、两步、三步……叶坪镇镇长朱胜江步伐稳健地走向习近平总书记。

这是庄严、庄重的步伐！90余年前，在以红都瑞金为中心的中央苏区红土地上，无数革命先辈用鲜血和生命铸就了伟大的苏区精神，撒播了燎原的革命火种。

焕然一新的瑞金叶坪黄沙村华屋小组 （范建明 摄）

这是有底气、带豪气的步伐！“踏着先烈血迹前进”，叶坪镇的脱贫攻坚战取得了全面胜利！叶坪的老百姓已摆脱贫困奔向了小康！

这山乡巨变的锦绣画卷，由无数扶贫干部，在脱贫攻坚这个没有硝烟的战场上艰苦绘就。这一刻，万众瞩目；这一天，载入史册。

叶坪样本

求木之长者，必固其根本；欲流之远者，必浚其泉源。

1931年11月，中华苏维埃共和国临时中央政府在叶坪宣告成立。九十余年后，静穆的叶坪革命旧址群内，古树苍虬，青草如茵。“一苏大”旧址、中共苏区中央局旧址、红军烈士纪念塔，无言地讲述着中国共产党治国理政的伟大预演、文韬武略的伟大试验，也亲眼见证了后继者“上下同心、尽锐出战、精准务实、开拓创新、攻坚克难、不负人民”的脱贫攻坚精神。

2013 年 11 月，当“精准扶贫”的重要思想传遍大江南北时，叶坪乡党员干部如沐春风。他们抛开思想禁锢，放开手脚、大胆探索，投入到精准扶贫全新的“试验”中。

这是一块怎样的“试验田”？江西最大的农业人口建制乡，全乡 7.09 万余人，贫困村就有 7 个。这里是苏区精神的主要发源地，是苏区干部好作风和党的群众路线的主要形成地。叶坪，为中国革命作出了重大贡献和巨大牺牲。2012 年，全乡贫困发生率达 23%；通往村组的公路几乎都没有硬化；饮用水大多是土井水甚至河水、池塘水；砖房不足 10%，土坯房成行连片；旱厕随处可见；村里种植的基本是花生、红薯；年轻人外出务工，留在家的打零工……

习近平总书记“让老区人民同全国人民共享全面建成小康社会成果”的殷殷嘱托和各级领导的关怀，给了干部群众莫大的鼓舞和无穷的动力。在这块红色“试验田”上，在脱贫攻坚的战场上，他们大胆创新，奋勇前行。

如何从 7 万多人中精准识别贫困户？乡党委书记和乡长各领 15 个村，兵分两路，一村一组识别，再交叉复核，带头遍访所有困难户，查漏补缺；村支书每天上报本村最穷农户名单并入户检查。

2016 年，他们爬过乡里最高的山，走过乡里最险的路，蹚过急流，陷过泥泞。那个场景，朱胜江至今难忘：马山村寺庙窗台上的一碗米饭让他紧收脚步，菜是豆腐乳，米饭已发霉。透过窗户，只见屋内一老妪披头散发，衣服破烂，眼神无助。原来，守庙人外出捡废品，把患有精神障碍的妻子锁在屋内。他的心一沉：“漏掉一户就是我们的失职，落下一人就是我们的耻辱啊！”他当即登记，建档立卡。他还掏出 200 元钱，让村干部转交给守庙人。

这件事，深深地刺痛了叶坪乡党委、乡政府班子。由此，一场拉网式、全覆盖，绘制扶贫作战地图的攻坚大战拉开帷幕。

一场场专题研究进村入组，一个个村民生产生活情况被反复讨论，农户申请、组级评议、组级公示、村级评议、村级公示、乡镇复核、村级公告等七步法，成为精准识别贫困户的“操作指南”。

补录未识别的，剔除识别不准的，杨世茂、刘水泉……8908 人、2308 户，被记录在扶贫脱贫档案中。瑞金，成为全国最早开展贫困人口建档立卡的地区之一。

申请、评议、公示、复核，材料堆积如山，稍有疏忽，极易混淆。如何高效管理这些档案？乡里为贫困户制作了一张扶贫工作卡，准备了一个脱贫档案袋，添置了一个脱贫档案橱，再专辟一个扶贫工作室，之后，还增加了一块脱贫销号公示牌。有了精准管理，就可精准滴灌。他们摸索出的贫困户精准管理“五个一”（一室、一橱、一袋、一牌、一卡）工作法，在赣鄱大地开花结果。

做了 23 年上门女婿的肖水水，曾经多次梦回大胜村，因为那里是他的根。当农村危房改造补助惠及千家万户时，他动心了，可补助之外仍需自筹数万元，年近七旬的他，到哪里去筹这笔巨款？

像肖水水一样的贫困户，叶坪有 400 多户，他们无处安放的晚年在哪里度过？一次次扪心自问，倒逼着叶坪乡打破常规，探索出由村集体提供土地、政府筹资建设、产权归村集体所有的农村保障房建设新路。

2021 年，全乡 180 套农村保障房先后落成，57 平方米和 35 平方米的标准套房，麻雀虽小，五脏俱全。每套保障房旁，还配有一块小菜地。肖水水一家搬进“梦想家园”时，激动地说：“是共产党给了我们做人的尊严！”

贫困户就业难、增收难，贫困村的“造血”功能从哪来？叶坪抓住产业扶贫这个根本，让贫困村因地制宜发展产业。

山岐村的大棚蔬菜、朱坊村的微刺玫瑰、大胜村的脐橙、合龙村的光伏、禾仓村的水产、仰山村的乡村旅游……选准一个产业、打造一个龙头、创新一套利益联结机制、扶持一笔资金、培育一套服务体系，产业扶贫"五个一"工作机制，让这些村庄各美其美，美美与共。

在此基础上，叶坪还形成了"党支部 + 公司 + 合作社 + 贫困户"模式，村集体投入资金折股量化到贫困户，让贫困户成为股东，获得收益。大胜村投入301万元集体资金新建的450亩脐橙产业园，为全村289名贫困人口每人每年至少增收1000元。合龙村地面光伏扶贫电站链接全市1200户贫困户，户均增收3000元以上。

一条条接地气、勇创新的扶贫经验，从叶坪走了出去；一个个甜蜜的脱贫硕果，装入了贫困户的口袋。贫困群众的精神世界，也在精准帮扶中得到充实和升华。

叶坪党员干部缅怀革命先烈 （杨青山 摄）

钢铁战队

去北京受奖，朱胜江并没有随团乘飞机前往，而是独自坐高铁先行。这种“特殊”，背后的故事令人心碎。

叶坪，乡大地广，情况复杂。2015 年 9 月，朱胜江受组织委派来到这里。

展现在他面前的叶坪大地，是一幅怎样落后贫穷的景象啊！成片的土坯房长期受雨水侵蚀，已是摇摇欲坠；进村的路泥泞不堪，畜禽粪便与塑料垃圾充斥沟壑……

朱胜江心如锥扎。他辗转反侧，彻夜难眠。这里的山山水水，浸透了革命先烈的鲜血啊！中华苏维埃共和国临时中央政府成立的欢呼声，犹在耳畔隆隆作响……如果这里的工作做不好，怎么对得起先烈？怎么对得起革命老区的百姓？

对这片红色的土地，朱胜江爱得炽烈，爱得深沉。他是红军的后代，红色基因在他的血脉里积淀。

为了不漏一户、不落一人，他经常连续半个多月吃住在单位或者村部，尽管单位离家只有 10 分钟的车程；为了掌握各村情况，他走访村组时，每次都走不同的路，希望有新的发现。

2016 年国庆节，大胜村迎来了全乡首个农村保障房乔迁日。肖水水牵着老伴、拎着几件衣服，怯怯地走进了“梦想家园”。他看了看厨房，有灶台、锅碗；瞧了瞧卧室，有床和被子；厅堂里，还有电视机。肖水水怀疑自己在做梦，当他抹着眼泪说“是共产党给了我们做人的尊严”时，旁边的朱胜江没能控制住自己的情绪。凝视屋外的蓝天，眺望着屋下的田野，朱胜江偷偷地擦干眼角的热泪，“我们党和政府有这么大的决心，我们怎能不努力工作？怎能不尽快让老百姓过上富裕的生活？”

于是，别人“嫌弃”的光伏项目，他抢着要；别人看不上的农业项目，他求着要；别人害怕的土坯房改造项目，他想方设法地要。5年来，叶坪乡先后实施了36万平方米的土坯房改造、150公里的入户路硬化，建成2个省级现代农业园区和赣州市首家极地海洋馆等21个重点项目……

项目多了，叶坪党员干部自然要不断面对流转土地、发展产业、拆除空心房、征地拆迁等问题，有不少是急难险重的大事。他们就像一个个陀螺，不停地旋转着、忙碌着。他们基本不会问“今天是星期几”，因为他们没有双休日。

“活地图”“拼命三郎”“钢铁战士”，这是大家给朱胜江取的绰号。似乎他永远不知疲惫，然而，事实并非如此。

2019年5月，他持续咳嗽一个多月，同事都劝他去看医生。可那时正值国家脱贫攻坚普查验收前夕，工作多啊！他推了一天又一天，直至晕倒在地，被医生确诊为脑垂体瘤。

微创颅内手术摘除肿瘤后一个月，创口处竟血管破裂，血流不止。在医院手术台上，他忍着剧痛，配合医生的电凝止血钳从左鼻而入，烧焦血管止血。出院时，医生特别叮嘱：一定要好好休息，否则，很可能还要来“受刑”。

可是，术后没几天，瑞金遭遇“7·14”百年难遇的特大洪灾。屋外大雨倾盆，屋内躺着的人心急如焚。他担心低洼处的那些土坯房，担心住在危房里的乡亲。他起身，在窗前转来转去。凌晨5点，他强忍着病痛，第一个赶到受灾最严重、情况最危急的田坞村。指挥抢险、转移群众、抢救财产、调配物资……那天，全乡倒了400间房，却没有一人伤亡，总共及时转移安置受灾群众2000余人。几天下来，他的声音沙哑了。

这年8月的一天，他的嗓子突然发不出声音，经检查，因用嗓过度，他得了声带肉芽肿。旧病未除，新病又来。“眼看脱贫攻坚战收官在即，我不能因病耽搁了叶坪的脱贫事业啊！”那时，他已累得脱了形。

幸运的是，经中医调养半年之后，肉芽肿消除了。他又像战士一样，雄赳赳地奔赴战场。这次，他带领基层干部群众，把山岐、大胜、朱坊、合龙、仰山等贫困村，建设成了全省的脱贫攻坚示范村。

后来，他又受了一次“刑”。那次，医生告诫：严防颅内高压，否则后果不堪设想，比如，不能乘坐飞机。

在这位“钢铁战士”后面，还有一群“钢铁战士”在奋勇奔跑。

退伍军人、曾经的运动达人、乡人大主席邹建敏，先后包挂4个贫困村、参与筹建2个产业基地，还要完成100多户的棚改工作。重压之下，过度劳累，导致他身患急性胸膜炎，体重骤降10公斤，胸腔积液2000多毫升。术后，还未康复的他，又赶赴战贫一线。

挂点帮扶3个贫困村的乡人大原副主席钟阅群，为啃下拆除空心房和人居环境整治两块“硬骨头”，天天蹲在村里，夜夜守在农家。为了取得村民信任，他手扒肩驮，与其他干部一起，帮石园村贫困户清理垃圾20多车，沤臭灌满鼻腔口腔，令他呕吐不止。当全省脱贫攻坚第三方评估到来之际，持续感冒两个月的他一拖再拖，终因急性心肌梗死倒在拆除空心房的战场。所幸抢救及时，保住了性命。

几年来，乡里干部探望父母的次数越来越少了，陪伴妻儿的时间越来越少了。夜晚十一二点下班，家人睡着了；家人睡醒了，他们又赶着上班……

赤子其人，丹心如铁。

硬汉支书

在黄沙村华屋红军村的后山——蛤蟆岭，一棵棵苍翠挺拔的青松连成一片。1934年长征前夕，17位华屋儿郎每人在此栽下一棵松树，约定革命成功后再一起回来看看……

青松依旧在，不见儿郎归。

后人在十七棵松树上挂上木牌，写上烈士姓名。睹物思人，为纪念，更为激励。十七棵松树，成了华屋人心中的“信念树”。

细雨清明时，乡亲们便来到后山，用红漆在烈士姓名上依着前人的笔迹再描一遍。红色，就这样化成了百姓的家风、干部的作风，绵延不息。

然而，因资源贫瘠、劳力短缺等原因，静守在赣闽群山的华屋，数代人都住在低矮破旧、透风漏雨的土坯房中。

2014年12月，在外经商的黄日生心系乡梓，弃商归田，被村民推选为黄沙村党支部书记。

早在2013年，华屋就被定为土坯房改造示范点，村民不敢相信这等好事已近在咫尺。

黄日生跑烂鞋子、磨破嘴皮也无济于事。党的群众路线，给了他灵感。

他牵头组建“一组三会”，以党小组、户主会、理事会、监事会为建房力量，依靠群众智慧化解纠纷；同时，探索出规划、拆旧、施工、分房、外装修“五统一”的土坯房改造新方法。

2021年，华屋村村史楼前是一排排蔬菜、水果大棚，鳞次栉比，棚内瓜果生机盎然；右边是几十幢崭新的客家小楼，黛瓦白墙，新村新貌；左边是七栋整饰后的土坯房，紧凑狭窄，这承载着红色记忆和客家乡愁的老屋，已开发为民宿。

离开黄沙，一条宽阔的柏油路把我们引入美丽乡村仰山。远处，环绕村庄的中草药基地绿意盎然，整齐成片；近处，村前屋后的菜园打理得像花园，叶菜鲜嫩茁壮，偶有一树桃花探出篱笆。“我们村里的一户一景工程，搞得还不错吧？”走在环村柏油路上，村党支部书记杨北庆骄傲地告诉我们，“今年春节期间，回家的年轻人都是第一时间拍美图晒朋友圈哩！”

看到我们，村民们从园子里、屋厅内快步走出，笑脸相迎。

无法想象，面前这个谈笑风生的支书，曾经历过度日如年的煎熬。2017 年，仰山村迎来脱贫攻坚关键时期，修路、清垃圾、拆空心房……每一件事都是村里的“硬疙瘩”，谁都不敢碰，也不愿碰。

这年，他儿子遭遇车祸瘫在床上，妻子摔跤躺了好几个月。清晨，他洗衣做饭；工作时间，他苦口婆心去做乡亲们的工作；晚上，他为妻儿擦身按摩。难啊！欲哭无泪。

当了近 30 年村干部的他，想过辞职。是信念坚定的苏区精神，是誓死啃下“硬骨头”的愚公之志，让他慢慢走出了阴影。当百亩平卧菊三七迎着春风冒出嫩芽时，当青菜、辣椒摇曳生姿时，脱贫户杨建忠为他点赞。2019 年，杨北庆还考上了乡镇事业编制。他说，是脱贫攻坚战锤炼了他的坚强意志。

民心书记

“村里发展要靠年轻人，他们有文化，有思路，有闯劲。”2016 年，招商银行赣州分行向社会招聘驻禾仓村第一书记，村党支部书记曾冬林力邀村里的青年才俊应聘，或被直接拒绝，或了无回音。无奈之下，他将女儿曾小娜劝了回来。

放弃深圳的高薪工作，曾小娜回村当了第一书记。在禾仓村长大的她原以为与贫困户的沟通会很顺畅，哪想到第一次上门走访，就吃了“闭门羹”，还被抢白：“我不需要帮扶，我不相信你们能改变什么！”天哪！阻力怎么会这么大？她心里嘀咕着。年底时，有村民居然因为没有得到一张年画，气得跑到村委会找她理论。

困难并没有把她吓倒，她重新打量着这个既熟悉又陌生的家乡。“家乡太穷了，村民不仅在意点滴物资，更在意做人的尊严。”从那时起，她暗立誓言：村民不脱贫，她就不脱单！

一次不行就跑两次，两次不行就跑三次，她“厚着脸皮”拉着贫困户聊家常，热情地去帮他们干农活、辅导孩子功课……她的真情实举赢得了村民们的真心。

小娜书记有眼光，有魄力，村民们深有体会。凡是她瞅准的事，即使再难，也会啃下来。村民养鱼缺技术，她就跑山路、蹲泥塘，认真向养殖大户取经。

那个曾经不搭理她的贫困户，养鱼产业也发展得红红火火。他打心眼里佩服这个冲劲十足的“90后”女崽。每当得到养鱼的致富信息，他都与她一起交流。

收获了丰收喜悦的村民们发现，小娜书记晒黑了、跑瘦了。

身材娇小、扎着鱼尾辫、套着廓形衣的小娜，有朝气，沉稳，谦逊，自信。清晨的禾仓，恬淡若诗，美如粉彩，弥漫着幸福的味道。拆掉的大屋变身共享菜园，村民你领一块我耕一点，水嫩的萝卜，翠绿的大蒜……一棵棵，一丛丛。一窝小狗在鱼塘边打逗，木质的鸭鸭屋内热热闹闹。顺着蜿蜒的渔家小道，黑白的肥鸭群戏水面，时不时有黄金鱼探出脑袋。低处的鱼塘，平坦的稻田，坡地的油料作物，还有一片片碧绿的鱼草，一棵棵婀娜的翠叶李树，间或跳出几朵缀在枝间的粉色桃花……俨然是梦里的老家、“Q版”的田园。

大胜村，红军村，村名好，名气也大。这个全乡最偏远的破败“空壳村”，现在是美丽乡村示范点。偌大的方塘，揽云入怀；两栋保障房，白墙黑瓦；坡上的橙园，深绿如海；休闲广场上，老人们在暖阳下聊着家常……

大胜大变，乡亲们永志不忘原第一书记刘欢迎。几年来，他吃在村，宿在村委会。刚去的头一年，他就把全村四百多户都走访了一遍。从省城到红都，再到偏僻的大胜，车程要一天。在这里，他倾注了太多的汗水与心血，也流下了最歉疚、最悲恸的泪水。因为脱贫攻坚任务重，儿子参加高考，他居然缺席在护考的路上；母亲病逝，他竟然没能赶回去见最后一面……几年来，他带领乡亲们一道，把晴时满身灰、雨天两腿泥的大胜村，变成了柏油路通达的高颜值村；他看到了脱贫户江声海与妻子神清气爽的样子……

在仰山村原第一书记杨华的背包里，除了血压计、血糖仪、急诊箱“三件套”，还有银针、灸盒与艾条。他把热敏灸小屋开到了村里，他宣讲的营养保健知识已经深入民心。村民们晚餐不再吃得太饱，炒菜也控制了油盐量。多少个寒夜，他骑着摩托车在山路上飞驰，及时挽救了多位村民的生命。村民们都亲切地称他“保健书记”。

初心，映民心。

（作者：陈化先　齐美煜）

为有牺牲多壮志 敢教日月换新天

——江西扶贫干部用生命书写红土地新时代答卷

在脱贫攻坚战场上，虽然没有枪林弹雨，但是有流血牺牲……江西共有60人牺牲在扶贫一线，他们的名字永远镌刻在赣鄱大地上。他们中多人被授予“中国好人”“全国脱贫攻坚先进个人”等荣誉称号。

“风烟滚滚唱英雄，四面青山侧耳听”，这是炮火纷飞中的英雄赞歌。

在全面建成小康社会的征途中，在脱贫攻坚事业的战场上，也有一个英雄群体，值得为他们唱响赞歌！

党的十八大以来，以习近平同志为核心的党中央站在全面建成小康社会，实现中华民族伟大复兴中国梦的战略高度，把脱贫攻坚摆到治国理政突出位置，作出一系列新决策新部署，推动中国减贫事业取得巨大成就。

在江西这片红土地上，一场前所未有的脱贫攻坚战，以磅礴之势轰轰烈烈地打响。全省1.22万名驻村第一书记尽锐出战、冲锋在前，3.97 万名驻村工作队员不屈不挠、顽强拼搏，用汗水、鲜血乃至生命，书写了中国减贫脱贫事业的江西篇章。

他们之中，有 60 人永远倒在了这个战场上，用赤诚的初心、忘我的情怀、不懈的奋斗，谱写了一曲新时代的英雄赞歌！

为什么战旗美如画，英雄的初心映红了她

清清修河水，日夜向东流。修河的儿女们，永远不会忘记他们心中的英雄，将 28 岁的生命定格在修河中的热血青年——修水县杭口镇扶贫专干程扶摇。

2017 年 6 月 24 日凌晨 1 时许，还在挑灯夜战，忙着完善扶贫材料的程扶摇接到镇政府办公室电话："发山洪了，赶快回来，疏散群众！"程扶摇立即冒着暴雨，开车赶回镇里。

一小时后，程扶摇与杭口镇党委书记匡美建、副镇长邓旭一行乘车赶往双井村。途中，山洪呼啸卷来，瞬间把他们连人带车吞没。

哗哗修河水，日夜在歌唱。人们用心中最美的歌，赞颂一对"90 后"扶贫夫妇——樊贞子、吴应谱。

2018 年 12 月 16 日，星期日。吴应谱陪伴已有两个月身孕的樊贞子前往距县城近 3 小时车程的修水县大椿乡船舱村，帮助她的结对户游爷爷卖土鸡。返程途中，车子失控坠河。她，23 岁；他，28 岁。两个年轻的生命在扶贫路上陨落。

农村富不富，关键看支部。村干部是离贫困群众最近的人，他们每天行走在最艰险的道路上，在贫困堡垒的攻坚之地，向山而立，知难而行。

2018 年 9 月，47 岁的缪连英当选为乐安县湖溪乡东堆村党支部

书记。为确保脱贫路上“不漏一户，不落一人”，过去连自行车都不会骑的缪连英，逼着自己学会了骑电动车。短短 5 个月，那辆电动车就跑了 5000 多公里。

“低保评议怎么样了？”“中转房规划进展如何？”2019 年 5 月，缪连英被诊断出胃癌晚期。住院期间，她一刻也不忘使命，不时用手机过问、调度扶贫工作。

2018 年 5 月 18 日早晨，鄱阳县珠湖乡丰塘村文书李保春正要出门，突然感觉有些眩晕。儿子李文皓关切地询问：“爸，要不要陪你去医院？”“不行啊，村里的光伏电站选在学校后面，不安全，要另选地方。”

顶着 35 摄氏度的高温，李保春出门了。11 时 30 分左右，再也支撑不住的他告诉村支书李鑫保：“我很难受，回家吃点药。”骑电动车回到家，药还没送到嘴边，他就晕了过去。家人立即将他送到乡卫生院。尽管医生全力抢救，这位在村里任劳任怨 27 年的“老黄牛”，还是永远地倒下了，至死都没有离开他倾情的岗位。

2019 年 9 月 29 日晚，赣南医学院驻会昌县小密乡罗田村扶贫工作队队员肖新泉走访农户时，不慎从楼上坠落，经抢救无效不幸辞世，年仅 31 岁。

半个月前，他和妻子刚领取结婚证。9 月 28 日晚，妻子对他说：“新泉，10 月 2 日我们就要举办婚礼了，这几天你向单位请假准备一下婚事吧。”肖新泉想了又想，第二天一早，还是决定返回罗田村，为村里第六批参加赣南医学院组织的康复治疗的贫困户做行前准备。

一样的事业，一样的战场，一样的奉献！我省各地扶贫英雄以生命担使命，以热血铸忠魂。

2017 年 7 月 14 日晚，余干县文广新局（现为文广新旅局）驻九

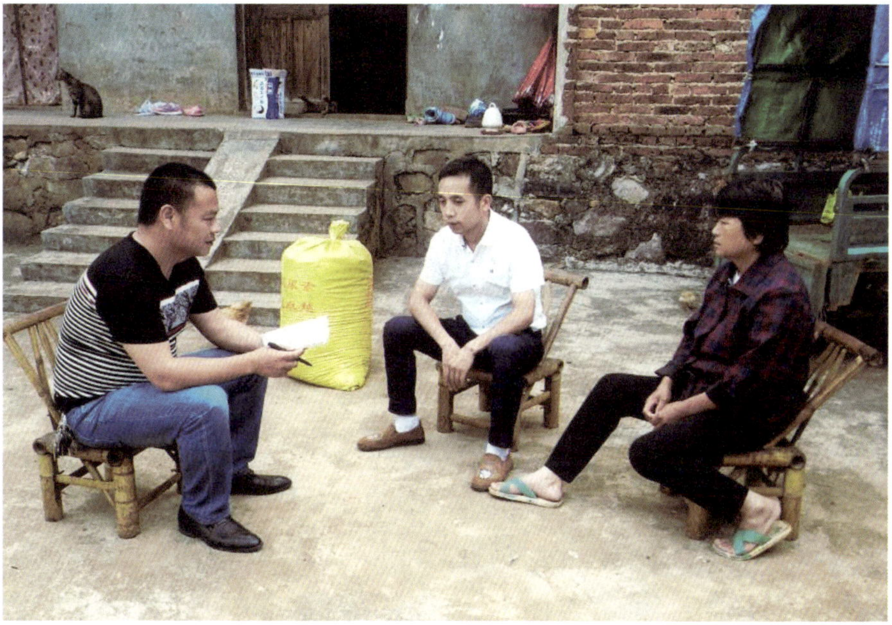

驻九龙镇瓜畲村第一书记万学贤（左）与村民交谈 （中共余干县委宣传部 供图）

龙镇瓜畲村的“80后”第一书记万学贤突发疾病去世。

2018年4月11日凌晨，54岁的省侨联机关党委专职副书记、省侨联驻余干县洪家嘴乡双港村扶贫工作队队长曹建彭突发疾病，永远地离开了工作岗位。

2019年1月4日晚，都昌县道路运输管理局驻都昌镇南山村扶贫干部王建文在走访贫困户途中，意外摔成重伤，不幸离世。

2019年6月12日，靖安县农业农村局驻仁首镇大团村扶贫工作队队长周文生，因积劳成疾，倒在了办公室。

…………

一张张坚毅的面孔、一个个鲜活的生命，永远定格在崇山峻岭，定格在田间地头，定格在脱贫户心中！

脚下沾有多少泥土，心中就沉淀多少真情

用脚步丈量土地，用实干书写担当，用真情拉近距离，扶贫干部逢山开路、遇水架桥，用炽热的真情带领贫困群众一起实现脱贫梦想。一批批贫困群众搬出深山，住进新房，有了产业，摘掉穷帽。

日子过好了，脱贫户们心心念念的，是那些帮助过他们的好干部。

“他帮我家办起了豆腐坊，养起了土鸡。我跟他说过，要杀一只最肥的鸡给他吃，可现在，我的鸡养得再肥，他也吃不到了。”陈利华老人一想起程扶摇帮助自己的点滴往事，就禁不住老泪纵横。

“贫困户家养土鸡，不吃饲料，纯土鸡，每斤 35 元，一只 4.5 斤左右，味道鲜美，可送货上门，有需要的联系我。”樊贞子微信朋友圈信息，永远定格在 2018 年 11 月 18 日 11 时 11 分。

游爷爷还记得，那天樊贞子离开时，拉着他的手不停叮嘱：“游爷爷，天气变冷了，要多穿衣服，不要感冒啊。”

苏区干部好作风，自带干粮去办公。2017 年底，吴应谱到复原乡雅洋村担任驻村第一书记的头一个晚上，就自带铺盖，住在他结对的贫困户古和林家。苦干实干一年，古和林家如愿脱贫。

“鄱阳湖上都昌县，灯火楼台一万家。”900 多年前，苏轼途经都昌时写下的诗句，描绘了一幅万家团聚的温馨画卷。但今天，倒在扶贫一线的王建文，再也无法陪伴他的白发亲娘。

驻村前，王建文一有空就陪年近九旬的老母亲吃饭、聊天。驻村后，他陪伴母亲的时间就少了。

母亲问王建文的哥哥王建武：“建文怎么回事啊？都不来看我？”

王建武替弟弟解释：“建文在扶贫，现在是关键时期，等忙过这一阵，他就会天天来的。”

但是，斯人已去，诺言成空。

“2017 年 12 月 26 日，星期二，晴。一、上户宣传扶贫政策；二、上户了解贫困户医疗费报销情况；三、上户了解教育补助情况；四、上户宣传扶贫政策；五、晚上 10 时 40 分接到通知，做好迎接全市第三方评估检查工作。”

这是抚州长运有限公司工会副主席、南丰县太源乡寨俚村驻村第一书记胡学发生前最后一篇民情日记。

10 天后的 2018 年 1 月 5 日晚，胡学发在办公室埋头整理材料。村委会副主任聂金贵见他脸色苍白，几次劝他回去休息，胡学发总是说：“马上就好。”

次日凌晨，胡学发突发急性心肌梗死。因错过最佳手术时机，只能保守治疗。

2018 年 1 月 19 日，胡学发再次突发心肌梗死，经全力抢救无效去世。

“如果那天坚持让他去做个检查，也许就不会出事。”虽然丈夫逝去几年了，但胡学发的妻子彭桂萍仍然难以释怀。

2018 年 1 月 3 日，胡学发到市区参加迎检动员大会，觉得胸口闷痛。彭桂萍劝他请假去医院做个检查。胡学发说：“下次吧，这节骨眼上，我怎能离开？”第二天，他就返回寨俚村，投身扶贫工作。

2014 年，胡学发曾因高血压引发过心肌梗死。当初，他去当寨俚村驻村第一书记时，妻子怎么也不同意。

“我是农村出来的，农村的情况我比别人更了解，还是我去合适。你放心，我会注意身体的。”在丈夫的一再保证下，彭桂萍最终被说服。

然而，胡学发没有信守对妻子的诺言。那本厚厚的民情日记，一字字、一句句，都是胡学发奔波忙碌的身影。

山一程，水一程，心向扶贫路上行。端起粗瓷碗吃农家饭，坐在板凳上聊农家事，挽起袖子干农家活……扶贫干部在广袤的农村扎下深根，洒下真情，播下希望的种子。

来的时候是一粒种子，走的时候已硕果满园

有一种信念，叫“不甘心”，它鼓舞着贫困户们铆足干劲改天换地。

几年前的一个夜晚，茅坪村的王金华看着家徒四壁的土坯房，几杯谷酒下肚，愁云涌上心头——父亲落下残疾，母亲生病，自己年近不惑还是光棍一条，这日子怎么过？

帮扶干部、杭口镇常务副镇长王冲坐到他的火炉边：“怕吃苦吗？”

“不怕！”王金华拍拍胸脯，“有手有脚，我不甘心就这么穷下去！”

“那好，只要你自己有信心，两年就能脱贫！”

村里给王金华安排了森林防火员公益岗位，每年有 1 万元补贴；介绍他到村里的洋沃度假小镇务工，每天工资 150 元；他还种了 5 亩水稻。以前，父母的医药费每年要花 2 万多元，通过享受健康扶贫政策，现在每年只需自付 1000 元左右。

2017 年，王金华家脱贫。如今，他住进了茅坪村的异地安置保障房，娶了老婆，生了孩子，日子越过越红火，致富奔小康的劲头也越来越足。

在赣南红土地上，罗田村的赖十月把自家产业搞得红红火火。赖十月是肖新泉生前的结对户，在肖新泉的帮助下，他 2018 年出栏了 200 头猪，收获了 500 公斤蜂蜜，2019 年又种植了 10 亩脐橙。他家从过去一贫如洗的贫困户，转眼变成了富裕户。赖十月的手机里，

会昌县小密乡罗田村扶贫工作队队员肖新泉（左一）给困难家庭送去电视机 （赣南师范大学 供图）

还保存着肖新泉帮他卖蜂蜜的微信朋友圈截图。“每次看到这些照片，我就很难过。肖老师和我们很亲，总是帮我们干农活，出主意，连我家的狗看到他都趴到他身上，亲热得不得了。如果不是他，我哪有今天！”

在瓜畲村的就业扶贫车间里，20 多名妇女正在忙着进行服装来料加工。

“以前，很多人宁可在家打麻将，也不愿出来做事。万学贤生前挨家挨户做工作，鼓励贫困户通过自己的双手勤劳致富。现在，全镇有很多人进入扶贫车间务工。”

万学贤倒下后，他的同事舒干山接任了瓜畲村驻村第一书记。谈到万学贤，他有些伤感，而眼前的变化又让他十分欣慰。

输血不如造血，发展产业才能拔穷根。

寒冬时节，双港村的辣椒大棚里生机盎然。

曹建彭担任省侨联驻双港村扶贫工作队队长后，经过深入调研，结合村民意愿，为双港村确立了种植余干辣椒、发展特色农业的思路。2020 年，曹建彭生前呕心沥血发展起来的 40 亩辣椒产业扶贫基地，已经产生经济效益。“全村 53 户贫困户，通过在辣椒产业扶贫基地务工、分红，每年每户可增收 6000 多元。”望着绿油油的辣椒苗，接任驻双港村扶贫工作队队长的蔡峻感慨万千。

2020 年，在吉水县盘谷生态农业发展有限公司扶贫车间里，60 岁的曾冬秋正在打扫卫生。她在这里工作，每天有 80 元收入。该公司从农民手中流转土地 6000 亩，采取“公司 + 合作社 + 基地 + 贫困户”的模式，从事稻—虾—蟹种植养殖，惠及 489 户贫困户。

杭口镇致富带头人范天洋，从村民手中流转土地 240 亩，创办集餐饮、住宿、水果种植等于一体的洋沃度假小镇，吸纳包括王金华在内的 20 多户贫困户务工，每年户均增收约 1 万元。

2020 年，像范天洋这样的贫困村创业致富带头人，我省已培育出近万人，带动 3.2 万户贫困户发展产业。

冬日的阳光暖暖地照在茅坪村安置点上，老人们坐在漂亮的安置房前，惬意地享受着暖阳。

“做梦都没想到啊，住了半辈子泥巴房，现在政府出钱给我们做房子。”包括王金华在内，24 户贫困户每户每人享受 2 万元异地安置建房补助。

茅坪村安置点，只是我省易地扶贫搬迁的一个缩影。2020 年，我省“十三五”时期建档立卡贫困人口 13.47 万人全部入住安置房，并全面落实后续帮扶措施。

习近平总书记强调：“扶贫开发是全党全社会的共同责任，要动员和凝聚全社会力量广泛参与。”无论这块硬骨头有多硬都必须啃下，无论这场攻坚战有多难打都必须打赢。

罗田村是江西省级贫困村，这里山高路远，位置极偏，资源极少，扶贫难度极大。但是，这样一个闭塞的山村，经过赣南医学院驻村扶贫干部的努力，2018 年实现整村脱贫，贫困发生率由 30.9% 降到 1.1%。

大椿乡是国家级贫困县修水县的贫中之贫，是脱贫攻坚的重中之重、难中之难，全乡有 200 多名干部奋战在脱贫攻坚第一线。2021 年，在樊贞子挂点的船舱村，25 户以上的自然村全部通了公路，村里修建了河堤、水渠、饮水设施。

从赣南到赣北，从偏远山区到鄱阳湖畔，每一位扶贫干部都为脱贫攻坚战场播下一颗希望的种子。他们播下的每一颗种子，都孕育着生机，催放了花朵，结出了硕果。

为什么大地春常在，英雄的生命开鲜花

一些人，永远地离开了；更多的人，坚定地接过他们的重担。

2017 年特大洪灾过后，因财政困难，杭口镇干部职工每人收入少了 1 万多元，但没有一个人有怨言：“程扶摇为了扶贫，把生命都献出来了，我们还有什么理由不把工作做好呢？”

“爸爸，什么时候带我去玩啊？”“周末吧。”杭口镇镇长万民福心里掠过一丝酸楚，不知对女儿的承诺何时能兑现。

天天见不到丈夫，妻子称他是“三不男人”：“你不是好领导，‘剥削’下属休息时间；你不是好父亲，连孩子一个小愿望都不能满足；你不是好丈夫，对家庭总是当‘甩手掌柜’。”

万民福何曾想成为“三不男人”？只是真的太忙了，太忙了！看见乡村面貌发生了翻天覆地的变化，听到老百姓对党发自内心的感恩之言，万民福说：“一切付出都是值得的，心里是满满的获得感！”

特别的战斗，呼唤特别的战士；伟大的事业，从来与伟大的奉献紧紧相连。

脱贫有多难，这片热土上的人就有多拼。踏平坎坷成大道，越是艰险越向前。

“第一书记要跑遍全村每户，有时候实在太累了，觉得摔断腿反倒可以休息几天。”在瓜畲村，看着万学贤生前一手发展起来的80亩马家柚种植基地，舒干山非常欣慰，“不过，即使摔断了腿我也不会休息，真的放不下这些工作！”

接过你曾扛过的枪，我们一直在坚守。

“我曾是军人，哪里需要去哪里是军人本色。组织上征求我意见时，我一刻都没有犹豫，就接下了任务。”肖新泉牺牲后，赣南医学院保卫科政保科长张齐斌和同事们继续坚守在罗田村。

2019年6月14日，靖安县农业农村局干部郑立娜参加完周文生同志的追悼会后，郑重地向组织递交了驻村扶贫申请。半个月后，她将3岁的大宝和1岁的小宝交给父母照看，毅然来到周文生战斗过的大团村。“周队长的事迹深深打动了我，作为一名‘90后’，我有责任接过扶贫接力棒，争取早日让老乡们过上好日子！”

好日子悄然而至。2020年，全省3058个贫困村全部退出，281万贫困人口全部脱贫。

每一个数字，都是扶贫英雄用平凡的坚守、执着的奉献，乃至壮烈的牺牲凝聚而成！

为有牺牲多壮志，敢教日月换新天。程扶摇、樊贞子、吴应谱、肖新泉、李保春、胡学发……这些冲锋陷阵的英雄，就是与时间赛跑、与贫困作战的勇士。他们的牺牲与革命战争年代的牺牲一样壮烈，他们不负时代，不负人民，用生命铸就脱贫攻坚战场上的精神丰碑，激励赣鄱儿女奋勇前行！

他们，是真正的时代英雄！

（作者：李旭　曹诚平　龚莉芹）

那一簇“火焰蓝”

——记刀山敢上、火海敢闯的九江市消防救援支队

1998 年长江抗洪，2008 年冰灾救援，2016 年长江永安堤封堵管涌，2020 年抗洪救灾，哪里有险情，哪里就有九江市消防救援支队的身影。他们刀山敢上，火海敢闯，召之即来、来之能战、战之必胜，2020 年被中宣部授予“时代楷模”荣誉称号。

“火焰蓝”，一种燃烧到极致的颜色，象征着火焰的高温与纯净，象征着消防救援人员恪尽职守的热情和竭诚为民、维护社会稳定的决心。“火焰蓝”是他们最“燃”的青春底色。

——题记

东襟鄱湖浩渺，北枕长江滔滔。九江，一座由水而生、因水而名、枕水而居的城市。

水善利万物而不争。水也有桀骜不驯的时候，一旦失控，则危及大地苍生。

2020 年 7 月，江西面临 1998 年以来最为严峻的防汛形势。暴雨

如注，洪水发难，群众受困，九江告急……

在这紧要关头，九江市消防救援支队全体指战员听党指挥、闻“汛”而动，出色完成了防汛抗洪、抢险救灾等各项任务，营救疏散遇险被困群众 1.3 万余人，取得“零遗漏、零伤亡、零事故”的救援战绩。2020 年 8 月 31 日，这支队伍被中宣部授予“时代楷模”荣誉称号。

这是全国应急管理系统和我省第一个获此殊荣的单位。

2018 年，国家综合性消防救援队伍成功组建。换下“橄榄绿”，穿上“火焰蓝”，消防救援队伍承担起全新的历史使命。

水火见忠诚，英雄的信念超越时空。1998 年长江抗洪，2008 年冰灾救援，2016 年长江永安堤封堵管涌，2019 年奥德瑞仓库火灾救援……

在火灾面前，九江市消防救援支队队员勇往直前 （九江市消防救援支队 供图）

任务不断更新，成绩也再次改写。

截至2020年底，九江市消防救援支队获得“全国抗洪抢险先进支队”“全国战训先进支队”等52项省部级以上荣誉；连续9年被评为全省先进支队；辖区连续15年没有发生一起较大以上亡人火灾事故……

一串串闪光的数字，诠释着九江市消防救援支队“对党忠诚、纪律严明、赴汤蹈火、竭诚为民”的品格担当。

刀山敢上，火海敢闯，召之即来、来之能战、战之必胜。

是什么赋予他们烽火骄阳的意志？是不惧挑战，是身怀绝技；是用毅力炼就钢铁之躯，是用信念托起生命之重；是责任，是担当，是信仰……

让我们走近这支“换羽新生”的队伍，重启那一帧帧感人的画面，聆听一个个温情的故事，感受“时代楷模”榜样的力量。

大山里走出的“救援尖兵”

2020年初冬的浔城，淫雨霏霏。寒风夹杂着细雨迎面击打在脸上，刺骨的寒意立刻传遍全身。然而，在消防训练场上，一群面庞黝黑的消防队员正在开展实战化演练，场面热烈。

切割障碍物、甩水袋、接水枪，追赶、冲刺、喷射……人群中，一个高瘦精干的身影，一遍又一遍地作示范，不厌其烦地传授动作要领。

他叫覃旭华，九江市消防救援支队作战训练科副科长（现为作战训练科科长）。

2020年7月，长江水位持续超警戒线，九江全面受灾、全面告急。

九江市消防救援支队队员进行演练 （九江市消防救援支队 供图）

彭泽求援！永修求援！都昌求援！

闻“汛”而动，向险而行。

7 日 14 时，彭泽县杨梓镇乐观村出现严重内涝，乐观中学 400 名师生被困，亟须转移。

汛情就是命令。14 时 10 分，覃旭华带队出发。救援人员到达现场时，发现整个学校被淹，师生被困在教学楼二楼。

没有丝毫犹豫，覃旭华利用大型铲车将学生从教室转运到学校门口，再由消防员驾驶橡皮艇把师生转移到安全地带。经过两个多小时来回运送，被困师生全部安全转移。

最后被救出的 5 名学生从橡皮艇上下来，感动地说："这是第一次经历洪水，但是不害怕，消防员叔叔接得又稳又安全，最想说的话就是谢谢他们。"

一波才平，一波又起。

8日，覃旭华再次接到救援命令：彭泽县太平关乡古楼村洪水倒灌，有250名群众被困。

情况紧急，覃旭华和他的抗洪小分队火速出征。

当他带着6名舵手和3艘冲锋舟赶到时，眼前是数百名正被洪水围困的群众。情况危急，但覃旭华没有贸然行动。

多年的水域救援经验告诉他，此时的洪水流速目测超过每秒1.5米，已达危险值。他问舵手们："敢开船吗？"大家说："敢，只是在这样湍急的洪水中没有实战过。"

覃旭华带队参加过多次救援，他的原则是带出来几个人，回去时一个都不能少。紧要关头，他作出决定——这一程，全由自己掌舵。

覃旭华跳上冲锋舟，在靠岸的水面上转了三圈。回来后，他对队友说："我知道了。上船！救人去！"

水情瞬息万变。艰难行驶到主流区时，巨浪将冲锋舟打了个横，冲锋舟无法直线行驶到村内。覃旭华立刻改变战术，利用水势逆流而上，平移舟艇，横渡激流区，顺利进入村庄。

洪水中，冲锋舟每靠近一栋民房，安全救援绳每固定一次，对覃旭华来说都是挑战。将全村群众成功转移后，他和队友累得瘫倒在地。这时，他们距上一次吃饭已过去整整16个小时。

没有一分钟停歇，他们又转入下一个救援行动。

巡堤抢险、人员调配、物资准备……连续10天吃住在抗洪一线的覃旭华，每天只睡五六个小时。由于长时间穿着雨靴，脚部憋汗发胀，他的双脚水肿，脚底的水泡磨破了结痂，然后又被磨破。

身边的战友都不忍心："覃科长，歇一下吧。"他却回答："没事没事，我心里有数。"

出生于广西象州县大山里的覃旭华，从小就有"军人情结"。训练期间，他顶烈日，战严寒，日夜操练从不言苦，每一个动作和技能战术务求标准、规范，充分掌握要领，一个动作别人练三五遍，覃旭华则要反复练上几十甚至上百遍。别人在休息，他仍在训练场上挥汗苦练；别人在睡觉，他还在琢磨动作要领……

苦心人，天不负。

在消防队伍工作20余年的覃旭华，所带的队伍荣立过集体二等功，而他个人多次荣立三等功，获得“全国优秀中队指挥员”“全省训练标兵”“抗洪勇士”等多项称号，成为绳索技术、水域救援、高空山岳救援、地震救援能手。

咱兰考人不能给焦裕禄书记丢脸

瘦削的面庞，高挺的鼻梁，虽然眼前的张军朋表情严肃、不善言谈，但举手投足间散发出大气洒脱、粗犷热烈的气质，让人立马就能辨认出他是个地道的北方汉子。

因为经验丰富，善于作示范、解兵忧、释兵惑，把工作做到新兵心坎上，这个有着20多年消防救援经验的二级消防长，曾多次被委派带新兵，被消防队员们亲切地称为“老班长”。

“老班长”是一个“消防车控”。

他清楚每一辆消防车辆及各种器材装备的性能参数、操作使用、维护保养。

凭着炉火纯青的驾驶技术，他曾在大雨瓢泼的炎夏，开着云梯消防车，救下高楼外墙上的被困工人；也曾在寒冷刺骨的冬天，开着消防车驶进道路狭窄的棚户区，救下被困火场的一家三口……

“老班长”还是一个“闲不住”的人。

每天早上一起床，他做的第一件事情就是给消防车“体检”，胎压、云梯、发动机等，都要仔细地检查一遍，“消防车的好坏，不仅影响到出警的速度，更关系到群众和战友的生命安全”。

除了“闲不住”，“老班长”更能“冲得上”。

2020 年 7 月 8 日，连续强降雨导致彭泽县水位猛涨，亟待驰援。根据上级命令，张军朋驾车火速增援彭泽县，3 天转战 700 余公里，在狂风暴雨中“奔驰”。视线受阻，这无疑是对驾驶员的严峻考验。

经过 8 个多小时的急行军，张军朋于当天下午安全赶至受灾区域——浩山乡女儿桥村，由于近道被淹，又绕道 50 多公里才赶到受灾地点。他从当地乡镇干部口中得知，有 150 余人被洪水围困家中。他不顾驾车 10 个多小时的疲劳，主动请缨，参与救援。

夜黑雨大，地域不熟，怎么办?

“老班长”老道的经验派上了用场，在救援过程中，他始终保持头脑清醒，带领小组队员对每家每户进行仔细排查，确保不漏一户、不漏一人。

经过 7 个多小时的奋战，他与队友们将全村 158 人全部安全疏散至安置点。到达休息点，已是凌晨 3 点。

“铁血真汉子”“老班长真行”，这是被张军朋吃苦耐劳、雷厉风行的干劲和顽强的战斗精神感染着的每一位战友，对他的一致评价。

“小时候父亲就教育我做人要端端正正，吃饭走路要端正，叠被子要端正，还经常给我讲一些革命前辈的英雄故事。”出生于河南兰考的张军朋，从小就是在父亲“准军事化管理”中长大的，因此对军人这个职业越来越向往。

1997 年 12 月，张军朋告别父母，应征入伍。从河南兰考来到江西九江，他渐渐懂得了什么叫乡愁。但每次打电话回家，“支支吾吾”不想挂电话时，父亲总是督促他：“好好干，当兵就要有兵样。”

张军朋说："只要想到父亲说的那句'当兵就要有兵样'，浑身就有一股劲。"正是在这股劲的指引下，他优秀地完成了"泰利台风"庐山山体塌方救援、"12·28"鄱阳湖大桥特大交通事故救援等大型救援任务；在2013年全省队列会操、全省消防救援队伍首届"火焰蓝"后期岗位练兵等比赛中多次获得第一名。

"咱兰考人不能给焦裕禄书记丢脸。"张军朋如是说。

火调现场的女"福尔摩斯"

谁能想到眼前这个长相俊俏、研究生毕业的邓雨欣竟是一名"火调员"（火灾调查员）；谁又能想到，在洪魔来临之际，她与同为消防救援人员的丈夫不约而同地冲到抗洪一线，诠释着属于"火焰蓝"的责任和担当。

"火调员"，好新鲜的名词，其实他们是隐藏在消防员背后的无名英雄，也就是火场的"福尔摩斯"，负责技术勘察和分析。

性格温婉的邓雨欣为何会进入这个行业？这其实源于她父亲的决定。邓雨欣的父亲是一名"消防老兵"，出于对消防事业的一腔热血，父亲希望女儿继续去完成他的消防梦想。

2013年，研究生毕业的她，承载着父亲的殷殷期望，脱下"红装"换"戎装"，正式走上了火调岗位。

2017年11月，九江一家企业发生大火，过火面积有上千平方米，邓雨欣第一时间赶到现场。

她和同事冒着残余的高温，忍着刺鼻的气味进入现场勘验。刚刚经过高温火焰和水流冲击破坏，厂房彩钢板屋顶已烧损坍塌，距离地面7米多高的二楼钢结构平台也随时可能倒塌。邓雨欣主动请缨：

“我是女生，体重轻，更适合在平台上勘验。”

“通过起火部位的监控画面，推测很可能是员工抽烟导致失火。由于监控角度不佳、当事人否认，加上火灾中烟头往往已被烧毁，很难找到直接证据，并且企业技术人员称厂房内含水率 60% 的潮湿物料不可能被烟头烧着，火调工作一度陷入了僵局。”回忆起当时的情景，邓雨欣记忆犹新。

“烟头”“物料”都看似不可能，调查组只能以侦查实验为突破口。经过多次推演，调查组发现烟头引燃含水率 14% 以下的物料，其情形和火灾发生时现场监控视频显示的起火特征以及现场勘验情况相吻合。

同时，在该企业与火灾同类型的设备底部料仓内提取到含水率低于 1% 的物料残留。当他们拿着实验结果再次询问那个现场员工时，对方才承认了自己抽烟的事实。

2020 年抗洪伊始，邓雨欣主动向组织提出去一线，她说：“抗洪除了救人筑堤扛沙袋，还有许多保障类工作需要大量人手。”

来到抗洪一线的邓雨欣，顾不上给住在长江边上的父母打个电话，等她好不容易掏出手机想要问问家里的情况时，参加过九八抗洪的父亲还是那句话：“你安心工作，不要惦记我们。”

邓雨欣信了，以为家里没事，全身心投入到抗洪保障工作中。直到抗洪结束返回九江时，她才知道妈妈旧疾复发已经好几天，都是爸爸一个人在照顾。

“当父母需要的时候我却不能在身边，心里其实很难过。但是保障乡亲们脱离洪灾后，不再掉入‘火坑’也很重要。因为我们防火检查、消防宣传到位，全市 63 个灾民安置点的火灾隐患得到有效整改，没有发生一起火灾。”邓雨欣对父母感到愧疚的同时，也为自己能够守护好百姓感到自豪。

虽在同一个地方抗洪，邓雨欣与丈夫却很难见到一面。“这样遥相守望，却又各自为战的状态，我们已经习以为常。”邓雨欣轻描淡写，仿佛这再正常不过。

夫妻两人同抗洪，一家两代共抗灾。“这就是我们的使命，既然穿上‘火焰蓝’，这就是我们的职责。”邓雨欣淡淡地说。

这一次，换我来保护父老乡亲

北濒修河，东临鄱湖，永修县常年遭遇洪水侵袭。1998 年，一个 9 岁男孩和他父母被洪水围困，就在全家快要绝望的时候，一群全身泥水的消防员出现了。

全家得救了，这个 9 岁的男孩告诉自己，长大以后，自己也要成为这样的英雄。

22 年后，这个男孩已如愿成长为消防救援队伍中的一员。他叫袁展满。

在永修县消防救援大队见到袁展满时，我们简直难以相信：难道这位温文尔雅甚至有些稚气未脱的汉子，就是同事们口中的“拼命三郎”？一番交谈，再加上同事们积极主动“汇报”他的“拼命事迹”，一个有情、有义、有爱的消防员形象，变得愈加清晰和高大。

2020 年 7 月 10 日，永修九合乡圩堤出现几十处泡泉，情况险峻。接到指令后，袁展满带队紧急出动，用最快的速度赶赴现场投入战斗。

袁展满在湿滑的泥水里连滚带爬，一晚上成功处置了十几处泡泉和管涌。天亮以后稍微打了个盹，袁展满又开始第二轮与洪水抢时间的战斗。前后三天三夜，“泥人”袁展满和战友们一起挖了近千方沙石，堵住了 30 多处泡泉。

12 日，刚刚堵完九合乡圩堤泡泉的袁展满接到三角联圩溃堤的警情，洪水大量涌入三角乡区域，14 个村庄受到威胁。那时大队安排他轮休，但他说自己对环境熟悉，坚持和队长前去救援。

晚 10 时，袁展满带队赶到三角乡爱群村。“有没有人？还有没有人在里面？”一家一家地排查，嗓子喊到说不出话的袁展满一晚就营救转移了 100 多人。

13 日继续，14 日继续……经过三天三夜挨家挨户排查搜救，眼睛熬得通红的袁展满和队友们一起成功营救被困村民 300 余人，其中至少 100 人是袁展满一个一个背出来的。

因为连续三天三夜堵泡泉，三天三夜大转移，袁展满被战友们赠送外号“拼命三郎”。为什么拼命？他的答案很简单：“我是永修人，九八抗洪的时候我才 9 岁，是上一辈消防战士把我从洪水里带出来。这一次，换我来保护父老乡亲。”

17 日 16 时，立新乡鄢湾村一户村民求助，家中 500 公斤米粉亟须转移到干燥区域。刚好在附近安置点的袁展满第一时间赶到老乡家。

那 500 公斤米粉是老乡最主要的生活来源，一旦泡水将分文全无。当时气温已达 37 摄氏度，米粉最多还能保鲜一天。袁展满为了把损耗降到最低，每次只搬 50 多公斤放到皮划艇上，这样来回运送了十几趟。

虽然搬运结束，但老乡苦于没有销路，依旧愁眉不展。

袁展满立即帮着联系认识的餐饮店老板，一家一家询问，终于帮老乡把米粉全部卖出去。他长舒一口气：“卖米粉对于我是举手之劳，但是对于老乡就是重建家园的曙光。”

在洪水里拼命的袁展满，就连吃饭都对着洪水的方向。

“累吗？”

“特别累，恨不得站着都能睡过去，在路上眯十分钟都要面朝着洪水的方向，就怕救援的速度比不上洪水上涨的速度。”

“为什么这么拼命？”

“我的每一次逆行，都可以护一方平安，守万家灯火。为他们拼命，值！”

挺起洪灾中的青春脊梁

他们，是“90后”，军中新苗。

他们，“化身”一只只沙袋、一根根木桩、一条条钢管，阻挡洪流，守护堤坝。

有人说，他们没有经历过风吹雨打。

走近他们却发现，每一个年轻的脊梁都奔腾着火一般的激情。

这脊梁，守护一方安澜；这脊梁，写满军民深情；这脊梁，流淌青春热血。

向卫强，这名1997年出生的大学生消防指挥员，便是其中的杰出代表。

2020年7月8日，洪水向着都昌县盐田中学咆哮而来，学校471名师生被困。接到报警，向卫强担任党员突击队长，带领8名突击队员第一时间抵达现场。

消防员来得太及时了，他们的出现让师生们看到了希望，可此时洪水上涨的速度远超想象。仅半个小时，水位就上涨到成年人的腰部。按照这样的速度，不出6个小时，盐田中学将全部被淹没。

可消防队员只有两艘橡皮艇，一艘橡皮艇最多只能载上12个人，两艘橡皮艇要带471名师生撤离。

来得及吗？向卫强的心里直打鼓。

他和队友们冲到教室把学生们接上橡皮艇，将他们拖拽出最危险的地带。由于地势低洼，学校门口形成了漩涡，三处水流一齐往校园倒灌。在逆流当中去拉橡皮艇，感觉比拉一堵墙还要重，而消防队员们必须往返几十趟。

“我当时一手拉着绳子，一手拉着橡皮艇，那是个十字路口，四面八方的水都向我涌过来，我两个胳膊伸展到极致还很难拉动，真的感觉要被撕扯开了。”回忆起当时的情景，向卫强依旧心惊胆战。

完成盐田中学的救援任务后，刚准备休整一下，向卫强又接到通知：离学校不远的平房里，有群众被困。

他立刻带着一名队友，逆流蹚过洪水，几乎是被急流推进屋内。进去一看，一位母亲抱着婴儿站在床上。焦急的母亲直接从怀里把婴儿交到了他手上，说：“我太担心了，幸好你们来了，先帮我把孩子抱出去吧。”

“我来不及多想，赶紧接过孩子，襁褓中的婴儿看上去只有几个月大，软软的，我本能地想要保护好他。”向卫强说，那会儿洪水特别湍急，雨又越下越大。他俯下身子，尽量不让婴儿淋到雨。

“小家伙在我怀里不仅没哭，还瞪着大大的眼睛，对着我笑。我心里暖暖的，一下子感觉天都晴了。”向卫强露出了甜甜的笑容。

把婴儿送到队友手上，他又折回，将孩子的母亲转移到了安全的地方。“后来我想，那位母亲为什么放心把孩子交给我？师生为什么信任我们？那是因为他们相信我们这支队伍！”向卫强坚定地说。

作为改革转隶后的新干部，向卫强是第一批能够分到家乡的毕业学员。宣布命令时，他激动地说：“终于可以用自己的力量保护家乡和亲人了。”

英　雄

英雄从来就是无私忘我、不辞艰险、为人民利益而英勇奋斗、令人敬佩的人。20多年前，一群消防战士用生命抵御了洪流；20多年后，另一群消防战士站了出来，守护着同一片土地。

平常时候看得出来，关键时刻站得出来，危急关头豁得出来，这是英雄该有的样子，也是党员应有的样子。

"'时代楷模'是党和人民给予我们的莫大褒奖，更是激励和鞭策。"支队长马剑明激动地说。他为队伍能取得这样的荣誉而感到骄傲。

"人民至上、生命至上，是我们全体指战员的初心和使命。"作为支队接续发展的建设者、见证者、推动者，支队政委李长春充满自豪。他们将扬长补短，练就全面过硬本领，锻造全面过硬队伍，以更加扎实和出色的业绩，把"时代楷模"这块牌子擦得更亮、立得更稳、举得更高。

危难映丹心，水火见忠诚。有警必出，有灾必救；民有所呼，必有所应。浔阳江畔，"火焰蓝"还在续写爱与守护的时代篇章……

（作者：祝芸生　张衍）

让青春永远飞翔

——记袁政海班组

在江铃，一群工人在袁政海的影响下，练就一流技能，不断发明专利，在平凡的岗位上唱响了当代技工的壮丽赞歌。袁政海班组获得“全国五一劳动奖状”，多位班组成员被授予“全国技术能手”“全国五一劳动奖章”“全国青年岗位能手”等荣誉。

22 人的班组，平均年龄 35 岁，短短 8 年，48 人次获得“全国技术能手”“全国五一劳动奖章”等荣誉；高级技师 8 人，比例之高全国少见；106 项技术攻关、技术改进项目获奖，技术革新项目 150 多项，创直接经济效益 1200 多万元。

这是江铃模具厂模具班组——袁政海班组截至 2006 年的骄人成绩。

他们在平凡的工作岗位追求当代技工的人生价值，用无悔青春唱响新世纪工人的壮丽赞歌！

这是一个不断学习、永不满足的团队

“远学许振超、近学袁政海”，这是江铃集团在全公司提出的一句响亮口号。在江铃，只要提起袁政海，人人都竖起大拇指。公司领导说，袁政海是公司的一面旗帜，只要把任务交给他，可以放一百二十个心；同事们说，与袁政海共事，除了学到过硬本领，还常常被他忘我学习、忘我工作的精神所感染。

“没有袁政海这个好‘兵头’，就不会有模具班组今天的辉煌！”这是模具班组全体人员的共同心声。

23岁，从一名技校生成为中国最年轻的技师；27岁，成为中国最年轻的高级技师、全国技术能手；31岁，成为2002年中华技能大奖最年轻的获奖者。10年时间，袁政海创造了3个全国之最，登上了中国技工的“珠穆朗玛峰”！

在江铃，他曾是唯一被破格聘任的“七级主管技师”，享受全公司工人最高岗薪。在江铃，哪里有攻关难题，哪里就有他的身影。TFR大型纵梁复合模、五十铃单排顶盖、全顺下摆臂等重大模具研制加工调试，他大显身手，不仅出色地完成任务，创造了显著经济效益，还获得国内外专家的赞扬。

“平凡的岗位，一样能实现自我价值，创造完美人生！”袁政海的成功，在于他不断学习，不断汲取知识养分。

每天晚上看书两个小时，这是袁政海工作以来一直坚持的。在他家书架上，摆满了《冷冲模作业指导》《液压技术》《模具常用机构设计》等专业书籍。有好的专业书，有新的技术，他总是及时拿到班组与大家分享。

通过不断地学习、实践，袁政海不仅成为模具钳工中的顶尖高手，而且能够独立地绘制模具设计图纸。为此，江铃模具厂曾为袁政海设置技术协调员的职位，专门负责从设计到生产的技术协调工作。

在袁政海班组，学习成为习惯，互助成为乐事，竞争成为常态。比、学、赶、帮、超——嘴巴上不说，心里铆足劲。后进不甘落后，先进更要争先；人人苦学技术，个个抢当能手。“精一业、会两手、懂三门”，像袁政海一样，不少员工除了钳工，钻、焊、车、刨、磨等样样精通。

“袁政海是我们班组的一杆旗，是我们永远追逐的目标。”“袁政海做得到，我为什么做不到？”模具班组的每一位员工既被“兵头”的精神所感染，又不约而同地在心里打了个大大的问号。

而袁政海想的是：一花独放不是春，百花齐放春满园。谁在技术上遇到了困难，谁的思想出现了波动，袁政海的身影就会出现在谁的身边；看见袁政海在解决棘手的技术活，班组的同志往往主动围拢过来学上一手；班组接受攻关任务，车间的小黑板会自然而然地成为大家“竞技”的舞台，自己提出的设想和意见被采纳了，心里头就像抹了蜜……

方悦是袁政海的技校同学，他一度对干技工活产生了动摇。1996年，他远走深圳，发现自己掌握的本领太少，难以应对市场的竞争。方悦重返江铃后，袁政海找到这位当年的“老班长”促膝谈心，以自己为例阐明做技工同样有奔头，鼓励他和自己并肩作战。

方悦被袁政海的真诚打动，从此，他暗下决心，一定要赶超袁政海，练就一身过硬本领。经过几年的追逐，他不仅成为高级技师，而且获得了“全国青年岗位能手”“全国技术能手”等多项荣誉。

罗金彪是班组里的长者，看到年轻人迅速成长，他既高兴又担心。于是，他悄悄买来《模具设计》《工具钳工工艺学》等专业书籍刻苦自学，积极参加各种业务培训。在被选送到日本学习的两年时间里，罗金彪如饥似渴地学习，掌握了大量模具制造和生产工艺的尖端

袁政海（右二）与班组成员在研究模具 （江铃汽车股份有限公司宣传部 供图）

技术，以优异成绩获得日本五十铃汽车公司的结业证书。

在袁政海班组有一个有趣的现象：大家学袁政海，反过来，袁政海也在班组同志的身上学习“袁政海”。“袁政海”是一种精神，时刻砥砺着袁政海班组的每一个人，不懈怠，不停步。

这是一个团结协作、竞争创新、充满朝气的团队

在江铃模具班组，可以处处感受到一种浓烈的团队意识和归属感，所有员工都为能在这样一支团结协作、竞争创新、充满朝气的队伍里工作而感到无比自豪。和衷共济，不畏艰难，出色地完成每一项任务成为所有成员的自觉行动。每当遇到难题，这支专长突出、技术精湛、吃苦耐劳的队伍总能形成一股强大的战斗力，将难题一一化解。

经过几个月艰苦攻关，2003 年 7 月 16 日晚，江铃“运霸”面包车引擎盖拉延模具终于提前一天制作完毕，安装上了冲压机床。就在大家准备庆贺胜利的时候，技术检测员浇了大家一盆冷水：“产品太薄，不符合技术要求。”在模具负责人罗金彪的召集下，大家经过仔细测量，发现模具内部有个圆角过下，导致受力不均匀。按照常规，需要把整套模具拆开修正。可当时已到 21 时，离试生产不到 12 个小时，一拆一装要几个小时，哪有时间调试呢？

一筹莫展时，熊富强提议：“要不我们钻到模具里去修正吧！”7 月的南昌高温难耐，在车间里大家已满头大汗，钻到模具里那是什么滋味？强烈的使命感促使罗金彪下定决心：无论如何也要啃下这块硬骨头，不能丢模具班组的脸！他不顾自己体胖怕热，拿起打磨机钻进了模具。砂轮飞转，钢屑四溅，罗金彪的脸上、手上、防护镜上布满了钢屑，浑身湿透了。过了一会儿，熊富强把罗金彪强拉出来，自己钻了进去。两人交替作业，不断调试，连夜奋战。当东方露出鱼肚白时，合格的拉延模具终于出炉了。此时，他们才发现，自己的手已经僵硬了。

2006 年 4 月初，冲压分厂的一套成型模具出现破损，整个工艺流程被迫停工。两天之内必须将模具修好！按照正常程序，修理模具首先需要设计人员画出图纸，然后报工艺部门审批，再编制流程，最快也要 3 天。怎么办？模具厂打破常规，不经过设计程序，直接由袁政海、方悦、罗金彪、万海明等骨干对模具集体会诊。大家各抒己见，团结协作，按时保质完成了任务。

每次难关都是一次挑战，每次创新都是一次飞跃。汽车市场风云变幻，在从五十铃到全顺模具开发历程中，江铃模具厂的员工个个成长为创新能手、攻关尖兵。整体水平的大幅提高，使得江铃模具开发的能力不断跃上新台阶。

NHR 纵梁复合模一次仅能冲 63 个孔，1999 年因生产需要，必须在 6 米长的纵梁上一次冲出 206 个孔。在袁政海的带领下，模具班组员工们群策群力、大胆创新，采用分段技术，把6米纵梁分成4段，通过模架连接、拼接技术镶拼成一块，上下件的位置偏差不超过一根头发丝的宽度。模具中大量使用标准件，总量由原来的 30% 提高到 90%，种类由 20% 上升到 70%，工效提高了 3 倍，每年降低成本 12.1 万元。

2001 年，江铃从英国购进了 8 套全顺大型车架模具，但这些模具水土不服，需要修复和改造。时年 28 岁的技师王春主动请缨。没有图纸，没有相关数据，只能就着实物对其进行改造，谈何容易！

他搬来一摞摞相关技术资料进行研究，成功地在“洋”模具上制作了钩环和压板，便于通过行车来起吊和翻转，从而改进了模具的结构和性能。在改造过程中，王春创造了一套富有“中国特色”

袁政海打磨模具（江铃汽车股份有限公司宣传部 供图）

的独特改造方案。例如：在英国，吊装钢材料进模具时有配套的机械手，王春设计出代替机械手的运料工具，一次能吊装 3 根钢材。一年多时间，他终于制服这 8 套“洋”模具，在场的外国专家连声称奇。据测算，成功改造这 8 套模具，为江铃创造间接经济效益近千万元。

这是一个牺牲小家、顾全大家的团队

模具制造和维修在整个汽车制造流程里属于后方保障工序，任何一套模具出了问题，都会影响到整车制造，轻则耽搁生产，重则造成经济损失。这就要求无论是研发、制造还是维修模具，都必须时间短，质量高。俗话说“站死的车工，累死的钳工”，每一位出色的模具钳工，都要付出更多的牺牲，具有更强的事业心和责任感。

在江铃模具班组，加班加点是常事，流血负伤也不稀罕。他们常说的一句话是：“看到用自己制造的模具生产出来的新车受到市场欢迎，心里比吃了蜜还甜，个人的牺牲算不得什么！”

全顺下摆臂对保证汽车的行车安全起着关键作用，如果它不合格，轻则车辆报废，重则车毁人亡。从 1995 年开始，这一部件一直从英国 GKN 公司进口。1997 年，江铃委托国内模具开发能力较强的沈飞公司开发研制下摆臂模具。2001 年，开发工作宣告失败。祸不单行，同年 5 月，江铃被告知，由于车辆换型，英国 GKN 公司将不再生产这种型号的全顺下摆臂。如要继续供货，每辆车将增加成本 200 余元。别无选择！2002 年初，江铃决定自己开发，正式启动下摆臂模具研制工作。一年多的生产、调试，由 4 个模具组生产的 22 套模具综合调试效果并不理想。

艺高人胆大。2003 年 6 月，袁政海勇敢地挑起了调试总负责人的重担。下摆臂模具是江铃首次承担 7 道工序的模具研发任务，产品协调工作难度极大。经过认真分析，袁政海发现摆臂上下件三爪型周边贴合不好是问题之症结。

可就在这节骨眼上，他父亲患脑瘤在北京住院。这让袁政海这个孝子左右为难：一边是企业的大事，一边是家中的大事。他作出了有生以来最难的抉择——留下来继续进行模具研制。随后的数十个日日夜夜里，袁政海经常一个人加班至深夜。在对模具进行 8 项大的变动后，调试工作终于按时取得成功。可是，8 月份袁政海匆匆赶到北京时，父亲已不省人事，一个月后便不幸去世。每每想起父亲，袁政海心里都充满愧疚。

2006 年春节前，模具班组的吴农迎来了大喜日子，多次因工作忙而推迟的婚期终于到来了。为保证前方车间正常生产，模具班组员工必须随叫随到，经常一个月只能休息一两天。他们的青春就在这模具制造和返修中不知不觉地流逝，大部分组员的婚期一拖再拖。

新婚第三天的傍晚，寒风夹杂着雨雪拍打着窗户，吴农和妻子在暖洋洋的新房里筹划着近日赴海南蜜月旅行。正在这时，急促的电话铃响了，吴农接完电话抱歉地对妻子说："真不好意思，以前我负责的一套模具急需返修，否则会影响生产。厂领导问我能不能去一下，看来我们的蜜月之旅要推迟了。"妻子表示理解："婚期都一推再推，蜜月旅行推几天算什么！赶快去吧，工作要紧。外面冷，多穿些衣服！"

万仁义与袁政海和方悦都是技校的同学，为了向他们看齐，他将大部分业余时间用在学习和工作上。女儿责怪他没陪她上公园，妻子"埋怨"他很少做家务。万仁义说："我只有在工作中干出成绩，才能报答家人的挚爱深情。"他学的是工具钳工，可模具钳工、焊接、冲压、三坐标测量、模具研配样样精通，成为一名难得的多面手。2001 年，他获得全国大城市青工创新创效一等奖，被评为省、市青年岗位能手。

在家庭和事业之间，江铃模具班组的员工们把更多的爱倾洒在火热的事业中。那一套套看似冰冷的模具，凝结着他们的激情和梦想！

平凡的岗位，无悔的青春！

（作者：胡勇飞　何宝庆）

二、创新楷模

创新永无止境，江西从未停止前进的脚步。在红土地上走出一批院士、农民科学家，他们不停地拼搏，不断取得新成果。有人在花甲之年组建大学，拆除阻碍创新的“篱笆墙”；有人扎根基础研究，攻克技术难题，加快成果转化应用；还有人潜心钻研，实现创新驱动发展。他们把论文写在祖国大地上，扬起了科技自立自强的“一面风帆”，激活了机制创新的“一池春水”，厚植了创新人才生长的“一片沃土”。

大气　大爱　大先生

——潘际銮老校长的桑梓情怀

著名焊接专家、中国科学院资深院士潘际銮为推动先进焊接技术装备在国家重大工程中的应用，引领国际焊接工程科技发展作出了突出贡献。他在花甲之年接过组建南昌大学的重任，帮助南昌大学重构了办学体系，拆除阻碍创新的“篱笆墙”。

2022 年 4 月 19 日上午，南昌大学的名誉校长潘际銮院士永远离开了我们。全校师生至为悲恸。

犹记得 2021 年 5 月 2 日，南昌大学举办办学 100 周年发展大会，潘老亲临学校出席活动。当时老校长虽已 94 岁高龄，但精神矍铄，步履轻盈，思维敏捷，与四海归来的校友畅叙学校的发展历程……不承想，一年不到，老校长便驾鹤西去。噩耗来得太过突然，内心无法接受。

深夜静思，与老校长交往的点点滴滴历历在目。我清楚地记得，和老校长第一次见面，是在 2013 年夏我来校工作的第五天。我专程

2021 年，潘际銮、李世豫夫妇出席南昌大学百年校庆系列活动 （南昌大学 供图）

赶赴北京潘老家中拜访，向他请教办学治校经验。此后的九年时间里，我几乎每年都与老校长交流，每次都如沐春风，受益匪浅。虽然2002 年后潘老回到清华园专心做科研，但作为学校的名誉校长，他仍然关心关注学校发展，不顾年事渐高，不辞辛劳，在北京、南昌之间来回奔波，出席学校各项重大活动，令人感佩。2015 年9 月，学校为探索大众化高等教育背景下精英人才的培养模式，提高拔尖创新人才培养质量，决定成立以老校长名字命名的“际銮书院”。老校长不仅表示赞许，还赶回南昌为书院揭牌并致辞。今天，际銮书院已经成为南昌大学拔尖创新人才培养改革创新的实验基地。2016 年 12 月，学校为发挥老校长的影响力和感召力，整合社会资源，拓展办学资金渠道，决定成立潘际銮教育基金会。老校长鼎力支持，不仅赶回学校出席了基金会成立仪式，而且为基金会题词并发表讲话……

这一件件一幕幕，感人至深；老校长的教诲，言犹在耳。从老校长身上我看到了一个“大气、大爱、大先生”的伟岸形象，从老校长身上我读到了“孜孜以求的科学精神、大公无私的家国情怀、行为世范的高尚品格”。这是南昌大学的宝贵财富，也是中国科技界和教育界的宝贵财富。

大气——孜孜以求的科学精神

潘际銮先生是我国著名焊接专家、中国科学院资深院士，早在1980年他就当选为中国科学院学部委员（院士）。潘老学术起步早，学术造诣深，学术成就大，学术头衔多，学术荣誉多，这在我国乃至国际同行中都是公认的。潘际銮先生1927年12月24日出生于江西瑞昌，在抗日战争那段烽火连天的苦难岁月里，他在颠沛流离中艰难地完成了中学学业。经过努力，他在17岁那年以云南省第一名的成绩考入国立西南联合大学机械系，1948年以优异成绩从清华毕业后留校任教。1950年秋天，他被清华大学推荐到哈尔滨工业大学，在苏联专家指导下读研究生。他的导师普罗霍洛夫既是实践经验丰富的焊接技术专家，又是学术水平很高的教育专家。学有所成后，潘际銮先生又回到清华大学开始他孜孜以求的科学探索。

20世纪50年代初，中国正在全面推进社会主义革命和建设，潘际銮先生抱着为国家工业发展培养人才，为正在兴起的国家工业建设提供技术支撑的情怀，在清华大学正式组建了焊接教研组，创建了我国高校第一批焊接专业，为中国的焊接事业奠定了坚实的基础。20世纪60年代初，潘际銮先生成功实验氩弧焊并完成我国第一个核反应堆焊接工程，随后又很快成功研制出我国第一台电子束焊机。1964年，他与上海汽轮机厂等合作，成功制造出我国第一根6MW燃气轮机压气机焊接转子，为汽轮机转子制造开辟了新方向。20世纪80年代，他率先提出用电源的“外特性”控制电弧概念，为焊接电弧的控制开辟新途径，在中国自行建设第一座核电站（秦山核电站）时担任焊接顾问。进入新世纪，他成功研制爬行式全位置弧焊机器人，为国内外首创。他担任中国第一条高铁的铁轨焊接顾问，被誉为“中国高铁高速发展的奠基人”。

潘老一生的科研几乎都与焊接有关，他为我国的科技进步创造了多项“第一”，因此成为第一位“中国焊接终身成就奖”的获得者。他为推动先进焊接技术装备在国家重大工程中的应用，引领国际焊接工程科技发展作出了突出贡献。

大爱——大公无私的家国情怀

潘老出生和成长于战火纷飞的年代，他曾回忆，1937 年抗日战争全面爆发时，他在瑞昌的家被日本人炸平，父亲只能带着全家人从九江往昆明逃难。逃难时他还不幸得了伤寒，导致肠胃溃烂，“当时没有医院也没有药，我昏迷了，父亲背着我走，每天只给我喝一些水和米汤，把我从衡阳背到了桂林。昏迷了十几天后我终于醒来了，身体也慢慢恢复”。童年时期国家蒙辱、百姓蒙难、文明蒙尘的亲身经历，让潘际銮先生深深地懂得，唯有努力学习，自立自强，才能报效祖国，让中华民族强盛起来。

我们看到，潘老在国家发展的不同历史时期，利用自己的科技创新，践行着他的科技报国之志。潘老曾经说：“我这一辈子不图什么名利，我的奋斗目标就是为国家作出贡献。只要国家需要，我就知难而进。”20 世纪 50 年代，国家一穷二白，正在推进工业现代化建设，潘老为适应国家工业发展、经济建设和国防建设的需要，面对当时没有房屋、设备和经费的情况，白手起家，从规划设计实验楼、订购实验设备做起，创建了我国高校第一批焊接专业。20 世纪 60 年代，面临西方国家对我国进行封锁和禁运，苏联对我国中断援助，科研资料极其匮乏，科研条件极其艰苦的环境，潘老不畏困难，成功研制出重

2017 年，潘际銮老校长回南昌大学与学生交流 （南昌大学 供图）

型轧钢机架的电渣焊技术、大型锤锻模堆焊技术、我国第一台真空电子束焊机，完成了 2500 吨水压机全套高压蓄势器的研究及生产任务，清华大学核反应堆焊接工程的研究及生产任务，我国第一个汽轮机大型拼焊转子工程，等等。支撑潘老不断作出这些敢为人先的科技创新的动力，正是源于他对科学事业的挚爱和对国家富强的期盼。

爱国是最宏大的强国之志。潘老作为我国焊接学科的创始人之一，他以渊博的学识毕生服务于国家现代化建设。六十多载岁月里，他将自己的事业与国家需要紧密相连，焊接领域许多国之重器的背后都有他的付出与奉献。然而，面对他和团队所取得的重大成就，潘老总是说这些都是他该做的，总把荣誉让给团队成员。不计名利、甘当人梯、奖掖后学，正是他一生大公无私、科技报国的大爱写照。

大先生——行为世范的高尚品格

潘老不仅是一位蜚声海内外的著名科学家，还是一位有着浓厚桑梓情怀的教育家和德高望重的大先生。

1993 年 3 月，江西省决定将原江西大学和江西工业大学合并组建南昌大学。时任省长三顾清华园，诚邀潘际銮先生出任南昌大学首任校长，一时被传为佳话。1993 年 4 月 1 日，潘老受邀来到江西大学和江西工业大学考察。他见到时任省长的第一句话便是："我早已年过花甲，在清华也有很好的工作和生活条件，但我是江西人，家乡人民养育了我，省委、省政府领导信任我，希望我为故乡做点事。这既是我应尽的义务，更是我的光荣！放弃清华的研究工作确实有点可惜，但我要么不干，要干就踏踏实实地干，而且要干好。"

1993 年 5 月，带着对故乡的深情，肩负创建高水平大学的使命，66 岁的潘际銮先生毅然回到故里，主持组建南昌大学，为学校的建设发展殚精竭虑。他和班子成员一道，根据世界科学技术、国际教育发展趋势，围绕江西经济社会发展对人才的需求，敢于创新，大胆改革，提出了"面向 21 世纪，以改革总揽全局，立足江西，服务江西，紧密围绕江西经济社会发展，建设特色鲜明的南昌大学"的办学思路，同时又提出并实施了办好南昌大学的综合改革举措。首先是对两校合并后的学科专业、院系进行大幅度调整，构建办学的"四梁八柱"；其次是在本科教学中实行学分制、淘汰制和滚动竞争制，激发学生学习兴趣和学习动力；加强教师队伍建设，加强人才的引进和培养；充分发挥专家教授在南昌大学建设发展中的主导作用；制定学校中长期规划，推进"211 工程"重点学科建设；注重学校内部管理体制改革创新；大力发展校办企业；加强后勤队伍和后勤保障服务；抢抓机遇谋划前湖新校区建设；等等。这些举措定位清晰，思路超前，措施得力，激发了办学活力，提升了办学质量，极大地扭转了校风、教风和学风，得到了全校师生的支持和拥护。

潘老担任南昌大学校长的10年，是南昌大学发展史上具有划时代意义的10年，重构了学校的办学体系，结束了江西高等教育“无院士、无博士点、无重点高校”的“三无”历史，获批了国家级重点学科、教育部重点实验室和国家大学科技园，成为学校融合发展阶段的里程碑。

潘际銮在南昌大学（南昌大学 供图）

老校长不仅通过办学治校培育人，还通过为学、为事、为人的示范教育人。2017年，潘老90岁高龄的时候，媒体问他对现在的年轻人有没有什么话要说。他说：“年轻人要搞清楚学习的目的，要掌握知识，为国家多作贡献，少想名利。”我犹记得，潘老在际銮书院2018级新生开班典礼上对书院新生的深情寄语是：“同学们要树立正确的世界观、人生观和价值观，明确奋斗目标，要爱祖国、爱母校、爱书院，学会感恩，淡泊名利，戒骄戒躁，知行合一，踏踏实实地为国家、人民作出重大贡献，努力成为社会精英、国际名流、杰出校友、国家栋梁。”追忆这30年，潘老为南昌大学的建立、建设和发展作出了杰出贡献。他那“为学勤勉严谨，为事精益求精，为人低调谦和”的示范，塑造着南昌大学莘莘学子的品格、品行和品位。潘老不愧为心怀国之大者的“大先生”。

斯人已逝，风范长存！我们将永远感恩和铭记潘老为南昌大学所作出的杰出贡献，永远仰慕潘老的道德情操和精神境界！

潘际銮老校长永远活在我们心中！

香樟树下，丰碑永铸

暮春时节，南昌大学名誉校长潘际銮院士在北京逝世的消息传来，从繁花盛开的清华校园到草长莺飞的南大前湖，人们通过各种形式深切缅怀大气、大爱的潘公。先生之风，山高水长，世人永怀。

开风气之先，收果于后世。回首潘际銮老校长的点滴，南昌大学材料科学与工程学院师生没齿难忘。他非常重视学科方向的凝练，不仅建立了南昌大学材料学科系统，还全力支持有发展潜力的学科。20年前，学院材料所半导体发光项目，得到了他和其他班子成员的重点支持。学校拨专款近2000万元建设发光材料实验室，为这个项目从跟随到赶超创造了良好的硬件条件。后来，江风益教授带领团队拿下了国家技术发明一等奖、国际半导体照明技术大奖等。2017年，材料科学与工程成为江西省唯一一个国家“双一流”建设学科。

博观而约取，厚积而薄发。回忆起潘老治学之道，南昌大学教授张华清晰记得，他从光纤通信跨越到焊接专业，拜在潘老门下，潘老首先安排他在车间进行焊接实习，持续半个月的实践让他对焊接有了感性认识。在博士生课程学习阶段，潘老要求学生选读大量的相关课程，包括看上去与主修专业相差甚远的“计算机视觉”“模式识别”等。在博士一年级时，张华用修读的信息学科方法进行焊缝图像识别，取得了意想不到的效果，相关成果还发表在《机械工程学报》上。进入博士论文阶段，潘老正主持国家自然科学基金项目，尽管如此，他还是从百忙之中抽时间前往实验室听取汇报，查看实验现象、核算数据、分析结果。当他的博士论文发表在《中国科学》和 *Science in China* 刊物上，潘老仍然邀请数位老师对论文中的实验结果对照现场实验进行重复性验证，结果与论文中的结果一致，方才同意答辩。

大象无形，大音希声。在南昌大学退休校办科员雷红眼里，潘际銮老校长卓尔不凡，卓而亦凡，卓隐于凡。那年，雷红被学校派到潘老身边工作，她既兴奋又忐忑。记得第一次在机场迎接潘际銮、李世豫夫妇时，潘际銮看出雷红紧张，他说：“雷红，以后你就是我的小女儿了。”听到这话，雷红心里暖暖的。这股温暖的力量，在心里流淌，绵延不息。

喜欢吃花生米和糖，走路数小时轻松自如；夫妻数十年没争执过，诀窍就是分工明确，职责清晰，如果有不同意见，就听爱人的。南昌大学研究生院聂瑞筠在追思潘际銮老校长的文章中写道：“潘老教我做人要积极乐观，待人要宽厚有礼，遇事要泰然处之，做事要认真严谨。”

…………

点一盏心灯，致祭潘公。香樟树下，丰碑永铸。

（作者：周创兵）

杂交水稻研究的先行者

——记中国工程院院士颜龙安

杂交水稻问世，让世界水稻产量提高了 20%，中国水稻产量提高了 50%。这场“绿色革命”的领军人物是“杂交水稻之父”袁隆平，而与他并肩作战，最早育成“野败”籼型不育系，实现杂交水稻“三系”配套的人，是中国工程院院士颜龙安。他被授予“全国先进工作者”“全国劳动模范”等荣誉称号。

20 世纪 70 年代，一场被誉为“第二次绿色革命”的风暴震撼世界：中国培育出杂交水稻，为中国乃至世界的粮食安全作出了重要贡献。

这是一场可以与中国古代四大发明相媲美的农业技术革命！

世界水稻产量因此提高了 20%，中国水稻产量因此提高了 50%。这场“绿色革命”的领军人物是享誉中外的“杂交水稻之父”袁隆平，而与他并肩作战，最早育成“野败”籼型不育系，实现杂交水稻“三系”配套的人，就是江西省农科院原院长，2007 年底当选中国工程院院士的颜龙安。

48 粒种子，蕴藏着改写稻作史的能量

水稻的杂种优势利用是将近半个世纪都无法破解的难题。为了实现“人人吃饱饭”的理想，颜龙安和全国各地的水稻育种专家走到一起，立志攻下这个对全世界反饥饿具有战略意义的农业科研课题。

杂种优势是农作物一种重要的生物学现象，在 20 世纪世界育种史上，玉米、高粱等作物都通过杂交实现了高产优质，那么水稻是不是也能利用杂交优势，满足人类“吃得饱、吃得好”的目标？

自 1926 年美国的琼斯首次发现雄性不育水稻，给水稻杂种优势利用带来曙光之后，各国的科学家奋斗了近半个世纪，却屡屡碰壁。

杂交水稻研究，是世界公认的农业科学领域的“哥德巴赫猜想”。

以袁隆平为代表的中国水稻育种专家心系祖国，放眼全球，决心团结奋斗，攻克这个世界难题。

水稻为雌雄同株的自花授粉作物，要想让水稻杂交，必须选育出一个自身雄花不育的品种，让雌花接受来自异株的花粉。1970 年，袁隆平和他的学生李必湖在国内找到第一株天然雄性不育株（即“野败”）。此后的工作是把“野败”的不育基因转入栽培稻，进而育出生产上所需的不育系、保持系和恢复系，从而实现“三系”配套。

“三系”中，不育系是水稻杂种优势利用的基础。从 1971 年 2 月开始，江西、湖南、广东、广西、福建等 13 个省（市、自治区）的 50 多名农业科技人员纷纷来到袁隆平的海南岛基地——南红农场跟

班学习，参与全国水稻雄性不育系选育攻关。33 岁的颜龙安就是其中的一员。

萍乡作为我省乃至中国近代工业的重要发源地，粮食一直大量依靠调入，为解决粮食自给，全市上下对杂交水稻寄予厚望。当时颜龙安在萍乡市农科所搞科研，因选育出该市首个矮秆品种而小有名气，组织上便派他与回乡知青文友生一起赴海南参与全国协作攻关。

在南红农场得到珍贵的“野败”资源后，两个年轻人没有仓促进行杂交试验，而是先着手精心选择栽培稻品种。为尽可能保证研究的全面性、准确性，他们在协作单位提供的亲本材料中，既选了籼稻，又选了粳稻，还兼顾了不同纬度，最后决定用 7 个品种与“野败”杂交。

进行第一次杂交试验的那天，颜龙安和文友生从 8 时下田，在烈日下连续奋战 7 个小时，完成了 300 多朵颖花的异株授粉。一个月后，

颜龙安（右二）查看水稻生长情况 （江西省农科院 供图）

他们的收获是48粒种子。春暖花开的时候，他们怀揣着48粒比金子还宝贵的种子，还有10万字的试验记录，回到萍乡。

“珍汕97A”，杂交稻的“英雄母亲”

“珍汕97A”的成功选育，敲开了我国杂交水稻“三系”配套的大门，也奠定了颜龙安在杂交水稻研究领域的先行者地位。1995年颜龙安访问国际水稻所时，副所长库希握着他的手说：“我以前不知道颜龙安，但早就知道‘珍汕97A’。”

这些与“野败”杂交生出的后代，究竟是不育还是可育呢？这还是个谜！更艰苦的探索还在考验着他们。为了应付此后近乎大海捞针般的筛选，组织上把攻关组的人手由6人增加到12人。

阳春三月，48粒种子带着科研人员的希望播下稻田，但四天过去了，没有动静；五天过去了，悄无声息；七天过去了，还是不见丝毫变化。颜龙安急得寝食难安，嘴角起泡。按常理，这很有可能是种子烂了。第八天，他和助手李汝广来到试验田，怀着忐忑不安的心情从泥里找出一粒，捏了捏，还是硬的！这说明种子是好的。他们赶快小心翼翼地把其余47粒种子全部挖出来。他四处咨询，闭门思考，终于找到了问题的症结：带有野生亲缘的杂交后代可能休眠期较长。

变温处理打破休眠期！当时没有恒温箱催芽，颜龙安的助手李汝广就向当地老农请教，用牛粪堆催芽，结果还是不行。最后他们只得用土办法：把种子一粒粒清洗干净，用湿润的药棉裹紧，再用塑料布包好，放进贴身的内衣口袋里。

听着科研人员的心跳声，48 粒种子似乎读懂了人们的渴盼，七天七夜后齐刷刷地探出了脑袋。“全部发芽了！”颜龙安和同伴们激动地奔走相告。

像呵护襁褓中的婴儿一样，好不容易守到这些芽苗抽穗结实，颜龙安却发现这 48 个“孩子”高的高、矮的矮，参差不齐不说，“发育期”也有先有后。如何才能让杂交后代尽早稳定？要避免选育不育系的盲目性，必须先找理论依据。

带着疑问，他在国内遍访名家。当他慕名去找华南农学院水稻专家张教授时，恰逢张教授到广西、云南一带出差，他就一路从广西追到云南，从昆明跟到元江。颜龙安的求知精神深深打动了张教授，他们一起探讨问题，分析原因，颜龙安恍然大悟：要使杂交后代尽快稳定，在选育时务必选择穗型、粒型、株型都像父本的不育株进行回交。这大大缩小了选择范围。

1972 年冬，颜龙安选育的“珍汕 97A”和“二九矮 4 号 A”，经过南繁北育连续四代回交，不育株率达 100%，不育度也在 99.5% 以上。我国首批“野败”不育细胞质的雄性不育系宣告选育成功。

“珍汕 97A”不育系的育成，在杂交水稻育种史上具有划时代的意义。以它为母本配组出的后代中，不乏叱咤风云的“豪杰”。“汕优 2 号”是全国第一个大面积推广的杂交稻组合；而“汕优 63”“汕优 10 号”“汕优 64”一直是国家认定品种优劣的区试对照“标杆”。

1980 年，杂交水稻作为我国出口的第一项农业专利技术转让给美国，其中就包括颜龙安用“珍汕 97A”选育的两个品种。

历经几十年的风雨考验，“珍汕 97A”成为我国应用时间最长、选配组合最多、推广面积最大、适应性最广的不育系水稻，是当之无愧的“英雄母亲”。

“三系”配套，引发“绿色革命”

这是一场你追我赶的赛跑，全国上万名育种人员研究着同一个课题。当时在全国大协作的背景下，资源共用、成果分享、信息互通。要想胜出，没有什么秘密武器，唯一的办法就是竭尽全力拼搏。

继江西之后，湖南、福建也宣告育出了不育系和保持系。但恢复系仍然没有找到，“三系”还无法配套。迈过这道坎，杂交水稻才算培育成功了。

遗憾的是，不少国外的探索者已倒在了这道坎上。日本、美国、印度等国选育出不育系，均因找不到能在生产上广泛适用的恢复系而使研究搁浅。

颜龙安（右）查看试验稻生长情况 （蔡耀辉 摄）

有了前车之鉴，颜龙安和李汝广、文友生等人一起，兵分几路，到中国农科院、广东农科院、福建的外引试验场等地，广泛收集不同纬度、不同类型、不同生态环境的水稻品种。他们的目标是在最大范围内选择最优良的杂交后代。

不育系资源是自己的，做杂交试验就可以撒下大网；不育系育成比全国协作单位早两个世代，寻找恢复系的时间相对更充裕。这些优势令他们信心倍增。

当时，全国杂交水稻大协作中，有1万多名育种人员在研究着同一个课题。颜龙安和他的同事争分夺秒，像一列全速前进的火车，朝着既定的方向疾驰。他们用自己育出的“珍汕97A”和“二九矮4号A”不育系，与593个来自中外的不同品种（株系）进行测交，试验的规模和烦琐、复杂程度在全国均属最大最高。

一行行地扫视，一株株地观察，日复一日，禾苗开了花，结了实，他们也收获了巨大的成功：筛选出我国第一批强恢复系，宣告杂交水稻“三系”配套成功。

凡事都爱追根究底的颜龙安通过归纳分析，总结出“热带地区品种对‘野败’恢复的比例大，籼稻品种恢复较多”等规律。这些规律对恢复系的选育具有很好的指导作用。

1973年冬，“珍汕97A”与来自菲律宾的IR24配组，地理远缘杂交育出了一个“超级宝宝”——“汕优2号”。这个优质、高产且适应力极强的组合，让千千万万的农民面对这一新生事物时消除了顾虑，争先恐后地改种杂交水稻。

当时，“汕优2号”不仅使江西成为全国杂交稻发展最快、种植面积最大的省份之一，还推广到全国13个省市，种植面积累计超过3亿亩。

创新无止境，攀登在险峰

瞄准科技的最前沿，他总能从中捕捉到新苗头、新动向；挑战学术理论的条条框框，他频频创造全国第一、世界领先；贴近农业生产实际，他的研究成果在推广中让农民增产又增收。

有人认为，颜龙安是个幸运儿。1972 年，他育成我国首批“野败”籼型不育系而轰动全国，那年他不过 35 岁；1981 年，他作为全国籼型杂交水稻科研协作组的主要成员之一，荣获国家特等发明奖，那年他 44 岁。全国先进工作者、全国劳动模范、国家级有突出贡献的中青年专家……多少荣誉集于一身！而熟悉他的人却知道，耀眼的光环背后，他付出了多少艰辛。

常规的杂交模式，都是用野生稻做母本，用栽培稻做父本，长此以往地繁殖，势必会像杂交玉米那样，因细胞质单一而产生遗传性病害。1973 年 10 月，全国水稻科研生产现场经验交流会上，颜龙安在《利用“野败”选育水稻“三系”的进展情况汇报》中，宣布“三系”配套成功。好消息鼓舞着全体与会人员，而他则被另一个信息鼓舞着。中国农科院的鲍文奎教授告诉他，刚刚在日本闭幕的国际遗传学会议上，有人提出一个大胆的思路：以栽培稻做母本，以野生稻做父本，反向杂交，目的是改变细胞质，创新育种途径。

说者无心，听者有意。别人认为是天方夜谭，颜龙安却开始实践了。

一般选育不育系，杂交两代就可以找到，可他们的试验做到第三代还没有结果。难道这是一条死胡同？

属牛的颜龙安干什么事都有一股子牛劲，不达目的誓不罢休。

他还是坚持着。1978 年，反向杂交到了第四代。一天，他和助手朱成像往常一样下田。25 亩试验田，有 50 多万株杂交后代，这些野性尚存的植株高的有 1.8 米，矮的只有 30 多厘米；有的匍匐在地，有的半直立着。远远看过去，哪是稻田，简直就是茅草堆。要寻找新质源，他们不得不一蔸蔸地找，碰到捉迷藏似的躲在下面的，还要用手拨开看。因为 50 万株杂交后代的花期先后不一，相差有半个月，且水稻每天有固定的开花时间——上午 9 点至下午 3 点，着急没有用，他们要根据作物的习性，安排工作时间，平均一丘田得看三四遍。

这已是第七天寻找了。突然，一株 90 厘米高、开着白花的植株引起了朱成的惊叫。花粉为白色，这可是不育水稻的特性！同在一丘田里的颜龙安赶紧跑过去，他们观察了半天，认定这是一株与众不同的不育系。

“还有没有？”怀着兴奋的心情，他们在周边拉网式搜索，不久颜龙安也发出了惊叫：“又找到一株！”

“应该还有吧？”他们在这丘田里找了一遍又一遍，直到水稻花闭合。

只有两株！但这两株已创造了一个世界奇迹！这是一种育种新质源，在世界属首次发现。1987 年，它被命名为“萍乡显性核不育水稻”。

科学无止境，不断挑战新的难题，攀登新的高度，科学家的社会责任感驱动着颜龙安向一个个新的目标进发，他不愿也不能停住脚步。

杂交稻的推广带来了产量的成倍增长，但如何让我国尽早实现粮食自给？1980 年，颜龙安又开始了超高产杂交稻的研究。他提出以增大库容量为突破口的全新育种思路，即选育大穗大粒型的不育系和恢复系，创造强优势的后代。“新露 A”“献改 A”“早恢 102”“科恢 752”就是他精心选育的“父母”，而“献优 63”则是用这一全新思路育出的后代。1989 年在江苏试种，其最高亩产达 900 公斤。

1985 年，我国粮食基本实现自给。颜龙安又在思考如何让百姓吃得好，把育种方向由产量高、抗病虫害转为兼顾米质好。“752”系列组合陆续问世，其中“中优 752”达到国标二级米质。为了解决杂交早稻不好吃的难题，提高农民种植双季稻的积极性，颜龙安历时近 10 年选育出“汕优 102”，不仅产量高，而且口感好。

心有大爱，苦亦当乐

对于苦与乐，不同的人有不同的理解。枯燥的试验数据、艰苦的田间观测常常让人寂寞难耐，颜龙安却乐在其中。多少次失败，多少次打击，他都勇敢地站了起来，因为他深爱着土地，深爱着人民。

谁都知道学农的太辛苦，经常下稻田，好衣服穿不得。可颜龙安一两天不去田里走走就觉得心里空落落的，那些来之不易的育种材料令他牵肠挂肚。

谁都知道搞育种的难出成果，出一个品种至少七八年，有人甚至熬白了头仍两手空空。颜龙安却毫无保留地把青春挥洒在这片园地，把才华奉献给这项事业，一生无怨无悔。

执着的追求源自对农民与土地的缱绻之爱。1937 年 10 月，颜龙安出生于现萍乡市湘东区一个小山村，父母面朝黄土背朝天的耕作场景定格在他幼小的心灵，使他对农民有一种发自内心的亲近感。而年少时时局动荡，全家人食不果腹的记忆，上大学正逢三年严重困难时期，饿得脸部浮肿的经历，让颜龙安逐渐明确了人生目标：消除饥饿，人人都能吃饱肚子。

怀着这样的志向，他迈进了江西农学院的校门。毕业后，他主动放弃在大城市、热门行业工作的机会，乐呵呵地跳进了“农门”——萍乡市农业局，开始了几十年与泥土、水稻打交道的科研生涯。

心系天下苍生的宽广胸怀，支撑着他在科研的崎岖山路上执着前行。

从 1969 年开始，颜龙安每年都要过两个“夏天”，一个在江西，一个在海南，为的是利用海南冬季气温高的特点加代繁育。那时，海南未全面开发，走的是沙子路，吃的是椰子饭，住的是茅草屋，睡的是棍子床，白天下田与蛇和蚂蟥作战，晚上睡觉有老鼠、蚊子捣蛋，还要时常提防台风、海啸。

这样的日子，他一过就是十多年。“现在条件好多了。”吃过苦的颜龙安非常知足。

他对育种科研如痴如醉，常常到了忘我的境地。因为爱，苦中有甜，苦中有乐。1992 年的一天，因为脑部长了一个鹅蛋大的瘤子，他突然昏倒在工作岗位上。在萍乡确诊后，医生建议他尽快到北京做手术。颜龙安打着点滴上了开往首都的火车，火车开动时，他急切地问妻子：“我晒在屋顶的谷子，你帮我收起来没有？”妻子望着随时有可能脑部大出血的丈夫，气鼓鼓地回答：“没有。”那些谷子中有 10 粒种子可是他选育出的显性核不育杂交后代。颜龙安急得要拔掉针头，妻子心痛地责怪他：“你命都难保了，还想着那些种子，是不是疯了？”一路上，颜龙安焦急地企盼萍乡不要下雨。火车一到北京，他第一件事就是打电话给家里的孩子：“把谷子收进来，保管好！”

因为工作的关系，他有很多农民朋友，其中接触最为密切的要数萍乡的制种专业户了。这些人都习惯把颜龙安尊称为“师父”。制种大户刘丙才从20世纪70年代初开始学制种，是颜龙安手把手指导，让他从一窍不通的门外汉成长为制种的行家里手，走上发家致富的康庄道。他所制的种子销往全国，制种基地也从萍乡拓展到外地。刘丙才说：“没有师父当技术指导，就没有我们的今天，师父总结的杂交稻制种 6 项关键技术管用得很哩！”

而颜龙安在解答农民制种常见问题的过程中，也在不断总结和探索。他认为，随着技术的创新，制种不能光凭老经验，还需要理论的指导。根据 20 多年的试验数据和实践经验，1999 年他主编出版了《杂交水稻繁制学》，开创了一门新的学科。

简单生活，平平淡淡最是真

人的精力是有限的，他把所有的心血都倾注在杂交稻育种上，没有时间去理会尘嚣的繁杂。他喜欢单纯而简单的生活，喜欢说话直来直去，和他在一起工作会觉得轻松自如。

事业上，颜龙安是一位积极进取的领跑者。1972 年，江西成立水稻“三系”研究协作组，由颜龙安所在的萍乡市农科所牵头，省市相关单位参与，颜龙安任组长。他果然不负众望，带领着这个团队闯关夺隘，一路捷报频传。1981 年获国家特等发明奖的名单上，全国 26 人中，江西占 5 人。

然而，日常生活中的颜龙安，总是那么淡定和洒脱。

扪心自问，最让颜龙安愧疚的就是妻子，因为他一年中有半年时间在海南育种。

妻子对颜龙安痴迷于育种并没有过多责怪，她嗔怪丈夫的只有一点："掌权"的时候没有给自己和子女安排好工作。

1983 年颜龙安从萍乡市农业局调任萍乡市科委主任，十多年里，他亲自奔波，解决了多少知识分子夫妻分居、住房和子女就业等问题，可从没有想过让家人搭顺风车；1995 年出任省农科院院长，他为吸引人才、留住人心，建了 3 栋高知楼，自己却住在旧房子里。

颜龙安说，权力是党和人民给的，不是用来为自己牟取私利的；荣誉是团结协作的结果，"一个人的能力再大，也不可能包打天下，没有好的团队，就不可能成就江西杂交水稻的辉煌"。

高超的专业技能 + 包容的协作精神 = 人才成长的摇篮。颜龙安就是运用这个公式，让他工作过的地方，成长起一批批业务尖子。蔡耀辉、朱成、姚秋英……一个个名字登上"全国五一劳动奖章""全国青年突击手""全国三八红旗手"等荣誉榜，而笑得最开心的，就是默默站在他们背后的颜龙安。

老骥伏枥，志在千里。颜龙安虽已年过八旬，但他依然与团队一起奋战在科研一线，向新的超级稻高峰冲刺！

（作者：鄢玫）

为了心中的那束“光”

——记中国科学院院士江风益

中国科学院院士江风益从研究基础LED技术起步，然后追踪硅衬底蓝光LED技术，又成功地将硅基黄光LED光功率效率一再提高，达到国际领先水平，由此开拓了LED照明技术新方向。他被授予“全国先进工作者”“全国优秀共产党员”等荣誉称号。

在江西，说起重大原创成果引领新兴产业发展，常被人们津津乐道的，是江风益和他的团队追“光”的故事。

江风益，中国科学院院士，南昌大学副校长，长期从事半导体材料和发光器件方面的研究工作。他的团队研发的硅基黄光LED技术，达到世界领先水平。

30余年追“光”，江风益追求的岂止是专业方面的精益求精，还有他为人处世的坦诚磊落。

识“光”

1963年，江风益出生于余干县一个普通的农民家庭，父母都是共产党员。担任过大队会计和党支部书记的父亲，一心为公、热心为民，这深深影响了他。

“好好读书，将来为国家争光，为乡亲争光！”1980年，带着父老乡亲的殷切嘱托，江风益离开家乡，北上求学。这一年，他考取了吉林大学物理系，是全村第一个大学生。

得益于吉林大学求实创新的学术氛围，江风益养成了勤动手、多思考的好习惯。4年下来，大大小小的实验做了百余个，在做实验过程中，即使遇到困难，他也是自己想办法解决，使自己动手解决问题的能力迅速得到提高。1984年，江风益大学毕业回到家乡，在当时的江西工学院任教。1987年，他又考取了中科院长春物理研究所的研究生，攻读硕士学位，师从中国发光学事业先行者之一的范希武先生。这是江风益第一次与“发光”邂逅。

硕士研究生毕业后，江风益在继续读博、留在中科院长春物理研究所工作、回江西工业大学（原江西工学院）这3个选项中，选择了再次回到深爱着的红土地任教。但他与“发光”的故事并未结束。30多年前，国内发光材料与器件主要依靠进口，行业发展受制于人，当时正在读研究生的江风益在心中深深埋下了“让材料发光”的理想种子。1993年，在他的提议下，南昌大学建立发光材料实验室，以委托研制和自行研究相结合，贷款60万元配齐了科研基本设备。有了实验室，相当于有了“重武器”。第二年，江风益就获得了两项国家基金项目，在红土地上，他和同事们迈上了“让材料发光”的科研之路。

江风益（中）与研究生在实验室 （南昌大学 供图）

1996 年，江风益开始做应用基础研究，研究蓝色发光材料与器件。该项研究得到了江西省政府 240 万元的专项科研经费支持，并成功申请到国家“863 计划”中的蓝光材料与器件课题。但团队低估了课题难度，经历了 300 多次实验后，研究工作尚未入门，经费却已花掉 90%。课题的第一负责人和合作伙伴先后离开课题组，研究人员仅剩 3 人。是继续研究还是放弃？就在这时，欧洲一家著名半导体研究机构向江风益伸出橄榄枝。面对优越的研究条件、丰厚的年薪以及攻读博士学位的许诺，江风益不为所动，坚守红土地，放手一搏！

为让项目研究“起死回生”，江风益果断辞去南昌大学数理材学院副院长职务，放弃节假日和休息日，一门心思扑在研究工作上。饿了，叫盒饭；困了，就在实验室小床上打个盹。

因为长期弯腰工作和过度劳累，江风益患上了严重的腰椎间盘突出椎管狭窄症，步行不到 50 米就得蹲下休息。医生警告他，若不及时手术，很可能会瘫痪。但项目研究正处在节骨眼上，江风益担心万一手术失败了，会耽误课题研究。于是，他强忍病痛，坚持工作。

一次次遭遇挫折，一次次从头再来。功夫不负有心人，2000 年，经过 1200 多次实验，蓝光 LED 材料和器件在跟踪国际前沿方面取得重要进展，为硅衬底 LED 自主创新奠定了良好基础。

追“光”

在江风益的科研生涯中，2003 年是个极为特别的年份。这一年，追踪蓝宝石衬底 LED 技术已有 7 年的江风益，决心闯出一条新路，寻找发光材料新的技术路线或途径。

创新没有坦途，江风益表现出非凡的魄力和毅力。

他向南昌大学提出借款 2000 万元，承诺 5 年归还。南昌大学果断“雪中送炭”，从学校获得的国家教育振兴行动计划 4500 万元拨款中，划出 1945 万元用于扶持硅衬底 LED 研发。这让江风益信心倍增。

从“跟”到“追”，不仅要有敏锐的科研眼力，还要有敢为人先的创新勇气。起初，江风益尝试的是另一种半导体发光材料。但经过实验探索，江风益发现其空穴导电的 P 型材料生长非常困难，且稳定性不够好，于是果断放弃了这一世界热门研究方向，将目光锁定在硅衬底氮化镓这一冷门技术方向上。

“蓝宝石衬底和碳化硅衬底 LED 技术基本专利在外国人手里。”江风益说，“这意味着，如果我国的 LED 产业仍沿着这两条技术路线发展，势必会因专利壁垒而在市场竞争中处于被动地位，只能拼价格、拼规模、拼投资，在中低端照明市场挣扎。”

在硅衬底上做 LED 发光材料，江风益和他的团队并不是最初尝试者。然而，困难重重，这是一条几乎被外国同行判了“死刑”的技

江风益院士（前排中间）指导团队成员开展科研工作 （南昌大学 供图）

术路线。国外少数知名企业虽大量投入，却攻关未果。

“发达国家都搞不出来的东西，我们还是不要白费力气了。”当时，有不少质疑声。

“不唯书、不唯上、不唯洋，只唯实。”面对质疑，一股强烈的民族自尊感在江风益心中喷涌而出：“外国人搞不出来的东西，我们中国人不一定就搞不出来！”志比精金，心如坚石，江风益迎难而上。2003 年 12 月的一个冬日，实验室里，硅衬底蓝光 LED 发出了一丝微光。说起那时的情景，江风益依旧难掩激动之情，“当其他人都觉得不够亮时，我认为有戏，做成器件会很亮！”萤火虫般的光亮点燃了团队的斗志。不到半年，团队研制出有一定显示度的硅衬底蓝光 LED 样管。此后，国家“863 计划”、国家电子发展基金等相继资助硅衬底 LED 的研发。经过 5000 多次实验，突破数十项关键技术，硅衬底蓝光 LED 于 2005 年在国际上率先达到实用水平，开创了 LED 照明芯片第三条技术路线。

作为新一代革命性照明技术，LED 成为节能环保、提升传统产业、培育新兴产业的重点领域之一。硅衬底 LED 技术并未冷冰冰地“躺”在实验室里，而是走向了广阔的市场。2006 年，江风益和王敏等技术管理人才一道创建“晶能光电”，引进多家风险投资基金，开始了硅衬底 LED 技术的产业化之路，先后推出了硅衬底蓝光、绿光 LED 产品，在显示显像领域获得了应用。之后，“晶能光电”不断取得新进展，推出了多种高光束质量蓝光 LED 及其应用产品，在手机闪光灯、路灯、车灯等市场获得了应用。

2011 年，江风益瞄准高光效黄光 LED 这一世界性难题。他创立了新公司，取名“黄绿照明”，目标是解决黄绿光效低下问题，实现不需要荧光粉转换的新一代照明技术。他带领团队创新设计制造了专用 MOCVD 装备，利用硅衬底带来的张应力，引入新准备层，提出了新理念，解决了铟镓氮黄光量子阱材料生长温度低、压应力过大、易相分离等难题，于 2016 年成功地将硅基黄光 LED 光功率效率提高到 26.7%，远高于国外公开研究记录的最高水平（9.63%）。2019 年，硅基黄光 LED 光功率效率再次刷新纪录，提升至 27.9%。江风益带领团队开拓了 LED 照明技术新方向，在路灯、氛围灯等市场实现了健康照明新应用，其中高光效黄光和绿光 LED 芯片，在特定高端应用市场成为国际品牌。

艰苦的付出，得到了同行的高度肯定。

“中国半导体照明将在世界杀出一匹黑马，这匹黑马就是南昌大学的江风益教授。”中国工程院院士陈良惠如是赞许。

“南昌大学的江教授开发出了高效能的黄光 LED，我们非常惊讶！以前没有人成功过，这次真的成功了，硅基黄光的技术水平国际领先。我认为在 LED 领域，这对于中国来说是一个非常大的发明，有非常大的价值。”2019 年 7 月，诺贝尔物理学奖获得者、“蓝光之父”

中村修二教授在首届世界半导体照明产业论坛上对江风益团队的研究成果不吝褒奖。2019 年 11 月，经中村修二教授推荐，江风益获得国际半导体照明联盟授予的“全球半导体照明突出贡献奖”。

发“光”

20 多年来，江风益始终保持写日记的习惯，一天一页纸，内容大抵是当日的科研进展及思考总结。

20 多年笔耕不辍，江风益笔尖下流淌的不仅是沉甸甸的科研记忆，还有对人生得失的平静淡然，比如他奉行的处世信条——“多发光，少发热”。对此，他解释说：“对发光二极管而言，要想多发光就必须少发热，这样电光转换效率才高。同时，还有另一层意思，就是多做实事，少头脑发热，要吃得了苦，吃得了亏。”

“江老师一直是团队的‘灵魂人物’。无论是做科研，还是做人，他都是我们的榜样。”南昌大学国家硅基 LED 工程技术研究中心副主任王光绪说，自 2007 年成为江风益教授的硕士研究生开始，两人相识、共事十几年。他讲述了这样一个故事。在申报 2015 年度国家技术发明奖时，在署名问题上，江风益既考虑了历史贡献，又考虑了现实情况，充分彰显了一个科技工作者实事求是的品质。“国家技术发明奖一等奖、二等奖单项授奖人数不超过 6 人。之前有两位老师先后离开了团队，但是江老师充分考虑到这两位老师为研究成果作出的贡献，仍然在团队名单里将他们的名字署上。不光如此，每每争取到课题立项，江老师总是将课题分给年轻教师，让他们锻炼成长。”

“搞科研容不得半点马虎，失之毫厘，差之千里。”在科研与学生学业上，江风益一丝不苟、求实严谨。他坚持每周定期举行全体研究生和导师科研讨论会，对下一步研究方向提出建议。择一事，专一心，终一生。为人低调的江风益，对“江老师天生就是一个做发光材料的料”这一说法从不避讳，相反还很乐意接受。他的勤奋，团队成员有目共睹。他几乎没有双休日，从来都是“白加黑”。“能文能武，又红又专”，这是江风益对自己、对学生的期许。“文”，是指扎实的理论基础；“武”，是指熟练的动手能力；“红”，是指端正的思想品德；“专”，是指高超的专业水准。多年来，在江风益的带领下，南昌大学先后建立了教育部和科技部创新团队、教育部和科技部国家工程中心，所在学科入选国家“双一流”建设学科（江西省唯一入选的学科）。

现如今，担任南昌大学党委委员、副校长的江风益还分管南昌大学学科建设工作。看着青年教师高涨的科研热情，他满心欢喜。为了给这些青年教师充分的自主权，江风益一般是在大方向上给建议，告诉他们选方向要“顶天立地”，少凑热闹。同时，江风益勉励他们，创新从来都是九死一生，选定方向后，要有无畏的勇气。

“我一个农村孩子，靠国家给的每月21元的甲等助学金读完了大学，实属一个幸运儿。一路走来，这份幸运一直伴随着我，这是时代所赋予的。我有责任、有义务为党和人民多做点有益的事。”江风益感慨着。

是啊，识“光”、追“光”、发“光”，为了心中的那束“光”，江风益依旧向前奋力奔跑！

（作者：朱力　齐美煜　骆辉）

橙　缘

——记赣南脐橙第一人袁守根

1970年，袁守根培育出了“赣南脐橙”。从156株到如今的175万亩，脐橙树已经成为赣南老区百姓的“当家树”“摇钱树”，累计带动赣南老区百万人脱贫增收。他先后被授予“全国脱贫攻坚先进个人”“全国优秀共产党员”等荣誉称号。

半个多世纪的“橙缘”，终究织就了赣南人民的致富梦。

赣南是原中央苏区的核心区域，也是全国著名的革命老区。让赣南老区人民摆脱贫困，过上更好的日子，需要产业支撑。

春分时节，脐橙花开。走进“世界橙乡”——赣州，人们不禁会想起赣南脐橙第一人袁守根。

缘何称他为赣南脐橙第一人？他的人生阅历能说明一切——

1970年，他为赣南引进了第一批脐橙树。如今，175万亩脐橙树覆盖赣南群山，成为老区名副其实的农业“当家树”、农村“致富树”和农民“摇钱树”，一大批农民通过种果实现脱贫致富。他22年奋斗

果农向袁守根（右）请教脐橙种植技术 （齐美煜 摄）

在果业生产一线，16 年在行政岗位深耕细作，退休后又成了“不拿钱的技术顾问”。50 多年梦起梦圆，他生命的主角始终是脐橙。

一个人，一辈子，钟情“一棵树”，造福百万人。袁守根从满头青丝到两鬓斑白，把美好年华奉献给了脐橙产业，把敬业奉献书写在橙乡大地上。

浙江籍“赣南老表”

1941 年 7 月，浙江省诸暨县袁家村一名男婴呱呱坠地。孩子的出生承载了袁氏家族的希望，父母依照辈分取名“守根”，寓意为“根木成林”。巧合的是，这个名叫袁守根的男孩，日后真就跟果木打了一辈子交道。

生在农村，长在农村。他的童年与山林、田地、花虫鸟兽为伴，袁家村的每一个角落，都承载过他的欢声笑语。

1958 年，他被江西共产主义劳动大学（江西农业大学前身）录取，成为该校第一届林学专业学生。他在校学习期间意识到，果树作为经济林，在整个林学专业中占有重要地位，便如饥似渴地学习葡萄、桃、梨等果树种植技能。

1963 年的秋天，22 岁的袁守根被分配到信丰县林垦局工作，成为一名“赣南老表”。

初来乍到，他靠着双腿踏遍青山，对所负责的大阿、正平、万隆、小河等四个公社的山川沟壑了如指掌。

当局里让他到离县城 10 多公里的西牛林场任技术员时，他二话没说，收拾行装，打起背包。

1969 年的岁末，信丰的决策者们考虑能否在安西镇创办柑橘场，但首先困扰着领导的是人才问题。谁能担当此重任呢?

会上，一个个名字被提出来，可又一个个被否决。最后，大家蓦然想起在西牛林场干得风风火火的技术员袁守根，并推荐他为信丰园艺场第一批创建班子成员。

1970 年 2 月 7 日，正值隆冬季节，寒气袭人。袁守根和柑橘场负责同志袁开富以及两名临时抽调的技术员带上简单的行李，急切地赶往安西镇做好办场的基础性工作。

大家到了车站才得知，去安西的车票已售罄，三天后才有车前往安西。那就走过去吧！就这样迎着一阵又一阵山风，30 多公里的路程把袁守根他们冻得直哆嗦，可大家没一句牢骚，没流露一丝怯意。长途跋涉 7 个小时，他们走到了安西，在简单用餐后，大家立即开展实地测量工作。

在安西镇桐梓岗，徒步爬上几个山头，取土勘察几个小时后，袁守根充满信心地说：“土质很好，富含有机质，土壤松散透气，这里可以办场。”

5月初，测量工作宣告结束。6月份，开山运动正式开始。为办好“试验山”，袁守根与各地前来支援的干部群众一道连续奋战，实施“大会战”，高标准地造出了一座“样板山”。在满山灯火映照下，工人们夜以继日，愣是将600亩的荒山野岭，改造成适宜种植的果园。

如今，这座“样板山”依然耸立。它承载了一段难忘的历史，激励着更多群众种果致富。在这座“样板山”上，袁守根创新设计了外高内低的反坡式梯田、竹节沟等，实现保水、保土、保肥，这些做法延续至今。

以梦为马

有了地，就有了发展的底气。1970年11月，袁守根来到湖南邵阳选购柑橘苗木。他可能永远也想不到，正是此行让他与脐橙结下了不解之缘。

在选购柑橘苗木时，他得知湖南邵阳地区园艺场刚引进了一个柑类新品种“华盛顿脐橙”，但挂果率不高。这时，袁守根突然闪过一个念头：脐橙远比橘子珍稀，带点种苗回去试种，说不定能见成效。他将4捆共200株脐橙幼苗与2万株柑橘苗木一起运回了信丰安西。

“华盛顿脐橙”在邵阳没有试种成功，在信丰适合种植吗？会不会水土不服？带着这样的疑惑，他把脐橙幼苗带回信丰后，在离住处不到50米的小山坡上种下。

袁守根要试种脐橙！消息一出，便立即得到县领导的鼓励和支持。为此，县里专门成立脐橙“三结合”科研小组，由袁守根负责管理、研究、观测。

他将脐橙每一项生长情况认真记在本子上，生怕“宝贝苗”出状况。白天，就算是吃饭，他也常常端着碗，边吃边观察脐橙树的生长规律。多少个不眠之夜，睡不着的他翻身下床直奔小山头，跟脐橙幼苗“说说话”。

袁守根守着寂寞，也守住了那期待的成绩。三年后的秋天，当袁守根的客家话越讲越地道时，他种下的脐橙挂果了！在存活的156棵脐橙树上，有的挂有五六个椭圆的橙子，有的则挂得更多，总共收获约200公斤。

1975年，赣州市果茶公司派人到安西收购柑橘时，袁守根用脐橙招待客人。客人吃后，当即向袁守根预订了20个脐橙参加第二年的广交会。

1976年的广交会上，这20个脐橙得到了外贸界、香港商界的高度评价。客商惊问：“哪里来的美国橙？”就这样，产自赣南的脐橙开始崭露头角。

乘胜追击。1997年，袁守根将1吨脐橙销往香港市场，卖出了每公斤36元（港币）的“天价”。香港方面发来加急电报：“果似美国橙，价高于美国橙，请速组织货源。”这大大激发了袁守根等人的热情，同时也引起国家和省市有关部门的关注。

梦想“橙”真

1979年，经国家部委批准在信丰县建立“两万亩出口鲜橙基地”后，信丰县开展了轰轰烈烈的开山种橙运动。信丰脐橙种植面积由最初的5亩发展到数十万亩，脐橙年产量超20万吨，总产值超20亿元。

为提高脐橙质量，袁守根在种植脐橙基础上，摸索出改良土壤、增强有机质肥、提高脐橙质量的“山地果园套种优良绿肥”技术，让脐橙母本繁衍并推广至大余、宁都、寻乌、安远等地。越来越多的果农跟着受益。

进入20世纪90年代，赣州提出“在山上再造一个新赣南”和“兴果富民”的口号，正式确立了以脐橙为主的果业发展战略。全市人民的种果热情再次被点燃。

此时的袁守根依然沉下心思不断试验——

为了延长树上保果时间，袁守根挑选脐橙不断试验。不论严寒酷暑，他坚持每两个小时测试一次温度，将落果逐一过秤，然后采取保护措施，成功使树上的脐橙至次年4月仍鲜艳亮泽。为了解决夏梢问题以防落果，袁守根经过多年探索，总结出“控制夏梢，提高脐橙着果率”的经验。为了改良土壤，增强有机质肥，提高脐橙质量，袁守根反复试种，摸索出了种植印度豇豆、刀豆、豌豆、红花草、肥田籽等做绿肥的成功范例。为了解决肥料不足的问题，袁守根经常起早摸黑，坐着拉粪车去县城淘大粪、买大粪……

1993年，赣州组织编写《赣南脐橙栽培》一书，他又将脐橙育苗、定植、施肥、整枝、病虫害防治等知识和经验全部奉献给了赣南果农。回首过去，袁守根说：“赣南脐橙产品发展经历了70年代是样品，80年代是礼品，90年代是商品三个阶段。与之相对应，赣南脐橙的种植历史经历了试验、扩大、大发展三个时期。”

2006年，赣南脐橙标准成为首个脐橙国家标准，并拿到了通往国际市场的绿色证书。“赣南脐橙”获批国家地理标志产品，跻身中国品牌价值评价百强榜，品牌价值稳居全国区域品牌水果类第一位。

“橙”人之美

在信丰县安西镇中国赣南脐橙产业园，有三棵“母亲树”被罩上了纱帐，重点保护了起来。这三棵“母亲树”，由袁守根 50 多年前最早引进的脐橙幼苗繁衍而来，见证了赣南脐橙的发展历程，也见证了袁守根不变的初心。

“人一辈子能做好一件事，就很不错了。”袁守根这么说，也这么做，他将一生奉献给了他钟情的“一棵树”。

1985 年，在赣南脐橙名满国内的时候，袁守根走上信丰县农牧局领导岗位。此后直到 2001 年退休，他还在信丰县多个岗位任职。不管岗位怎样变化，推广脐橙始终是他的“中心工作”。

袁守根（左一）与果农面对面交流 （肖承洪 摄）

多年来，袁守根每天都会收看农业天气预报，并把信息转告给认识的果农。在打霜的季节，他还会挨个给果农打电话，提醒他们防冻，这个习惯已经保持了很多年。

2001 年 10 月，刚成立的江西信丰圣地果业开发有限公司种植脐橙树苗 3000 亩。这一年，恰好袁守根退休，公司财务总监叶西石信心满满地上门高薪聘请袁守根担任企业发展顾问。袁守根立即回复他："做顾问可以，但不拿工资，有什么困难，尽我所能提供帮助。端了你的碗就要受你管，我就没法为其他人服务了。"

听说可以得到帮助，家庭贫困的大塘埠镇村民卢培金放弃外出务工机会，找到袁守根，于 2012 年在老家种植脐橙。

多年来，袁守根成了卢培金脐橙基地的"常客"，没有顺风车就搭乘农村班车前往，甚至身体不适时，袁守根还不忘通过电话了解脐橙长势。

"种脐橙不难，种好脐橙难。什么时候下饼肥，什么时候剪枝，这里面的学问大着哩。多亏有袁老的指导，我们心安哪。"大塘埠镇长岗村脱贫户赖道祥满心感激。

经过长期跟踪测算，袁守根与同事发现脐橙树是不折不扣的"摇钱树"。一棵 4 年树龄的脐橙树产量为 50 公斤左右，每亩种植脐橙树 50 株，亩产可达 2500 公斤至 3000 公斤，脐橙树的寿命可长达 40 年至 50 年，经济效益十分可观。

为了说服更多人种植脐橙，袁守根真是绞尽脑汁，设计出"三棵脐橙树，等于一头猪"的宣传语。"那时，大多数农民对脐橙还不是很了解，你讲脐橙哪里好，农民根本听不进去。"信丰县大阿镇果农康登明说，"袁老用大家都知道的养猪来类比，脐橙的远景效益一下就展现在大家面前。你种，我也跟着种。"

康登明不仅读懂了袁守根，更抓住一切机会向他学艺，做苗圃，种脐橙，做起农超对接，如今一年收入至少有40万元。在袁守根的影响下，康登明也热心当起了周边果农的技术指导。

守望“红色初心”，服务人民群众。从事脐橙事业半个多世纪，袁守根却没有一寸自家的脐橙地。他说：“我不是不想自己搞果园，但那样就没有时间去为更多果农服务了。”正是因为袁守根的敬业奉献，才有了一批批脐橙事业“追随者”的加入，赣南大地接续唱响希望的“橙歌”。

近年来，赣州依托脐橙等农业特色产业助力脱贫攻坚，脐橙产业发展累计带动赣南老区100万人脱贫增收，成为全国三大产业扶贫典范之一。

续写“橙”色传奇

2001年10月，袁守根总算退休了，老伴顾佩荃很高兴。按说忙碌了大半辈子，吃尽人间酸甜苦辣，饱经风霜，又创造脐橙界无数次奇迹的他，着实需要停歇下来，陪着家人好好享受儿女满堂、子孙绕膝的清福了。但是，顾佩荃很快发现，自己高兴得太早了：袁守根还是不着家，找他的人还是像以前一样多。

对于老伴的评价，袁守根很认同：“她说得没错。现在我已有三个孙女，但陪伴时间太少，我还是那么不称职。”

韶华易逝，光阴荏苒。耗尽一辈子心血与脐橙结下的不解“橙缘”，又岂是一朝一夕就能割舍的？信丰县老年科技协会领导慧眼识珠，刚刚退休的袁守根被推荐担任该县老科协顾问、老年体协常务副主席等职务。

袁守根深知，在赣南原苏区振兴发展中，围绕中央赋予赣州

“建设世界最大的优质脐橙产业基地和全国重要的特色农产品、有机食品生产与加工基地”的战略定位，他需要做的事还很多。他得空就往橙园转，还义务担任了328户果农的技术顾问，并研究出赣橙I号等脐橙新品种。

天有不测风云。黄龙病作为一种严重危害柑橘的毁灭性病毒，2012年开始在赣南大地肆虐，给脐橙产业发展带来毁灭性的打击。油山、安西、小河、铁石口等脐橙主产区内的果树基本砍完，全县脐橙种植面积从高峰期的28.7万亩锐减到不足10万亩。家家户户“山上一片果、山腰一栋房、山下一口塘”的美丽画卷将黯然失色……

信丰脐橙路在何方？脐橙产业的明天会怎样？眼看着几十年如一日辛辛苦苦种植的果树就要变成荒山杂木，听着果农们的诉说，袁守根心急如焚、焦虑不安、辗转反侧。

不服输的袁守根积极研究对策，提出防控柑橘黄龙病的三大有效措施，即“种无毒苗木、消灭木虱、挖除病树”，在关键时刻为赣南脐橙产业“保驾护航”。

信丰县委、县政府敏锐地抓住柑橘黄龙病防控的契机，举全县之力抓好种苗规范管理，杜绝带病苗木和外地不合格苗木上山进园，从源头上保障产业安全；在财力、物力、人力上向脐橙产业倾斜，优化基础设施，加快标准化生态示范园建设，坚定不移地走脐橙产业转型升级之路。

信丰县还充分发挥国家现代农业示范区、国家现代农业产业园、国家级出口脐橙质量安全示范区等“国字号”平台效应，创新举措，用好脐橙大数据平台，深化“大苗上山”“生态建园”“1583工程”等改革新模式，脐橙产业迎来高质量发展。

同样，面对脐橙销售的问题，袁守根联合多名专家，建议将线下“中国赣州脐橙节”打造成线上“赣南脐橙网络博览会”。如今，每逢脐橙丰收季，当地不少电商会邀请袁守根前往果园拍照录像，为产品代言，但他每次都不收费。他说：“能为赣南脐橙做点事，我乐意！”

2017年，为了更好地宣传赣南脐橙，信丰县在袁守根引种脐橙的安西园艺场附近打造了国家4A级景区——中国赣南脐橙产业园。在产业园规划的过程中，主管部门还专门邀请袁守根实地指导赣南脐橙发展史建设；在产业园建设的过程中，袁守根还经常深入施工现场指导，生怕施工方弄错赣南脐橙发展史的构成元素。

（作者：唐燕　曹章保）

菇“痴”

——记人工种植茶树菇之父谢远泰

1992年，农民出身的谢远泰，成功培育出“中华神菇”茶树菇，填补了世界人工栽培茶树菇的空白。他没有独享专利技术，而是把自己的发明成果奉献给家乡，惠及千家万户。他先后被授予“全国杰出青年星火带头人”“全国脱贫攻坚先进个人”等荣誉称号。

高端的食材往往只需要简单的烹饪方式。一把茶树菇、几块排骨，小火慢炖，两个小时后，砂钵里飘出浓郁的香味。这是普通人一日三餐中再普通不过的一道家常菜。

但在30年前，能品尝到这种美味的人并不多。因为那时候，茶树菇还只能生长于油茶树的枯干上，并没有实现人工培育。

是谁让茶树菇走进大棚，走上千家万户的餐桌？他叫谢远泰，一个不折不扣的菇“痴”。

恒者——“千淘万漉虽辛苦，吹尽狂沙始到金”

赣东南武夷山西麓，广昌县赤水镇天咀村，群山环抱，中间一条小溪划村而过。

1957年8月，谢远泰出生在这里的一户贫苦农家。他在家排行老四，上头有三个姐姐，下面有五个弟妹。

在那个吃不饱饭的年代，层峦叠嶂中，蕴含着大自然的馈赠。每年春夏之交，年幼的谢远泰总跟着姐姐一起，提着一个小竹篮到山里去采野菇。在油茶林腐朽的树根周围，那种比普通菌类“脚”更长、“伞”更小的野菇闯入了谢远泰的视线。

姐姐告诉他：“这叫茶树菇，可美味了。”姐姐说这话的时候，缓缓抬起头，似乎在憧憬着什么。

后来，谢远泰听说，当地一直流传着一种风俗：新娘出嫁前都要喝上一碗用野生茶树菇炖好的鸡汤。

1977年的夏天，炎炎烈日炙烤着大地。高中毕业的谢远泰刚踏出校园，举目四望，思考着自己的未来，最终还是决定返回老家天咀村。

住不上稳固房，喝不上干净水，吃不了肚儿圆，走不出大山沟。这是外地人对天咀村的“诅咒”，也是天咀村的真实写照。谢远泰不甘心，他经常爬上村里的小山坡，眺望远方。

目之所及，依然是山。

一次，他爬到山上，遇到了野生茶树菇。童年的“味蕾”在心头再次绽放。

“如果这种野生的茶树菇也能够人工种植出来，那……”他眼睛一亮，随即又摇了摇头，放弃了这个不切实际的想法。作为广昌山区的孩子，从小就看着大人们种香菇，谢远泰知道，还从来没有人能种出茶树菇。

像祖辈那样，谢远泰跟着林场的师傅，学起了种香菇。

从此，在林场的每一个早晨，都能看到这个年轻的身影，穿过厚厚的山雾，来到溪边挑水，去浇灌段木上的菇眼。在两年的蹲点中，他掌握了菌菇基本参数，学到了种植技术。但是，他也患上了风湿性关节炎，从此落下病根。

有一天，他同林场的工友一道去山里砍树。上山之前，他们和往常一样，向山神祈祷着平安。

但这一次，谢远泰没有得到山神的庇护，倒下的大树砸中了他的右肩。休息了一段时间后，他去香菇山为香菇遮阴、浇水，不料，又被一条毒蛇咬了一口。幸好，在村里的捉蛇人那里求得蛇药，总算是蛇口逃生。

值得庆幸的是，他从师傅那里学到了传统种香菇的全部手艺。

“茶树菇和香菇都是菌类，总有相通的地方，也许真的能人工种出茶树菇呢？”那个被他掐灭的想法又一次蹿起了火苗。

他开始偷偷地做起了人工培育茶树菇的实验。

1979 年，谢远泰和张富村的黄梅英结了婚。她和谢远泰同龄，一心支持丈夫的事业。谢远泰娶到一个通情达理、贤惠能干的妻子，在事业上多了一个得力的助手。

在妻子的支持下，从 1980 年起，谢远泰从牙缝里省出了一些钱，先后到广州微生物研究所、上海农科院、福建三明真菌研究所等地培训学习，学会了香菇、银耳、木耳、凤尾菇等 30 种以上菌类的人工培育技术，为他研究茶树菇种植提供了丰富的借鉴。

1982 年初，谢远泰将村里的香菇山承包下来，整天在香菇山上侍弄他的“宝贝”，一年下来，上缴利润 1.2 万元。在承包香菇山的时候，他一直没停止他的茶树菇人工培育实验。

当时，家里十多口人住在狭小的土坯房里。如何解决实验室的问题？谢远泰盯上了家里的猪圈。他没有让家人养猪，而是空出猪圈来做实验。因为菌种实验要求有一个洁净的空间，任何细菌都有可能干扰正常的研究，他便买来石灰撒在猪圈四处，用作消毒，然后一心扑在猪圈里做实验。

村里人不解，有人说“这小子躲在猪圈里‘变猪’呢”，那意思是说他躲在猪栏里偷懒；也有人说“他是中了茶树菇的邪”。谢远泰听后笑笑，不作出任何回应。他只关注菌菇是否呼吸，是否发芽。

时光在一次一次的失败中悄悄流逝，谢远泰在一次一次的从头再来中变得更加泰然。

“我有一个梦想——人工种植茶树菇，就像种香菇一样！”当谢远泰终于把这句话说出口时，他的语气里已经没有了热血沸腾的铿锵，代之以平静和笃定。

渐渐地，乡亲们不再笑他“疯”，不再说他“变猪”，而是发自内心地服他。

千淘万漉，千锤百炼，千磨万击……

这条路，比谢远泰想象中的要长。

他一边苦心经营着他的香菇产业，一边矢志不渝地捣鼓着茶树菇的研究。

20 世纪 80 年代中后期，谢远泰办起了香菇厂，并采取“公司 + 农户”的生产模式，希望带着乡亲们从此走上共同富裕的道路。他帮助乡亲的想法十分纯真，但是市场没有被这份纯真打动。

1987 年，香菇源源不断涌向市场，严重供大于求，价格降到每公斤 8 元左右。谢远泰为了不失信于民，仍按预定的价格将生产农户手中的香菇收回。耗资 30 多万元收购的香菇，销售却不足 10 万元。

这一年，谢远泰净亏损 20 万元。

谢远泰（右）指导菇农在大棚里种植茶树菇 （曾恒贵 摄）

他家中的所有资产全部亏空，支撑他研究茶树菇的经济来源瞬间崩塌，他还背负着沉重的债务包袱。

苦难如影随形，谢远泰拼命挣扎。妻子在这时候显现出她的贤惠和能干。黄梅英操持好家务，不让一家人饿着，不让儿女荒废学业，更不让自己的丈夫中止研究。

1989 年，谢远泰离开自家山村，来到相邻的杨溪乡。这里有祖辈遗留下来的一片千年古茶树林。他选择了一处气候环境适宜、茶树菇天然孢子相对丰富的山地，扎根下来，潜心研究茶树菇。

寒来暑往，岁月不居。

1992 年春天，古茶树林里大朵大朵的茶花开得似乎比以往更加热烈奔放。2 月 26 日，这不仅是谢远泰值得纪念的日子，更是茶树菇栽培史上值得铭记的日子。

尝尽了酸甜苦辣的谢远泰终于拨开了重重迷雾，人工培育出了茶树菇，一举填补了世界人工栽培茶树菇的空白。

1993 年，他将该品种命名为“AB 六 –2”特种菌，通过了江西科学技术委员会技术鉴定，获得了国家发明专利。

谢远泰“中华神菇王”的名号不胫而走。

仁者——“一花独放不是春，百花齐放春满园”

成功的喜悦尚未过去，谢远泰又被下一个难关困扰。横在谢远泰面前的最大难题是如何筹钱将这一研究成果转化为现实的生产力。

彼时，谢远泰已是县政协委员。就在他一筹莫展之际，县政协主席牵头，政协所有班子成员和赤水镇领导等筹资近五万元！

这笔钱有如雪中送炭，他立即投入生产试验，开始研究人工培育茶树菇需要的营养、温度、水分、空气（氧）、光照（紫外线）和pH 值等六大参数值。

1993 年，中试如期进行。

1994 年，中试大获成功，逐渐扩大生产规模。

同年，广昌县老区建设办公室（以下简称“老建办”）把谢远泰的产品带到北京，交与国家食品质量监督中心检测。检测结果振奋人心——产品含人体所需的 17 种氨基酸（包括人体不能合成的 8 种必需的氨基酸），以及 10 多种矿物质微量元素，品质比野生茶树菇更好！

1994 年 2 月，广昌县老建办投资 5 万元，与谢远泰一道搞茶树菇生产。谢远泰经过精心选址，决定在赤水镇河边租用 6 亩田地，盖大棚，进行规模化生产。他预计能出产茶树菇鲜品 1.8 万公斤，能烘成干品 1800 公斤，按当时市面价估算，可获利 45 万元左右。这样的消息不管是对投资方老建办，还是对从事研究生产的谢远泰来说都是鼓舞人心的。

他们都对未来充满了憧憬。

然而，人算不如天算。

1994 年 6 月 20 日，一场突如其来的洪水将 6 亩大棚一扫而光，承载着所有人希望的茶树菇还未“出世”就“胎死腹中”，一腔热血付诸东流。

望着这场冲走他希望的滔滔洪水，谢远泰失声痛哭。

屋漏偏逢连夜雨。谢远泰蹲在河边抽泣了许久，突然发觉心脏刺痛难忍。他的风湿性心脏病进一步加剧了。上天总是以这样残酷的方式考验着一个大业将成的人。

县领导发动全县机关干部筹资，在危难之时帮他一把。1994 年 10 月，谢远泰拿到 15 万元款项的时候，感动得流下了热泪。

1995 年，谢远泰甩开膀子准备大干一场。他依然是走“公司 + 农户”的路子。

“可是我们没钱买原料，又没技术，村里那条路还坑坑洼洼，即便我们种出了茶树菇，卖得出去吗？”村民们七嘴八舌，面对新事物充满疑虑。

为解决村民后顾之忧，谢远泰自费 16 万元在天咀村修了一条 4 公里的主路，并为农户包技术培训、包原料供应、包产品销售，还签订回收合同。

这一次，纯朴的谢远泰终于感动了苍天。当年，他盈利 200 多万元，一举还清了所有的借（欠）款，成了名副其实的百万富翁。

1996 年，谢远泰把家由赤水镇搬到广昌县城，并成立了广昌县食用菌开发集团公司，任董事长、总经理。这一年，他的茶树菇产业盈利 400 万元。

消息传开，1997 年，广昌县 70% 的农户都开始种植茶树菇。谢远泰和农户签约，1998 年以 240 元 / 公斤的价格回收干菇。

收菇的季节到了。农户们背着茶树菇挤着班车或坐着拖拉机，从四面八方赶到县城。

“卖菇呢？”

“是啊，你也来了？”

农户们打着招呼，脸上洋溢着笑容。几个小时之后，他们就能从谢远泰的公司里拿到钱了。

来到公司，大家争先恐后地打开装着茶树菇的袋子。

“别急，大家别急，一个一个来。”谢远泰大声招呼着。

“这是怎么了？我的茶树菇怎么全碎了？”人群里响起一声凄厉的呼号。

现场突然安静下来，人们纷纷投以同情的目光。

“肯定是刚刚在拖拉机上一路颠簸，把茶树菇震碎了。我怎么这么不小心啊！”凄厉变成了悲伤。

人群瞬间变得躁动。所有人都颤抖着打开自己的袋子。

茶树菇的香气弥漫开来，比这香气更浓郁的却是悲伤的气息。

大部分合格菇被震得粉碎，没震碎的则是没按标准烘干的次品。

菇农们傻眼了，谢远泰也乱了方寸。

按合同所定“质量不过关则拒收”的条款，这些损失原本应该由菇农来承担。但望着这成堆的残次品，望着这些陷入悲伤和无助的菇农们，谢远泰如何开得了这个口？

他一咬牙，毅然决定按原定价格收购这些残次品。

此时人工种植的茶树菇还是新产品，并没有得到广大消费者的认可。为了打开全国市场，谢远泰最终以每公斤 40 元左右的低价出售，一下子亏损了近千万元。

20 多年的辛苦毁于一旦。谢远泰已经不记得这是他第几次从头再来了。他早已没有了眼泪，历经千磨万击，却练就百毒不侵。

困难摆在眼前，那就迎上去，打败它。

这时，有一位日本客商找到他，出价100万美元购买他的专利技术。

“谢先生，这笔钱对于你来说可谓雪中送炭，可以弥补你的亏空，能让你的家人过上不错的生活。”

但是，谢远泰拒绝了。为弥补近千万元的亏空，他宁可将自己还没住过的新房卖了，长期租房住。

“要知道日本人买了去，到时候又以高价卖给我们国家，农民种植的成本就高了。”一心想带领乡亲们摆脱贫穷的谢远泰，道出了拒绝的理由，并决定把这项发明专利献给家乡，献给社会，惠及父老乡亲，惠及千家万户。

谢远泰的义举点燃了广昌和邻县农民脱贫致富的希望之火，各县乡农户都争相学种。1999年，谢远泰培训全省各地学员1.5万人，茶树菇专业种植户有1036户，全县茶树菇种植规模达1.23亿筒，年产值8000多万元，上缴利税2000多万元，带动农村剩余劳动力就业1.1万人。

谢远泰踏遍了每个县乡，无偿传授茶树菇栽培技术。谢远泰很欣慰，自己选择的路，成了村民脱贫增收的致富路。

一路走来，谢远泰已经累计面向全国培训学员10万人，茶树菇种植在本省全覆盖，并辐射到贵州、河北、河南、广东、广西、福建、浙江等地区。近几年，广昌全县种植规模稳定在2.3亿筒以上，户均纯收入达9.8万元，带动了500余户贫困户户均种植6万筒；全国产业年产值达16亿元以上。全县从事茶树菇接种、清运卸货、运输、采摘、技术指导的就业人员达16万余人，含种植从业人员3万余人。该产业已成为当地及周边群众增收致富的支柱产业，为助力全县乃至全国脱贫攻坚作出了突出贡献。

2018年7月29日，经国务院扶贫开发领导小组组织的第三方机构评估和江西省政府批准，广昌以综合贫困发生率0.8%，群众满意度

97.24%，无漏评、无错退的优异成绩正式退出贫困县行列。

2018 年 10 月 17 日扶贫日，在中央电视台全国脱贫攻坚奖特别节目《庄严的承诺》演播厅，年过花甲的谢远泰登上演播台，郑重领取“全国脱贫攻坚创新奖”。

“中华神菇王”“农民发明家”“人工种植茶树菇之父”“全国杰出青年星火带头人”……彼时，已经顶着诸多光环的谢远泰，没有忘记自己最根本的身份：“我是农民，我为农民服务；我是中国人，我为中国服务。我希望中国农民富裕一些，我一个人富没意思，大家共同富裕岂不是更好？”

这就是谢远泰的庄严承诺。

强者——“路曼曼其修远兮，吾将上下而求索”

所有的横空出世，其实都蓄势已久。谢远泰经历了一番烈焰焚身的折磨，克服万难，以常人无法想象的坚韧挺了下来。当开始享受成功带来的红利时，他却遭受病魔的折磨。

1999 年 10 月，谢远泰正进行种菇培训。由于过度劳累，他突发风湿性心脏病。医生劝他立即做手术，他心系 900 多名下岗工人手上的茶树菇菇筒，迟迟不肯去。他说：“心脏动手术，风险不小，我怕自己熬不过这一关，要是那样，那 900 多名学员怎么办？找谁挣钱去？”他强忍病痛，直到培训者种出茶树菇。

2000 年 1 月 11 日，谢远泰同意手术，住院一个月后，回到了他熟悉、热爱的战场。

2002 年的一天，谢远泰因做心脏瓣膜置换手术，引发脑出血、中风等多种并发症，几天几夜昏迷不醒。大家以为这个百折不挠的

“战士”这次再也站不起来了。从昏迷中醒来的谢远泰倒是乐观，心想：“呵！我这条命够硬，老天爷给我留了一条命，就是为了让我带领大家致富。”

可由于身体虚弱，无力顾及公司，另外由于花费了大额医疗费用，每年还需要 4 万元左右的检查治疗费，谢远泰的公司及研究机构还是破产倒闭了。最让他不能接受的是中风导致他口齿表达不清，他再也不方便给农民朋友们做培训指导了。有人同情他，劝他功成身退。可强者的字典里哪有“退”字？

不方便做培训，谢远泰就用心制作了一套茶树菇接种、栽培、管理、烘烤等标准化生产技术流程，无偿发放给群众。

谢远泰在实验室里进行食用菌研究 （曾恒贵 摄）

不方便交流，谢远泰就放弃社交。他一个人躲在实验室、实验基地，把所有心思都放在了食用菌的研究上，将食用菌的品种由茶树菇拓展到羊肚菌、毛笋菇、虎奶菇、灵芝、鹿茸菇，将茶树菇菌种固体接种发展为液体接种，将木屑栽培技术升级为莲子壳、莲蓬壳代料栽培，获得了多项国家发明专利。

困难总是打不倒强者。2016 年，谢远泰带领弟弟组建了江西省利财食用菌有限公司，采取“公司 + 合作社 + 贫困户”的模式，与 164 户建档立卡贫困户签订了帮扶协议书，引导他们采取扶贫资金入股、投工投劳等方式，参与公司生产经营和务工就业，再次带动他们增收。

“真要感谢谢所长，让我家脱贫。”下湖村脱贫户邓学兴年过花甲，不仅每年能获得公司年终分红，夫妇俩还在公司务工，年收入有5万元。

彭田村茶树菇基地负责人符鹏则说："我们基地能有这么好的发展，离不开谢所长在种植技术方面的大力支持，使我们的产品品质得到了提升，产量得到了提高，品种也得到了更好的更新换代。"

经他传授过技术的村民都富起来了，徒弟们大多当上了老板，而谢远泰仍过着清苦的生活。

哪怕日子过得再清苦，谢远泰对人却十分大方。

2014年，水南圩乡张杨村凉山栋村小组贫困户廖诗详因房屋倒塌和儿子患病陷入困境，谢远泰为其捐助1万筒菌种，并登门传授技术。

2020年2月10日，他从家里省吃俭用存下的12800元中，拿出整整10000元，为抗击新冠肺炎疫情捐款。

如今已年过花甲的谢远泰，佝偻着身躯，腿脚不利索，口齿不清晰，却依然奋战在食用菌研究的道路上，依然活跃在田间，为需要技术支持的农民提供技术指导。

"这条路，我不知道还能走多久，只有加倍努力，花更多时间将研究成果转化成脱贫生产力，服务人民群众。"谢远泰说道。

为强健身体，他几乎每天晚饭后都要走1万步左右。散步时他也没闲着，脑海中一遍遍回忆白天的研究，一遍遍思考研究失败的原因。

"只要脑子没坏，我就要一直研究下去，培育出经济效益更高的菇子来，带动更多村民受益。"街道很空旷，路灯很亮，谢远泰的影子被拉得很长，很长。

目之所及，皆是回忆；心之所向，皆是过往。只要有一口气在，谢远泰就初心不变，研究不止。

（作者：钟海华）

三、道德模范

精神的力量是无穷的，道德的力量也是无穷的。江西涌现了许许多多道德模范，他们如徐徐清风，轻抚赣鄱大地的每一个角落。深藏功与名的农民将军，串百家门、认百家人、知百家情、办百家事的基层干警，以“情”感人、以“理”服人的“井冈山精神第一宣传员”，扎根山区数十载的教师等，一个个先进典型、一项项道德实践让全社会善行义举蔚然成风，推动公民道德素质和社会文明程度不断迈向更高水平。

老 伴

——听龚全珍讲甘祖昌的故事

开国少将甘祖昌，1957 年带领全家从新疆回到江西省莲花县当农民。龚全珍，跟随丈夫甘祖昌返乡，投身教育事业，退休后开办“龚全珍工作室”。甘祖昌、龚全珍被授予“最美奋斗者”称号，龚全珍获得“全国优秀共产党员”“全国道德模范”等称号。

一首民谣传唱至今——

世上有个白求恩，中国有个甘祖昌。将军不做当农民，有福不享爱劳动。有钱不用支农业，毫不利己专利人。

一位诗人由衷赞美——

人老雄心在，万难脚下踩。无私便无畏，一心为他人。祖昌精神在，全珍永继承。

一篇文章深情开篇——

雨淅淅沥沥下个不停，周围十分宁静。我默默地凝视着老伴的

甘祖昌和龚全珍及孙辈在一起 （莲花县委宣传部 供图）

遗像，心潮翻滚。老了。这是八十大寿时照的。头发已苍白，眼睛还是那样炯炯有神。嘴巴紧闭，有昔日的严肃劲儿，但两颊还是现出了笑窝。他笑得那样安详，那样纯朴，那样悠然自得。那是会心的微笑，是胜利者的微笑。老伴，你完成了一个共产党员的应尽义务，轻松愉快地去了。

我和老伴共同生活了 33 年，虽然他已经离开我 30 多年了，但和老伴在一起的岁月，回想起来仍感到甜丝丝的。失去老伴之后，我更感到过去的日子是那样美好，那样幸福。

二

春播时，我这一双穿惯了鞋的脚，叫我出尽了洋相。农忙时，老师们都要参加劳动。我原以为这活并不太难，谁知脱下鞋去莳田时，这双脚就不听使唤了。我小心翼翼挪动脚步，怕摔跤。老师们都飞快地向前，莳得又快又齐。我呢？被包围在中间动不得。人家莳了两三个来回，我一行还没莳完。

——摘自龚全珍日记

1957年，祖昌52岁，我34岁。一家人从新疆回到莲花县沿背村，祖昌由穿皮鞋的军区后勤部部长变成田间地头的“赤脚大仙”，早上赤脚出门，晚上赤脚回家。他不穿鞋，孩子们也一律不准穿鞋。这是什么规矩？讲节约把鞋都省了？我茫然地望着这一群“赤脚大仙”，不能理解。星期日下午我返校时，老二仁荣向我告状：“爸爸变坏了！”

“哦？怎么个坏法？”

“他不准我们穿鞋，说是要练脚。他给我们每人买了个粪箕，每天捡粪，他说肥多粮才多。他捡得真快！我们还没捡上半箕，他就捡满了一箕。他一早上能捡四五箕。他告诉我们狗屎最肥，猪屎第二，牛屎差一些。妈妈你看，这里有这么多狗屎，我去告诉爸爸到这里来捡。”说着就跑了。

一个月前还是新疆城里娃，吃糖都要挑高级的，现在居然变成了江西乡下孩子。望着女儿的背影，回想春播的尴尬，我感慨万千，也若有所悟：赤脚不是为了省鞋，在乡下，不会赤脚走路就无法参加生产劳动。我后悔没早些跟祖昌一块儿练脚，假如和孩子一块儿练，也不致出洋相。

沿背村的人说：“你们不认得甘将军吗？好认！瘦高个子，腰板笔直，拿一根没烟嘴的烟筒，袖口有补丁，膝盖、屁股的地方也有补丁，一双赤脚，走路飞快。你看到这个人，不用问，就是甘祖昌！”

祖昌跟我讲过一件小事。1962年，他去南昌开会，到胶鞋厂参观，问工人：“听说现在用的原料是海南岛出的橡胶，质量怎样？”工人说很好。祖昌说：“那就好极了，我们就要靠自己的原料嘛。”他又问33码以下的小胶鞋能不能生产。工人说还没有模子，生产不出来。祖昌说：“造小胶鞋是件大事，孩子们冬天没有胶鞋，引起关节炎，问题就严重了。”两年后，这个厂生产出了小胶鞋。

二

那3条厚裤子被压得很皱，应该请干洗店清洗一下。一问，洗一条要3元，太贵。我问熨一下多少钱。店员说一条1元。我请店里熨了。南岭小学几次要我去讲祖昌艰苦奋斗的故事，我答应他们明天讲。中午在他们学校吃午饭，这是我最怕的事。自己带点面条请他们加工。

党支部来慰问，送来一个40元的红包。我想，去年是20元，今年是40元。钱不多，但沉甸甸的。我一年交60元党费，反馈给我40元，我这个共产党员真有愧呀！我想，以后我每月要交50元，为社会公益事业献爱心。

——摘自龚全珍日记

我常梦见祖昌。来了客，要去买肉，祖昌只掏出1元钱。这点钱买得到什么东西呢？梦到这儿，我就醒了。

他的战友当面叫他“甘部长”，背后都叫他“铁公鸡”。物资紧缺时期，他这个做后勤部长的，不精打细算怎么行？第二次国共合作初期，祖昌常到西安购置部队生活用品，出差回来报销伙食费，每天不超过一角钱。同去的老张比他多出两倍，组织上找祖昌了解情况。

祖昌说："我和老张不同，我饭量小，一顿两个馒头就够了。我是南方人，在家炒了一罐辣椒，夹在馒头里就不用买菜；老张是北方人，要吃一点蔬菜。我吃了馒头喝点水就行了，老张爱喝点稀饭。这样加起来就比我多了。"

他到北京开会，上车前一碗面，车上一碗面，下车一碗面，吃三碗面到北京，次次如此。有一年，他了解到一个水稻优良品种叫"清江早"，生长期只有70天，很兴奋："全县有1万多亩秧田，如果种'清江早'正好赶上种晚稻，亩产五六百斤，就可增产五六百万斤。"他问什么地方有"清江早"，技术员说在清江县（后改为樟树市）农科所。祖昌说："马上走！"技术员问："清江火车站离县城七八里路，要不和县委联系一下，请他们派个车？"祖昌说："七八里算什么？走着去！不能联系，联系了就给人添麻烦！"那天下着蒙蒙细雨，祖昌的布鞋沾满了湿泥巴，他索性脱掉鞋子提在手上走。

老大平荣在部队做护士，我想把我的手表给她。征求祖昌意见，他说："不用管。我1941年才开始戴表，她才当几天兵就戴表？"我说分工不同，当护士要打针、量体温、测脉搏，都离不开表。他说："她不会到办公室看吗？办公室还能没有钟？"

平荣要结婚，看中了一套家具。我跟祖昌商量，祖昌说："我只给200块。"

"200块钱能干什么？"我说。

他跟我算账："你想想，我一天有11.35元，你一天也有1.9元，哪个农民有这么多钱？要是认为这是命好，应当得，那就错了。这是人民的，应当用在正道上，不能浪费。"

我说："我们结婚20多年，从没为钱争吵过，你要怎样安排就怎样安排。我想买个橱子，你不同意；买一套刀剪，你也不同意。我的收入包家用，你的钱支援国家建设，我没意见。但孩子要结婚，帮他们置办点家具，这算不得浪费。”

祖昌说：“我只有400块钱存款，你取出来，给她200块，家里留200块过年。”

“200块钱能干什么呢？”我又苦笑起来，“家具大概要600块，被褥要100多块，给她700块吧！”

“我没有钱。”他一句话把我挡了回来。

我算了一下，我们为集体捐了85000多元。

三

外孙金锋从深圳打工回来3个多月，我们一直没有深谈过……他终于得到上班的机会了。他的心情与我的期望相同：不论哪个单位，什么工作，他都愿意接受。对金锋的就业问题，我和金锋都讲现实。既然学校缺老师，当老师就是最好的选择。我希望他能珍惜这份工作，并能努力学习，做好这项工作。

——摘自龚全珍日记

可能因为祖昌是军人吧，女儿们小时候都想当兵。那时不在莲花招女兵，平荣要祖昌给新疆军区写信，争取一个女兵名额。祖昌脸一拉：“征兵是有严格的计划和要求的，不能开后门，搞不正之风。”1972年，有女兵名额了，平荣自己去报名，但体检时右眼视力偏低，录取不了。祖昌不但不去讲情，还跟人武部说：“她视力确实不好，右眼只有0.5。”

好在平荣品学兼优，被学校推荐入伍了。4年后，老三公荣满18岁，一个人跑到人武部报名。一体检，什么都好，就是脚不行。负责招兵的同志告诉她："你是平足，不合格。"

公荣想不通，怎么是平足呢？她回家叫我脱袜子，我莫名其妙。她把我左脚板翻过来看看，又把右脚板翻过来瞧瞧，说："奇怪了，妈妈不是平底脚。爸爸肯定也不是平底脚，不然的话，他走路怎么那么快？"

是啊！祖昌那时也70多岁了，年轻人和他一同走路还要紧追慢赶。村里人谁不知道，祖昌不到10岁就到萍乡做挑工，参加革命后，到永新、茶陵、莲花一带收破铜烂铁做子弹。不是那双铁脚板，哪能一次又一次在枪林弹雨中穿行！

晚上，祖昌从地里回来。公荣提起爸爸的脚看了一下，大声叫："呀！爸爸是平底脚！"

祖昌说："平底脚怎么了？你能走得赢我？"公荣那个委屈啊，说："就是因为我遗传了你的平底脚，去当兵，人家说不合格，不收我。"祖昌说，现在当兵要求严格，女兵更是百里挑一，不收平底脚是对的。平底脚走路慢，走多了脚痛。可是如果不怕苦，勇敢锻炼，照样能练成个铁脚板。"像我这双脚，别说碎石子扎不破，就连玻璃碴、铁钉子也扎不破。"他越说越得意，但为公荣疏通关系的事，只字不提。公荣的参军梦就没有实现。

回江西前，我在新疆军区八一子弟学校当老师。1957年初，我提出已离开山东老家15年了，想回烟台探亲。祖昌说："好嘛，不过今年夏天我们要回江西了，你要办好离职手续。"

我惊呆了。翻看祖昌的日记，里面夹了3张请求回乡劳动的报告，从1955年到1957年，每年一张，上面写着："1951年我跌伤后患脑震荡后遗症，经常发病，不能再担任领导职务了。但我的手和脚还是好的，我请求组织批准我回农村当农民，为建设社会主义新农村贡献力量。"

龚全珍与她帮扶的彭艳峰在一起 （莲花县委宣传部 供图）

我的心在颤抖，他回去当农民，我去干什么？我问："你们家乡有学校吗？"

祖昌说："你问得真怪，全国都有学校，我家乡为什么没有？"

我又问："你们那里的学校缺老师吗？"

"这个我不知道。"他看着我，"噢，你是怕回去没工作，没饭吃吗？你只能当拿工资的老师吗？正规学校不要你，你就不能当义务老师？你就不能帮群众扫盲？"

我想起同事给我出的主意：让他先走，过一年半载，等他给我联系好了工作，我再去。没想到我话还没讲完，他的脸就拉了下来："要走就一起走，考虑那么多干什么？"

祖昌回到了莲花，就像雄鹰回到了天空，脸上总是挂着情不自禁的笑。我呢？突然变成了"外国人"：我讲话，乡亲们瞪着眼睛看；

他们讲话，我也听不懂。我有生以来第一次见到稻田，白天大人们出去干活了，我却不知该干什么。连话都听不懂，还扫什么盲？想来想去，我只有到县文教局去碰运气了。跟祖昌一说，他说："好嘛，你自己去找吧！"因为做好了被分到离家很远的学校的准备，我背着被子和几件衣服，步行了40多里路，到了县文教局。

正好，坊楼刚开办了一所中学，缺老师，我就去教书了。

多年前，我遇到一个年轻人，他说："甘祖昌苦了一辈子不抵，他还叫崽女务农，真是糊涂。"我反驳他："祖昌的物质生活虽俭朴艰苦一点，精神生活却十分丰富充实。"他说："精神管啥用，现在谁还讲精神，捞到了实惠就是好。"这是对祖昌的误解。他从来没有反对孩子们升学、就业，但必须凭自己的本事，不能要求组织上照顾。

祖昌没为儿女做什么，但他所做的是为大家的儿女造福，自己的儿女也在其中了。

四

反省一下自己，对政治学习不太重视。近年来，更有倚老卖老的思想，认为自己年过八十，虽比不上英模，思想水平也不算低，马马虎虎过日子也还说得过去。对照党对共产党员的要求，实际上就是过不去。为什么入党？为共产主义事业奋斗终身！实现共产主义要经过漫长的阶段，为了实现这一宏伟目标，必须从我做起，从点滴对人民有益的事做起。凡是对人民有益的事必须做。

——摘自龚全珍日记

1928 年秋，祖昌刚当上红军，组织上就派他到井冈山学习，听毛委员讲课。接到通知，他激动万分，收拾东西立马上路。那时已是下午，再快当天也到不了井冈山，同志们劝他第二天动身。他哪管这些，巴不得长上翅膀往山上飞。第二天下午 2 点上了井冈山，一位办事员带着他来到八角楼。毛委员起身说："来了？很好。你叫什么？"祖昌站得笔直，说："甘祖昌，红军战士甘祖昌！"毛委员大声笑起来，说："你是江西老表，莲花人对吗？我们去年 9 月到了莲花，听说你们是一支枪闹革命起家的，现在怎么样了？"又问："你认字吗？"祖昌说："只上了一年半私塾，认得些字。"毛委员说："不错。参加革命了，要不断学习，这次办干部训练班，就是为了提高干部的马列主义水平。可是敌人不让我们学，又来捣乱了，训练班只好改期了。"

这次谈话对祖昌影响很大。我们刚认识时，他这样自我介绍：48 岁，有过婚姻和孩子，还有脑震荡后遗症、气管炎、肺气肿等。他紧接着就说："我的学习嘛，也是乱弹琴。闲下来就学一点，忙起来就丢了。我们要坚定地信仰马列主义、毛泽东思想，这是我们工作生活的指南，离开了就行不通。"

结婚后，祖昌的脑震荡后遗症更加严重。军区让他疗养，学校也放了假，我去陪他。那段时间是我们最幸福的时光。早饭后我们坐在树荫下学习《毛泽东选集》。我看书速度快，三天就把第一卷看完了。

祖昌惊讶地问："看完了？"

我得意地说："假如是小说，我一天就能看完。"

祖昌严肃地说："你不能像看小说那样看毛主席著作，要边看边想问题。你看出什么问题吗？"我感到奇怪，说没看出来。他当起老师来了："问题可真不少，你以为革命像吃饭一样容易吗？你看《井冈山的斗争》就是记录了我们红军在大革命时期的成功经验和失败教训……光看不行，看过后要对照中国实际去想，才能弄清问题。”嗬！学问真多。我只得从头看起，碰到搞不清的问题，就叫他讲当时的情况。他学得十分认真，碰到不认识的字，就问我读音、字义和用法。“我的学习嘛，也是乱弹琴。”这叫乱弹琴吗？他是我学习马列主义著作的启蒙老师啊！

五

怎样才算“完全”“彻底”地为人民服务呢？我应当做到：发现思想问题不过夜，及时谈；深入群众，做好调查研究工作。

——摘自龚全珍日记

1967年一个周末，天已黑了，我从学校回家，看到祖昌正跟沿背大队政治队长刘金林聊天。刘金林说：“建桥的水泥买了8.5吨，是井冈山牌的。”祖昌说“好”，忙记到笔记本上。刘金林说：“社员干劲很足，晚上干到7点钟才散工。”祖昌说：“现在天气冷，散工不要太迟，晚上风大，把皮都吹裂了，这样不好。要关心群众的生活，越是忙越要注意这一点。”提到积肥，祖昌的兴趣来了。他说：“今年你们的思想摆对头了。红花长得不错，特别是那一丘烂泥田里的红花，长得特别出色。”祖昌喜欢和群众打成一片，既了解了情况，又加深了感情。

祖昌带领村民建浆山水库，毛仔对祖昌说：“建水库好是好，就怕不牢靠，一条河从中拦断，发一场大水还不要冲垮？”祖昌说：“垮不了，是钢筋水泥的。”水库建成了，毛仔用烟袋锅敲了敲大坝说："这家伙比石头还硬，确实冲不垮。"县里一个管水利的干部，说浆山水库是"包饺子"——里面是泥巴，外面包一层水泥，最多有3年寿命。这么多年过去了，浆山水库完好无损。这是对那些不调查不研究，关在房子里做官当老爷的人的最好回答。

20世纪70年代初，一个大领导来到莲花。他在县三级干部大会上作报告，批评莲花人懒，不肯种矮禾："禾越矮越好，越密越好。"他讲完后要祖昌表态，祖昌摇头摆手不吱声。回沿背村的路上，这个领导问："甘部长，你为什么不讲讲话？莲花的干部群众太懒了，这不对吗？"

"不能一概而论，都是懒人，就没饭吃了。这几年莲花的粮食产量还是逐年增长的。"祖昌说，"你对农业生产方面的问题可能摸得少，矮秆化也有个限度。越矮越好？假如只有一寸高，谷子结在泥巴里吗？越密越好？水稻的生长需要阳光空气，太密了，只长草不结谷……这是科学，所以我不能同意你的意见。"

六

萍乡市送给我一个大奖章，称我是"老共产党员、老功臣"，我受之有愧。人生应有理想，有追求，有希望。我过去有。但年纪大了，特别是老伴去世后，我淡忘了理想、追求，近年来又有了等待回归自然的想法，所以暮气沉沉，不符合共产党员的要求，感到惭愧。

——摘自龚全珍日记

祖昌常对家人说："大家争着要的东西，我们不要；人家不要的，我们要。”

1955 年，八一子弟学校评级，少数人有些意见，闹情绪不上课。那时我是教务处副主任，感到问题棘手。周末回家，我向祖昌请教解决办法。

他问：“你对评你连级有意见吗？”

我说：“没意见。”

祖昌话头一转，说：“我对我的级别有意见！”

啊？我瞪大眼睛看他。他说：“有意见，有蛮大的意见！评级别是根据德、才、资三条，军区给我评了师级，我怎么够得上师级的条件呢？你们学校有个老管理员吧？”

我说有，还是个老红军。祖昌竖起大拇指：“他的资格可老呢！他参加过湖南平江农民暴动，是跟着毛主席上过井冈山的。他现在是什么级别？”

我说：“连级。”

“是啰！”祖昌说，“还有你们的总务主任老周，他也是老红军，是劳苦功高的老同志。二万五千里长征，他背金子、银圆，部队的伙食费都在他身上背着。白天背着行军打仗，晚上还要背着睡觉，一直背到陕北。他现在是什么级别？”

我说：“营级。”

“是啰！所以，和他们比，我评个连级也就够了，顶多评个营级。可是，军区给评了个师级。到中央批，又批了个准军级回来！我能没意见吗？我又向中央提意见了。”

噢！他是嫌太高了。是的，和我的同事比，我只能当个战士，从头学起。可我评了连级，竟然心安理得！我的思想觉悟岂不是太低了吗？我一遍遍想着。我和祖昌的思想距离还是很大的，我的思想境界是很低的。

一段对话表露心声——

记者：您和甘将军吵架吗？将军说过爱您的话吗？

龚全珍：他虽不像知识分子那样温情，但他爱得灼热，他承认我为他付出的一切。我们对生活要求不高，为理想可以贡献出一切。他最文明的话是“愿天下有情人终成眷属”。他对我最高的表扬是“我能活到80多岁，与老伴的关怀分不开”。

记者：您跟着甘将军在穷山村一过就是几十年，不后悔吗？

龚全珍：我一点也不后悔。虽然我没有得到物质上的享受，我的精神生活却是很丰富的。作为他的妻子，我得到了很多荣誉，我觉得光荣。

（作者：任辛　江仲俞）

火炬，照耀着英雄城的大街小巷

——记全国道德模范邱娥国

邱娥国从部队转业后，到南昌市基层派出所担任户籍警，串百家门、认百家人、知百家情、办百家事，被誉为“群众的贴心人”。他被授予“全国优秀共产党员”“最美奋斗者”“全国道德模范”等称号。邱娥国成为公安战线的一面旗帜，这面旗帜下集结着一支全心为民的队伍。

在南昌，有一个名字越来越响亮；在南昌，有一面旗帜越来越鲜艳；在南昌，有一种精神越来越强大。

在南昌，这个名字的后面连着一大串名字；在南昌，这面旗帜下集结着一支队伍；在南昌，这种精神激励着一大群人。

在南昌这个多雨的春季，看，邱娥国和他的同事们正迎面向我们走来。

脱下制服之后，依旧把担当扛在肩上

城市还是那座城市，人还是那个人。城市在时光里变大、变高、变新，人却在时光里老去。然而风沙能够吹老岁月，却吹不老全国公安系统一级英模、南昌市公安局西湖分局筷子巷派出所原户籍警邱娥国那颗炽热的心。

屈指算来，邱娥国退休已经十几年了。虽然警服脱了下来，但他情系百姓的本色依然不改，他仍然是筷子巷一带群众“公共的亲人”。

2014 年隆冬的一个晚上，邱娥国与老伴散步，来到人来人往的八一大道永叔路地下通道。不经意间，他看见一位年过九旬的老人正步履蹒跚地走着。一个多小时后，邱娥国和老伴转了一大圈回来，发现老人还在地下通道里磕磕碰碰地转悠，找不到北。

邱娥国有着一颗柔软敏感的心，看不得老人无助的眼神，听不得小孩痛哭的声音。他马上靠过去，拉着老人询问，谁知你问东，他答西，前言不搭后语。邱娥国意识到，老人患有阿尔茨海默病。没办法，只好翻他衣服口袋，好不容易找出一张皱巴巴的纸条，上面写着电话号码。邱娥国拿出手机，立即联系上了老人家属。正急得像热锅上蚂蚁的家属激动地喊着：“谢谢你，谢谢你，我们马上赶过来！”

夜已深了，地下通道闸门就要关闭，老人瘫坐在地上。邱娥国亲切地对老人说道：“老人家，你屋里人马上会来接你，来，我把你背到路上去。”就这样，装了四个心脏支架、年已七旬的邱娥国，背着九旬老人，走几步歇一下，断断续续走了一百多米，来到赣江宾馆门口。在寒风中等了半个多小时后，老人的家属终于赶来了。

熟悉邱娥国的人，都知道他和许凤、许珍姐妹俩的故事。从少年到成年，她们不仅是邱家的常客，更成了邱家的成员。

故事讲起来，有些个年头了，从邱娥国在岗时延续到今天。

筷子街40号年逾六旬的许汉宝，仅靠在抚河桥头摆地摊，艰难地抚养着没有户口的女儿许凤、许珍。邱娥国特事特办，为她们办理了户口和低保，还为许汉宝找了份小区的门卫工作。许汉宝生病住院，邱娥国和派出所的民警一起为他捐款，支付医疗费，轮流在医院守护。许汉宝去世后，邱娥国和同事们不仅为其办理后事，还担负起了抚养、教育许凤和许珍的重任。姐妹俩成了派出所民警们“公共的女儿”，不是今天去这个民警叔叔家吃中饭，就是明天去那个民警阿姨家吃晚饭，而在邱大伯家吃住，更是“家常便饭”了。

旧的一年过去了，新的一年来临了。一年一年中，两姐妹长大了。2014年，许珍研究生毕业，考上了南昌县广福镇的公务员。邱娥国听到消息，高兴了好几天，对老伴说道：“我们的心血没白费啊！”

报到那天，邱娥国夫妻二人买好蚊帐、被褥、热水瓶等生活用品，找了辆车，把许珍送到广福镇。中午，老邱破例请广福镇的领导吃饭，说：“许珍就等于是我们的女儿，你们要严格要求她。”

筷子巷，一个让邱娥国魂牵梦萦的地方，他生命中最好的年华就是在这里度过的。退休以后，邱娥国经常会情不自禁地走进筷子巷，这家坐坐，那家聊聊。看到路边有垃圾，拾起扔掉；看到有人提重东西，上前搭把手；看到老人行动不便，搀扶他回家。有一次，他看到辖区内一些张贴出来的警民联系牌上的民警照片，被不懂事的孩子“涂鸦”，立即到派出所反映情况。一天之后，辖区内贴上了一张张卡片式的警民联系卡。

邱娥国说：“我当兵的时候学雷锋，当警察的时候学雷锋，现在退休了还是学雷锋。百年之后我要找雷锋汇报，看我这辈子还有哪些做得不够的。”邱娥国，胸中永远有团火，他是我们这个时代永远的战士，永远的老兵！

更好地奉献自己，是派出所每位民警的共同心声

在悄悄流逝的时光里，阳光照耀着筷子巷，清风吹过筷子巷，雨水飘过筷子巷。

自从出了个邱娥国，筷子巷派出所既为此而骄傲，也为此而“压力山大”。如果你对辖区居民稍有怠慢，背后肯定就会有人指指点点：“这还是邱娥国的同事？”如果你对辖区的事情稍有松懈，背后肯定有人在唉声叹气：“可惜老邱退休了，老邱在就好了。”

“在筷子巷派出所当民警，每天就像背着一座山在走路，难啊。”这是他们共同的感叹。“谁叫我们是邱娥国的同事呢？既然是他的同事，我们就每时每刻都要跟他一样，把心拴在筷子巷，把居民当作自己的亲人，任劳任怨，兢兢业业，勤勤恳恳，保一方安宁。”这是他们共同的心声。

派出所里，要说压力最大的，莫过于邱娥国的“嫡传弟子”、前任所长杨金平了。从初出茅庐到走上所长岗位，师父的品格和精神深深地植入了杨金平的心中。他的人生目标是：做人，就要做邱娥国那样的人。他的工作目标是：筷子巷派出所样样都要拿第一，如果得了个第二，就对不起邱娥国这面旗帜。

1991 年，辖区居民老徐曾因赌博被处治安罚款 50 元。此后，因为这个记录，他多次找工作，都被用工单位拒绝，四处碰壁之后，窝了一肚子火。

一天，在又一次求职遭到拒绝后，他壮着胆子闯进杨金平的办公室，天不怕地不怕地吼了一声：“杨所长，你干脆枪毙我算了，被

传承英模精神的邱娥国工作室（南昌市公安局 供图）

罚过 50 块钱的人，就不该活在这个世界上。”说完，他一屁股坐在地上大哭起来。

送走老徐后，杨金平心事重重：不让老徐看到希望，找到工作，不是把他推回老路去吗？没有工作、没有饭吃的人，那还不破罐子破摔？那一晚，他躺在床上辗转反侧，彻夜不眠。

通过调查，杨金平得知，像老徐这样因为偶尔违反一次《治安管理处罚条例》而被处罚的，仅在筷子巷就有 600 多人。现在很多企业在招聘时，需要应聘者提供当地派出所开具的无违法违规记录证明。一些人在应聘时，时常因此被拒之门外，情绪很大，为社会埋下了不安定隐患。

怎么办？给人开证明的时候如实写，这些人会被挡在工作的大门外；不如实写，就违反了规章制度，甚至要承担责任。陷入两难的杨金平，好几天吃不好、睡不香。

所党支部讨论这个问题时，杨金平劈头就问：“如果老邱在，他会怎么处理？他肯定把群众困难放在第一位，肯定会想方设法帮助他们。”经过反复讨论，所党支部制定出新的管理措施，规定：对于偶尔违反《治安管理处罚条例》的人，派出所在给用工单位开具证明时，将为其隐去记录。

这项措施推出后，居民们纷纷竖起大拇指，他们说：“筷子巷派出所为我们分忧，为群众担责，给力！”

“邱娥国”这个名字，已经成为一个符号，散发着充沛的能量和温度，不断激励着筷子巷派出所的民警们认真地工作，无私地奉献。他们都有着一颗金子般的心。

服务群众有方法，遇到难题有办法

人们不会忘记邱娥国工作法。户籍警邱娥国干一行专一行，“一图二诀三本四勤”工作经验的概括和总结，既是他多年来在石头街、筷子巷工作心血的结晶，也成为户籍警的借鉴。

邱娥国之后，陈勇琦涌现出来。这位在邱娥国事迹教育下成长起来的青山湖公安分局政委，以对工作的认真负责，对群众的尽心尽责，成为名副其实的“陈娥国”。

因为把百姓当作亲人，所以能够全身心地投入工作；因为把职业当作事业，所以能够精益求精。在长时间的摸爬滚打中练出一身本领，从邱娥国工作法中得到启示，“陈勇琦社区警务工作法”诞生，并且在2004年到2005年间，使脏、乱、差的湖坊镇永人村，实现了向文明平安村的华丽蝶变。

永人村是个城中村，流动人口多，治安管理难。在脏、乱、差面前，也曾皱过眉头，也曾灰心丧气的陈勇琦没有打退堂鼓，而是坚持了下来。经过调查、分析、借鉴，他推出了“宝塔式”管理、“旅店式”管理和“人性化”管理。

“宝塔式”管理主要是分区划段，责任包干。陈勇琦倡议建立起流动人口服务中心，在村委会主任的领导下，将全村400多个房东、1423户暂住户、4000余名暂住人口分成6个小组，由村干部分片包干，层级负责。

“宝塔式”管理环环相扣，组织严密，加上陈勇琦每天组织人员在重点地段巡逻到凌晨四五点，不多时，永人村就破获各类案件400多起，抓获犯罪嫌疑人68人，摧毁了10余个盗窃、抢劫团伙。村民们夸道：“是勇琦给村里带来了平安。”

永人村的房子大多是村民自建的，整个村子呈敞开式，很难采取物防、技防措施进行封闭式管理。刚到永人村时，陈勇琦几乎每天都会接到报案。“那个时候啊，头都是大的！”陈勇琦说。

怎么保障村里的治安秩序？他采取的是“两条腿”和“一张嘴”的“笨”办法。

“两条腿”，就是组织带领村治保干部和义务巡逻员下半夜在重点地段巡逻，布下天罗地网，降低发案率。

“一张嘴”就是走村入户时，不断同居民攀谈，把辖区内的人口、地形、人员情况烂熟于心。正因为对辖区情况了如指掌，一遇到侦查、排查、协查工作在永人村进行，陈勇琦都能及时准确地提供线索，协助破案和抓捕在逃人员。有一次，丰城市公安局派人到永人村，要求协查全国网上通缉人员夏某。陈勇琦在仅有嫌疑人妻子姓名的情况下，不一会儿就将改名换姓的夏某的隐匿之处排查出来。

日复一日地重复工作，容易使人疲劳，使人厌倦。邱娥国和他的战友们，置身于平凡当中，挑战平凡，不甘于平凡，在平凡中彰显不平凡，在平凡的工作中干出了不平凡的业绩！

在关键时刻，临危不惧，挺身而出

人们不会忘记邱娥国一身是胆。那一年，为了制止打群架，他只身一人，赤手空拳，闯进打架斗殴的歹徒当中，任刀棍在背上、肩上、手上乱砍乱打，最后昏倒在血泊中。两天后醒过来的他，仍然斩钉截铁地说道：“只要是不利于社会治安的事，我都要管，一管到底！”邱娥国无所畏惧、将个人生死置之度外的英雄气概，激励着一批又一批派出所民警，战斗在打击犯罪的第一线。

盛夏的一天，溽热难当，一个人慌慌张张地跑进东湖区刑警大队办公室，提供了刚刚发生的一桩命案的重要线索：“杀人的人好像就在佛塔村的一栋房子里，你们赶快去看看。”

“啊？佛塔村？”几个民警脸上露出惊讶的神色。

原来，当时的青山湖区昌东管委会佛塔村，社会治安不太好，民警们有些顾虑。

这时，只见一名中等个子的年轻民警站了出来：“我同你去。走，快走！”他就是杨明宇。

佛塔村那间屋子是个地下赌场，过道只有一张桌子大小，门口时常站着两个彪形大汉。在报案人带领下，杨明宇不慌不忙走了进去，发现里面几十个人正在昏暗的灯光下赌博，烟雾缭绕，酒气熏天。

看见生人进来，十多个人气势汹汹地朝杨明宇围了上来。“你们谁都不许动！谁动我，谁倒霉！”杨明宇厉声喝道。那些人被杨明宇的气势震住了，杨明宇正气凛然地走了出来。

一回到分局，他立即报告佛塔村现场情况，分局领导调兵遣将，把杀人嫌疑犯捉拿归案，并摧毁了地下赌场。事后有人问他：“你在那种地方，面对着对方那么多人，真的不怕？”杨明宇淡然地答道：

“真的不怕！我背后站着的是正义，是法律，好人是不怕坏人的。”

这是 2014 年 3 月的一个早晨，新建刑侦大队民警、追逃能手饶型森开车上班的途中，见一辆黑色汽车急速而过，车牌尾数是 4321。饶型森鹰隼一般犀利的眼睛猛地睁大：这是一个涉枪涉黑在逃人员的车！于是，他马上加速跟了上去。

在一个红绿灯路口，饶型森瞥见这个在逃人员是只身驾车，心里直乐：这可是难得的抓捕机会！要知道，这样的在逃人员，一般身边都带着几个马仔。他打电话给正在值班的一名同事，请求支援：“记得带上枪，对方可能有武器。”

同事赶来后，他们一直跟踪到新建南天阳光楼盘。在逃人员停下车，饶型森和同事冲了上去，准备合力擒拿。谁知在逃人员的车子里，不知怎的跳出了两个大个子。

形势急转直下，本来 2 对 1 的优势，迅速逆转成 2 对 3 的劣势。上，还是不上？如果稍一迟疑或者胆怯，在逃人员又要继续潜逃了。饶型森和同伴没有任何犹豫，和对方 3 人扭打成一团。

打斗中，饶型森被推倒在地，头碰在石头上，鲜血流了出来，一个歹徒捡起一块砖头，就要往饶型森头上砸下。就在这时，饶型森的同事拔出手枪，顶到了对方头上。

两个马仔抓住了，但在逃人员乘机逃跑了。然而狐狸再狡猾，也斗不过好猎手。2014 年 9 月 27 日，饶型森还是亲手把他逮住了。

“几乎每次抓捕都要搏斗，都要拼命，流血负伤早就是家常便饭了。”饶型森淡淡地说道。

“几度风雨，几度春秋，风霜雪雨搏激流。历尽苦难痴心不改，少年壮志不言愁。金色盾牌，热血铸就，危难之处显身手。”英雄城里英雄多，在“邱娥国们”面前，犯罪分子，看你往哪里逃？

赠人玫瑰，手有余香

人们不会忘记邱娥国一腔真情。为80岁的余锦桂老太太拾柴、买药送药，为走失的孩子晶晶寻找父母，帮助曾参与斗殴的小刘走上正道，将摔倒在马路上的老太太送回家……邱娥国思想道德的力量，感染了多少人！邱娥国助人为乐的情操，像火苗一样，点燃了多少人的热情！

在江西公安系统中，廖红就是被点燃了热情的一分子。廖红爱笑，一笑，脸上就露出两个浅浅的酒窝。居民们说，见到廖红这两个酒窝就感到好亲切。

辖区有位83岁的老人，名叫陈塘安。陈塘安刚出世就丧母，几岁时父亲又去世了，孤苦伶仃，直到40多岁才娶了老婆。谁知老婆刚生下儿子，又因大出血失去了生命。后来，儿子和儿媳妇又相继离开人世。祸不单行、苦难重重的家庭，只剩下爷爷和孙女小雪飞两人相依为命。

春天的阳光照耀着大地，照耀着村庄，然而春风何时吹进陈塘安破旧的屋子里？过一日算一日的老人，成天眉头紧锁，唉声叹气。

就在这时，廖红和警官王健走进了他的家。看着老人佝偻着背，摸着那些破旧的桌椅，廖红鼻子酸酸的。她把坐在地上玩耍的小雪飞一把拉了起来，对王健说道："你就和这家结对子，尽全力帮助他们。"

儿童节，廖红叫王健带着小雪飞去吃美食。小雪飞开心极了，仰头问："王叔叔，以后能不能经常带我玩？"

冬天，廖红带头捐衣服和用品给老人家。两大袋子衣物送到时，破旧的屋子似乎暖和起来。

大年三十，廖红把祖孙两人接到派出所吃年夜饭，陈塘安感动得老泪纵横。

春天到了，陈塘安正愁着家里 1.4 亩田地无人耕种，却发现廖红带着民警在耕田、插秧。

小雪飞 11 岁时因为营养不良，缺少亲情，很少有快乐开心的时候。廖红就像妈妈那样，经常带领民警去陪她玩，给她买好吃的，给她讲故事，陪她做作业。现在，小雪飞只要见到廖红，就会撒开脚丫子飞跑过去，“妈妈”“妈妈”地叫着。

全国优秀人民警察、陈勇琦的徒弟刘小彬和永人村村民相互帮扶的故事，谱写了一曲警爱民、民爱警的颂歌。

小彬接管了永人村后，和村里的老老少少无人不熟，大家有事无事都会找他聊聊。

龚招宝老人早年丧夫，儿子落下残疾，全靠低保维持生活。小彬一到永人村，就主动承担起了帮扶任务，把她当成自己的亲人，定期上门看望。慢慢地，老人也把小彬当成了儿子。

一天凌晨，老人上厕所摔断了手，疼晕了过去。清醒后，她挣扎着打电话给刘小彬。小彬接到电话，立即赶到老人家中，只见老人蜷缩在地上，不断痛苦地呻吟。小彬立即背起她一路小跑到医院，老人手术时，他一直坐在门外等候。

老人康复后，小彬每次去探望她，出门时总不忘说上一句：“晚上上厕所千万要小心啊，老人家就是不能摔跤。”

赠人玫瑰，手有余香。俗话说得好，好人有好报。2011 年 7 月，小彬的母亲被确诊患有败血症，仅两个多月就花去治疗费 46 万元。对患病母亲的挂念，加上巨额治疗费用，小彬的日子变得灰暗起来，他时常为此焦心。

细心的村民得知刘小彬的困难后，在一起商量道：“小彬是我们的社区民警，他对待我们就像家里人一样，家里人有了困难，我们不能不帮。”于是大家自发为他捐款，短短两个小时，就募集到52700元。

爱像阳光，温暖着我们；爱像雨露，滋润着我们；爱像星空，映照着我们。“邱娥国们”的一腔情爱，融化了困苦的坚冰，带来了生活的希望。

我们这个时代，是一个伟大的时代；我们脚下这块土地，是一块红色的土地；我们这座城市，是一座英雄的城市。

从筷子巷派出所走出去，走向南昌，走向江西，走向全国，邱娥国成为公安战线的一面旗帜。

我们高兴地看到，一个邱娥国在前面走着，千万个邱娥国在后面跟着。忠诚是他们的灵魂，敬业是他们的精神，公正是他们的遵循，无私是他们的品格。邱娥国和他的同事们的歌声，在英雄城上空回响；邱娥国和他的同事们的故事，在英雄城传唱。

看，在筷子巷，在墩子塘，在南京西路，在红谷滩……到处都闪现着他们忙碌的身影。

（作者：卓凡　林雍）

井冈高峰

——追记全国道德模范毛秉华

毛秉华1968年担任井冈山革命博物馆馆长以后，访问老红军和红军后代，丰富和充实井冈山党史，通过生动史料宣讲井冈山精神，成为“井冈山精神第一宣传员”。他还为支持灾区建设等累计捐款20多万元，资助180多名贫困学生上学。他被授予“全国道德模范”“全国优秀共产党员”等称号。

巍巍井冈，世人敬仰。

如果把人生比作攀登高峰，那么，难的不是一次登顶，而是接连不断地攀爬，开辟出一条坦途，化作同行者的领路人。

在革命摇篮井冈山，有一位满头银丝的老人，五十年如一日，义务宣讲井冈山精神。他只身一人，足迹遍布全国各地；他自费收集革命史料，讲课费却分文不取。

从革命老区讲到首都和特区，从乡村田野讲到校园和部队。有人说他是井冈山精神的“播种机”，有人称他为井冈山上的“活雷锋”，而毛秉华说自己不过是一名普通的共产党员。

“或许身体会不允许，但只要我还能说话，我就会继续讲下去，一直到不能讲为止。”革命的故事，丰碑般的历史，毛秉华深情地讲了一辈子。

2018 年 7 月 23 日，毛秉华老人永远停下了生命的脚步。我们再也听不见他的声音，但一名共产党员的信仰与忠诚，已在这片红土地上生根发芽。

一

年轻时的毛秉华，当过教师，进过工厂，还做过记者。这些经历一步步指引着他，走上井冈山。

毛秉华出生于革命家庭，父亲是苏区干部，哥哥是革命烈士，他从小就受到了红色文化的教育和熏陶。他的骨子里，热爱着那段革命历史。

1968 年，39 岁的毛秉华接到新的任命，去井冈山革命博物馆当馆长。

来到井冈山革命博物馆的那刻起，继承和发扬井冈山精神就时时在他脑海中萦绕，他由此开启了长达半个世纪的井冈山精神宣讲之旅。

一开始，馆内的历史文物比较少，可讲的内容也很有限。毛秉华就一头扎进井冈山革命斗争历史的研究中，对照博物馆里的文物，逐一编写解说材料。

在讲解时，毛秉华也十分留心。他常常手拿一本笔记本，记录下参观者提出的问题，回家后便翻阅资料进行补充。

来井冈山参观的人总会问毛秉华："当年的老红军还有多少人在世？"

这时，毛秉华就会一一道出老红军的姓名和现在的情况。这些独家资料，源自毛秉华的调查走访。

人们对老红军的关心，深深地牵动着毛秉华的心。他对每一个问题都锲而不舍、精益求精，有的问题花费数年时间才彻底弄清楚。越是难解决的问题，对他的吸引力就越大。

毛秉华走到哪里，都不忘探寻红军的英雄事迹，丰富革命历史。1989 年，毛秉华去北京拜访开国上将李聚奎。李聚奎告诉毛秉华，他心中一直记挂着一个人，就是在井冈山斗争时期牺牲的贺国中烈士，希望能够找到一张贺国中烈士的照片，留存于世。

毛秉华接受了李聚奎将军的委托，立马去贺国中的家乡湖南四处打听，终于在娄底市的一个村庄找到了贺国中的儿子贺松云。

贺国中牺牲时 25 岁，贺松云还不满周岁。听完毛秉华的讲述，贺松云从家里取出了一只木盒子，打开油布，拿出了一张早已褪色的照片。

那是一张摄于 1926 年的老照片，照片中的人正是贺国中。毛秉华翻拍了这张珍贵的照片，随后又赶去北京找李聚奎。

当时李聚奎年近九旬，已经住进了医院。他拿着照片一边看一边摸，看了又看，摸了又摸。

病床上的李聚奎双手抱着照片，沉默了许久，问毛秉华："贺国中有没有后代啊？"当得知贺国中烈士的儿子贺松云是林场退休工人，孙子贺兆恒是煤矿厂劳动模范，曾孙贺灿是三好学生时，李聚奎激动得热泪盈眶："后继有人，后继有人！"

如今，贺国中烈士的照片就陈列在井冈山革命博物馆。

辗转全国各地寻访老红军需要一笔不小的开销。有一次，毛秉

毛秉华在部队宣讲井冈山精神 （井冈山市委宣传部 供图）

华乘火车到达目的地后，对方临时推迟了见面时间。摸着口袋里不多的钱，毛秉华只得住进便宜的旅社，连吃了几天开水泡馒头。

多年来，毛秉华日子过得清贫，他却乐此不疲。在家里，他舍不得吃，舍不得穿，舍不得用，还常讲起当年红军吃红米饭、喝南瓜汤的艰苦生活。

毛秉华的妻子熊瑛，看到他对这份事业如此痴迷，一直默默地支持他，把家里打理得井井有条，从不让毛秉华操心家里的事。就连平时走亲访友，毛秉华也很少参与，他的时间和精力都献给了事业。

毛秉华在家伏案写作，熊瑛就陪在他身边，夏天为他驱赶蚊虫，冬天为他加炭取暖。在妻子的支持和陪伴下，毛秉华先后编撰了《井冈山革命故事选》《井冈山人物》《天下第一山：井冈山的风雨岁月》等著作。尤其是《天下第一山：井冈山的风雨岁月》一书，印次多达

20次，发行数十万册。

随着时间的沉淀，毛秉华对井冈山精神有了透彻和独到的见解。来到井冈山参观和学习的游客，都想听听毛秉华对井冈山精神的新注解。他便用深入浅出的语言，将自己对井冈山精神的感悟和一些鲜为人知的革命故事娓娓道来。

在几十年如一日的义务宣讲里，做过心脏搭桥手术的毛秉华从未喊过苦、叫过累。有一次，毛秉华生病住院了，有几个单位打电话邀他去讲课。为了不耽误他心中的大事，他竟然偷偷溜出医院，跑到了宣讲一线。

老伴心疼他一大把年纪，工作起来不要命，毛秉华却笑着说自己的"零部件"没啥大毛病，"井冈山是革命传统教育的大课堂，大家千里迢迢来到井冈山，我不能让他们失望"。

从满头青丝到银发稀疏，毛秉华以近2万场井冈山精神义务宣讲报告会，见证着自己跨越半个世纪的坚守。

二

"当年为了这面红旗，在井冈山死了4.8万余人，刻在纪念碑上的只有15744人，许多烈士连名字都没有留下。"每当毛秉华讲述这段历史，总有听众感动得流下泪水。

在旅游旺季，毛秉华每天都要宣讲两三场，甚至有一天讲过六场，每场近两个小时。他面对的听众，最少时只有一人，多时达上万人。

从井冈山烈士陵园，到当地学校、部队、机关单位，再到北京、上海、香港等地，毛秉华像一台不知疲倦的"永动机"，有时上午在外地讲课，下午就要赶回井冈山，晚上继续为参观者讲课。

2005年10月的一天，人民日报社记者一行20余人来井冈山“追寻红色足迹”，他们想听一场关于井冈山精神的报告。当时毛秉华还在南昌宣讲，接到电话后，他立即从南昌乘车赶回井冈山，还没来得及休息就直奔报告厅。

“我对每一天都有个期盼，那就是把井冈山精神讲给更多的人听。”多年来，毛秉华心中的坚持都没变，他不断地向走上井冈山的人们讲述红色故事。

日复一日，年复一年，毛秉华的名气越来越大。一些地方组织干部职工来到井冈山学习，纷纷找他讲解井冈山精神，一些导游也喜欢找他为游客讲解，毛秉华总是有求必应。

50年的义务宣讲让毛秉华成了井冈山精神的“活字典”，他讲的历史生动有趣，慕名而来的游客听了还想听。一些游客还编出顺口溜：宁可少看一个景，也要听毛老一堂课。

其实，毛秉华的身体没有看上去那么好，他不仅做过心脏搭桥手术，还患有泪腺炎。但为了让游客多听一堂课，他经常带病宣讲，有时为了赶场，几个馒头或一包方便面就凑合成一顿饭。

在每一次讲述中，他坚持历史与现实相结合，理论与实际相结合，宣传与教育相结合。在他看来，只有追寻革命者的足迹，聆听历史的回音，才能感受井冈山精神的脉搏。

一名来自南昌陆军学院的教官深有感触地说：“我听了毛老十场报告，每一次都有新的收获。”

2003年4月，井冈山精神宣讲团正式成立。毛秉华成为宣讲团负责人，成员主要是井冈山的党史研究人员。2016年，井冈山精神宣讲团变成了毛秉华工作室，创新使用工作室的模式、方法开展宣讲工作，成员也由最初的六七个人增至八十多人。团队不断应邀赴全国各地宣讲。

常常有人劝毛秉华："您都这么大年纪了，该享受天伦之乐了，何必这么辛苦？"

"我是共产党员，为群众办实事、办好事是职责，是宗旨，要用一生来践行。"毛秉华总是回答，只要还能说话，宣讲井冈山精神的事就会一直做下去。

"毛老毕生的精力都倾注在宣讲井冈山精神上，他的热情和执着一直感染着我们。"回忆起与毛老共事的日子，毛秉华工作室的工作人员范小静眼里含着泪花。毛老在生命的最后时刻，念念不忘的依然是井冈山精神的宣讲工作。

毛秉华曾担任过井冈山关心下一代工作委员会主任，即使工作日程排得满满当当，他仍然非常重视对青少年的关心和教育。为了收集典型教育素材，他坚持每年到井冈山市各乡镇搞社会调查，撰写调查报告，编印学习资料。他将整理出版的《井冈山革命故事选》无偿赠送给全市中小学校及有关单位，极大地丰富了青少年的精神食粮，这本书深受广大青少年学生的喜爱。

"虽然我年纪越来越大，但为了将井冈山精神发扬光大，我仍要尽自己的绵薄之力，直到生命的最后一息。"毛秉华的身影频繁地出现在各个文化历史景点和中小学校，他为青少年学生宣讲井冈山精神，为中小学生讲革命故事和革命传统。

"我这辈子最想做的事，是让井冈山精神代代传，革命圣火永不灭。"这是毛秉华常说的一句话，也是他一生的初心。吉安市滨江小学创建了"毛秉华中队"，少先队员们把毛秉华爷爷的事迹用手抄报的形式张贴在教室里，还通过学校红领巾广播站等平台，朗读毛秉华编撰的《井冈山革命故事选》等书籍，让更多的学生倾听红色故事。

漫山红遍，翠竹守望。井冈山精神在教育的传承中历久弥新，初心使命的火炬点亮了一个个精神坐标。

三

一颗善良之心，铺染生命底色。

毛秉华义务宣讲井冈山精神，给自己定下了四条原则：不接受宴请，不收取讲课费，不参加当地安排的观光旅游，不收受任何礼品。

毛秉华先后婉拒过 80 多个单位赠送的数百件物品，他曾开玩笑说：“如果我拿了这些东西，我家估计都可以开个小超市了。”为退回这些物品，他还倒贴了不少邮寄费，对实在无法谢绝的就上交给党组织。

2002 年 8 月的一个晚上，毛秉华为一批上海客人讲课。那天他口干舌燥，显得有些疲惫。当天他已讲了 4 堂课，而这堂课还是临时加的。为了答谢毛秉华，上海客人将一块精致的手表馈赠给他。谁知几天后，毛秉华将手表悄然寄回了上海，并附了一封感谢信。

“如果我收讲课费，一年至少可以赚 10 万元。靠宣讲赚钱，井冈山精神就难以入脑入心，我也对不起革命先烈。”毛秉华说。

宁愿自己吃苦吃亏，也不占公家便宜，是毛秉华给自己设的一条底线。

有一年，毛秉华到香港为中国人民解放军驻香港部队宣讲，讲完课第二天就急匆匆赶回了井冈山。有人问他：“第一次去香港怎么不多住几天到处看看？”毛秉华回答：“每天 800 元的住宿费实在是太贵了，我怎么也睡不着。公家的钱也不容易，我舍不得。”

大部分义务宣讲所需的开支，都是毛秉华自掏腰包。平时生活拮据的他，对有需要的人却很大方。他用自己的稿费先后向汶川、玉树、舟曲等灾区捐款 8000 余元，捐款 10 万元帮助神山村脱贫攻坚，上交特殊党费和设立公益事业基金 5 万多元……

在毛秉华的感染下，许多干部群众、企业家听完宣讲后总会问：自己可以为井冈山做些什么？

毛秉华说："如果你们确实想帮井冈山做点事情，那就帮帮山里的困难学生，还有一些孩子上不了学。"在他牵头下，有 300 多名困难学生获得资助。

江西师范大学一名受资助的大学生，在给毛秉华的信中写道："我现在总是竭尽自己所能去帮助更多的人，就像毛秉华爷爷帮助我们一样。我会更加努力地学习，争取将来为社会、为国家贡献自己的力量。"

在井冈山市畔田小学，师生常年将附近的溪水作为饮用水源。每逢下雨，混杂着泥土的溪水便无法饮用。2009 年，毛秉华得知这一情况后，千方百计争取到了 15 万元建设资金，让孩子们喝上了干净水，还翻修了残破漏水的教学楼，添置了文体器材，建起了多媒体教室。

在信仰中生活，在奉献中忙碌。多年来，毛秉华先后为 15 所中小学筹资 1100 多万元。他的爱心播撒山区，受益人数以万计，老百姓把他称为井冈山上的"活雷锋"。熟知毛秉华的人都说："在我们心目中，毛老是一面旗，是共产党人的旗，也是井冈山的旗！"

四

很多人好奇，是什么促使毛秉华风雨无阻地坚持宣讲井冈山精神，甚至带动全家一起讲述？毛秉华的答案很简单："就两个字，感恩！感恩共产党，没有共产党就没有新中国。"

2015 年 11 月 9 日，毛秉华在中国井冈山干部学院宣讲井冈山精神 （井冈山市委宣传部 供图）

井冈山，中国革命的摇篮。这方红土地发生了数不清的红色故事，哺育了万千英雄儿女。在这里，毛泽东、朱德等老一辈无产阶级革命家创建了中国第一个农村革命根据地，开辟了“农村包围城市，武装夺取政权”的革命道路。星星之火，可以燎原，中国革命从这里走向胜利。

在井冈山上，人们感恩先烈，感恩革命战士，感恩党的正确领导，感恩群众的坚定支持。这段历史让人感悟到了奉献、无私、英勇与果敢等精神的力量。

精神的力量，毛秉华讲了一辈子。可他仍担心一辈子太短，一个人不够。

毛秉华曾经说过，宣讲井冈山精神是他毕生的追求。在生命的最后时光里，他最大的担忧是，谁来继承这份事业？他想到了自己的后代。

“我儿子讲井冈山精神没有问题，他在省委党史研究室工作了40多年。”毛秉华担心的是自己的孙子，“他在英国留学，学的还是国际金融，以后出来就到保险、银行或者中外合资的企业工作了。”

他热切期盼着能三代同堂，一脉相承，把这些鲜活的红色故事一遍遍传递出去。

可是时代在不断变化，那些革命的枪声、呐喊声、冲锋号角声随着时间的推移，逐渐微弱消散，现在的青年对那段血泪历史，还能像老一辈讲述者那样热情吗？他们能放下对个人利益的追逐，毅然投入到红色革命精神传承的事业中吗？

对于这些问题，毛秉华说：“不知道，但我希望他能讲下去。”

“浩夫，您愿意回井冈山来，同爸爸、爷爷一道学习宣讲井冈山精神，传播红色基因，我非常高兴。这是很有意义的事情……”

如果不看落款，你肯定想不到，“您”这个称呼出现在毛秉华写给他孙子毛浩夫的信中。

“没错，称呼用的就是‘您’。”收信人毛浩夫说，“在爷爷眼里，关于井冈山的事都是最神圣的。爷爷生前一定特别欣慰，写下了这样的文字。”

“转变不是一念之间，而是长期耳濡目染的过程。”从毛浩夫记事起，爷爷的身影总和红色教育分不开，父亲也一直从事党史研究工作，他们的身上刻着井冈山精神的烙印。

2016年夏天，毛浩夫利用休假时间回到井冈山听爷爷讲课。“当时爷爷已经快90岁了，但是从他眼里可以看到激情与信仰。”为了让爷爷免去后顾之忧，毛浩夫心里暗暗决定：回井冈山吧。

每个人在成长中都会不停找寻自己的人生坐标，在角色变换中演绎自我。随后不久，毛浩夫加入了爷爷的宣讲事业，开始深入学习井冈山故事和红色精神。

“现在讲了一个多月，反应还不错。他这次的转型很不容易。”毛秉华对毛浩夫的成长充满了喜悦和满足。

为了让毛浩夫更深入地了解井冈山当地的实际情况，毛秉华经常带着他去井冈山各个乡镇进行调研，让他更加真切地了解红色故事、领悟井冈山精神。

“那两年，爷爷常说时不我待。”毛浩夫说，能回到井冈山，从爷爷肩上接过这副担子，是人生中最幸福的事情。

就在毛秉华曾工作过的井冈山革命博物馆，毛浩夫看到了一张红军干部写给妻子的英文贺年卡。“上面的英文花体书法漂亮极了，一下子把我镇住了。”后来，毛浩夫才知道，在 90 多年前的井冈山，“海归”并不稀罕。除了留学苏联、德国、法国的我党和红军的领导骨干，还有不少国内知名大学的学生来到这里参加革命。

井冈山究竟有什么魅力呢？

了解得越深，历史给毛浩夫带来的震撼越多。新的认识不断冲击着他的思想，直到观念转变成行动。2017 年初，毛浩夫从南昌回到井冈山，全职担任江西干部学院现场教学讲师。就像毛秉华 1968 年来到井冈山一样，毛浩夫开始了一段重新认识家乡的寻根历程。

面对前来参观学习的各种知识层次的学员，学习商科的毛浩夫感受到了压力。“有一次我在介绍党的第一部土地法《井冈山土地法》时，一个和我差不多年纪的学员问，当时规定的土地权利是所有权还是使用权？一下子就把我问住了。”讲解结束后，他跑到爷爷的办公室，一番检索，终于解惑。毛浩夫说，这样的经历让他明白，要影响人、说服人，首先自己要学懂弄通。

由于常常给外国学员讲解，毛浩夫需要准备英文讲解词。“说是翻译，但因为表达和文化上的差异，有时候比重写还难。”毛浩夫只好先钻进书堆里，阅读英文版《毛泽东选集》等书籍，从翻译原始史料重新开始。

井冈山上，一颗守护梦想的赤子之心，正在燃烧；一个关于信仰与奋斗的故事，正在传唱。

毛浩夫和其他宣讲员正在做的事，正如毛秉华信上所写：“改造自己的世界观，对井冈山精神做到真学、真信、真用。这是一辈子的事情。”

红色传承，永不落幕。在如今的井冈山，像毛浩夫一样的讲解员，不胜枚举。在这种红色传承中，他们收获着信仰和热爱。

“宣讲井冈山精神，就要大声说出来！”2009 年出生的“井冈山上小红军”余梓洋，始终铭记着毛秉华的叮嘱和勉励。她说，自己最大的愿望就是让更多的人走进井冈山。

毛秉华一路前行，在他的影响下，越来越多的人加入他的队伍。

黄洋界上的炮声已然远去，井冈山早已旧貌换新颜。毛秉华就如井冈山上一株普通的映山红，每年绚烂绽放，述说着这座山的荣光。他坚守着共产党员的初心，用他的宣讲为井冈山这一抹红增光添彩。

（作者：董文涛）

莲江绵绵传大爱

——追记全国道德模范王振美

王振美，1965年身患重病，在众人帮助下“起死回生”。此后，他立誓感恩奋进、回报社会。几十年，他初心不改、助人为乐，扶贫济困、报效乡梓。在92岁高龄时，他毅然捐出50万元积蓄，设立“振美教育基金”。他先后被授予“全国脱贫攻坚奉献奖”“全国道德模范”等荣誉。

芳草萋萋，莲江绵绵。在罗霄山脉的环抱之中，全国唯一以花卉命名的行政县——莲花县，如同一颗璀璨的明珠，以红色、绿色的独特禀赋，耀世而立。

在这座生态之城，一位老人的至诚之心，至今仍散发热量。虽然斯人已逝，但其高风亮节，在莲花大地隽永流芳。

他，就是第七届全国道德模范王振美。

一段经历记终生

山脉蜿蜒，黛色如染，滋养一方百姓。地处山冲的六市乡太沙村民风淳朴，那是王振美的家乡。

1925年，王振美出生时，国家动荡，民不聊生。贫穷与饥饿，是他幼年时最深切的体会。中华人民共和国成立前夕，王振美的父亲去世。此后母亲带着他兄妹4人相依为命，一家人节衣缩食，艰难度日。尽管穷，但母亲从小教育子女，“人穷志不穷。要吃苦耐劳，忠厚本分，与人为善”。这成为王振美践行终生的处世原则。

1965年，正值壮年的王振美不幸染上了钩端螺旋体病。这是一种急性传染病，如不及时医治，性命堪忧。但对于当时的一个贫困家庭而言，高昂的医疗费让他如坠无底深渊，他只能躺着等死。“那时候，我哪里想死哟？可是家里拿不出钱来呀，我妈和我只有抱头痛哭。”回想起那时的情形，王振美每次都动情不已，情不自禁流下热泪。

天无绝人之路。就在王振美一家崩溃之时，政府送来了温暖，古道热肠的太沙村村民们也纷纷伸出了援助之手，你10元我5元，东拼西凑了1000多元医药费，将其抬进医院救治，把他从死亡线上拉了回来。滴水之恩，没齿难忘。即便到了暮年，王振美仍然说得出那些救过他的乡亲的名字。“张丙恩、严积发、谢仁安、严云开、严志贵……”王振美说，名单很长很长。

闯过了“鬼门关”的特殊人生际遇，无形中重塑了王振美的世界观、人生观、价值观，让他心怀善念。他决意以后要像救他的乡亲们一样去帮助别人。王振美一直认为：“自己的命，是乡亲们给的。当有能力回报社会的时候，自己一定要站出来！”

王振美给孩子们讲故事 （贺治斌 摄）

一片赤诚报家乡

报答乡亲，回馈乡梓，是王振美心心念念的愿景。

拿什么报答？怎么报答？王振美用行动作答。

经历了生死考验的王振美为了摆脱贫困，一路敢闯敢干，先后做过多个行当。凭借活络的头脑，他成为当地小有名气的致富能手。

1977 年 2 月，快开春了。当时，六市乡几个眼界颇宽的年轻人谋划要建个花炮厂，大家想拉王振美入伙。这个身高一米八，能写会算，在学校当过教员，又在县政府工作过的人，在当时可是个风云人物。

那一年，王振美已经 52 岁了，创业的艰辛可想而知。东家借，西家补，花炮厂就这样建起来了。他学工艺，算账目，跑市场。从几个人的花炮作坊，发展到能够实现小规模出口的企业，这家静卧大山深处的花炮厂经营得颇有声色。同样在厂里工作的王明太（王振美的小儿子），至今还能清晰地回忆起那段岁月："1998 年到 1999 年，我在花炮厂做销售员，父亲每月给我开 1000 元的工资。等到 2000 年，工资涨到 2 万元一年。"

"富起来"的王振美，一直没有忘记 1965 年的往事。手头宽裕之后，王振美长期怀抱的报恩之愿被重新激活，并一发而不可收：遇到谁家有个难处，总喜欢拿出个千儿八百的帮人救急。据了解，王振美有据可查的最早一笔大额捐款，是 2006 年他给突发脑溢血的太沙村村民王水清捐助的 7800 元。从这以后，王振美似乎帮人上了瘾：山背村村民吴国英急需钱做换肾手术，他毫不犹豫地捐了 1 万元；老家要办幼儿园，他又捐款 5000 多元……

2014 年，六市乡政府牵头成立"奖扶助学教育基金会"，王振美二话不说，带头捐资 1 万元。同年，该乡组织开展"结对帮扶"活动。他第一个响应号召，主动帮扶太沙村贫困户郭梅昌。当了解到郭梅昌家的实际情况后，王振美并没有简单地捐钱了事，而是拟订了一个"酿酒脱贫计划"，出钱购买了高粱、红薯种子及化肥，还掏出 3500 元钱买了一头小牛犊，另外又添了 3000 元现金亲自送上门去，全力助他脱贫致富。2017 年六市幼儿园开学，王振美不请自来，当场捐助了价值 4000 余元的文具用品，送给孩子们。

这一桩桩、一件件善事，不胜枚举，无不爱心满溢。

在太沙村的河道上，一座石拱桥兀自屹立，历经多年风雨，全村群众仍在受益。1968 年，眼见村里的便桥年久失修，王振美与村民合计，决定新建一座石拱桥。因为造价实在太高，好多人说风凉话，并不觉得他们能办成此事。王振美不为所动，顶住所有压力，带头挑沙挖土，并发动全村所有劳动力，每个人分摊 100 块窑砖。在他

王振美给孩子们上思想道德课 （李小斌 摄）

的带动下，一个多月后，一座结实的石拱桥终于建成。这座石拱桥沿用至今，成为王振美为民办实事的生动见证。

一生勤俭正己身

因为善事做得多了，王振美在莲花有了“王大方”的称号。但深知父亲脾性的小儿子王明太心里明白，父亲对别人有难必帮，有求必应，但对自己，对儿女，手指缝都“绷”得紧紧的。

王振美每隔一段时间会住在王明太家里。他有一个不成文的规矩，每吃一餐饭都会给 10 元不等的伙食费。“该给你们的，我会给。不该给你们的，你们也要不到。”王振美曾这样对子女们说。

王振美说到做到。王明太记得，有一年他想把自己开了多年的小汽车转让后换辆新车，满打满算还是少了 2 万元钱，便硬着头皮恳求老爸支持一把。王振美一口回绝 ：“你不要想，我一分钱都不会给。”过了一段时间，王明太再次找老爸拉“赞助”。这一回王振美松了口，仅表示“最多给 1 万元”。但直到王明太开上了新车，王振美答应给的钱硬是没有下文。

在王振美家里的一排毫不显眼的鞋架上，摆放着一双布满尼龙线的凉拖。这双鞋是他花了 6 元钱买来的，烂了补，补了烂，烂了又补，整整穿了 15 年。王振美有一件白衬衫，已经穿得泛黄了，袖口和下腰位置分别破了一个拇指大的洞，他总是舍不得扔。2018 年 6 月，王振美受邀参加在萍乡举办的中国好人榜发布活动，他就是穿着这件衣服出席的。眼尖的工作人员发现后，劝他换一件好一点的衣服，王振美一口回绝 ：“不碍事，不碍事。我一个老头子，没几个人注意。”

与之形成鲜明对比的是，王振美在扶贫济困中却显得“大手大脚”。2018 年，六市中学学生张嘉璐突患肾衰竭，他眼睛都不眨一下，立马给了 11200 元 ；2019 年，村民王国旺身患白血病，他又毫不犹豫地捐了 1 万元……王明太说 ：“我老爸总是爱打听哪家有难处，哪家需要支援，知道情况后就会主动伸出援助之手。”王明太有时也倍感困惑和委屈 ：“不知道的人以为我爸腰缠万贯、富得流油，其实他真没多少积蓄，赚的也是辛苦钱、血汗钱，因此对自己人抠着呢！”

不过，对于父亲王振美以前做过的那些雪中送炭的事，王明太兄弟姐妹五个基本没有唱过反调。他们一致认为 ：“钱是老爸自己赚的，支配权当然归老爸。”

一次义举见高节

因为家贫，王振美没有读过多少书，他在成长中历经了“书到用时方恨少”的痛楚。这更让他明白，再穷不能穷教育。

王振美回报家乡的行动，更专注于教育。“扶贫必先扶智，只有教育才能从根源上改变贫困落后的面貌，用知识和技能斩断穷根。”王振美如是说。

如果说王振美以前的善举仅是“涓涓细流”，那么，他2017年的一次义举不啻为“惊天大浪”。当年，王振美做了一个让人惊讶的决定：拿出自己的50万元积蓄，成立“振美教育基金”，每年对六市乡范围内学业突出的学生和考上大学的学子及优秀教师进行奖励，对家庭困难的学生进行资助。“当父亲说要设立教育基金的时候，我们几个兄弟姐妹都以为，是要给他的孙辈设的。”王明太说。但让家里所有人没想到的是，王振美是要捐给社会，这一捐就是50万元。“我只要留着吃饭的钱就够了，多余的为什么不奉献给大家呢？”王振美这样说。

不仅是家人，连时任六市乡关心下一代工作委员会主任杨德荣听闻消息后，也以为老人家是一时冲动。他赶紧打电话给王振美的子女确认情况。在得到肯定答复后，他敬佩不已，被王振美的义举深深折服。

王振美要设立教育基金的想法，起初并未得到亲人的理解。老人的女儿王凤娇身患重疾，断断续续治了10年。她听说父亲拿出这么多钱来帮助别人，十分讶异和不解，责怪王振美“充好汉”，愣是被气哭了。

“我们家里经济条件很一般，兄弟姐妹都是普通的工人农民。50万元分给家人，肯定能解决不少困难。”王明太这样劝王振美。

为了让自己设立教育基金的梦想成真，王振美颇费了一番口舌："过去，大家都困难，你们兄弟姐妹没读过什么书，耽误了，这是没办法的事。可你看现在，还有好多人读不上书。咱们应该帮他们，不要让他们再吃你们以前吃过的亏。"老人言之切切，讲到动情处，一家人都落泪了。

"我生病将死时是党和政府出面、好心人出力，才救了我一命。我现在有了点积蓄，一定要回报社会。你们都有手有脚，可以自己养活自己。"在最后一次家庭会议上，王振美"固执己见"，慷慨陈词，最终赢得了家人的理解和支持。"既然是支持教育，从心理上说，我们还是可以接受的，也应该尊重老人的选择。"王明太代表子女表态时说。

2017年9月8日，王振美几乎倾囊而出，设立"振美教育基金"。截至目前，"振美教育基金"已奖励资助优秀师生和贫困家庭学生300多人次，累计发放奖励资助金10万多元。

一次义举天下知。从2018年以来，年逾九旬的王振美相继获得了"全国脱贫攻坚奉献奖""全国道德模范"等荣誉，并先后登上"江西好人榜""中国好人榜"。

一心向党了夙愿

2019年9月5日上午，王明太在微信朋友圈发布了一条动态：为老爸的荣誉点赞。随即，他赶忙给老爸打了一个电话，报告来自北京的喜讯：老爸当选了第七届全国道德模范。

94岁的王振美平静地问："真选上了？"

王明太大声回答："不会错呢，宣传部的同志确认过了。"

王振美应了一句："惭愧惭愧，我做得还不够呀！"

在王明太看来，老爸王振美不是做得还不够，而是做得足够好。如今，当他看着这块沉甸甸的荣誉勋章，王明太仿佛看到了老爸那颗滚烫的仁爱之心。他明白，这是对老爸的最高褒奖，更是对儿女的无声鞭策。

对于荣誉，王振美看得很淡。他更在意的是，能否成为一名真正的共产党员。这是王振美深埋心中几十年的梦想。他真切地体会到，自己能有今天，离不开党的好政策。于是，入党成为老人毕生的追求。

1953 年，他第一次向党组织递交入党申请书。可当时由于家庭出身问题，他的入党申请书如石沉大海。

多年来，王振美一直把返乡务农的莲花老乡甘祖昌将军和其夫人龚全珍当作榜样。当看到与自己年岁相近的龚全珍 90 多岁依然坚持帮扶贫困学子时，王振美顿时热血沸腾地说：“龚全珍能做到的，我也能做到！”龚全珍的光辉事迹，再一次点燃了王振美的入党梦。

“我能申请入党吗？”2015 年的一天，王振美找到时任六市乡夕阳红党支部书记张光华，小心翼翼地提出了入党申请。一个 90 岁的老人还要求入党，在乡里甚至县里都是头一回，这让张光华“犯了难”。他及时向六市乡党委汇报，乡党委又立即向莲花县委组织部专门报告了王振美的情况。不久，该县组织部的同志专程找到他本人了解入党动机。至于为什么要入党，老人的想法很简单：“我已经 90 岁了，能为党做事的时间也不多了，但我想入党的初心不仅没变，还越来越强烈。所以，我再次提出入党申请，愿为共产主义事业发挥余热。”

2016 年 4 月 19 日，王振美被批准为中国共产党预备党员。这天，他乘车 100 多公里前往井冈山革命烈士陵园，在旁人的搀扶下拾级而上。登上 109 级台阶，老人站在井冈山烈士纪念碑前，面对鲜红的党旗，右手握拳，庄严宣誓：“我志愿加入中国共产党，拥护党的纲领，遵守党的章程，履行党员义务……”

2017年，成为一名中共正式党员的王振美几近哽咽地说：“这圆了我的一个梦。一直坚定跟党走是正确的。”

“我入党不图啥，只是觉得中国共产党是伟大、光荣、正确的党，是我政治生命的唯一归宿。我深信在党的正确领导下，伟大祖国的明天会越来越好！”面对鲜红的党旗，王振美老人坚定地说，“入党后，我要以一名优秀党员的标准严格要求自己，用实际行动践行自己的入党誓言！”而面对各种荣誉和奖励，王振美总是说：“我受之有愧，我认为我还没做好。我是一名共产党员，我应当把一生交给党的事业，投身到为人民服务的行动中，为脱贫攻坚贡献自己的绵薄之力！”

诚哉斯言！

一片冰心慰后人

在王振美家厅堂的墙上，悬挂着一块贺寿牌匾，那是2015年他90岁大寿时，村民们送给他的。牌匾上面题着词牌名为《满江红》的祝寿词：“……鬓如霜，性未改。一颗赤诚心，犹刚亦柔。不畏尘世风和雨，何求人生尊与贵？”这是“街坊晚生”杨继恩、张保善为王振美写下的词句，也正是王振美平凡而伟大的一生的真实写照。

2020年新冠肺炎疫情暴发期间，已是疾病缠身的王振美依然心系国家。面对突如其来的疫情，他一面关注着防控一线进展情况，一面时刻担心着一线同志的生命安危。有一天，躺在病床上的王振美实在忍不住了，执意打电话叫来了夕阳红党支部书记王兰林，颤颤巍巍地将1000元“特殊党费”交到了他的手中。“每天我都通过电视关注着疫情防控信息，知道现在国家有困难了，但我现在年龄大了，能做的事情很有限。这是 1000 元钱，是我的一点心意，希望能为疫情防控献一份爱心、出一点力。”王振美动情地说。寥寥数语，却体现出了一位共产党员的初心。

2020 年 11 月 25 日 12 时 10 分，王振美老人因病抢救无效，与世长辞，享年 95 岁。而直到生命的最后一刻，王振美还表示要捐献遗体，想为祖国的医疗事业尽一份力。

青山有幸埋忠骨。自王振美去世后，每年的清明节，他的墓前总是摆满鲜花，那些他帮助过的人不曾忘记他。

“爷爷出钱资助我，这对于家境贫寒的我来说恰如冬日里的暖阳，激励着我努力学习。”“以后，我也要以王爷爷为榜样，努力回报社会。”许多受过王振美爷爷捐助的学生在作文中写道。

众人拾柴火焰高。老人留下的“振美教育基金”，不仅仅是一笔遗产，更是一粒火种，汇聚越来越多的爱心人士一起点亮光明。正是在老人的感召下，莲花县许多仁人志士加入“振美教育基金”：杨志坚，1.2 万元；杨石林，1.5 万元；杨飞，2 万元；贺建军，2 万元……捐款名录中，这一颗颗年轻的心，正与王振美老人的心愿同频共振、泽被后人，奏响了一曲高亢的奉献之歌。

桃李不言，下自成蹊。王振美老人，用人格的大化之境，竖起了一座良知与良心的丰碑。

这丰碑，叩击人心，直达高尚。

（作者：刘启红）

高山仰止

——记全国教书育人楷模支月英

40 多年来，扎根乡村教育一线的支月英，辗转于泥洋小学和白洋教学点两所深山学校，牵着一代又一代山里娃走出大山，走向未来。时光改变了她的容颜，却改变不了她“一生只为一事来”的坚定承诺。她先后获得“全国教书育人楷模”“最美奋斗者”“全国道德模范”等荣誉称号。

县城—澡下—泥洋—白洋，往返 100 公里。这里不是湖区，更不是海边，而是一峰淡似一峰的山水，一程高于一程的山道，一弯急过一弯的朝天路。

有这样一位女子，19 岁登上深山里的讲台，就一直没有下来。可她并非山里人，却把家安在了山上。

40 多年来，她绚烂了两代人的童年，花白了自己的麻花辫。40 多年来，她用山区教师微薄的力量，高高举起了一座又一座沉甸甸的奖杯。她就是奉新县白洋教学点教师——支月英。

连峰路朝天

春寒料峭。

远远地，她大步走来，影映朝晖。矫健、高挑、粲焕，让人想到女篮五号。眼前的她，干练的挑眉、淡淡的腮红，两条浅棕色麻花辫。一开口，声音响亮："唉！那天可是丢大丑了。在两千多人的报告会上，我居然又流了眼泪，斗大的字都看不清，还得离座去取老花镜！"这股精气神，让人似乎感受到了20世纪80年代她在泥洋山区刮起的旋风。1980年，因为奉新冶城共大的同窗男友，她远离家乡进贤县，经招考到了泥洋小学，成为山区教师。

泥洋山，海拔1333米，距奉新县城50余公里。泥洋村，海拔约700米。白洋村，海拔近800米。澡下、泥洋、白洋，山脚、山腰、山肩。

澡下有中心学校，泥洋曾经有"完小"，白洋现在是教学点。

从县城到澡下，近20公里。从澡下去泥洋，约40公里，以前是黄泥路、砂石路，多年后，班车也还是通到中段的观下村，后面约10公里的山路只有步行。从泥洋到白洋，还有8公里的山路，在崇山峻岭间盘旋的水泥路近年才修竣。

如今，从澡下镇驱车至泥洋山肩上的白洋教学点，需一个半小时。若从奉新县城去往白洋，搭乘班车，再爬山路，单程就要半天。

进山。雨后的山岭依旧水瘦山寒，色彩沉郁。水蓝的天空有云雾升腾，粗干峨冠的阔叶林，成队成群地在溪边伸展着光秃的枝干。溪谷溅起银白的水花，菖蒲点缀着浑圆的涧石。成片的细密野桃花，如云似霞般铺陈在灰褐的山野。想象着，那一片春风十里的山地，该是如何生机浩荡、摇人心旌？那秋阳浸染的层林，又会是怎样色彩斑斓、美不胜收？

支月英与孩子们在一起（曾宏发 摄）

爬山。青山簇拥的老愚公水库，野鸭悠游，峰峦耸峙。仰望高山，泥洋在哪？山民们手指天际线："翻过这一座座山，那朝着天边的方向！"

她无法忘怀，40多年前从县城坐了两个小时班车，再走两个小时山路，挑着行李去泥洋小学报到的委屈和心中涌起的悔意。她早已记不清，在这条仅过得一人的山径上，她肩挑手提了多少课本、教具、试卷；在那段近似天梯的捷径，她连人带书不知滚落了几多回。头几年，她总是落在本地教师的后面，脚起泡，跟不上。后来，"走着走着，我也成了山里人！"泥洋小学规模最大时有五个年级百余名学生。村民说，泥洋小学是支老师用扁担挑起的学校。

她历历在目的，是那次背着女儿手提课外书、腕挎猪油篮、脖挂大布兜的艰辛。可是，再累也不能停歇太久，若太阳下山，就危险了。

走夜路，她是害怕的，尽管包里备了手电筒。身为校长的她，下山听课、开会、取试卷，回去时走到半路已天黑是难控的。月出惊山鸟，风动啸林海。一人疾行在黑黢黢的山岭，突然，一队灰黑的野猪从眼前穿过，几只脱兔在月下扑跳，一头黄麂慌张地逃窜……心一紧，冷汗冒。幸亏不是吃人的豹子、吞人的蟒蛇，她每每这样平抚快要蹦出的心脏。第一次，她吓得尖叫。第二次，她就暗示自己："不要怕，它不会伤害我，因为我是来这里传道授业解惑的。"每次挤在上山的班车上，她总是四处寻找泥洋的人。若有伴，她吊着的心就放松下来。

班车一天仅一趟，清晨七点多下山，傍晚五点半到岭上。她天没亮就下山去开会，要走近一个小时的山路去追班车，若错过，就只有出高价请摩托车了。

"要是自己有辆车就好了！"20世纪90年代中期，她花600元与别人合买了一辆男款摩托车。从此，身材高大、有运动基础的她，骑着大摩托车，一趟一趟地运送着课本、教具。

在坑洼不平的山间砂石路、林间黄泥路上，她顶风、冒雨、飞泥、碾雪，常常是晴天满身灰、雨天全身湿、夏夜虫钻眼、暑日腿烫皮。若是车子半路罢工，要么弃车步行，要么无助哭泣。那辆二手摩托车，可把她害苦了。不过，胆大能干的她自有办法，找到坡地，跨上溜行发动；若无斜坡，就站在路边静等人来。

这蔗林般丛丛枯黄的茅草，这小块梯田里躺卧的岩石，你们可记得那个在山路上风风火火的女子？你们可还记得她摔得头破血流时的无助？这夜幕上满天的星斗，你们可曾聆听过这个女子为自己壮胆时唱的歌曲？

是什么让她如此坚韧？

春夜清寒。远眺春山灯火，她坚毅地感慨："真的好累好怕！我都不敢相信自己能挺过来。我时常敲打自己，山里人的苦，我这个山村教师为什么就扛不住？我总是想，以后会好起来的。这不，泥巴路变成了砂石路，现在是水泥路。”

高树悦鸟鸣

春雨无声。

泥洋小学，这所在山坡上开挖出来的学校，没有校门，没有操场，2012 年因生源过少而被撤销。在这幢麻石垒筑、修修补补的两层危房，她陪学生晨读晚习、挑灯批红，为住宿生涂药掖被、蒸饭洗衣……

几十个春秋，她欢送了千余名学生，告别了多位一转正就下山的同事，而她却从“支姐姐”变成了“支妈妈”，一人撑起了泥洋小学以及稍低处的清潭和更高处的白洋的教学管理。泥洋有多难走？奉新人都害怕。在昌铜高速公路开通前，司机们都说：“爬一次泥洋，不如让我跑一趟南昌。”可她，为了大山里的孩子，为了家庭的完整，1990 年竟动员丈夫从澡下林场场部调到泥洋山，当了一名野外作业的护林员。5 年后，她成了留在泥洋小学唯一的公办教师。

“想过下山吗？”

“当然想过。可是，我很快就说服了自己——这里的孩子需要我，我不能打退堂鼓。”

刚来的那年 9 月，当风华正茂的她满怀憧憬地爬了 10 公里山路，攀到这座山壁小学时，迎来的却是村干部冷淡的表情和同事怀疑的目光。在教舍二层安顿好后，躺在简易木床上，她久不能眠。“如果你去了，我就不认你这个女儿！”屋内，母亲的狠话在耳边轰响；屋外，一门之隔的深山老林，飞禽怪叫、走兽嚎啸，那猫头鹰、麂子的凄凄哀号，一声声撕扯着她懊悔的心。

咕—咕—咕、啾—啾—啾—啾、叽—叽—叽—叽、嘟—嘟，或长调或小令，或急促或舒缓，多么美妙的百鸟朝凤！还不时有鸟儿振翅、轻落枝头的摇响。一缕晨光，穿透窗棂，这里面一定有喜鹊！循着歌吟，她去寻找喜鹊黑白的娇影。太壮观了！居然有这么多这么大的树！她被屋后山上、崖边一株株高大的乔木深深震撼了，那褐干青针的劲松，要双臂才可环抱，那么挺拔伟岸，那么气宇轩昂！是它，为鸟儿们奉献了欢愉歌唱的高台。

铃声响了，孩子们看到美丽端庄、梳着麻花辫的新老师，个个满心欢喜。她笑了。课间，有小女生采了几支淡紫的幽兰送到她面前，“老师，你就像这花一样漂亮！”她心花也开了。下午上课前，有小男生捧了大把猕猴桃塞到她怀里，“老师，这是我们山上最好吃的野果！”她的眼眶湿润了。抬眼望，劲松摇曳，斑驳的树影在廊道上跳动，有鸟儿欢唱，她的心泉汩汩流淌——“欢乐你不笑，痛苦你不哭。撒给大地多少绿荫，那是爱的音符”。

听孩子说学校来了好喜欢的新老师，家长送来了自制的粿子、美味的菜肴；年轻的母亲还抱来薄被，轮流与她做伴。她这才明白报到时遭冷遇的缘由：这里新学期常有新老师，可是一两年就走了。“你一个外乡人，这么年轻，这么漂亮，自然是难留下的。”她沉默了，但在心里立誓：“我就要好好干下去，让他们瞧瞧。”

她一丝不苟地备课，生动活泼地讲课，认真仔细地批改作业。她不但教语文、数学，还教学生们唱歌、画画、识简谱。她带着孩子们跳沙坑、做俯卧撑、玩老鹰抓小鸡的游戏。课内课外，山野林间，她与孩子们一起长大。

山区多雨，山洪易发。高山寒冷，冰雪难化。每遇恶劣天气，她都要把路远的孩子一一送回家。家住白洋的廖作春，至今难忘支姐姐冒雨把他们几个住校生背过水库小水坝，还为他冻得开裂的脚后跟小心翼翼地敷药，他吃过支姐姐炒的菜，穿过支姐姐洗的衣。即使是正常天气，住在更高处的孩子，她也是要送一程的，因为那里有一段陡壁悬崖。

别人教不了的课，她顶上；他人不愿带的班，她接手。她的教学水平遥遥领先，她的亲和力、号召力最强。不到两年时间，这位二十岁出头的外地女子，就成为一校之长。

从此，她不让一个适龄儿童辍学。20 世纪 80 年代，山区重男轻女，不少女孩因贫困不能上学。她挨家挨户苦口婆心地做工作，每月 28 元的工资也常悄悄被用来垫付学费。而为了补贴日常家用，为了给学生多买几本课外书，星期天安顿好女儿后，她就戴着手套、披着工作衣，去高处的林场给大卡车装毛竹。一车三毛钱，她个子高、力气大、能吃苦，一天能装三车。

从此，她把学校当成了自己的家。在墙上糊层厚水泥制成黑板，在窗上贴块塑料膜抵挡寒风；与师生们从沟谷捡来石头搭成乒乓球台，砍根毛竹杈当篮球架；电路出故障了，她来检修；引水竹筒堵塞了，她去清理；给食堂砍柴、种菜……

她后来住的与教学楼并排的林场平房，也成为教师、住校生的“食堂”。“她两口子都好热情啊！我们那时经常端着饭去她家吃菜。”曾经的代课教师刘伦霞每到生理期，不但得到支校长“特休”的照顾，还总是喝着她送来的红糖水。家里备用的喝完了，她就去老乡家里讨要。

在平房一人拉扯女儿的那些年，可谓苦不堪言。狂风若是刮倒木头电线杆，停电有时长达半个月。房子背山朝路，泥巴地，架了椽梁的天花板。她想尽办法堵死房子里的洞，还是躲不过老鼠的烦扰。那个夏夜，熄灯躺下的她，只听得塑料袋簌簌直响，她本能地抓起床头预备的小木棍，在地上重重敲了几下。响声照旧。拉开灯，天哪！

支月英在给孩子们上课 （李开水 摄）

一条毒蛇正在装着衣服的塑料袋上蠕动。尖叫声，穿透山扃寂夜。那个秋夜，闭门熟睡的她右耳奇痛无比。滴酒精、照电筒，用尽一切办法，最后爬出一只小甲壳虫。从此，她的右耳听觉受损。

右耳失聪、右眼失明，不敢相信，外表如“女汉子”的她多年前已是残疾人。2000 年，其他教师都逃离了，一所小学、两个教学点的教学和管理工作，全部压在她一人身上。她如魔术师般在复式班里穿行，她用动静结合的理念掌控多班教学，她在“连峰路朝天”的泥洋山上飞驰奔走。她是铁女人，可她是人，不是铁。甲状腺功能减退；做胆结石手术；高血压引起视网膜出血，导致右眼失明；声带结节，不能喝凉开水；双腿静脉曲张，动了 14 刀，走路不能快。其中，有的是职业病，有的是她长期一人执守高山讲台而延误诊治所致。

为了不耽误教学，有公费医疗的她却去私人诊所看病。几次不得不住院时，她就自费请代课教师去执教。

无语凝噎。眼看着妻子的身体每况愈下，2007 年，心如刀割的丈夫偷偷托关系把她调下山。她的泪水断了线：“我就这样下山吗？泥洋的孩子怎么办？”

春雨如酥，鸟鸣山涧。即使有丝丝细雨的阻滞，她也能分辨出那是喜鹊、布谷、画眉、百灵、啄木鸟……山泉叮咚，如鸣珮环。凝望着后山上那株高大的苍松，她的心泉又在喷涌——“好大一棵树，绿色的祝福。你的胸怀在蓝天，深情藏沃土”。她觉得，自己就像崖畔的那棵大树，孩子们就是她身边叽叽喳喳的快乐小鸟。眼波穿透蒙蒙雨雾，她坚定地说："我愿意做一棵绿色的大树，坚守在高山的沃土，让山区的孩子站在我的肩上，放飞金色的梦想。"

白云动心波

春雪飞花。

山麓只是雪霰敲窗，而泥洋山肩上坐拥山坞的白洋，却裹在厚厚的棉絮里。白洋，一个把山峰削平的客家村落。悬在耸起山台的篮球场，披雪覆被；百年罗汉松坠着冰凌，映衬流云高天。隔空略低的山台，升着国旗的地方就是白洋教学点。一栋粉红的工字形二层教舍，院内一角有旋转滑梯、标准的乒乓球桌。这里，是她几年的心血结晶。

“人家都削尖脑袋下山，你已经被组织安排到澡下了，还要去更高更偏的白洋？你真是蠢到家了！”丈夫郁积的心火腾地点燃。“我以前的学生联名请我去。否则，那些小孩就要到 6 里外的仰山乡开蒙，有的孩子可能就会辍学。”她心平气和地答。“你是九头驴都拉不回的！你去吧！我也管不了！”砰！门关上了。提着行李，她只身去了白洋。从此，她住白洋，他在泥洋，县城那套 2004 年为女儿上高中、在弟妹支援下咬牙买的小两居室，就成了一个落脚点。

那是一个怎样的小学啊？与现在校舍两旁的土坯房一模一样。那次暴雨后，丈夫开着破面包车送她回校。一开灯，两人都呆了。床上明晃晃泛着光，棉被上的积水简直可以养鱼。她清晰地记得，走之前自己是移好了木床，并在漏雨点下放了多个脸盆接雨的。原来，是狂风把房顶瓦片掀翻了。

“还睡什么？我把新被子都给了你！走！跟我下去！”

“我答应了他们，学生怎么办？”

“你是名人，我配不上你！”丈夫咆哮了，抱起湿被，狠狠地丢在了泥水里。那个淅沥的雨夜，她在村民家辗转难寐，不为自己，想的是明天的教室会是怎样的狼藉。之后，校舍引起各级重视，在原址两度重建，从两间平房到两层小楼。

“那两年真是把我累垮了！”她声音沙哑了。一边在村民家上课，一边监督工程施工，在山上，她一待就是几个月。村民家的房子，泥地、小窗，一到课间，学生就追追打打像操练，踏得尘土飞扬。甫下课，她就赶到工地监管，不但监工，而且做饭，甚至挑桶搬砖。“与其站在那里看着，还不如帮帮他们，这样进度可以快些。”她笑言，“力气去了，还会来。”教舍竣工了，教室装修好了，她却倒在了课堂上。她的餐前血糖达到正常值的 2.5 倍——糖尿病。

她住的房间，是二楼的一间教室，南北有多个窗户，铺着地砖，似乎四面透风，雪后更是寒气逼人。在这里，因腿部手术后血流不畅而特别怕冷的她，三九寒夜，只有坐在铺着电热毯的床上驱寒取暖；白天，穿了厚羽绒衣还手脚冰凉，再加一件大棉袄。在设计校舍时，她主动提出不要做居住房，多建几间教室以备生源增多之需。

春雪铺天盖地，春雪转瞬即逝。白洋的冬天若是来场大雪，可能一个月都化不了。早些年雪大，竹子倒伏，山道堵了，只有下车敲冰穿过或是挥刀砍竹。那天傍晚雪中下山，为加大摩擦系数，两人硬是在山边搬捡了两百多公斤的鹅卵石压在车上，一路扭摇到家。只要下雨，白洋就在云里雾里。连日大雨后，山体塌方、路面打滑，丈夫的独眼面包车让她提心吊胆。这些年，为了让妻子少吃些苦，车技好、能力强的他，放弃了山下赚钱发展的机会，到泥洋挣着每月千元的护林工资。原想着只要她下山，他就到外面去工作，可是，她竟去了白洋！

她在白洋，可他没在白洋住过。在山上，他就住在泥洋那间老旧公房里，喂喂鸡、理理菜园、整整果木。攒了一小盒蛋、择了园里的时蔬，他就开着面包车给她送去。开春了，两人培植的金钱柳萌芽展叶，他制成茶，留给她泡水喝。她说，喝了他的金钱柳茶，血压趋稳了。3 月，门前的老桃树扬花了，他要守着为它们授粉，这株嫁接了五种桃子的桃树，总是挂果累累；5 月熟透时，他要拣出她最爱吃的品种装箱上山……

行驶了 8 年的老爷车，跑白洋一个来回就要上百元油费。可他心疼她赶班车辛苦，每逢星期五，在山下做兼职的他就打电话问："要下山来看病吗？我去接你！"到了周日下午，他又说要送她上山。她却在担心他的安全："不用了！我不下山。""我没带什么东西，我想坐班车，然后爬爬山锻炼身体。"而实际上，她哪次上山不是大包小包地买东西。

这大包小裹里，是新学期白洋教学点所有学生的新书包、新文具，还有留守儿童的新衣服；平时，有玩具、棒棒糖、课外书，甚至还有给大人们的小礼物……

李洪先是跟着奶奶长大的贫困留守儿童。虽然右眼因幼时被树枝戳伤而失明，但他勤奋、聪明、懂事，她想资助他，一直到大学。

"这个 ɑ、o、e 的 ɑ 不是这样写的，首先要写左边的半圆……看，现在就漂亮了！""大家课文背得好棒，但是没有读出感情来，要抑扬顿挫、有节奏地朗读，来，跟着老师读……"她的课，如流水潺潺。

在一、二年级的四人复式班里，居然还坐着两个脸朝窗户、开心欢笑的幼儿。考虑到白洋的特殊情况，她破了五岁入学前班的规定，麻烦也多起来。孩子们听不懂普通话，于是，她开始跟村民们学着说客家话，课堂上两种语言来回穿插着解释，孩子们常常笑得前仰后合。

“支老师，中午到我家来吃艾饼！”“支老师，晚上去我家吃散灯面！”一家家都来“抢”支老师了。谁家有喜事，都要请支老师去当“支客”。“没见过这么好的人，我家建房子，她会去帮着捡砖。她一大早会在村路上扫马粪牛粪，搞卫生。”“以前我小孩满口脏话，上学后变文明了好多。”在白洋，初中毕业的家长都没几个。教育学生的同时，她也在影响家长。就孩子的成长而言，学校和家庭教育同样重要。

那个不爱吃饭、不写作业、“一根线头玩一天、一张纸折一堂课”的顽童，听到支老师的声音就赶紧吃饭、写作业了；那个跟着爷爷生活、早晨赖床的小男生，在支老师无数次的唤醒声中，已能按时到校上课了；那个一年四季鼻涕流进嘴的男孩，在支老师的关心下也慢慢治好了病……

雪后初霁。山台上，一群孩子正骑在百年罗汉松上，高声呼唤着头顶的蓝天白云，枝上的冰花应声颤落。这让她想起那句名言：“教育就是一棵树摇动另一棵树，一朵云推动另一朵云，一个灵魂召唤另一个灵魂。”深情地望着这动人的画面，她娓娓而谈：“我愿意做天空的一朵白云，萌动孩子们纯真的心灵，拨动人们情感的心弦。”

（作者：柳易江）

爱心厨房

——记全国道德模范万佐成、熊庚香夫妇

从最初的油条摊位到爱心厨房，万佐成、熊庚香夫妇坚持共享灶台近20年，为患者家属腾出了厨房，为患者留住了亲情的味道。这个善举不仅传递了正能量，还为南昌点亮了一盏温暖之光。万佐成、熊庚香夫妇被授予“全国道德模范”等称号。

引　子

2021年11月6日，由北京飞往南昌的航班上，两位戴着口罩的老人正在小声地用南昌方言聊天。

“老婆子，你说，这飞机会晚点吗？听孩子说，南昌那边在落雨。”瘦瘦的男子看着舷窗外，忧心忡忡。

坐在旁边、略显富态的女人也是一脸的焦灼：“应该不会吧，是小雨，不碍事的。”

男子把身体往座椅上一靠，说：“还别说，才离开六七天，这心里头不晓得有几想念那个厨房。”

一丝笑容爬上女人的眉梢。

这对老人，就是刚刚从人民大会堂领奖归来的第八届全国道德模范万佐成、熊庚香夫妇。

多余的火

南昌多香樟。一进入暮春，满城飘着香樟清新的芬芳。

这是2003年春季的一天，天晴，十点多钟的光景，阳光洒满巷口。

像往常一样，万佐成全神贯注地炸着油条，锅里发出嗞嗞声。六个炉子安静地摆在那儿，仿佛动画片里的葫芦兄弟。

“老板，能借借火吗？”一个声音很小心地传过来。

万佐成抬头看去，但见三四米开外，一男一女推着一辆自行车，后座上坐着个男孩，车龙头上挂着几只鼓鼓囊囊的塑料袋。说话的那个女人，四十岁模样，脸色苍白，头发有点凌乱，双眼带着淡淡的忧伤。

女人接着说：“你们炉子里剩下的火，可不可以让我们炒个菜？我给钱。”说着说着，女人哽咽了。

“孩子生病了，想吃妈妈烧的饭菜。我们特意去买了菜，想找餐馆加工。一路问来，已经找了好久，可是……”那个男子在旁边补充道。说罢，一声叹息，神色黯然。

万佐成和熊庚香不约而同地盯着男孩的右腿，那儿，裤管空荡荡的。

男孩的嘴很甜，笑着叫了声：“叔叔阿姨好！”

熊庚香应了一声，鼻子一酸，伸手摸了摸孩子的头。

可怜天下父母心。万佐成马上让出位置，热情地说："来，锅正好闲着，你们来用吧。"

万佐成从那个男人那儿大概知道了这一家子的情况：他们是宜春人，孩子十一岁，患了骨癌，前不久做了截肢手术。男孩在江西省肿瘤医院待腻了，吵着回家，说是要吃妈妈烧的饭菜。孩子正处于治疗关键期，不可能半途而废。无奈之下，两口子便商量着买菜加工。谁知医院附近的几家餐馆生意火爆，说是没空，自然，他们碰了一鼻子灰。

女人麻利地炒好了菜，熊庚香忙着给她打包。男人从上衣口袋里掏出钱包："师傅，你算一算，多少加工费？"

万佐成伸出右手一挡："什么钱不钱的，不就是一点多余的火嘛，不要钱！只要孩子需要，你们可以天天来炒菜，免费用炉子。"

没过多久，小巷子里的这个油条摊子在病人家属中传开了。一传十，十传百，越来越多的患者和家属找到了万佐成、熊庚香夫妇。六个炉子不够用了，万佐成跟妻子商量，一口气又添置了十套炉灶。再后来，老两口干脆停了炸油条的生意，一心一意张罗着厨房。

这条两米多宽的小巷子热闹起来了，每日暖洋洋的，仿佛一处避风港。那些患者和家属洗菜、切菜、炒菜、煲汤，烟火缭绕，香气袭人。他们找回了久违的人间气息。渐渐地，露天厨房成为肿瘤医院的癌症患者和家属的一盏明灯。

心灵手巧的万佐成赶制了几个木架子，摆上瓶瓶罐罐，香料、盐巴、白醋、生抽、料酒，一层摆不下，再摆第二层。他特意贴上一张红纸，写下一行字：调料免费。铁锅、高压锅、热水瓶添置了一个又一个，煤球一换就是上百个。

不过，万佐成慢慢发现了一个奇怪的现象。不知从何时起，前来加工菜肴的人渐渐少了起来，一些熟人甚至悄然退场。他心里直犯嘀咕，一时搞不懂问题的症结所在。

这一天，万佐成实在忍不住，拽着一个熟人想探个究竟。

“万师傅，其实原因很简单，你不收费，时间久了，大家不好意思。”那个熟人掰着指头说，“煤球、洗菜水、作料、厨具、炉灶、烧水壶、热水瓶，哪一样不要花钱？你每天得垫付多少钱啊？大伙儿在背后聊到这事，哪个不感激？哪个不内疚？”

万佐成急得直搓手：“你去跟大家说说，没关系，我们两个人平常开销不大，以前做生意也有点积蓄，承担得起。”

对方将头摇得像拨浪鼓：“不行，不行，将心比心，我们良心上过不去。万师傅，你还是收点加工费吧。”

万佐成见事情僵持不下，便跟熊庚香商量，最后决定每加工一个菜，收成本费五毛钱。

很快，爱心厨房的人气又噌噌噌地飙升起来。老两口的脸上重新绽放出光彩。

好事传千里。万佐成、熊庚香古道热肠的事迹持续发酵，广为人知。因为厨房位于江西省肿瘤医院外面的小巷子里，专供病患及其家属加工饭菜，人们便把这儿叫作“抗癌厨房”。

随着物价不断上涨，每个菜收五毛钱的成本费已经难以为继。2016 年，万佐成、熊庚香在纠结多次之后，将加工费标准进行调整：炒一个蔬菜收一元，炒一个荤菜收两元，熬一锅汤收三元，作料依旧免费供应。坊间，这个厨房又多了一个名字：一元厨房。

给一点点光

星星是这个爱心厨房的忠实卫士。

凌晨四时起床，用木柴给煤炉生火，一直忙到晚上十一时，这是万佐成、熊庚香两口子的工作时间，一年三百六十五天，天天如此。

天刚蒙蒙亮，就有病人和家属陆续过来加工菜肴，熬制营养汤。星光和灯光从那些晃动的人影上滑落。菜刀、锅铲、瓢盆在砧板上交响，演绎人间的日常。

熊庚香如同一个交通员，在人群中穿插，给人们递上厨具，送来作料。老人操着浓浓的南昌方言，中气十足，一张嘴，很有穿透力。大家习惯了这个声音，这个声音在，每个人的心里都踏实。

“大姐，你有一副菩萨心肠。”正在留言簿上写字的南昌市民郑先生忽然抬起头看着熊庚香，认真地说道。

熊庚香不好意思地咧着嘴笑。她不知道郑先生在写些什么，她不识字。

闲下来，读了几年书的万佐成瞄了一眼，发现郑先生竟然写了两则留言。

一则是：“爱心厨房”，万佐成夫妇在这个狭小的空间内传递出浓浓的温情，为病人家属提供锅碗瓢盆、炉灶煤火、柴米油盐，象征性地收一元钱成本费，只为让病人吃上热气腾腾的“家中味道”。全年三百六十五天的忙碌无休、执着坚守，源自他们内心的善良。

或许觉得兴犹未尽，郑先生又写了一则：十八年来的坚持和爱心，为癌症病人提供着“最后的守护”，用他们朴实的烟火气息温暖了寒夜的路人。一元“抗癌厨房”背后的人生值得我们细细品味。初心可贵，坚持不易。

熊庚香不会讲那种文绉绉的话，她的语言像开水那般直白：“日子得慢慢地过，吃是大事，吃得好，病人开心，家人开心。”

一天晌午，加工的高峰过后，那个做了一辈子豆腐的左大爷扶着老伴蹒跚着走进了小巷。

“大妹子，我想炒两个菜，行啵？”左大爷朝着正在打扫卫生的熊庚香扬了扬手中的手提袋。

熊庚香自然满口答应，招呼左大爷的老伴坐下后，自己帮左大爷挑拣蔬菜。

左大爷的老伴患了乳腺癌，从上饶到南昌，跑了多家医院，最后才在江西省肿瘤医院常“住”下来。老两口感情挺好，尤其是老伴生病之后，左大爷更是如影相随，不离左右。

从这一天开始，左大爷和万佐成夫妇的交往持续了十几年。每次做好饭菜，看着老伴吃得有滋有味，左大爷那张经纬纵横的面孔便舒展得像久旱逢甘霖的叶子。

说起来，左大爷两口子的遭遇实在是令人心酸。两口子打拼了大半辈子，好不容易买了一套房子，给独生子风风光光办了婚事。谁知道一个晴天霹雳，老伴被检查出癌症。久病床前无孝子，儿子儿媳的脸色一天比一天难看。

那天，左大爷和老伴终于要回上饶了，两人特意来告别。左大爷的老伴坐在老地方，拉着熊庚香的手，忽然眼泪吧嗒地抽泣起来。

“舍不得啊，这里比家好，开心。”她的目光里是满满的留恋。

人心都是肉长的。尽管每天耳闻目睹生离死别，早已司空见惯，可熊庚香还是忍不住一阵阵心疼。她没有华佗的本事，也不会说涂脂抹粉的甜蜜话，她只是说：“好人一生平安，嫂子，放宽心，你会养好的。”

临走前，左大爷两口子说，他们会想念这里的。

时光仿佛奔涌的赣江水，一去不复返。万佐成、熊庚香还是那样忙忙碌碌，从拂晓到深夜，如同两匹老马。

万佐成话不多，记忆力也不是特别好，但他从来来往往的人流里品尝到了别样的人生感悟：“来到这里的每个人都有伤心事。我就希望大家在这里热热闹闹的，能忘掉一些烦恼。”

“我们帮不了什么，就给一点点光。”熊庚香如是说。

这点光，让许多人在黑暗里看到了出口。

只想见见你

昏黄暗淡的灯光下，万佐成穿着那件草绿色工作服，倾斜着身子，提着一桶煤球，逐个给炉灶添火、加盖风管。路灯的光芒跟着那个影子在移动。

熊庚香穿着低帮雨鞋，站在案台前，洗刷厨具，发出叮叮当当的响声。洗完一堆，又回身去抱来一堆。由于雨鞋的码数大，每走动一步，就发出叽叽的声音。

待地面卫生打扫完毕，桌椅板凳归位，锅碗瓢盆洗净，万佐成便坐在一楼右侧的房间里整理那些没有烧透的煤球。他挥着刀剔除无用部分，将灰黑色的部分挖下来，安放在一个铝皮制成的大炉子里，准备明天一早生火。这个大炉子是万佐成当年炸油条起家时，自己买来材料捣鼓出来的玩意儿，屈指数来，有二十几年的光景。

一阵脚步声打破了宁静。万佐成抬头一看，是一位熟悉的村民。

“万师傅，有人要我捎个话，想请你们两口子去做早餐，每个月八千元，不晓得你们愿不愿意。”

万佐成毫不犹豫地摇头：“谢谢好意，我们哪儿也不去。只要我们还能干活，就守着这个厨房，那些病人和家属需要吃饭。”

来人叹息不已，悻悻然走了。

灯影里，老两口不知不觉地聊起那个赣南“包工头”老张。

老张五十多岁，被检查出肝癌晚期时，医生宣布他只有半年左右的寿命。“抗癌厨房”是老张几乎每天要来的地方，只要身体状况允许，他必然晃晃荡荡来到小巷，或者炒三两个菜，或者跟万佐成谈心。一来二去，两人竟然成为莫逆之交。

万佐成与老张分享了他多年来跟病人打交道的心得——

第一条，一定要配合医生治疗，因为如今科技发达了；

第二条，心态要好，心宽有利于延长寿命；

第三条，护理十分重要，尤其是要吃好，营养跟上了，才能与癌症抗争。

“我老家有句老话，牲口要吃，生根要肥。”万佐成告诉老张，“吃饭是大事，先把肚子填饱了，再去治病。”

只要到了这条小巷，老张的脸上就会荡漾着一种神采，不时爆出笑声。被医生预言只有半年寿命的老张，竟然撑了三年。

2016 年春夏之交，老张的身体状况急转直下，日益恶化。肿瘤医院善意提醒家属，时间不多了，继续耗在医院于事无补，还是回赣南吧。

那是个阴天，空中仿佛悬挂着一块不甚干净的巨大布匹。已经不能站立的老张被送到救护车前，却死活不肯上车。他看着家人，抬起手，吃力地往医院外的巷子方向指了指。

“我，想见见万大哥……”

家人用轮椅缓缓推着老张来到了爱心厨房外面。此时，已经有不少人在忙乎着准备午餐。正在干活的万佐成隐隐约约听到了呼唤声，他顺着声音看去，但见老张歪着身子，朝他有气无力地挥着手。万佐成吃了一惊，赶紧放下活计，拨开人群，冲到了轮椅前。

“万大哥，我要回赣南了。”老张吐字已经不太清楚，很吃力。

万佐成忍住眼泪：“好啊，可以回家团聚了，千万记得好好休养啊。”

“感谢你三年来的帮助，很开心，”老张勉强挤出一个微笑，“我是来见你最后一面的。”

“快别胡思乱想，回去后一定要好好养病，相信我们还会见面。”万佐成鼓励道。

老张微微点头，不再说什么，抖抖索索伸出手，万佐成赶紧一把握住。两人静静地凝视着对方，谁也舍不得先抽出手来。忽然，两行清泪从老张的眼眶里滑落。

铁锅里响起一片欢腾声，油香在空中仿佛花朵盛开。

老张喃喃自语：“真是舍不得呀……”

没妈的孩子像根草

熊庚香最见不得悲苦的事。或许，这跟自己缺失父爱的童年有关。看见那些癌症病人抗争的样子，她无数次心疼得要掉泪。

“一个人得了绝症，一家人就垮了。”每次跟石泉村的村民聊到肿瘤医院里的故事，她的眼圈便红了。

没有人能够统计，近二十年来，万佐成、熊庚香夫妇到底跟多少癌症患者及其家属打过交道。又有几人能够想象，每天置身生离死别的人群中，这两口子要何等坚强，用何等的毅力去坚持做好一件事情。

老两口念念不忘的，是小男孩石头。

几年前，石头的妈妈患上了宫颈癌，在江西省肿瘤医院治疗，一直坚持把石头带在身边。母子两人是爱心厨房的常客。石头妈妈坚持自己炒菜，希望能够给儿子加强一点营养。有时候，看见石头妈妈无精打采炒菜的样子，熊庚香会上前帮衬一把。一来二去，大家混熟了，石头便围着熊庚香转，奶奶长奶奶短地叫得欢。

石头妈妈很坚强，丈夫在外务工赚钱，便自己跑来住院，照顾好自己的同时，还得照看着儿子。石头很乖，妈妈化疗时，他会安安静静地守在病榻前，认认真真地盯着吊瓶。在爱心厨房每次谈到儿子时，石头妈妈便会抚摸着石头的脸颊，苍白的脸上充盈着骄傲和欣慰。

在医院折腾了几年，终究回天乏术，石头的妈妈还是带着无限的遗憾走了。

令万佐成、熊庚香做梦都没有想到的是，2021 年暑期的一个中午，十一岁的石头竟然再次出现在爱心厨房，陪伴在侧的是白发苍苍的奶奶。

“小石头，你怎么来了？”熊庚香上前一把抓住孩子的手，端详了一下，欣喜地说，“不错不错，长高了，像个小小男子汉了。”

“奶奶，我生病了。”石头如同犯了错一般。

生病了？熊庚香倒吸了一口凉气，脑海里浮起一个不祥的信号。

石头奶奶把她拉到一边，悄悄说：“石头得了癌症，怕是没希望了。”话音未落，老人的眼泪奔涌而出。

熊庚香像被雷击了似的，傻了。

“奶奶，阎王爷把我妈妈带走了，我得去跟阎王爷打架，把妈妈抢回来。”石头瓮声瓮气地说道。

凝视着石头天真无邪的样子，熊庚香差点就要号啕大哭。她不想惊着孩子，转过身，拿手拼命地堵住双眼，嘴里叫道：“老头子，老头子，佐成啊……”

万佐成其实就在旁边，他早已明白了一切。可是，面对病魔，纵然心灵手巧又能如何？此时的万佐成同样束手无策，他只能扶着老伴回了房间。

石头的奶奶炒了两个蔬菜，颤巍巍地走过来，要万佐成收加工费。

万佐成脱口而出：“这怎么行？我不收，我真的不能收！”

老人叹息一声，道过谢，牵着石头缓缓地走向肿瘤医院。那一头银发恍如一根根针，刺着在场所有的人。

在转弯处，石头回过头来，大声说："爷爷，奶奶，我明天再来哈。"

午后热浪滚滚，待爱心厨房重新恢复了宁静，熊庚香没有忙着收拾残局，而是把老伴叫了过来，郑重其事地说："去取五千块钱吧，我明天有用。"

万佐成干干脆脆地应了一声，脱下工作服，将手洗净，动身去了银行。

第二天，石头和奶奶又过来炒菜。熊庚香把老人请到一边，从工作服里掏出钱，塞到了对方的手中。

"这怎么使得！"石头的奶奶迅速往后退缩。

熊庚香一把将老人拽了回来，爽朗地说："大姐，当然使得！收好了，这只是我们给石头的小小心意。"

老人待在那儿，什么也说不出来。

在场的患者和家属感动了，大家纷纷慷慨解囊，也凑了五千块钱，交给了石头的奶奶。

爱是这世上最干净、最圣洁的东西。有了爱，生命不惧严寒。

希望石头平安——这是万爷爷、熊奶奶的祝福。尽管石头和奶奶有一段日子没有出现了，可是，万佐成夫妇依然祈祷奇迹能够出现。

熊庚香不止一次在心里祝福：石头，好孩子，一定要好好活下去。

过了腊八就是年

2022 年 1 月 10 日，腊八节。这一天的南昌飘着零星雨点，天穹灰蒙蒙的，总有一种随时降雪的感觉。

与爱心厨房相守的万佐成、熊庚香夫妇（刘粹 摄）

过年的氛围愈来愈浓了。爱心厨房依然人头攒动。靠巷口的几个炉灶前，大家边炒菜边小声交流着什么。

“晓得么？今天炒菜不收加工费。”穿蓝色棉袄的女子说。

“真的？不会吧？”旁边穿紫色羽绒衣的老太太说。

一个男青年接过了话头：“是真的，连米饭也免单。听说这是爱心厨房的惯例。”

十几米开外的作料架前，熊庚香穿了一件红色工作服，很是喜庆。她正笑嘻嘻地跟一个银发女人说话：“大碗小碗都行，下午也提供，全场免费。就有一点要求，千万不要浪费！”

银发女人似乎没有缓过神来，呆呆地看着熊庚香。

人流如织，到处是热腾腾的气息。

锅铲相遇的声音，火与油搏击的声音，刀与砧板爱得深切的声音，水花敲击脸盆的声音，人们沟通交流的声音，各种声音将小巷装得满满当当。

趁着空当，熊庚香习惯性地用左手托着脸，肘子撑在平台上，笑眯眯地盯着眼前忙碌的场景。

空中忽然响起一个声音：“微信支付六元！”

这个声音似乎打破了什么，大伙儿不约而同地向楼梯口方向看过去，但见一个戴眼镜的姑娘风轻云淡地将手机放进了兜里。

万佐成急了：“孩子，今天不收钱。”

姑娘粲然一笑 :“我知道。”然后，她安静地提着饭菜挤出人堆，往巷口走去。

万佐成搓了搓手，想起了什么，便返身走进了里屋。不一会儿，他手里扬着一张白纸，快步走到楼梯口边。正当旁人不解时，万佐成将白纸遮盖在支付宝、微信二维码上面，用夹子夹住。

人们依次排队打饭，井然有序。熊庚香永远是那个样子，一次次挥起勺子舀饭，一次次压实，一次次提醒 :“没吃饱再来打，今天不收钱，但千万别浪费。”

每个人都看到了，也听到了。

11 时光景，义工赵建强过来转转，老远就朝着熊庚香招手。熊庚香咧嘴一笑 :“好几天没见了，怪想念呢！”

得知今天是腊八节，全场免费供应时，赵建强掰着指头算了一下 :“十锅饭，每锅要十五斤大米，加上房租、水电费、煤球费、作料费，大姐，你们一天少说也得贴一千多块钱呢。”

熊庚香用左手托着脸，乐呵呵地看着赵建强说 :“听到‘谢谢’两个字，比什么都快乐。这个不是多少钱可以买到的。”

过了腊八就是年，一年一岁一团圆。熊庚香的目光，情不自禁地瞥向了围墙那边。她在心中默默祈福，但愿医院里的病患能够早日踏上还乡路，回家过年。

又一拨患者和家属拎着大包小包过来了。切菜剁肉的声音此起彼伏，一炉炉烈焰起舞，铁锅里传来嗞嗞的响声，香气萦绕在小巷的空中。

这人间的烟火气息，是多么的迷人。

（作者 :彭文斌）

四、攻坚先锋

民亦劳止，汔可小康。八年战贫的过程中，有一批人以自己的“辛苦指数”，换来群众的“幸福指数”，他们被授予“全国脱贫攻坚先进个人”荣誉称号。他们靠的是自力更生、艰苦奋斗的志气，靠的是精准科学、务实笃行的精神，靠的是无私奉献、忘我牺牲的担当。他们中有乡镇干部、驻村第一书记、大学生村官等，他们以青春、热血乃至生命，攻下最后的贫困堡垒。

幕阜山下的回响

——追记吴应谱、樊贞子夫妇

驻村第一书记吴应谱与结队帮扶干部樊贞子在扶贫事业中相识、相知、相恋、相爱，他为贫困村找项目、谋产业，她为贫困群众解难题、送温暖。他们倾尽所有投身在脱贫攻坚路上，直至生命最后一刻，用青春书写了精彩的时代答卷。他们被授予“全国脱贫攻坚先进个人”等称号。

我听见回声，来自山谷和心间。

——泰戈尔《生如夏花》

一

2021年2月26日，农历辛丑年元宵节。

幕阜山下，修水县城，天空阴沉沉的。按当地风俗，这天家家要给故去的亲人“送灯”。

通往公墓的路上，前去“送灯”的车辆把不宽的道路挤得水泄不通，汽车喇叭声此起彼伏。

“师傅，停车。”从北京赶回来的樊正魁焦急地从车上下来，向墓园快步走去，手上紧紧握着一本大红色的证书。证书封面上烫印着金灿灿的国徽和“全国脱贫攻坚先进个人荣誉证书”十几个大字。

这是樊正魁替姐姐樊贞子、姐夫吴应谱从北京人民大会堂领回来的荣誉证书，他要给姐姐、姐夫送去，他急切地要将这喜讯告诉他们。

吴应谱，1990 年出生，生前为修水县政府派驻复原乡雅洋村第一书记、修水县政府办公室干部；樊贞子，1995 年出生，生前为大椿乡政府干部、结对帮扶干部。

2021 年 2 月 25 日上午，全国脱贫攻坚总结表彰大会在北京人民大会堂举行。会上表彰了 1981 名“全国脱贫攻坚先进个人”，吴应谱和樊贞子是其中唯一一对牺牲的夫妻。

吴应谱、樊贞子的合葬墓坐落在山坡上，墓前早已有几束不知是谁放的鲜花，在微风中散发出阵阵清香。墓碑上镶嵌着他们的相片。相片中，吴应谱戴着眼镜，目光坚毅，斯文帅气；樊贞子有着一张白白净净的圆脸，微微笑着，眼睛像弯弯的月牙。

因为“送灯”，墓园人流来来往往，可每个人经过吴应谱、樊贞子墓前时，都会不由自主地放慢脚步、屏声静气，有的还停下来鞠个躬。

亲人们也陆续赶了过来，按照习俗在吴应谱和樊贞子的墓前点亮了两盏烛灯，摆放起他们生前爱吃的菜肴，吴应谱的大姐还特意放上了两杯刚做好的奶茶。

樊正魁小心翼翼地打开证书，端端正正地摆在墓前正中央：“姐姐、姐夫，你们看，这是你们的荣誉证书，脱贫攻坚战胜利了，你们为之奋斗的目标实现了！”

樊贞子的父亲樊友炳满眼噙着泪水，轻轻地、温柔地擦拭着墓碑，爱怜地抚摸着女儿女婿的相片，哽咽着说：“胜利了，看见了吗？你们要是还在，该有多好！这个奖，你们自己去领，该有多好……”

墓前的两盏烛灯一闪一闪，跳动着，把荣誉证书映衬得更加鲜红。

二

2018 年 12 月 16 日，周日，14 时许，一辆农村客运班车缓缓地行驶在蜿蜒崎岖的乡道上，路的一边是蓊郁的大山，另一边是清澈的河流。

“不好，出事了！”

突然，靠窗的一个乘客发现河里倒翻着一辆白色小汽车，车身被淹没，只有四个轮子半露在水面上。

班车赶紧靠边停了下来，车上的乘客全部拥到了路边。呼救，报警，拿工具，下水救人……闻讯赶来参与救援的人越来越多。

有几个水性好的，脱掉衣服跳入冰冷的河水中，用绳子绑住车子。岸边的石滩上，交警、乘客和村民喊着口号、拽着绳子把车子往岸上拉。这时，车子的后备厢弹了开来，里面掉出 3 只已经溺死的鸡，一同散落的还有几本扶贫资料。

奇迹并没有出现。

“天哪，这不是吴应谱和他的爱人樊贞子吗？”人群中有认识他们的，顿时哭了出来。

这天，是他们新婚第 40 天。

而就在一周前，樊贞子幸福地跟妈妈说，自己怀孕了。

一对年轻的生命就这样永远定格在扶贫路上，定格在 28 岁、23 岁。

悲伤如潮水，也如绵绵的修河。

他们遇难的消息传来后，70 多岁的贫困户游承自眼前一阵发黑，险些瘫倒在地。他是樊贞子在大椿乡船舱村的帮扶对象。

"'孙女''孙女婿'今天上午才来过我家，说又有人要买鸡。他们用纸箱装了 3 只，给了我 600 块钱……水都没喝一口，就走了。"

"樊贞子总是喊我爷爷。两个这么好的孩子，怎么说没就没了。"老人心如刀割，沧桑的脸上满是泪水。

白发人送黑发人，世间几人能承受！

吴应谱有 5 个姐姐，他是家中最小的孩子，父亲 45 岁才生了他。出事之后，70 多岁的老父亲受不了打击，病倒在床，母亲因为思念儿子整夜整夜合不了眼。樊贞子的母亲一直无法走出悲痛；樊友炳在处理完女儿、女婿的丧事后，主动问游承自还有多少鸡没卖，他想帮女儿完成心愿，他还成立了仁爱助学基金，这位坚强的父亲用自己的方式思念着女儿。

"应谱说要去复原乡扶贫，我们不想让他去。我说：'崽，去跟领导说说，父母年纪大，身体不好，你不去了。'可我崽说：'妈妈，我是你的崽，也是单位的人、党的人呀……'"吴妈妈哀哀地哭着。对比两年前和儿子、儿媳的合影，老人消瘦苍老了很多。

吴应谱的父亲喃喃地说，以前送儿子上学，儿子坐上班车后，他总是目送车子走远后才回家，如今再也看不到他了。

吴应谱和樊贞子的婚房是一套简朴的三室两厅，婚房装修全是吴应谱的大姐夫一手操办的。可是，这对新婚夫妻在这里共度的时光只有 7 天！

卧室里所有的陈设都如他们生前一样。床头的婚纱照上，一对新人幸福的笑容击中了我们的泪腺。

吴应谱的三姐说，为了不让父母伤心，家里一度把弟弟、弟媳妇的婚纱照都藏了起来。可是母亲到处翻找照片，她要看着他们，就好像他们还在身边。

衣柜里有好几件未拆封的衬衫，那是樊贞子买给吴应谱的，吴应谱还没来得及穿；门边的衣架上挂着吴应谱生前爱穿的几件衣服，其中有一件熨烫得笔挺的西装，西装左胸中间位置端端正正地别着一枚党徽。

樊贞子的娘家在县城一个普通的住宅小区，顶层，没有电梯。家中的装修和陈设朴素得让我们有些吃惊。樊友炳从商多年，家中经济条件是优渥的，但是，这个家完全没有奢华的感觉。

樊贞子婚前住的房间，樊友炳和妻子原样保留着。飘窗改成的书桌上摆放着樊贞子各个年龄段的照片和一个塑料质地、代表着主人属相的粉色小猪。家里还藏着厚厚一摞《人民日报》，樊友炳说，那是贞子自费订的，他一直不舍得丢。

因为父母生意忙，樊贞子从小就在寄宿制学校读书。没能陪伴在她身边，樊友炳夫妇一直十分内疚。“贞子大学毕业后，我希望她能当老师，不要去基层当公务员，那样太辛苦了。一个刚刚参加工作的女孩子，怎么能担得起扶贫这样艰苦的工作啊！”

出事那天，樊贞子给樊友炳打来电话，说有朋友要买游爷爷家的鸡，她和应谱要去取。“我卖不完的你包销哈，45 元一斤。”樊友炳说，不是 35 元吗？“哎呀，让游爷爷多赚一点嘛。”

这是女儿对父亲说的最后几句话。

吴应谱（右三）在村民家了解生产生活情况 （修水县委宣传部 供图）

三

修水县是个典型的山区县，山水交融、生态优美，但是门前万重山，抬脚行路难，连绵不绝的大山像拦路虎，一度阻断了人们摆脱贫困、迈向小康的步伐。

2014 年底，全县贫困发生率为 11.9%，全县有贫困村 133 个，其中深度贫困村 21 个。

2017 年底，修水县调整了深度贫困村的帮扶单位，并要求把政治素质最强的干部派下去担任第一书记。吴应谱第一个递交了申请书，还特意到县政府办公室主任齐军的办公室聊了很长时间。“吴应谱说，他是党员，从小在农村生活，而且有过基层工作经历，到政府办公室以后一直对口联系分管农口的副县长，熟悉情况……”齐军回忆道。

2017 年 12 月 30 日，吴应谱到任复原乡雅洋村。

汽车顺着山道一圈又一圈，一层又一层，向大山深处的雅洋村开去。采访车上，好几位同志坚持不住，晕车了。

雅洋村是深度贫困村，2015 年贫困发生率达 18%。

白色墙壁早已泛黄，一张矮床、一张油漆斑驳的老旧办公桌、一把木头椅子、一个用几根铁棍焊接起来的简易衣架，床头的墙上贴着一张《复原乡政区图》，这个简陋的房间是吴应谱在雅洋的宿舍。

对吴应谱的到来，雅洋村党支部书记王诗勇起初有点失望。“雅洋贫困程度深，脱贫难度大，我盼着县里能派个年纪大一点、经验丰富一点的第一书记。没想到，派了个‘90 后’。我那时候觉得，这样的‘秀才’在机关耍耍笔头能行，村里的工作不一定‘吃得烂’。”

然而，才一个星期，这个“秀才”就让王诗勇刮目相看：“他骑着电动车，在村里这家进那家出的，狗见了他都不叫唤，冲着他直摇尾巴，他像是个土生土长的雅洋崽俚。”

后来，王诗勇发现了吴应谱的秘密：他在随身携带的笔记本上画了一张地图，全村 60 户贫困户的情况在上面标得一清二楚，姓什么叫什么、贫困原因、贫困程度、家庭成员、亟须解决的问题，甚至家庭成员的性格，左右邻居是谁，都记录了下来。“对贫困户了解有多透，帮扶就能有多准，这是吴书记常说的话。”王诗勇对这个“90 后”生出几分敬意。

到雅洋后，吴应谱经常加班加点，父亲每次给他打电话，他总会说：“好忙，在加班。”

基层工作千头万绪，光有工作劲头不行，还要用真心、真情。

古和平，中年丧妻，家有 80 多岁的老母亲，因为家里穷，儿媳妇跑了，40 多岁的儿子带着十几岁的孙子，一家四代四口人住在一栋危旧土坯房里。村里已将他的房子列入危房改造计划，要拆了重建，可他就是不同意。

吴应谱刚来，王诗勇就跟他打“预防针”：古和平几乎对村里所有工作都不配合，最好别去惹他。吴应谱笑笑说，脱贫路上一个都不能少，不“惹”他怎么帮他脱贫？

吴应谱一有空就到古和平家跟他聊天、帮他干活。尽管古和平总是脸不好看、话不好听，可吴应谱很有耐心。

村里有保洁员的公益性岗位，吴应谱好说歹说，古和平才答应了做保洁，可是转天古和平就找到吴应谱说不干了，理由是没有扫帚。毕竟是血气方刚的年龄，吴应谱这次是真生气了，他大声说：“耕田还要自己买两把锄头呢，你怎么连个扫帚都不肯买。”可是，等缓了缓气，平复了心情，吴应谱还是到集市上买了两把扫帚给他送去。

2018 年春天的一个晚上，外面下着瓢泼大雨，古和平家响起了嘭嘭嘭的敲门声。这么晚了，这么大的雨，会是谁呢？古和平打开门一看，吴应谱全身湿漉漉地站在门外。“吴书记，这么大的雨，你怎么来了？”“你家房子太危险，我不放心你们，就过来看看。”一进门，吴应谱上上下下仔细查看了一遍，还特意到古和平母亲的房间叮嘱老人家，要千万注意安全。

慢慢地，古和平的心被焐热了。他什么话都愿意跟吴书记说了：“不是不想建新房，可是政策上说，补助款要等新房验收后才发放，万一我房子建起来，补助款不发给我，怎么办？”吴应谱说：“政策规定的事怎么会不兑现呢？我给你写保证！”古和平还有一个担心：“儿子出去打工了，盖一栋房又是泥工又是木工，家里没有人操得了这个心。”吴应谱说：“有我呢。”

“建这房子，吴书记操的心比我多。”古和平一想起这事，心里就难受。

2018 年，古和平家脱贫了，一家人在新房大门上贴了一副大红对联："喜居宝地感谢党恩惠民意，福照家门共度佳节迎春风。"

吴应谱走了两年多，古和平还清楚地记得他的电话号码，总感觉打个电话过去，吴书记就会出现在眼前。

村民们念念不忘的还有吴应谱没来得及发展的蚕桑产业。

雅洋养过蜂、种过药材，结果都不尽如人意。吴应谱和村两委班子做了很多调查研究后，把目光瞄准了蚕桑业。

吴应谱生前的办公电脑里，同事建了一个文件夹，把吴应谱所有的文件都细心保留了下来。第一份就是吴应谱写的雅洋村发展蚕桑产业"六统两奖两优先"方案和入社协议书。

如今，雅洋村的蚕桑种植面积已有 200 多亩，村里还建起了 4000 平方米的养蚕大棚、30 亩的小蚕基地。仅 2020 年，村里就养了 6 批蚕，收入超过 30 万元。

大椿乡在县城西北角的深山里，距县城 55 公里，交通不便，一条路进出，人称"布袋乡"。乡里有两个深度贫困村，一个叫船舱村，另一个叫大杨村。

2017 年 7 月，樊贞子考取了大椿乡的公务员。

"对一个刚毕业参加工作的小姑娘，我们压的担子太重了，关心太少了。"谈起樊贞子，乡党委书记晏少兵仍然自责，"每次把工作交给她，她总是灿烂地一笑，干脆地回一句：'没问题！'"报账员、协税员、乡镇妇联专职副主席、组织干事、统战干事……因为踏实、肯干、能力强，樊贞子身上的担子越压越多，可她总是精力充沛。晏少兵甚至有些纳闷，她年纪轻轻，怎么有这么高的工作激情？"现在回想起来，就是对工作的热爱和执着吧。"

在乡里，樊贞子干得热火朝天、得心应手，父母亲却是忐忑不安、放心不下。

“这丫头，参加工作之前，农村都去得少。”樊友炳说。大椿乡离县城远，樊贞子平常就住在乡政府一间办公室改成的宿舍里。老樊担心孩子，得空就往大椿乡跑，给孩子送些吃的用的。

2017 年 10 月开始，樊贞子在船舱村帮扶 4 户贫困户，游承自是其中之一。过去，游承自的儿子、儿媳带着 3 个孙子孙女长年在外，老人就独自守着一栋破旧的土坯房。

2018 年春天，樊贞子给游爷爷买来 50 只小鸡苗，叮嘱游爷爷把鸡养好，卖鸡的事她会想办法。

2018 年 6 月，乡里召开干部大会，讨论选派干部到最远最难的大杨村驻村事宜。短暂的沉默后，会议室的中后排，樊贞子高高地举起了手 :“书记，我去！”

“扶贫对贞子的改变太大了。”樊友炳说。

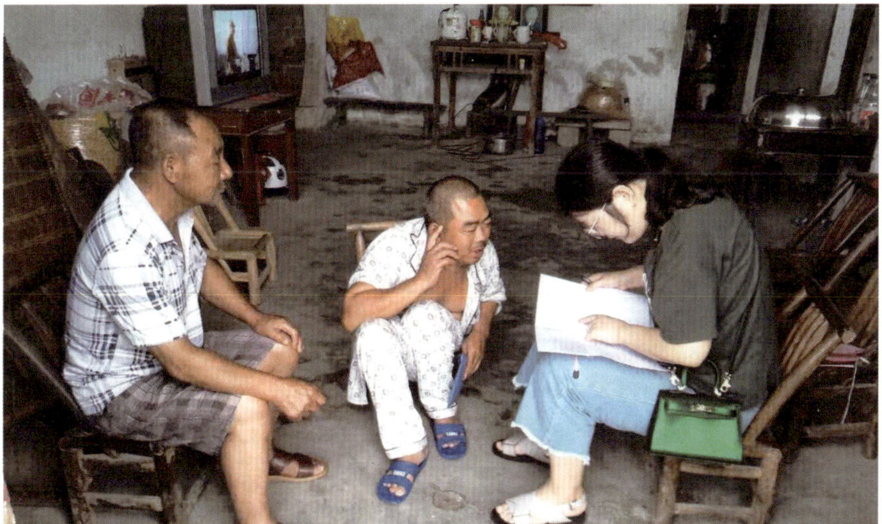

樊贞子（右一）在帮扶对象家核实情况 （修水县委宣传部 供图）

工作前，樊贞子对贫困没有太深刻的认识。工作后，她每次回家都会跟家里人谈扶贫：村里连条水泥路都没有，贫困户还住在几十年前建的土坯房里，年人均收入只有几千块钱……这些都深深地触动着樊贞子善良的心："真没想到还有人过得这么苦，我一定要尽我的能力帮助他们！"

大椿乡政府保洁员蒋秀琴的丈夫去世了，她一个人拖着3个孩子，日子过得非常艰难。樊贞子刚到大椿乡就听说了蒋大姐家的事，对她的3个孩子特别上心，时不时给他们买点零食、文具和衣服。上班第一个月发工资，她拿出800元钱塞到蒋秀琴手里，一定要她收下。

过去，樊贞子从不问家里多要钱。工作以后，她反而经常偷偷地向爸爸寻求支持。"有一回，她从我这里要走了5万元，后来才知道，她捐给了一个助学基金。她工作以后，我一次给她卡上打了10万元，到她走时，卡上连带她的工资总共只剩3万多元。她自己是不怎么花钱的，这些钱大部分拿去帮助贫困户了。"

樊友炳理解女儿，更心疼女儿。

四

缘分如此奇妙。

大椿这个悬挂在修水西北大山里的"布袋乡"是吴应谱的家乡。2014年，大学毕业后，吴应谱在大椿乡船舱村当乡村教师。2015年9月，吴应谱考取了这个乡的公务员。2016年6月，他被选拔到县政府办公室工作。一年之后，22岁的樊贞子坐进了他曾经工作过的办公室。

这段爱情似乎是注定的。2017 年 10 月 29 日，两人第一次见面，一见倾心。

吴应谱的遗物里，有一本爱情纪念册，那是樊贞子送给他的结婚礼物。里面贴着两人恋爱以来的照片，照片旁用五颜六色的彩笔写着属于两人的小秘密。这是一个恋爱中小女生的细腻心思。

吴应谱很珍爱这本纪念册。由于脱贫攻坚任务重，他很多时间都是住在村子里，想念妻子时，就拿出纪念册看看。

两个扶贫干部的爱情故事似乎与花前月下没有太多的关系。复原乡与大椿乡相隔 126 公里，其中多半是山路，再加上两个人都忙，樊贞子经常调侃自己，同在一个县，谈了一场“异地恋”。更多的时候，他们靠视频聊天缓解思念之苦。

吴应谱姐姐说，别人谈恋爱说情话，他们俩谈恋爱都是谈扶贫。

吴应谱成熟稳重，樊贞子总是叫他“吴先生”，而吴应谱在微信中，则将妻子备注为“宝宝”。

工作中，遇到不懂的，樊贞子总爱向“吴先生”求教，一个电话过去，“吴先生”总能帮她找到办法。受了委屈，她也喜欢向“吴先生”倾诉，爱人的安慰总能让她充满力量。

樊贞子的同事兼闺蜜程玲见证了这两个“工作狂”的爱情。他们难得在一起，在一起的时候不是你陪我加班，就是我陪你加班。每次陪应谱加班的时候，贞子都会偷偷把他工作的样子拍下来。“吴先生认真工作的样子好帅”，她把偷拍的照片贴在他们的爱情纪念册上，旁边写着：“陪你加班的每一个夜晚，看着你认真的模样，越发爱你……”

2018 年 7 月，大椿乡的脱贫攻坚摸底排查工作全面展开。

樊贞子负责按照“一户一档”要求，整理大杨和船舱两个村几百户贫困户的资料。这时距离她拍婚纱照的日子已经很近了，程玲劝她找领导说说，匀一点工作给其他同事做。可樊贞子说这两个村的情况她最熟悉，在乡里电脑操作也属她最厉害。

那些天，程玲看她天天埋头在电脑前，饭都顾不上吃。有时夜深了，程玲还能听到隔壁樊贞子的房间传来的键盘敲击声。“不要命了？”程玲发一条微信过去，那边回过来一条语音：“没事，权当减肥，工作做完了就去拍美美的婚纱照。”

这一对年轻的夫妻甜蜜恩爱，他们的追求可大着呢。

“走访了很多村民，其中一些是贫困户，他们无一不跟我诉说着以前的日子有多苦，是党和政府一直以来对他们不抛弃、不放弃，鼓励他们重拾信心……我既然选择了，就应该勇往直前，承担起一名基层公职人员的使命——为人民服务。”这是 2017 年 12 月 23 日樊贞子向组织递交的入党申请书上的一段话。

得知女儿递交了入党申请书，樊友炳曾问过她：“你干吗要这么上进？”樊贞子说：“做一名优秀的党员是我的理想呀，而且我家‘吴先生’也是党员，我要像他一样。”

吴应谱大学二年级就入了党。宜春学院的黎志华老师是吴应谱大学时的班主任。这么多年过去了，她还记得这位当了四年班长的“老班”的点点滴滴。

2017 年的一天，吴应谱在朋友圈发了一条消息：“扶贫是我的诗和远方。”消息下，是同学们由衷的点赞和祝福。

2018 年 11 月 7 日，吴应谱和樊贞子举行了浪漫的婚礼。在亲朋好友的见证下，他们对彼此郑重许下爱的诺言：“在一起，一辈子！”

樊贞子怀孕后，樊友炳两口子想找乡里领导给女儿换个轻松点的岗位。樊贞子知道了，很严肃地对父母说：“现在正是脱贫攻坚的关键时刻，我心里放不下大杨村和船舱村的贫困户，可千万不要让你们女儿在关键时刻‘掉链子’。”最担心妻子的，当然是身为丈夫的吴应谱，但他从没有想过让樊贞子换岗位，只是在生活上对她更加关心和呵护。

几年来，樊友炳总是情不自禁地想女儿、女婿，仔细地回忆他们的每一句话。他越想，越为这两个年轻人骄傲；越想，心里就越痛。

再次翻开那本爱情纪念册，泪水又一次模糊了双眼："2017 年 10 月 29 日，第一次正式见面；2018 年 2 月 8 日，第一次牵手；2018 年 4 月 4 日，第一次出去游玩；2018 年 6 月 1 日，领证；2018 年 11 月 7 日，我要嫁给你啦。"樊贞子精心制作的爱情纪念册上，每一页都甜蜜、美好。

纪念册的末尾，樊贞子无限憧憬地写着："未完待续。"

幕阜山下，他们的故事，在山谷、在心间，久久回响……

（作者：张天清　李滇敏　李芳）

麒麟山下追梦人

——记全国脱贫攻坚先进个人黄小勇

“80后”黄小勇在石城县珠坑乡坳背村麒麟山这块不毛之地复绿护绿，在山上种果树、谋划产业，从创业致富带头人到创业导师，他不仅带领村民脱贫致富，还让荒山秃岭变成绿水青山。2021年2月，他被授予“全国脱贫攻坚先进个人”荣誉称号。

筚路蓝缕创伟业，初心不忘再起航。

2021年6月28日晚，北京。国家体育场华灯闪耀，光彩夺目。庆祝中国共产党成立100周年文艺演出《伟大征程》大型情景史诗，在热烈、欢快、昂扬、奋进的序曲中拉开了帷幕。

演出现场，L区5层552通道12排2号座位上，有位戴眼镜的年轻人格外激动。他就是本文的主人公：获得2020年“全国脱贫攻坚奋进奖”，并随后被中共中央、国务院授予“全国脱贫攻坚先进个人”称号的黄小勇。

一

归老宁无五亩园，读书本意在元元。

——宋代·陆游《读书》

珠坑乡的坳背和竹溪，是两个紧密相邻的村庄，古名“仁里”，位于石城县中部的最高峰麒麟山下，距离石城县城20公里。客家人迁居，素来有同姓聚居的习惯，随着千百年来陆陆续续地迁徙，居住在此的主要有孔、李、卢、伍、张和黄姓。

就是这小小的偏僻山村，走出过共和国开国将军。

据1990年版《石城县志》及石城县革命烈士纪念馆资料记载，石城前后数万人参加红军，其中参加长征的多达1.6万余人，而到达陕北的石城籍战士只剩下数十人。这数十人中，就有坳背村走出去的伍生荣少将。2010年某个周末的上午，黄小勇在珠坑敬老院见到了伍生荣将军的弟弟——时年86岁的伍玉成先生。

据老人回忆，当年伍生荣学了理发手艺，经常挑着担子走村串户，一边是理发工具，另一边是一把铳。那时，他被红军操练吸引，也学着打枪，结果开铳把孔家人一头牛的脚打断了，孔家族长隔几天就来家里，要求赔钱。家里拿不出钱，但孔家人来了总要招呼人家吃饭吧，到后来连吃饭都难应付。父亲很生气，每次孔家人要求赔偿，父亲就揍伍生荣一次。后来，有红军从麒麟山经过，伍生荣就跟随部队参军了。从此，他没有停下自己的脚步，为国为家，出生入死。

从小就听伍生荣故事长大的黄小勇，视伍生荣为偶像，对他的崇敬之心油然而生，家国情怀也深深烙在黄小勇心底。

黄小勇在全国脱贫攻坚总结表彰大会上留影 （黄小勇 供图）

二

金樽清酒斗十千，玉盘珍羞直万钱。
停杯投箸不能食，拔剑四顾心茫然。

——唐代·李白《行路难·其一》

2007 年，南昌大学法学专业毕业后，黄小勇在石城县一家事业单位上班，拿着稳定的工资。

可是，黄小勇说，这不是他想要的生活。

“80 后”与前辈最大的不同，就是敢于冒险。在哥哥的鼓励下，黄小勇带着不多的积蓄，南下广东，开始自己的打拼。

石城有不少人在东莞承包食堂，黄小勇也尝试着承包了一个，还是个大企业的食堂，几千名职工轮流上班，这意味着每时每刻都有人吃喝。黄小勇作为食堂管理者，不是在协调蔬菜，就是在调配厨师，每晚只能睡两三个小时，虽说能挣到不少钱，但付出的精力太多。

石城县素来有生产矿山机械的传统。据销售矿山机械的朋友说，很多设备都销往云南、贵州一带的矿山里。黄小勇带着承包食堂挣来的第一桶金去了云南。他参与的是钨锡矿开发，矿山就在离麻栗坡不远的大山里。从繁华都市来到偏僻山乡，没有信号，手机是个摆设，有时吃喝都是问题。黄小勇开玩笑说："咱是山里的孩子，从小在坳背村长大，什么苦都吃过，这些都不算事。"

后来，黄小勇来到深圳，成立了一个外贸公司，从事电子产品出口业务。娴熟的管理、耐心的经营、敏锐的商业意识，再加上扎实的法律知识，他的生意一步步走上正轨，年收入已经突破了 100 万元。

然而，每年回坳背老家探亲，面对路难走、车难进的家乡，他常常思考：坳背村怎么了？有一次，他甚至梦见自己跟伍生荣一起，扛着枪去当了红军……

三

路曼曼其修远兮，吾将上下而求索。

——战国·屈原《离骚》

《珠坑乡志》载："珠坑，地面狭小，水源不足，支流多为山川小溪，只有珠坑、良溪两条干流河道较长，径流量较大，然而河床浅狭，水流平缓，每遇大旱，河水常至断流。珠坑境内山多田少。历代农民辛勤劳作，无论河畔、溪滩、山坡、垄尾，都见缝插针，开垦田地，耕地却逐年减少。耕地面积占土地总面积的 9.32%。2002 年全乡人均耕地仅有 0.59 亩，为石城人均耕地最少的地区之一。”

2014 年，黄小勇站在麒麟山头放眼望去，山头光秃，田地荒凉。

坳背村共 435 户 2030 人，人均耕地 0.52 亩，其中建档立卡贫困户 90 户 355 人，贫困率高达 17%。

冷冰冰的数字后面，是青壮年基本都已经背井离乡去沿海发达地区务工，村庄步入老弱病残留守的“空心化”。

黄小勇一边看一边思索着：“哥哥在东莞成家立业，父亲都 80 多岁了，总不能让他一个人待在家里吧？”“要不在家里建个农庄，再建个果园……”

省民政厅派驻坳背村第一书记范云松听说黄小勇回来了，多次找他促膝谈心，谈坳背眼前的困境和乡村发展的未来：“小勇，家乡需要你这样的才俊，希望你是一个能改变家乡的企业家。”

黄小勇没答应也没拒绝，而是独自一人前往广东、浙江、福建、云南和贵州转了一圈，认真考察那些地方的农业农村。

终于有一天，他下定决心：回石城，再创业。

黄小勇的发小一听黄小勇要回来搞开发，也聚到他身边，准备大干一场。考虑到坳背村一带的天然旅游资源并不多，他们决定走“生态农业 + 旅游”的路子。

万事开头难。要搞生态农业开发，首要问题就是土地。黄小勇认为，村民的农田已经处于弃耕状态，有的田里长出的荒草比人还高，把撂荒的农田流转起来，村民不仅可以得到租金，还可以在家乡打造生态农业，村民肯定会全力支持。

然而，听说要搞生态农业，有人很支持，很快就把土地流转出来；有人不置可否，就这样拖着，故意抬高土地租金或提出令人无法接受的条件；有人躲着不接触，甚至干脆说不流转。

流转几千亩田地，要无缝连接，难度之大可想而知。小小山村能有多大？绕来绕去无非都是亲戚、朋友。为了表示自己的诚意，黄小勇挨家挨户地上门做思想工作。有的工作实在做不通，就通过本家兄弟去做；本家兄弟再不行，就通过朋友去做；朋友再不行，就去找亲戚，最后连父亲的面子和关系也都用上了。同时，他设身处地替对方考虑，想方设法解决对方的难处，用最大的诚意去打动对方。就这样，半年多的时间下来，他终于成功地把6000亩农田和山地都流转了过来。2014年底，坳背村生态农业开发工程正式启动。

公司起个什么名字呢？梦回少年，不忘初心，要不叫铭红？考虑到这样的名字重名的可能性太大，他又想了一个谐音且寓意美好的名字——江西省铭鸿达生态农业开发有限公司。果然，一申请就成功了。为了更好地对接农户，他又注册了石城县普丰果蔬专业合作社。

四

咬定青山不放松，立根原在破岩中。千磨万击还坚劲，任尔东西南北风。

——清代·郑燮《竹石》

坳背村是全县极缺水的地方之一，而且水土流失十分严重。丹霞地貌的山上总是光秃秃的，村民为了能种些旱作物，挖出山上的紫色页岩，再让它风化变成泥巴。

这样的干旱地方，也会遭遇洪灾。2015年5月19日，石城县遭遇特大洪灾，黄小勇记忆犹新，仍心有余悸：

“农庄刚完工的路网设施基本全被冲毁，有的地方甚至连路基都没留下。”

“新开的经济果林区大片大片地塌方，果树被毁，条带就像一块块碎布。”

“为了蓄水灌溉，修了个小水库，结果连水坝都被淹没冲毁了，一块块水泥板被冲到下面的葡萄园里。”

“水库下方本来是整整齐齐的葡萄藤，结果全部被冲光了，大棚也被毁。”

“山体滑坡，掩盖了进入庄园的道路。徒步走进去，也得抓住路边的野草，不然深一脚浅一脚，随时可能会摔倒。”

…………

洪水过后，黄小勇痛定思痛：水土保不住，种什么都留不下来。仅仅简单估算前期建设投入，他的直接经济损失就超过 200 万元。

在这关键时候，县乡干部和扶贫有关部门深入了解情况，鼓励黄小勇灾后重建，并积极争取到国家水土保持重点建设工程项目竹溪小流域治理资金。以此为契机，将农庄 6000 多亩山地列入水土保持生态示范园的规划建设范围，确立了“政府主导、企业主体、社会参与”的水土流失治理模式。

有了这个抓手，黄小勇迅速调整园区开发思路，将水土保持工程措施、生物措施和农业耕作措施融入园区建设，走“生态改良 + 乡村旅游”的新路子。为了更专业地做好水土保持工作，他硬啃一本本水土保持专业书籍，虚心请教水土保持领域专家。

赣州市水保局领导对黄小勇的自学能力赞不绝口：“他办公室里水土保持方面的书比我还多呢。”黄小勇已经不再是“门外汉”，一谈到水土保持，他张口就来：“山上植被较好的，采取‘封禁管护 + 人工补植’措施”“山里植被覆盖率低的，种植各种针叶阔叶树”“山下修复山塘，采取清淤、加固等措施，恢复防洪、蓄水、灌溉功能”……

从一草一木到一砖一瓦，从水电道路到池塘木屋，黄小勇事必躬亲，渐渐成了一名“土专家”。

通过工程措施与生物措施、农业耕作措施相结合，治山治水相结合，坡面治理与沟壑治理相结合，黄小勇建成了“名、优、特、新”的经济果木林。

黄小勇在此基础上建成麒麟山农庄，打造了10个功能区，使之成为集生态治理示范、科普宣传、旅游观光等多功能于一体的综合示范园区。2019年，园区以第一名的成绩被水利部评为国家水土保持科技示范园区。

石城是赣江的源头、千年客家的摇篮、中央红军长征的重要出发地。依托这里的“红、绿、古”优势，石城县打起了“全域旅游”牌。珠坑乡挂点帮扶干部温赟深谙旅游行业，看到这里的特色，建议把规划中的“+旅游”尽早落实，并指导黄小勇创建旅游品牌。

在县直有关部门和黄小勇的共同推动下，麒麟山现代农业观光园2018年被评为省级3A级乡村旅游点，随后又被评为省级4A级乡村旅游点。观光园周边，陆续建起了劝耕园等特色餐饮，还建起了旅游驿站和大型停车场。

麒麟山现代农业观光园逐渐成了石城乡村旅游的一个招牌。2019年，麒麟山现代农业观光园总产值突破1200万元，直接带动坳背村和周边村贫困户136户200余人实现就业增收。石头山变成了花果山。

五

纸上得来终觉浅，绝知此事要躬行。

——宋代·陆游《冬夜读书示子聿》

2017 年，黄小勇得知省慈善总会启动了“善济江西　脱贫攻坚”慈善扶贫专项工程，这是帮助贫困户脱贫的绝好机会和项目，便主动请求承接“栽富树”项目。

这个项目由省慈善总会向普丰果蔬专业合作社入股资金 200 万元，在园区内新开发种植纽荷尔和卡拉卡拉红肉脐橙 350 亩，作为实施“栽富树”慈善产业扶贫项目的平台和载体。项目优先吸纳贫困户务工，同时给他们传授脐橙种植技术，并每年按省慈善总会注资额的 10% 提供固定收益反哺给珠坑乡坳背村 100 户建档立卡贫困户，每户每年分红 2000 元，以此带动贫困群众脱贫致富。

同时，建档立卡贫困户通过流转闲置山林、土地，每年每户可以增收 500 多元；承租良溪村高标准温室大棚，每年向村委会支付 4.8 万元租金作为村集体经济收入；积极组织有劳动力的贫困户参加种养管理等技能培训，培训合格后吸纳就业或引导创业。园区内特别设置了残疾人油茶抚育和环境保洁公益岗位，专门为残疾贫困户提供

黄小勇（右一）向果农传授脐橙管理经验　（陈化先　摄）

就业机会。

曾经因儿子、儿媳患病致贫的黄发坤，通过土地流转获得租金1.2万元，同时又在园区做果树管护工作，月收入2000元以上。良溪村程南金夫妻俩都是残疾人，全家生活靠低保维持，后来在园区从事油茶管护工作，工资日结日清。2017年，程南金拿到了6000多元工资，他说："这是人生中第一次赚到这么多钱，特别激动。"而园区中，像程南金这样的残疾贫困者有12名，年人均增收4000元以上。

六

莫愁前路无知己，天下谁人不识君。

——唐代·高适《别董大》

如何增强贫困群众造血功能？在脱贫攻坚、圆梦小康的致富路上，石城县全面铺开"千人铸造计划"，积极培育创业致富带头人，带动贫困户脱贫致富。

黄小勇积极响应"千人铸造计划"，先后在县里的创业示范基地和福建蓉中培训基地等处接受培训。通过学习和培训，他感受到了自己肩上这份沉甸甸的责任。他担任了县级创业导师，承接全县创业致富带头人培训工作。

屏山镇长江村建档立卡贫困户张金亮也是一名"80后"，由于缺技术、缺资金、务工收入低、家庭人口多支出大，家庭相对贫困。2017年，张金亮到麒麟山庄血橙园务工。为帮助张金亮脱贫致富，黄小勇一方面鼓励他克服困难，树立信心，大胆创业；另一方面聘请种植专家全程指导张金亮学习脐橙种植技术，还手把手教他技术管理、员工管理、电商运营、病虫害防治等知识。在“一对一”帮扶带动下，张金亮逐渐成长起来，成为创业致富带头人。2018 年，张金亮回到长江村，承包了 40 亩山地种植脐橙，通过成立专业种养合作社，帮带 10 来户增加了收入，户均增收 1.2 万元。

黄小勇从广西高薪聘请专业的葡萄种植技师，为贫困户培训葡萄种植技术。良溪、坳背两村 40 多户建档立卡贫困户种植葡萄 530 多株，2021 年户均增收 1900 元。建档立卡贫困户叶小妹说：“跟着麒麟山现代农业示范园学，我们脱贫致富的底气更足了。”

2021 年 1 月，麒麟山现代农业示范园被国务院扶贫办（现国家乡村振兴局）确定为“全国首批脱贫攻坚考察点”。黄小勇在示范园内创建创业致富带头人实训基地，与园内葡萄种植、食品加工、电商运营等 26 个产业基地签订合作协议，为广大学员提供实践操作演练场所，发挥园区设施齐全、功能完备的基础优势，加上综合果园等功能板块先期已经形成的有利条件，形成了“食、宿、行、游、购、娱、教、学、研”一站式服务。基地奉行“培养与引进并举，专职与兼职并存，教学与研学并立”原则，建立了培训与实践、现场与远程内外联动的新型培训模式。

七

长风破浪会有时，直挂云帆济沧海。

——唐代·李白《行路难·其一》

从精准扶贫到乡村振兴，黄小勇一直在用自己的方式无缝对接、奋力前行。

2020年，由于市场变化等因素，珠坑乡创业致富带头人种植的农产品面临滞销难题。黄小勇日思夜想，提出建立产业联盟的构想，也就是整合创业致富带头人、合作社组织、社会贤达等力量，以资源共享、信息互通、互惠互利、帮贫济困、共谋发展为宗旨，通过完善生产、销售、深加工等产供销体系，与困难群众共渡难关。

产业联盟建立以后，统筹了各种资源，通过电商促销等多个渠道，构建起内部的产供销体系，推动本地种养产业向标准化、规模化迈进。据统计，联盟自成立以来，已吸纳创业致富带头人26名、社会组织成员17人、社会贤达6人，实现经济效益1800余万元，产业帮带200余人，就业帮带390余人。

特色种养是大多数农村的短板，而工业则是乡镇的短板，尤其是远离城区的乡镇。为此，黄小勇又琢磨起了以工促农的想法。他说："我们这麒麟山庄是县里的一个产业孵化基地，我希望这里可以孵化出更多的创业、增收的机会来。"为此，他努力推动三产创业示范园建设，准备先在特色农产品上下功夫，从目前的葡萄种植等小众项目转向大众商品，加紧进行以生食为主的蜜薯和以产粉为主的淀粉薯等特色农产品的试点推广，让更多乡亲参与特色种养；引入以家庭为主的豆腐作坊、米粉加工等农产品小作坊，解决家家户户初级农产品的粗加工问题；引入干果加工包装、脐橙存贮等小微企业，解决各种特色种养业的加工问题；利用人流、园区团建等活动，辐射周边餐饮、住宿的发展，形成一条相对完整并可持续发展的产业链。

八

雄关漫道真如铁，而今迈步从头越。

——毛泽东《忆秦娥·娄山关》

机遇，只会给有准备的人；荣誉，也只会给予作出贡献的人。

据不完全统计，麒麟山创业致富带头人实训基地先后承接过县内10多批次1165名创业致富带头人的培训，以及来自全国各地100多批次5000余人的实地观摩。2021年4月，黄小勇在“发展中国家落实2030可持续发展议程研究班”就减贫专题向来自亚非拉等发展中国家的外国学员分享自己的扶贫案例。2022年，中国农大—腾讯为村乡村CEO计划年会暨首期开班式在深圳举行，黄小勇应邀在班上用自己的实例为来自全国10个省市、20个地市州的50余名“乡村CEO计划”学员授课……对此，黄小勇说：“做企业难，在农村做企业更难，在做企业的同时要帮助更多的群众受益，那真是难上加难。但是容易也好，难也罢，有些事总要有人去做。”

太阳渐渐升起，葡萄园里的温度也渐渐升高。从大棚里走出来，黄小勇把原本弓着的身子伸直，回望着麒麟山，说：“麒麟山这个名字这么吉祥，可过去啥宝贝也没有。现在看来，大伙儿不忘初心、不屈不挠的精神，才是麒麟山最‘灵’的宝贝。要是伍司令员看到今天家乡的巨变，一定会很高兴……”

（作者：刘敏　梁健）

最崇高的担当

——追记抗洪英雄匡美建、邓旭、程扶摇

2017 年，修水县杭口镇突发山洪，匡美建、邓旭、程扶摇三名干部心系群众、身先士卒，赶赴受灾山村，不幸被洪水卷走。他们在困难时迎难而上，在扶贫中恪尽职守的事迹可歌可泣。他们被评为“中国好人”，其中程扶摇被授予“全国脱贫攻坚先进个人”荣誉称号。

2017 年仲夏，九江西部持续大暴雨及特大暴雨，修水县洪水来袭，灾情严重。

杭口镇，位于修水县中部，千古人文胜地，北宋著名诗人、书法家黄庭坚故里。修河穿镇而过，千百年来，滋养民生，丰盈仓粟。

水善利万物而不争。水也有桀骜不驯的时候，一旦失控，则危及大地苍生。

6 月 24 日，凌晨 2 时许，杭口镇。修河之水暴虐，房屋被淹，庄稼被毁，双井村水源塘水库岌岌可危。杭口镇党委书记匡美建，党委委员、副镇长邓旭，大学生村官、扶贫专干程扶摇等六名干部，接报后紧急出发，在察看汛情途中，山洪突如其来，匡美建、邓旭、程

扶摇三人不幸被洪水冲走。

消息传来，省委、省政府紧急部署，九江市、修水县党政部门靠前指挥，人民群众自发参与，全国各地救援队、志愿者纷至沓来……

然而，浩浩修河，茫茫江面，全力搜寻，英雄无着。

直到27日上午11时，在距杭口镇10多公里的下游，修河南圳大桥处，三位失联的抗洪英雄之一——大学生村官、扶贫专干程扶摇的遗体被发现。

81个小时，2400多人的全天候搜寻，带来的这一重大消息，却是英雄牺牲的噩耗，这是多么痛心的努力。

而匡美建、邓旭，此时此刻，你们在哪？你们好吗？你们的亲人、战友、同学、乡亲，都在盼着奇迹发生。在他们深重的期许里，有着最热切的牵挂，最美好的祈愿。

在这样的大灾大难面前，站在最前面的共产党人，他们心系群众、身先士卒的群体形象和崇高担当，已经在修河大地上传颂弘扬，亲友的呼唤在幕阜山与九岭山脉间声声回荡。

美建，你在哪呀

“不得了！匡美建和其他两名镇干部在抗洪救灾一线被洪水冲走了！”2017年6月24日早上6时28分，修水报社记者部主任朱修林突然接到朋友电话。听到这个消息，他整个人都懵了。

6时46分，朱修林接到领导电话，要他火速赶到县防汛办开会。他心中掠过了一丝不安。待他火速赶到防汛办，才获知匡美建、邓旭、程扶摇真是被洪水冲走失联了，县里正在全力搜救。主持会议的修水县县长语气哽咽，当时坐在前排的朱修林分明看到县长眼里泪水在打转。

匡美建生前工作照（修水县委宣传部 供图）

朱修林与匡美建相识于2011年，当时匡美建在大桥镇当镇长。那年，修水遭遇了“6·10”特大洪灾。匡美建与镇村干部冒雨抢修被洪水冲垮的河堤。他一个人扛运沙包100多个，身上都是淤泥。在他的带领下，干部群众齐心协力，保住了下游5000多亩稻田，保护了3500多户村民的生命财产安全。

2014年11月，匡美建调任东港乡党委书记。第二年9月1日，他邀朱修林到东港看一看。朱修林说，不到一年时间，感觉东港变化很大。匡美建把渣津镇黄坊进东港10.8公里的路，由原来不到5米宽，扩展到6米多宽，老百姓欢喜得不得了。

2016年6月，匡美建调任杭口镇党委书记。“那天，我与他在一个会场上碰到了。我说：‘你又准备搞啥大动作？一年之后我再去你那看一看。’他笑道：‘想是想，就是压力大呀。’”2017年，朱修林正打算到他那里去看一看，谁知却听到他被洪水冲走的噩耗。

2017年6月25日上午，朱修林来到匡美建失联的地点。刚刚站定，一个悲戚的声音传来：“美建，你在哪呀？河里水凉呀，你起来吧，我来接你回家。”他转过身，发现匡美建的妻子沈红燕被人搀扶着，虚弱而悲伤的哭喊让闻者落泪。

是啊，美建，你在哪儿？你的女儿在等爸爸，年迈的父母在等你尽孝！

朱修林想起6月24日晚上7时50分，九江市委书记赶到修水指导抗洪救灾时，当着许多县领导的面说："你们的县委书记是哭着打电话向我报告美建他们失联一事的。"

28日上午，杭口镇政府。刚刚经历了生死考验，唐文眼里布满了血丝。作为当天凌晨与匡美建同行的5名干部之一，脱险后他立即投入了抗洪抢险工作。但当晚经历的一切，他至今心有余悸。

24日凌晨1时50分，杭口镇蚕桑站站长唐文接到镇政府办公室的电话，说杭口镇双井村村民紧急求救，村里的水源塘水库有溃堤危险。他立刻赶到办公室，与镇党委书记匡美建，党委委员、副镇长邓旭，镇主任科员冷春生，杨坊村大学生村官程扶摇，镇城管队队员郭礼华5人会合。这时他才知道，匡书记接到了修水县防汛办电话，"修河上游已形成洪峰，需要高度警惕"。匡书记还说双井村支书报告水库告急，请求镇干部前去察看灾情，疏散群众。

"我们立即行动起来，把蛇皮袋和其他一些防汛抗洪装备搬上了皮卡车。程扶摇是司机，匡书记坐在副驾驶位置，我和另外3人在后排。"唐文说，6个人冒着暴雨向双井方向疾驶而去，快到杭口老桥时，突然遇到了洪水，路面已经看不清，只能借助两旁的行道树判断路的方向，车子很快就被洪水包围了，他感觉到车都浮起来了。

匡书记叫扶摇赶紧往左边打方向盘，洪水就把车子往右边推。眼看车辆已经失控，匡书记大声说，不要推门，从窗子爬出去，全部站到车斗里，等人来救援。没想到，水越来越急，还掀起了大浪，瞬间就把唐文打出了车斗。

借着微弱的光，唐文发现6人被分至3处：他一个人在一边，匡书记、邓副镇长和程扶摇3人在车辆旁边，冷春生和郭礼华在一块儿。唐文虽然有1.8米的高个，但落到水里后，脚根本够不着地。大家一边呼喊求救，一边拼命逃生。慌乱中唐文呛了几口水，然后感觉到一大捆蛇皮袋飘到他身边（后来才知道是水性较好的郭礼华推给他的）。他拼命把身体压在蛇皮袋上，身体浮了起来，不知怎么就漂到了玉米地附近。他赶紧抓住几根露出水面的玉米秆，往前边扑腾，过了一会儿感觉水浅了一些，他站起来，水在他腰部位置。

暂时脱离险境后，唐文立即摸出手电，往皮卡车方向打光，他依稀看见匡书记拼命向他喊："唐文，打 110，快打电话……往上跑，往高处跑！"声音时断时续。唐文掏出手机，但是手机已经被打湿，无法使用。当他朝匡书记方向大喊手机不能用的时候，已经没有明确的回音了。

唐文沿着玉米地拼命跑，跑到附近的一个养猪场，找到了一些泡沫箱，想返回去救其他同志。没走几步，他发现水位又涨了许多，根本过不去，也根本看不清匡书记他们在哪。后来，他看到冷春生和郭礼华带着村民和一条渔船过来了，船上有探照灯，开船的是杨坊村村民章金龙。船划到出事地点后，发现洪水又急又大，根本靠近不了皮卡车，只好返回。

水位越涨越高，章金龙再次把小木船划到出事地点，已经是半个小时后，既没有看到皮卡车，也没有见到一个人影。望着前后半小时发生的一切，唐文不敢相信自己的眼睛，想到匡书记他们此时此刻的处境，瞬间心就被揪紧了。

唐文说，其实，在他们的皮卡车开往杭口老桥的途中，路面已经涨了水。他们之所以选择往前走，不是不知道危险，而是担心受灾的群众。匡书记曾说过，当群众孤立无援时，党员干部就是他们的主心骨。

朱亚民是一名铲车司机，事发时，他正开着铲车转移群众。路过杨坊村路段，遇到了匡美建一行的皮卡车。他还停下来提醒他们，前面的路已经被淹，危险，不要过去了。匡书记回答他，被困的群众不及时疏散，他们不放心，还是得过去看一看。

是的，人们有理由相信，作为在基层摸爬滚打成长起来的领导干部，匡美建对当时的危险是非常清楚的。在凶险的洪水面前，他带领大家决意向前，且没有丝毫迟疑，是因为他们把人民群众的生命财产安全放到了第一位，而置个人安危于不顾了。匡美建和其他五位干部这种大无畏的担当精神，其心可鉴。

大桥镇中学教师吴黄林是匡美建的高中同学，得知匡美建失联后，一直寝食不安。他眼里的匡美建是个有情有义的人："我还记得，农忙时你曾经来帮我收拾庄稼，搬家时你又来当苦力抬家具。还记得有一次我喝醉时对你拳脚相加，你却毫无怨言。如今，我多想再搂着你的肩膀叫声兄弟，你却再也不回应了。"

时任修水县委宣传部副部长的张蓉说，匡美建是真正从基层成长起来的干部，工作经历丰富，工作能力强，是一个深得人心的好书记。2016 年 6 月任杭口镇党委书记后，匡美建主政杭口虽然才一年时间，遇到涉及群众利益的大事却不少。他总是亲自出面协调，化解矛盾，帮群众争取利益，老百姓对他交口称赞。

那几天的搜救中，数以百计的村民义务参与救援，他们多么希望他们的匡书记能平安回来，继续带领大家一起致富奔小康。

找不到小邓，我停不下来啊

宁州镇是邓旭工作过 3 年的地方。2016 年 6 月，邓旭就是从这里被提拔到杭口镇任党委委员、副镇长的。时任宁州镇党委书记的吴干金深情地回忆起朴实、敬业的小邓。1985 年出生的邓旭，老家在永修，他是从那边考到修水来的。2013 年，邓旭从黄龙乡选调到

邓旭（右）生前走访宁州镇黄田村村民（修水县委宣传部 供图）

宁州镇，负责黄田里组团片区的开发。他工作热情很高，责任心很强，所以组织安排他兼任一个片区的出纳。两年内因征地拆迁，他经手的补偿款达一个多亿，而所有账款，每一笔他都记得清清楚楚，从来没出过错。他说，老百姓的补偿款就是救命钱，一定要管好，及时发放。对他的工作，老百姓都看在眼里，记在心里。

“这次邓旭出事后，镇里第一时间准备拿出一万元钱，请村民参与搜救。谁知，老百姓得知我们的想法后很生气：‘小邓是我们的亲人，这钱我们不要！’邓旭曾经驻守的黄田村，200 多个村民连续数天放下一切事情，义务参与到一线救援中来。”吴干金说，一名干部优不优秀，老百姓心里有一杆秤，他们心里亮堂着呢。

黄田村村民吴济民对邓旭有着很深的感情。他家里负担重，经济比较拮据，夫妻俩不时闹矛盾，还曾闹离婚。驻村 3 年间，邓旭没少往他家里跑。他还记得那次，两口子因为琐事又吵起来了，邓旭忙完工作，晚上 10 点多钟骑着很破的电动车到他家里来拉家常，反复做他们的思想工作，开导他们。

“他说话声音和蔼，态度很诚恳，为人很亲切，平时我们都叫他小邓。经过他的疏导，我们公婆（指夫妻）都想通了哩，和好如初。现在他却找不到了，我们公婆都很难过。这几天，我拼了命地在河两边的茅草堆里搜寻，两只手臂都被茅草割伤了，我感觉不到痛。

找不到小邓，我停不下来啊！”说着，吴济民突然哽住了，眼里噙满了泪水。

朱水友是黄田村党支部书记，对邓旭这位驻村干部，他很信服。邓旭做事公正，很有正义感，还非常体恤老百姓。他管账，村里发放青苗补偿费，他怕有的村民等钱用，经常连夜骑电动车送到村民家里。有一次，邓旭从村里忙完工作出来，已经是夜里 10 点多钟，路上电动车忽然没了电，他硬是推着电动车，一步一步挪回县城的家。

周先玉是宁州镇农技推广站站长，与邓旭一同驻村数年。多年的交往，让他们亲密无间，以师徒相称。他说，邓旭这个小伙子上进、勤奋、认真，从来是公私分明。几年来，邓旭从未带家人在村里吃过一顿饭，从不占公家便宜。

“2015 年，他孩子出生一个月，丈母娘却得了癌症，他没说，硬是自己扛着。有一次，他连续几个月胡子拉碴，我跟他开玩笑，说他影响共产党员形象。其实我是心疼他，工作起来没日没夜，家里还要任劳任怨，里里外外都少不了他这个顶梁柱啊。”周先玉说，这样的一个好人，没想到，说不见就不见了。但是作为师父、长辈，他多希望有奇迹发生。因为他的妻子在等他，他的孩子在等他，他的乡亲们在等他！

摇摇，你怎么舍得离开我们

这句话，是汪梦诗写给程扶摇的。2013 年，汪梦诗、程扶摇、熊泽峻作为同一批大学生村官，被分配到了杭口镇。汪梦诗在双井村，程扶摇在杨坊村，熊泽峻在坪下村。当时，只有程扶摇有一辆电动车，于是，他自然而然地承担起了每天从镇到村接送两人上下班的任务，即使大热天，也从来不抱怨。

汪梦诗说，相仿的年龄，共同的理想，让他们结下了很深的友谊。2016年，她考到了修水县电视台，和程扶摇见面的机会少了，却和他的妻子成了闺蜜。她曾不止一次从他妻子那里听到对程扶摇的“抱怨”——怨他太大方，老是拿自家小车当免费出租车接送同事，甚至看到村里的百姓在路上等车，他都会停下来问一问，带上一程；怨他每个月工资只有1900元，油费却花了1000多元；怨他“5+2”“白+黑”，天天没日没夜工作，顾不了家……

程扶摇（左）生前在村民家中走访 （修水县委宣传部 供图）

“妻子嘴上怨他，但内心还是无条件地支持理解他。”汪梦诗说，为了让扶摇安心工作，在银行上班的妻子，特意从大分行调到了离家近的小营业部，家是照顾到了，可工资少了一大笔。

24日凌晨程扶摇失联后，他们几个好朋友悲痛万分，一方面帮着照顾他的家人，一方面祈祷扶摇能平安归来。

直到27日上午，她得到消息，在距修水县杭口镇10多公里下游的修河河道南圳大桥处发现了一具遗体，经家属确认，正是被洪水冲走失联的程扶摇，她再也按捺不住内心的悲痛。

奇迹没有发生，英雄已经罹难。

瞬间，满屏的“逝者安息，一路好走”，让几天来人们压抑着的悲伤喷涌出来，深深的牵挂化作了沉沉的缅怀与悼念。

熊泽峻回忆道，在杭口镇工作时，他和扶摇一直是室友。“2014

年底，山上发生火情，镇里组织干部去灭火。扶摇跑在最前面，直冲向火情最严重的山腰。后来火被扑灭了，他却浑身黑不溜秋。我说太危险了，他却说自己命大。现在想来，这句话真令人心酸啊！”

程扶摇的一位亲人曾在微信中这样写道：“摇摇，昨天（2017 年 6 月 24 日）上午我们一直都在善意的谎言中等你归来。当确认你真正失踪时，我们都沉浸在深深的悲痛中。你母亲怎么也不相信，她打开每间房，摸摸被窝，说摇摇不可能丢下妈妈，一定还在睡。一声声撕心裂肺的呼唤，在场的人无不失声痛哭。”

“摇摇，这是你的骨肉，一个健康聪明的宝宝。面对满屋子的人，不满两岁的孩子跳上跳下，是那样开心，他没见过这样的场面呀。当看到奶奶哭时，孩子抱着奶奶拼命地喊‘奶奶，奶奶’。这个不谙世事的孩子，他不知道自己失去了父亲，更不知今后成长道路的艰辛。”

“摇摇，你大学毕业，考到杭口镇当了一名大学生村官，吃住都在村镇，十天半个月才回来住一晚。你前天（2017 年 6 月 23 日）晚上 11 点从杭口回来，晚饭都没吃上。母亲追悔自己没起来给你做点吃的。你刚刚睡下不久，凌晨 1 点多，又接到镇里的电话，要组织村民疏散。你接完电话，没有与父母道别，紧急驱车赶往杭口。这一走，却成了阴阳相隔。”

“摇摇，你工作敬业，镇里大事小情总有你忙碌的身影。你为人忠厚善良，每次从修水到镇里，都要捎上每一个想搭便车的同事。你是修水足球队队长，带领队员们参加省市赛事，多次获奖。有时，出征失利，你总是向队友们作检讨，把一切责任揽在自己身上。孩子，你就是这样一个有担当的人。”

“摇摇，你有一个幸福和美的家呀！看，这是去年（2016 年）拍的全家福：父亲，修水第一中学高级教师，高三语文把关老师，师德高尚，与人为善；母亲，在家操持家务，是名副其实的慈母；妻子，在银行工作。这正是你父母最幸福、最满足的时候。孩子，难道你不留恋这个温馨的家吗？”

…………

这一行行发自心底的文字，一声声催人泪下的呼唤，恰恰体现了一个有血有肉的英雄最感人也最本色的一面。

有一句话说得好，从来就没有从天而降的幸福。岁月静好，只因有人替你负重前行。

大爱忠诚，勇于担当。历史必将铭记这一群人的模样，铭记这一份使命、责任、光荣。三位共产党员的形象，乃至于奋战在抗洪抢险一线更广大的共产党员的形象，已在2017年7月1日——党的96周岁生日前夕被定格。他们的壮举，将在修水河畔被口口传诵，就像一座不朽的丰碑，耸立在广袤的赣鄱大地上。

英雄无悔，忠魂永在！

（作者：毛江凡）

畲乡杜鹃红

——追记全国脱贫攻坚先进个人李桂芳

横峰县姚家乡兰子畲族村第一书记李桂芳，扶贫路上的“拼命三娘”，为村里盘活了闲置山林资源，成立养牛合作社，引进投资种“孝子瓜”和甘蔗，让留守农民实现家门口就业。当兰子畲族村步入发展快车道时，李桂芳的生命却定格在扶贫一线。2021 年，她被授予“全国脱贫攻坚先进个人”荣誉称号。

一

春风一吹，兰子畲族村的山山岭岭顿时如同仙气附体，云雾氤氲，鲜嫩欲滴，透着轻灵。一丛丛杜鹃花仿佛从魔术箱里骤然现身，点燃了山间的日子，点燃了村民的希望。

兰子畲族村地处横峰县姚家乡西北部，与弋阳县葛溪接壤，全村有兰子、楼底、罗家、草门地、新农村、东山、坞石塘等 7 个自然村，总户数为 760 户，总人口为 3375 人，其中畲族 458 户 1426 人。

斜阳下，兰子组的村民王世谷弯下腰，用手机拍摄杜鹃怒放的样子。他从小喜欢杜鹃花，每当看见山间杜鹃烂漫，便情不自禁地对兰子平添了一份留恋。当别人纷纷背井离乡远赴浙江、广东、北京务工时，他和妻子兰月英却选择留下，利用故乡的独特地理环境，闯出了一条养殖肉牛的致富路。

王世谷采撷了几朵杜鹃花，放进嘴里慢慢咀嚼，那酸酸甜甜的滋味在味蕾间蔓延，似乎带着一丝春风的气息。看一眼山坡上惬意吃草的牛群，他的眼里荡漾起满满的笑意。

手机的铃声忽然打破了山间的宁静。

“世谷，今天早点收工，李桂芳书记晚上要来咱们家。”电话里传来妻子兰月英温婉的声音。

李桂芳，那位刚刚上任的驻兰子村第一书记？王世谷听说过，兰子村是横峰县民族宗教局的扶贫点，由于担任兰子村第一书记的县民族宗教局工作人员生病了，无法继续履职，作为县民族宗教局负责人的李桂芳竟然主动请缨，挑起了这副担子。此时，2017 年初，兰

李桂芳曾经帮扶的横峰县姚家乡兰子畲族村（刘欢 摄）

子村还有 58 户 194 人没有脱贫。

“她怎么会找我？”王世谷心里直犯嘀咕。自己早已通过自力更生摆脱了贫困，成为远近闻名的养牛专业户，跟贫困户的关系八竿子打不着啊。

炊烟袅袅，倦鸟归林。王世谷带着牛群浩浩荡荡返回村庄，在村民的注视下，他怡然自得地哼着那首歌曲：“走在乡间的小路上，暮归的老牛是我同伴，蓝天配朵夕阳在胸膛，缤纷的云彩是晚霞的衣裳。”

李桂芳如约而至。她的衣着打扮很朴素，上身穿一件红色长袖衬衫，下穿一条牛仔裤，手臂上搭着一件黑色夹克。透过淡淡的灯光，王世谷感觉有一朵盛开的杜鹃花飘了过来。

双方在客厅里坐定，简单寒暄之后，李桂芳了解起王世谷夫妇养肉牛的情况。王世谷的心里咯噔了一下，两眼警惕地打量着对方。

李桂芳似乎猜到了什么，她呵呵一笑，开门见山道：“实不相瞒，我跟村委一班人商量，觉得养肉牛有前景，而你是这方面的行家里手，所以想请你帮忙牵头成立合作社，带着贫困户一起致富。”

这怎么行？王世谷差点脱口而出，不过，他按住了自己的话头，转而委婉推辞道：“承蒙李书记看得起，我本应该为乡亲出点力，不过，我的确能力有限，只能自己糊糊口，至于合作社的事，还望另请高明。”他内心还有一个顾虑不好表露：自己信不过驻村干部，认为他们不过是来镀金罢了。

气氛一下子尴尬了。兰月英趁着续茶水之机，悄悄踢了王世谷一脚。王世谷自然心有灵犀，觉得自己有些不通情理。只是，多一事不如少一事，他实在不情愿卷入村里的是是非非中。

话不投机半句多，见王世谷油盐不进的样子，李桂芳适时站了起来，微笑道：“今天晚上我是来认个门，报个到，希望世谷同志再考虑一下。建设出一个美丽兰子，确实急需你这样的能人支持，我想，这也应该是你的愿望。我以后还会登门请教的。”

尽管碰了“软钉子”，李桂芳却并不生气，她说到做到，不久后，再次与王世谷两口子会面。这回，李桂芳拿出了一份兰子脱贫路线图，征求他们的意见和建议。看着看着，王世谷呆了，如果真的按照这个方案实施下去，家乡真的有指望了。

李桂芳的话题终归还是回到了产业脱贫上。她说：“能人＋合作社＋贫困户，这种模式可以授人以鱼，更能授人以渔。我琢磨好了，如果你们愿意成立合作社，就从你们的名字里各取一个字，叫谷英养牛合作社。”

王世谷的心间一暖。

2017 年 9 月，兰子畲族村谷英养牛合作社菜牛扩建养殖基地，带动 25 户贫困户 81 人投资投劳，在脱贫之路上迈出了坚实的步伐。

二

环兰子皆山。山馈赠了兰子村村民青山绿水，也伴生了贫穷和落后。

李桂芳接棒驻兰子村第一书记之前，已经多次深入这个畲乡，她深知产业扶贫对于一座村庄的意义。

大片的油菜花包围着村组，鸟群时而盘旋。春天使大地恢复了元气，重新迸发青春。

坐在由兰子开往横峰县城的镇村公交车上，李桂芳锁着眉头，想着心事，心中不止一次设计着会面“台词”。

偶然的一个机会，她得知有“横峰老干妈”之誉的企业家侯雪娇计划在兰子村承包 300 多亩田地，准备实施机械化水稻种植。李桂芳正为贫困户的就业发愁，她觉得，如果将这些水田的用途改为劳动力密集型的甘蔗种植产业，可以吸收一批贫困户劳动力。于是，她决定拜会一下侯雪娇这个横峰县的商界奇人。

事情出乎意料地顺利，当李桂芳说明来意后，侯雪娇当场拍板："行，把水稻改为甘蔗，我也算是为扶贫出把力。"

热心肠的侯雪娇还主动与李桂芳一起寻找浙商，引进一家种植甘蔗的企业。350 亩茂盛的甘蔗林，从此在兰子村安家落户。仅此一项，除了每年给村民增加 17.5 万元土地流转费外，还带动了 80 户农户 110 人就业。

东山组自古以孝道出名，有"礼孝东山"之说。这儿保留着古樟、古桥、古井、古礼孝门，"孝子三迁"的故事更是流传数百年而不衰。李桂芳很喜欢这个幽雅、静美的村庄。2017 年 3 月，她召集党员、村民代表在东山开会，主题是借助打造东山秀美乡村亮点村之机，发扬东山传统，打造"孝文化"，倡议每个村民在三八国际妇女节、母亲节和重阳节期间为母亲梳一次头、洗一次脚、做一碗长寿面。

紧接着，李桂芳打出"孝文化"组合拳的第二招——种植"孝子瓜"。

通过摸底调查，李桂芳发现西瓜种植投资少、见效快、管理方便、市场销路较好，还可以套种其他农产品，提高土地利用率。于是，她请来农技专家对东山组的土壤种植条件进行评估。得到专家的认可后，李桂芳决定先种植 20 亩"试验田"，并注重与当地的"孝文化"有机结合，将西瓜命名为"孝子瓜"。

一个金点子，造福一座村。"孝子瓜"一经问世，便成为"香饽饽"，近两万斤的西瓜迅速订购一空。一个新的西瓜品牌在市场上被叫响。

兰子村楼底组的兰秀根从 1998 年开始，一直在浙江衢州从事餐饮业，经过多年打拼，小有成就。作为创业能人，兰秀根接到姚家乡伸来的橄榄枝——邀请他返乡工作。2018 年 8 月，兰秀根走上了兰子畲族村党支部书记的岗位。

在兰子村委，兰秀根与久闻大名的李桂芳第一次见面。李桂芳那天穿着红衬衫、牛仔裤，仿佛一朵怒放的红杜鹃。她如同一位邻家大姐，带着兰秀根到贫困户家走访。兰秀根内心惭愧，自己这个土生土长的兰子人，竟然还不如李桂芳熟悉情况。

不过，看着 7 户尚未脱贫的贫困户的境况，兰秀根越看越心凉。尤其是走进兰子组的兰七而家时，一瞬间，他好像掉入了冰窟窿。六旬老人兰七而是低保户，因一场飞来车祸，被削去了半边脑袋，两间瓦房到处漏水，妻子早已跑了，唯一的女儿也出嫁了，与其说这是家，不如说是个“窝”。回到村部，兰秀根忽然变得无比沮丧。

李桂芳大约看出了兰秀根的心思，劝慰道：“扶贫工作不能急，剩下的几户贫困户基本是特例，咱们得用解剖麻雀的方法逐个去解决。”

于是，新的兰子村支委、村委会班子坐到了一起，主要议题就是如何让那些情况特殊的贫困户不出村门就能实现就业。李桂芳提到，横峰县农博园在坞石塘组种植了 100 多亩药材，可以借鉴这种做法盘活土地，搞一个“千亩药材”计划，既给贫困户提供岗位，又可以增加收入。一语点醒梦中人，大伙儿一致认为这个点子可行，一旦实施，将再次给兰子插上经济增长的翅膀。

言必信，行必果。“千亩药材”的引入，直接解决了 30 多户村民在家门口上班的问题。

趁热打铁，李桂芳又瞄准了 30 多亩依然沉睡的荒山。她决定利用打造兰子全域乡村旅游的契机，实施“一片竹果林”创意，让修竹、杨梅、水蜜桃等种植经济生根发芽。

古老的兰子村，悄然发生着惊艳之变。

三

一棵秀颀挺拔的白杨树下，坐落着贫困户陈茶花的家。

村子的名字很有意思，叫新农村，与当下的秀美乡村建设相契合。不过，陈茶花却是个苦命人，丈夫刘飞仔 2015 年正月走的时候，她还不到 60 岁，两个儿子的状况更是时时折磨着她的心。生于 1977 年 3 月的大儿子刘金锋有先天性肢体残疾，只能依靠双手支撑着地面移动身体，长年累月待在家中。小儿子刘传华是个“80 后”，不善于交际，像个闷葫芦，一直找不到合适的工作，成天游手好闲。

李桂芳第一次登门，便惊呆了。她刚刚在厅堂坐下，就听到一阵咔嚓咔嚓的声响。刘金锋以手撑地，坐在一块装着滑轮的木板上，从隔壁的卧室探出半个身子，歪着脑袋，朝着她呵呵憨笑。陈茶花尴

李桂芳生前与帮扶对象谈心（廖向阳 供图）

尬地埋下了头。

由于刘飞仔离世，家里的顶梁柱轰然倒塌，一幢红砖房只建了一层，墙壁还是毛坯。李桂芳看得心酸，她决定留下来吃晚饭，与陈茶花好好唠一唠，看看如何帮助这个家庭走出困境。

听说李书记要在自己家里吃饭，陈茶花一方面激动得直搓手，一方面惴惴不安。因为家里只有几样蔬菜，她想出去买点猪肉，被李桂芳一把拽住："大姐，你们吃啥，我就吃啥。"两人一边聊天，一边淘米洗菜，像一对难得见面的好姐妹。

饭桌上，李桂芳建议陈茶花加入谷英养牛合作社，每年可分红1000多元。陈茶花满口答应。说着话，李桂芳将20元钱塞到了对方的手上："这是饭钱，别嫌少。"

陈茶花跳了起来，慌忙塞回去。

李桂芳假装不高兴，说："大姐，如果你不收，我以后就不敢来你家了。"

昏黄的灯影下，陈茶花盯着那张亲切的脸，心中涌起一股暖流。

没过几日，李桂芳便联系了装修队伍上门粉刷墙壁。眼见得家里变得亮堂堂的，陈茶花欢喜得直抹泪。

惊喜还在后头。一台电热水器很快送进陈茶花的家门，一家人终于方便地洗上了热水澡。陈茶花被安排在一个公益性岗位工作，担任本村的保洁员，每月有700元报酬。逢年过节，李桂芳必然提着米和油来走她这门亲戚。

那年春节过后不久，李桂芳提着大包小包前来走访。她挑出一件新棉袄，兴冲冲地招呼陈茶花试穿，谁知，棉袄的尺寸竟然小了。刹那间，李桂芳像泄气的皮球，很是懊丧。或许急于弥补，几天后，李桂芳又送来了一张新床、几个凳子。

陈茶花感动不已，觉得无以为报。李桂芳眨眨眼，说："大姐，你可以教我做灯盏粿呀。”

陈茶花满以为这只是一句玩笑话，没想到，李桂芳还真是言出必行，买来一袋原料，虚心请教，做起了学生。

兰子人有做灯盏粿的传统，陈茶花做灯盏粿的手艺不错。她用石磨将大米磨成浆，然后放在锅里熬成粿胚，再捏成灯盏形状，下一步以新鲜香菇、猪肉、黄豆芽等制作馅料，填馅于灯盏皮中，放入竹制小蒸笼里，用大火蒸半个小时左右，厨房里飘出阵阵香味。掀起蒸笼，陈茶花在馅上淋了一层薄薄的熟猪油，这才说道：“好了。”

李桂芳发现，做灯盏粿的陈茶花别有一番风采，她不再是那副凄苦无助的样子，反而飞扬着一种自信。李桂芳品尝了一口，立马向陈茶花竖起了大拇指。

这一顿灯盏粿，给全家人带来满满的欢乐。刘金锋坐在滑轮平板上，边吃边傻笑，一副满足状。

楼底组的贫困户兰玉更是兰子村党支部副书记张旺生的同学。张旺生遗憾地告诉李桂芳：“兰玉更在家里排行老三，从小聪明伶俐，学习成绩拔尖。谁知人有旦夕祸福，读初中时，住校的兰玉更从上铺摔下来，从此性情大变，变得又憨又傻。”

2017 年 9 月 10 日，李桂芳在同事的陪同下，给兰玉更送去月饼和食用油。她发现兰玉更房间的墙壁上到处是小洞，觉得很奇怪。兰玉更的老父亲兰英珠悄悄把她拉到一边，还未张口，眼泪珠子吧嗒吧嗒直往下掉。他说，这都是儿子半夜发病，用铁锹、锤子敲打出来的。兰英珠已是八旬之身，老伴吴大姩也过了 76 岁生日，他们无法想象，百年之后谁来照顾兰玉更。

李桂芳半晌说不出话来。

回到村部，李桂芳叫来张旺生等人碰头，一起商量如何帮扶兰玉更这个家庭。

当务之急，自然是看病。张旺生说，只要按时服一种药，就可以抑制病情发作。李桂芳指定张旺生负责对接购买药品及报销事宜。

其次，筹集一笔资金，对兰玉更的房屋进行适度改造，在屋顶盖起灰色琉璃瓦，将墙壁粉刷一新。

然后，李桂芳亲自出马，买来一台彩电、一组衣柜、一个菜橱、一套液化气灶具，将钢瓶灌满液化气，用小货车送到了楼底组。

至此，兰玉更的家彻底“脱胎换骨”。兰英珠、吴大姩的脸上乐开了花。兰玉更虽然不懂得如何表达，但也兴奋地摸摸电器，敲敲雪白的墙壁，进进出出，仿佛刚刚中了大奖一般。

张旺生告诉兰英珠、吴大姩：“李书记已经给玉更安排了楼底组卫生监督员的工作，一年可以拿到3600元的报酬。”

老两口再也控制不住感激之情，眼圈红红的，抬起衣袖直抹眼睛。

四

兰子村部办公楼的三楼是一个会议室，右侧顶端便是李桂芳的卧室。里面除了一张床、一张小桌子、一把椅子，别无长物。从窗口远眺，雷龙山仿佛一座绿岛，植被匀称饱满，它与一畦畦田地和谐地构成一幅画，而窗子俨然是个画框。

李桂芳打心眼儿里喜欢这幅画。每天，鸟声从这幅画里传出，啁啾婉转，使得日子在重复中生出一种新意。

办公室设在一楼，村民们一进村部，往往在右边第一间房子里就可以找到李桂芳。桌上放着一块“横峰县兰子村第一书记公示牌”，上面有李桂芳的照片、姓名、选派单位、手机号码，还有醒目的几行字：“当好：党建工作的领头人，脱贫致富的引路人，服务群众的贴心人，和谐稳定的维护人。”一个个文件盒里，装着贫困户的详细资料。翻开贫困户档案卡，吴雪林、陈茶花、兰玉更……一个个名字，像一声声叮咛，也像一道道使命。左上角放着李桂芳工作之余常常翻看的两本书，一本是《善行启示录》，一本是《红色旅程——上海》。李桂芳好学不倦，对畲族的历史、文化、风俗、服饰等也注重钻研。在与兰子村村民打交道的过程中，她知道了畲族忌吃狗肉、蛇肉、猫肉，更不能用筷子打猫，到别人家做客时，不能将点心吃光，应有所剩余。

懂得了一个民族的发展和演变史，李桂芳更加善于跟畲乡人交朋友。爱穿红衣服的李桂芳，也成了兰子人心目中的红杜鹃，美丽奔放，从不矫揉造作。

在贫困户廖正兰的心目中，李桂芳更像是一个贴心的闺女。

年近七旬的廖正兰，一家共三口人，其中老伴和40多岁的儿子都患有肺结核，家里缺少劳动力，生活拮据，成为远近皆知的困难户。李桂芳就任兰子村第一书记不久，便听说廖正兰家已经三年没有看过电视。

左手提着大米，右手拎着食用油，李桂芳看望廖正兰一家来了。恰好廖正兰正为儿子的医药费发愁，李桂芳毫不犹豫地将身上的950元钱全部塞到了老人的手上。

扶贫光靠“输血”非长久之计，还得“造血”才行。李桂芳跟村两委干部合计后，给廖正兰争取到一个村保洁员的公益性岗位，并帮助她家加入了谷英养牛合作社，当年便分红2600元。2017年11月，李桂芳从朋友家里扛来一台七八成新的彩色电视机，送进廖正兰的家。她自己掏钱请人安装了网络，让廖正兰一家看上了数字电视。这个冷清的家庭，开始有了图像、音乐和相声，见识到了外面精彩的世界。

1243 个扶贫的日子里，李桂芳成为贫困户们实实在在的亲人，而对待自己家的亲人，她欠的账却越来越多。

张旺生记得，2018 年五六月间，李桂芳的母亲、婆婆都生病了，她需要白天蹲在兰子村，晚上煲好一罐营养汤后，再送往医院，在病榻旁支起一张简易折叠床，精心陪护老人。李桂芳不会开车，往返需要乘坐镇村公交车，常年奔波两地。有一次，工作得太晚，错过了最后一班车。张旺生得知后，主动开私家车送她回县城，下车时，李桂芳忽然转过身，将 30 元钱塞到了他的手中。凝视着那个熟悉的背影，张旺生呆呆地坐了半晌……

五

2018 年底的一天，李桂芳、兰秀根带着村两委干部和扶贫队工作人员再次来到楼底组的星火广场，缅怀参与弋横武装暴动的先烈们。

凝视着那座耸立的门楼，李桂芳默默读着对联："求解放同仇敌忾，打土豪众志成城。"

"兰子村是个好地方，我们没有理由不建设好。"李桂芳轻轻对兰秀根说道。

兰秀根"嗯"了一声，一副心事重重的样子。

李桂芳看了他一眼，觉得有些奇怪，悄悄问了一句："秀根书记，你身体不舒服了？"

兰秀根苦笑，道出了原委。横峰县政府部门实行机构改革后，李桂芳由县民族宗教局转到县政府办公室担任副主任。兰秀根听到传闻，李书记很快要离开兰子村了，他这些天正为即将失去一位良师益友的教诲感到难过。

“秀根书记，你想多了。请放心，兰子畲族村只要有一人不脱贫，我就一天不会卸任这个第一书记。”李桂芳毫不犹豫地给兰秀根吃了一个定心丸。

然而，李桂芳终究“失信”了。

2019 年 6 月 28 日，扶贫路上的“拼命三娘”李桂芳突然晕倒在岗位上，经抢救后，又因病毒性心肌炎术后并发急性脑梗，于 7 月 7 日晚上不幸去世。她的生命，永远定格在她参加扶贫工作第 1243 天。

走进今日的兰子畲族村，山清水秀，草木争绿，俯仰皆图画，一村一风景。这是一个桃源胜地。这是一个秀美乡村的样板。李桂芳生前的愿景，正成为活泼泼的现实。

兰子村村部一楼，李桂芳曾经工作的办公室还保留着原貌。有空时，兰秀根经常会到这儿静静地坐一会儿，眼前又出现李桂芳穿着红衬衫、牛仔裤的模样，像兰子村周边山岭纵情绽放的红杜鹃。他一直保留着李桂芳的手机号码，舍不得删除。有时候，遇到棘手的难题，兰秀根会情不自禁地翻出那个号码，拨一下，又立马挂断，眼圈忽然红了。

有的人，注定会成为永恒。

父老乡亲几乎都这么认定：李桂芳已经是兰子村的一部分，就像漫山遍野的杜鹃花，她从来不会孤单。

（作者：彭文斌）

肝胆照黄溪

——记全国脱贫攻坚先进个人徐万年

2009年，徐万年放弃自家企业的经营，回到黄溪村担任村党支部书记。他把创业的成功经验运用到村庄的建设发展中，带领村民们发展蚕桑、蔬菜、花卉苗木、茶叶、水果等五大主导产业，让黄溪村成为“全国一村一品示范村”。他被授予“全国脱贫攻坚先进个人”荣誉称号。

“三年让村里变个样，五年让村里富起来！”十几年前，徐万年在黄溪村上任时许下这样的承诺。

黄溪村，位于修水县马坳镇，是一个三面环水、一面靠山的旮旯。当年，黄溪还处在经济颓败的泥淖中，村集体负债200多万元。

到2021年底，黄溪沃野遍布茶叶、蚕桑、蔬菜、水果、花卉苗木等，村里还建成全县首个村级自来水厂、首个村级公墓区、首个垃圾焚烧厂，村集体资产达到3000多万元，年人均纯收入达到2.5万元，全村存款达到1.3亿元。

十几年来，黄溪村原党支部书记徐万年从知天命迈入古稀之年，每年上岗360天，因积劳成疾，摘除了胆囊，肝功能也出了问题。就是这个“肝胆相照”的村支书，把黄溪村打造成了“全国民主法治示范村”“全国一村一品示范村”，他本人被授予“全国脱贫攻坚先进个人”等称号。

他，有什么秘诀?

一个人过得再好也没用，大家好才是真的好

1995年建成的修水县东津水库，常年蓄水高程达190米，为下游提供绵延不断的水资源。水沿着崇河河床，在马坳镇黄溪村杀了个“回马枪”，愣是把村子围成了“半岛”形。黄溪村处在山之北，且临近东津水库，还没来得及变暖的水，流经黄溪村时只有8摄氏度，山田低洼地全部变成了“冷浆田”。在这样的田里种水稻，因为育秧时水温不够，影响水稻发育及抽穗，稻谷产量特别低。

田“懒”，人更懒。由于水稻产量低，收成差，村民纷纷弃田抛荒，有的被迫外出务工，有的则游手好闲，动起“歪脑筋”，偷窃时有发生。2008年前的15年间，村里有60多人因违法犯罪被判刑。

直到2008年，“有女莫嫁王背墩，一口栗子满口钻，进出村子脚打软，肩担背磨度时光”“有女不嫁黄溪汉”等顺口溜，像阴影一般笼罩着黄溪村。让村干部忧虑重重的是，他们不仅五年没有领到工资，还为村民垫付不少钱。

这一年，黄溪村村两委要换届。父老乡亲都渴望着“大救星”“领路人”改变村里贫穷落后的面貌。

想改变的，又何止是村民，这更是当地党委、政府的一块

"心病"。

2008 年 10 月，修水县各村换届选举进入尾声，黄溪村却迟迟没有完成换届选举，村民纷纷把目光投向了村里的能人徐万年。

说起徐万年，似乎有些神奇。18 岁前，他就当上了村里的民兵连连长，19 岁被推选为村党支部书记，带着村民办加工厂，筹建合作医疗室，当时黄溪村的日子是芝麻开花节节高。

乡里赏识徐万年，便提拔他担任了副乡长，他一干就是三年。后来，他又被县里看上，当了四年县企业办主任。

1996 年，徐万年主动辞去职务，凭着自身养殖技术去创业，成功创办"万年综合养殖公司"，成为全县名副其实的"养猪老大"。

创业明星、副乡长……一个个身份"光环"，让村民认定村党支部书记非他莫属。

村民就像抓住救命稻草一样，一个接一个找到徐万年，徐万年不是婉拒就是躲。

村民请求修水县、马坳镇领导干部帮忙，徐万年思前顾后，想到一年又一年含辛茹苦，创业才有现在一点点成绩，养猪产业风生水起，竹坪农业生态示范园正在紧张建设中，怎能轻言放弃？

2008 年 11 月的一个晚上，老支书方三黄和几位老党员敲响了徐万年家门。徐万年开门一看，惊讶地说："老书记，你们怎么来了？"

"我们走了十多里路，就是来找你。"年近八旬的方三黄气喘吁吁地说，"万年啊，当初我推荐你当村支书，就是看中你头脑灵活，责任心强，干事有担当。现在村里需要你，你就帮帮村民吧。"

"万年啊，还记得你 9 岁那年吗？当时村民家里也不宽裕，乡亲也没忘记你啊！"一位老党员接话说。

徐万年低头不语，思绪飞到了那年那月。母亲早逝，父亲外出，他与年迈的外公外婆相依为命，可是两位老人自顾不暇，所幸邻里乡亲常来关怀照顾。

生于斯，长于斯，徐万年曾经立志带领全村干出个样子来。想到这儿，泪水浸润了他的眼眶。

“我该回家了。”老书记打破沉寂。看着缓缓消失在夜幕里的老人，徐万年的眼泪夺眶而出。

“看来，我要回村里了。”返回屋里，他对妻子匡连英说，“一个人过得再好也没用，大家好才是真的好。”

“那公司怎么办？”妻子问。

“公司就让咱儿子打理吧。”徐万年说。

2008 年 11 月 26 日，徐万年高票当选黄溪村党支部书记。选举结果一宣布，黄溪村都沸腾了。家家户户都放鞭炮，简直比过年还热闹。

在就任仪式上，徐万年立下誓言：“我当村支书，不领工资，不领补贴，不报费用，三年让村里变个样，五年让村里富起来！”然后，他还提高嗓门说道：“乡亲们一定要改变思路，解放思想！”

做产业不能一哄而上，要因地制宜，还要因势利导

成为修水养殖大户之前，徐万年创业时在市场上也栽过不少跟头。

不惑之年的徐万年，意气风发地承包濒临破产的马坳鱼种场，贷款 20 多万元做家鱼孵化，因为技术不过硬，投入全部打了水漂。后来筹资 60 多万元再做家鱼孵化，却折戟洪水之中。

两次失败后，徐万年不仅没有被打倒，反而越挫越勇。他找出问题症结：不能蛮干，要系统学习鱼苗孵化技术。

1997 年，临近春节，徐万年在村里挨家挨户借钱，凑了数千元

钱，只身来到九江赛城湖鱼种场。为快速学习育苗技术，他常常一整天把自己关在孵化室，清理小池塘、防治气泡病，分期注水、调节水质……

亲朋好友不解，徐万年为何放着副乡长不干，非要自讨苦吃？功夫不负有心人，他终于掌握了鱼苗孵化技术，并成功孵化出3000多万尾鱼苗，收益大幅提升。

这次成功并没冲昏他的头脑，他发现鱼苗培育的发展空间已经越来越小，必须提前布局，走多元化的综合养殖之路。在孵化鱼苗的同时，徐万年拜师江西省农科院教授肖世平，学习生猪养殖技术。

经过几年“修炼”，他成功转型并开办万年综合养殖公司。公司从年出栏生猪数百头到年出栏生猪8000多头，产值1500余万元，一跃成为修水第一大生猪养殖企业。

就在生猪养殖顺风顺水时，徐万年却放弃经营自家的企业，回到黄溪村。

徐万年刚上任，就有朋友建议：可在村里试种吊瓜，亩产效益高。

2009年，徐万年从外地考察回来后，带着村民试种了200亩吊瓜，当年亩收入达到3000多元，乡亲们很兴奋。可当大家摩拳擦掌准备来年扩种时，徐万年却“鸣金收兵”了。他说：“做产业不能一哄而上，要因地制宜，还要因势利导。”

果然，2010年吊瓜滞销，价格惨遭腰斩。徐万年迅速把目光聚焦在村里的传统产业——蚕桑业。

“猴子捡块姜，想吃又怕辣。”村民对栽桑养蚕这样评价。一组数据显示：一张蚕种需要一亩桑叶，技术再好也只能养两个批次，每张蚕种收益为300元左右，付出与收益不相匹配。到2008年，全村桑园面积不到100亩。

听闻徐万年要开始大规模发展蚕桑业，村民们顾虑重重：既没

徐万年展示村里的蚕桑产业 （梁振堂 摄）

有技术，又没有市场，谈何容易？

重拾蚕桑业，并非徐万年心血来潮。他早就考察了江西省蚕桑茶叶研究所修水基地，多次请求基地负责人把黄溪村当成优种培育基地。基地负责人一会儿说黄溪村条件不好，一会儿说倘若蚕子染上病毒，损失谁都承担不起。

徐万年一不做二不休，以自家生猪养殖公司作为担保，承担优种培育基地的风险，这才换来基地负责人允诺：技术员每周只能去一次，平时管理还得靠村民自己。

有了技术保障，2010 年冬，黄溪村走出开拓性一步：全村实行水改旱，70 多户村民重拾蚕桑业。看到黄溪村把蚕养得越来越好，2011 年，江西省蚕桑茶叶研究所把省蚕种厂制种基地放在了黄溪村，并派技术人员入户分包村组。

同时，村里还出台了系列激励措施：只要愿意发展桑园的，村里免费送桑树苗；只要想扩建蚕室的，村里免费提供砖块；只要愿意养蚕的，全部免费进行小蚕共育。徐万年说："蚕桑产业只许成功不能失败，再难也要坚持住。"

蚕桑产业的发展，带来的效果显而易见。60多岁的方明春夫妇，一直想添置冰箱和洗衣机，以前儿女经济都不宽裕，老两口不好意思向他们开口。自从养蚕后，没想到1年下来收入1万多元，他们一次性把想买的家用电器都购齐了，夫妇俩笑得合不拢嘴。

那年，黄溪村把大蚕棚、小蚕工厂、蚕茧收烘公司也攒齐了，还打通养蚕、制种、售茧的产业链，全村桑园面积从2008年零星分布的50亩扩大到800多亩。如今，黄溪村已成为重要的蚕种基地，占全省制种量的85%。村民养蚕从最初每年2批次提升到每年14批次，小蚕工厂还辐射到全县13个乡镇70多个行政村。

带着村民干，干给村民看。徐万年发动党员成为群众的模范，开展"三培两带"活动，提升党员的致富能力、发展能力和干事创业能力，发挥"一带一"或"一带多"示范作用。全村61名党员，多数是年收入6万元以上的产业大户。

黄溪村一定要变

在村里发展产业，徐万年总能一呼百应。村民知道他靠谱，知道他心里装着一本民生账本。

上任伊始，徐万年自掏腰包，带着村两委、党员等外出考察，先后赴上海、山东、江苏、陕西、安徽、广西、湖北等地参观学习。大家白天学习，晚上总结讨论，有的干部还写起了日记。

回来后，徐万年召开村两委大会说的第一句话是："黄溪村一定要变。"

从村两委入手，会议规定村干部不得违规插手工程，不抽项目承包方一根烟，不喝他们一杯酒，不吃他们一顿饭；成立由三个人组成的村理财小组并采用三角章共同管理的民主理财机制，实行财务公开；每月召开党员会、村民代表会，通告村里发展情况及未来规划；村干部实行坐班制度，全年考勤在 345 天以上……

同时，他还推出“四议三公开”工作法：凡重大事务一律由党组织提议，两委会商议，党员大会审议，村民代表大会或村民大会决议，坚持“决议公开、村务公开、实施过程与实施结果公开”，坚持定期张榜公布，主动接受监督，确保村两委在阳光下运行。

这些年来，在中心村建设、土地流转、修路架桥等各项事务中，村民的支持率都在 98% 以上。

2010 年，黄溪村发生了一件大事，新建的省道从村旁绕过，徐万年立即启动“四议三公开”工作法。在大会上，他喊了起来：“要想富，先修路。现在机会来了，我们只要修一座桥，既可以联通省道，又方便村民出村。”

有村民笑着调侃道：“从东津水库流到崇河的水，水流湍急，常年保持 10 多米深，有钱都很难建好大桥。”

当时，建桥的第一个“坎”，既不是资金来源，也不是技术难题，而是如何获得造桥批文。

为了能拿到批文，徐万年每周都要往省里跑，有时一蹲就是几天。为了省钱，他吃泡面，住招待所。省交通厅某干部说：“从来没见过这么执着的村支书，为村里这么拼。”听到这样的评价后，徐万年连忙拍着胸脯说：“只要交通部门能下批文，资金我们自己解决。”最终，交通厅不仅发了批文，还拨付了一笔资金，用于黄溪乡村公路建设。

夸下“海口”的徐万年，为了不耽搁黄溪大桥建设工期，偷偷利用个人企业担保，从银行贷款 400 万元。

2011年，大桥破土开工之际，黄溪村沸腾了。全村100多位老人天天来到村口，能干活的就帮衬着，不能干活的就看着，他们说：“活了一辈子，就要看看咱村里的桥建成啥个样。”

2013年1月22日通桥那天，黄溪村如同过年，老人们相互搀扶着走上大桥。村民方新华更是请来了十多年因过河难没到过黄溪村的丈母娘，他说：“妈，以后你可以天天来看女儿了。”

黄溪大桥通车后，村里的建设进度明显加快。同年，黄溪村启动中心村第二期建设，许多村民都等着看徐万年如何处理规划范围内的徐家老祖屋。

听说要拆祖屋，徐万年的父亲就住了进去，徐万年拗不过父亲，只得借照顾重孙之名将其“调虎离山”——把父亲请到县城暂住数月，等父亲回来后，祖屋早已夷为平地。

本以为拆祖屋会一帆风顺，谁知拆祖屋的第一天，徐万年不慎从楼板上摔下，腰部和颈部严重扭伤。休息不到一周，他火速回到拆迁一线，被村民戏称为不要钱、不要命的“两不要”村支书。村民们被他的精神所感动，在短短一个多月里，148栋旧房屋全部拆迁到位。

在民生账本里，徐万年特别关注孩子的成长。黄溪小学是他经常出入的地方，当看到学生越来越少，徐万年心急如焚。他算了一笔账：乡亲把孩子送到县城上学，每人每年要支出2万多元的教育成本；如果全村300多名学生外流，那么村民要额外支出600多万元。只念过两年书的徐万年，看得透也做得准，他说：“小学是人生关键时期，不仅需要父母的陪伴，更需要优秀教师的引导。”

孩子的成长，重在教育。为了留住年轻教师，徐万年主动找每位教师聊天，找出学生外流、学校教学质量差的症结。山区教师很难获得教师编制，他带着村两委干部三番两次拜访教育部门，有人说："村支书为老师跑编制还是头一回看见。"由于家长不重视家庭教育，每个月底，村两委成员雷打不动地在家校联谊会旁听，目的就是盯着家长聆听教师的家庭教育课，了解孩子成长情况。让教师感到暖心的是，村里在学校装修数间宿舍，还配备厨师和服务人员……

尊师重教在黄溪村蔚然成风，黄溪小学教学质量连年攀升，综合评价从马坳镇倒数第一名上升为全县第四名。好的教学质量不仅留住了学生，还吸引来不少学生。学生数量从 2008 年的几十人增加到 2019 年的 300 多人。10 多年来，黄溪村平均每两户就出一名大学生。

我是黄溪人

清晨，伴随第一缕阳光，黄溪村渐渐苏醒，就像一个敞开式"农庄工厂"，农民变身工人，操作各种机械穿梭在田间地头。

早早来到桑园的村民，采摘新鲜的桑叶，为小蚕工厂的"宝宝"送上可口的早餐；煮茧、剥茧、开棉，村口的"古艾新丝"蚕丝被厂里，员工们干得热火朝天；在蔬菜基地，一辆辆大卡车排着队等待装货……

从空中鸟瞰黄溪村，弯弯曲曲、时宽时窄的崇河，包裹着"依依墟里烟"的黄溪村，三条纵向主干道和十三条横向马路使全村形成了"三纵十三横"的规划格局，村庄道路横平竖直。

"村里还为孤寡老人等特困人群建设了 22 套公租房，产权归村集体所有，孤寡老人和五保户等可免费居住，这样就解决了孤寡、五保等无房群体的后顾之忧。"村民方绪付介绍着，"以前，这里还是

徐万年（中）在车间查看工人制作蚕丝被 （李劼 摄）

乱坟岗，茅草丛生，晚上路过都有点害怕。如今这里最有烟火味了，你看，有超市、餐馆，还有酒店、旅社，村民办喜宴都不用往镇上跑了。”

这一切，都被老党员陈金玉一点一滴地记录下来了。他说："我把村里发生的事情记下来没有别的意思。从2008年开始，我每年都记了一笔账，就是看看徐万年说话算不算数。现在看来，他兑现了当初的承诺。”

征地、拆旧房、建新房、迁祖坟……拆旧建新触及村民的切身利益，徐万年又是如何破解的呢？

不为模糊不清的未来担忧，只为实现美好愿景努力。

在黄溪村5年至10年的发展规划中，徐万年提出了“五化四有”目标，即农业产业化、土地园林化、耕作机械化、住房城镇化、农民工人化的“五化”发展模式和家家有资产、户户有股份、人人有就业、年年有分红的“四有”发展蓝图。

着眼长远，徐万年把移民搬迁、危房改造、增减挂钩工程、新农村建设等有机结合，按照统规自建、分步实施、配套到位的思路，本着“优化空间布局、完善公共设施、凸显社区功能”的理念，将15个村小组分4期集中搬迁到中心村，实现就地城镇化。

黄溪村人多地少，徐万年动员农户从自家一亩三分地中跳出来，实行“确权确股不确地”，推进土地规模化、集约化、标准化经营。全村耕地一次性流转，建立蚕桑、茶叶、水果、蔬菜、花卉苗木等五个专业合作社，颁发股权证567份，实现了资源变资产、资金变股金、农民变股东。

农户的承包权按约定的租地合同体现，而经营权则体现在年底以村组为单位按人头进行股份分红。这样既解决了“有人无田种”“有田无人种”的矛盾，又可使种田农民规模经营。全村拆迁土地都得到了有效利用，有的办了工厂，有的建了学校，剩下的建了800亩蚕桑基地、180亩水果基地、120亩蔬菜基地、300亩花卉苗木基地、500亩茶叶基地……每一块地使用情况，村民都看得到摸得着。

不患寡而患不均，不患贫而患不安。

曾经入狱的村民方某，刑满释放后在家无所事事。徐万年主动找到他谈心，并支持他发挥厨师特长。他在村里开起了“农家乐”，每年收入达20多万元。他说：“如果没有徐书记的鼓励和指引，我就没有今天的好日子。”

2011年底，返乡农民工方印等10多个村民，在村里开起了商店，五金、建材一应俱全，销售收入超过百万元。谈起黄溪村近年来的变化，方印感慨万分：“在村里，只要肯干事，徐万年就支持。这不，每年都有一大批人返回家乡创业，我在内心为他打上100分。”

2020 年 12 月 24 日，黄溪村第一次给全村 500 位 60 岁以上的老人发放福利金。看着桌上的现金，老人们个个喜笑颜开。“都一把年纪了，还能拿到大红包，真像做梦一样！”村民方列民接过红包时禁不住老泪纵横。

“别看我的身高只有 1.6 米，可‘黄溪’两个字让我长高了 20 厘米。”村民方为国逢人就说，“我是黄溪人，我骄傲。”

（作者：陈化先）

第一书记

——追记中国好人胡学发

胡学发扎根扶贫一线，他为贫困户建档立卡，发展特色产业，做强集体经济，强化保障托底，坚持从村民的衣食住行保障、增加收入等“身边事”入手，实现了全村特色产业发展“多点开花、全面结果”的良好效果。他在扶贫一线拼尽全力，最终倒在脱贫攻坚战场上，被评为“中国好人”。

主动请缨，你扎根扶贫一线；
殚精竭虑，你把百姓挂在心间。
不让一个人掉队，你拼尽了全部气力。
你站着是一面旗帜，倒下是一座丰碑。

——题记

春天的赣东大地，苍山如黛，万物复苏，生机盎然。

抚州南丰，中国最著名的蜜橘之乡。出县城，沿东南方向，一条平整的乡村公路在山峦间蜿蜒起伏。路旁，海棠花与广玉兰先后绽放，旷野中、山坡上，成片成片的蜜橘树葳蕤葱茏，花香四溢，芬芳扑鼻。

25公里，30分钟车程，地处南丰、黎川两县交界的省级贫困村——南丰县太源乡寨俚村就坐落在这里。

2017年2月，驻村扶贫干部、抚州长运有限公司工会副主席胡学发，正是沿着这条路，第一次来到了寨俚村。

2018年1月6日早晨，身为寨俚村第一书记的胡学发，因突发疾病，被救护车从这条路上送往县城的医院急救。

一年来，因为工作关系，这条路走了多少趟，他数也数不清。而与往常不同的是，这是他最后一次从驻守的村子走出去，再也没有回来。

久困于穷，冀以小康。2015年，中国发出打赢脱贫攻坚战的号令。党中央庄严承诺，绝不丢下一个贫困群众，确保到2020年全面建成小康社会。

截至2017年底，中国仍有3046万贫困人口没有脱贫。在全国12.8万个贫困村里，19.5万名驻村第一书记，77.5万名驻村干部，正日夜奔忙在脱贫攻坚的路上。

胡学发走了！作为19.5万分之一，他是如此的平凡。然而，他在脱贫攻坚一线的倾情奉献与感人事迹，激励着千千万万名驻村扶贫干部勇往直前，奋斗不息。

站着是旗帜，倒下是丰碑。消除贫困、共同富裕，中国新时代的这一宏大誓愿，必将成为人类历史上最温暖的一页。

扶贫一线的生命绝唱

2018年1月6日清晨，寒风凛冽，天气出奇地冷。这一天，是南丰县迎接精准扶贫国检、省检的日子，有很多工作等着做。早上七点半了，南丰县太源乡寨俚村扶贫工作组干部赵建民却发现驻村第一书记胡学发还没起床。

赵建民的心里有一丝不祥的预感。

胡学发有早起的习惯，若是往常，六点多就起床了，七点多差不多已经在村部忙碌起来了，何况今天还要迎接扶贫检查团的到来。

“我急忙跑去找胡书记，他和我们两个驻村扶贫干部都借住在村民家。来到他的房门前，我一边敲门一边喊，一开始没反应，过了一会儿，里面传来微弱的回应声。门没反锁，我推门进去，看见他躺在床上，脸色煞白，人也非常虚弱。”看到这样的场景，赵建民的心悬了起来。

赵建民立即掏出手机，准备给公司纪委书记张振国（帮扶单位抚州长运有限公司挂点领导）打电话反映情况。胡学发拦着不让打，说今天要迎接检查，扛一扛再说。在赵建民的坚持下，他才作罢。

接到电话后，张振国不敢懈怠，立即致电太源乡人大主席团主席封国武。封国武是寨俚村的乡镇挂点领导，获知情况后，他马上从乡里派了一辆小车，送胡学发去医院检查。

共事 20 多年，张振国太了解胡学发了。他这个人，平日里言语不多，但韧劲十足，做事追求完美，不到万不得已是不会妥协的。

上午八点半，太源乡卫生院对胡学发进行了初步检查，发现情况不好，立即要求转院。急救车从县城呼啸着赶来，送到县医院后，经诊断，他患的是急性心肌梗死。病情危急，需转送抚州市第一人民医院救治。

由于错过了最佳手术时机，医院只好采取保守治疗。住院静养了一段时间后，1 月 16 日，医院对胡学发进行了心脏支架植入手术，术后病情有所好转。19 日，他的病情突然加重，再次突发心肌梗死，经全力抢救无效去世，终年 54 岁。

“一路走好！”胡学发去世后，寨俚村村民、抚州长运有限公司干部职工 100 多人自发为他送行。有人忍不住号啕大哭：“这么好的人，咋就没了呢？”

寨俚村委会副主任聂金贵记得，在去世前的那段时间，胡学发太忙太累了，走访贫困户、完善扶贫资料、准备迎检材料，他已经 1 个多月没有回抚州市区的家了。

1 月 3 日，他到抚州市参加迎检动员大会，身体就有些不适。他与妻子彭桂萍匆匆见了一面，妻子劝他请两天假。胡学发说，1 月 6 日就要检查了，自己作为村里的第一书记，不能离开。

1 月 4 日，胡学发在村里传达部署会议精神，又连续走访慰问了好几户贫困户。

1 月 5 日晚，吃完晚饭后，胡学发身体又有些不适，为此他吃了几片药，还回房间躺了一会儿。然而晚上 8 时许，聂金贵发现他又在办公室整理资料，加班到深夜 11 时许。

“当时外面正在下雨，他面色不太好看，我就坚持送他回去。到家后，他怕我回去淋雨患上感冒，还拿了一顶他经常戴的帽子，嘱咐我戴上。”说到此，聂金贵已经哽咽难抑。

主动请缨驻村扶贫

“他就像一颗螺丝钉，无论钉在哪里，都十分结实、牢靠。”抚州长运有限公司总经理王建仁这样评价胡学发。

胡学发生前是抚州长运有限公司工会副主席。参加工作 30 年来，他在多个岗位历练过。从基层到机关，他都永葆共产党人的初心，兢兢业业、任劳任怨，勤奋踏实、无私奉献。

他是一个不知疲倦、忘我工作的人；他是一个大爱忠诚、敢于担当的人。

2015 年 6 月，抚州长运有限公司积极响应抚州市委“四进四联四帮”活动，选派优秀党员、干部组建了一支“连心”小分队，入驻南丰县太源乡寨俚村开展驻村帮扶。

2017 年 1 月，当第一批驻村“连心”小分队帮扶期满，需调整人员组建第二批“连心”小分队时，出生在农村、深知农村情况的胡学发，向领导主动请缨。

他是农民的儿子，他的身上天然带着对农村贫困群众的深厚感情。

2017 年 2 月，胡学发随第二批驻村“连心”小分队进驻寨俚村，坚持吃住在村、工作在村，从此成为一名地道的“寨俚村村民”。

寨俚村地处偏远山区，属省级贫困村，产业发展薄弱，村民收入低，有建档立卡贫困户 25 户共 69 人。由于基础设施落后，交通闭塞，村民收入主要来源于种植蜜橘，脱贫任务非常艰巨。

寨俚村委会委员谭明根说，驻村工作开展后，胡学发迅速转变角色，很快进入工作状态。他自带电瓶车，进村入户，访民情、察民意、办民事，深入了解村民的生产生活情况，询问村民生活中遇到的困难，并及时协调、帮助化解。不到 1 个月，他就将全村 25 户贫困户全部走访了一遍，并主动选择与劳动力不足、住房困难的贫困户胡水龙结对，进行“一对一”帮扶。

贫困户夏春林，30 多岁，有轻微智力障碍。胡学发每次去看他，他都缠着胡学发交手机费，一般人不会认真搭理，但胡学发每次都帮他交了，有时 30 元，有时 50 元，都是他自掏腰包。这一切，村妇女主任严国英看在眼里。

“有一次，60 多岁的贫困户陆金仔骑三轮车，翻进了村前山路的深沟里，被压在车下面，汽油浇了一身。路过的胡书记二话不说，不顾危险就跳了下去，把人救了上来。”驻村扶贫干部郭泽纯如是说。

胡学发（左）生前走访贫困户，并送去物资 （江西抚州长运有限公司 供图）

为了不增加村里负担，三个驻村帮扶干部都是自己做饭吃。但寨俚村没有集市，他们只好趁去乡里办事时带菜回来，往往一吃好几天。村里的民兵连长廖文发看不下去了，他家开了一个小餐馆，每天都会出去买菜，便经常帮胡学发他们带些菜。胡学发开始不收，推却不过，菜是收下了，但钱照付。

时间一晃到了 6 月份，时任驻村第一书记兼“连心”小分队队长的罗宏顺因工作需要，返回了公司。那时，“连心”小分队成员中工作经验最丰富、党龄最长的胡学发，服从组织安排，欣然接任了驻村第一书记兼“连心”小分队队长。

职务变了，肩上的担子更重了。胡学发深感责任重大，他深入村组走访更勤了，足迹遍布全村每个村组，毅然担起了带领全村群众脱贫致富奔小康的使命和任务。

“住院期间，胡书记在病床上还惦记着村里的脱贫攻坚工作，打了十多个电话询问村里情况。当他得知寨俚村顺利通过扶贫国检考核时，他开心地笑了，为自己一年的帮扶工作取得了成效而欣慰，更为寨俚村 25 户贫困户即将脱贫而高兴。”寨俚村党支部书记胡四昌说。

一本沉甸甸的民情日记

一本厚厚的民情日记，安然地躺在胡学发的办公桌上。在日记里，胡学发记录了扶贫帮困的点点滴滴。打开民情日记，一页页、一行行，字里行间，都是胡学发奔波忙碌的身影，都是他为老百姓殚精竭虑的见证……

2017年6月16日 星期五

根据上级文件精神，就移风易俗问题走访村民，听取意见。村民对此不感兴趣，只好反复宣传。

继续完善信息采集工作，经常遇到老表不在家中，往往反复多次。对贫困户退出资料进行完善，贫困户对收入情况有时刻意隐瞒，几次采集，数据不同。

低保户吴长国反映，其本人患癌症，希望得到帮助。由于吴不属于贫困户，不在公司帮扶范围，但会记录在册，合适的时候给予必要的帮助。

2017年6月23日 星期五

6月19日，公司帮扶责任领导分别与被帮扶人见面，并送去慰问品，贫困户非常感动，一致称赞党的扶贫政策好。

今天获悉，公司已对我们上报补贴种植白莲的贫困户（种苗补贴每户600元）一事进行了确认，批复程序正在进行。外加政府统筹的产业直补3000元，对贫困户增加收入有很大帮助。

2017年7月17日　星期一

贫困户对扶贫政策还不十分了解，对扶贫资金比较敏感，对思想帮扶比较淡漠，还有待进一步深入群众，多做解释工作。

争取到一批扶贫物资，有米、面等物资，已全部发放到贫困户手中，耗时一天。为贫困户争取一些扶贫物资本是件好事，但在发放过程中，也有少数围观村民冷言冷语。

2017年8月14日　星期一

到贫困户胡水龙、彭永才家了解情况，他们反映今年橘树比去年长势好，增收有望。

走访过程中还了解到，今年槟榔芋的产量与去年差不多，但收购价降了1/3，去年亩产能挣6000元，今年只能挣4000多元。这一块的收入少了，看来要帮贫困户在其他方面增加收入。

2017年10月9日　星期一

走访贫困户陆金仔家，老陆正在修建厨房。通过了解，陆金仔今年收成不错，蜜橘产量比去年提高很多，预计增收不少。其他村民均反映，老陆比较勤快，经常早出晚归，虽然年龄较大，家中儿子又有残疾，但耕种面积不少，应该是脱贫致富的典范。

2017年11月10日　星期五

市委第七巡视组到村检查，走访了贫困户4户，非贫困户7户，了解扶贫帮困的情况。

分头到25户贫困户家中逐一询问了解有线电视安装情况。

健康扶贫需要卫生部门的配合，在严忠祺医生的协助下，完成了贫困户健康状况登记，把健康扶贫欠账补上。

2017年12月4日 星期一

带领“连心”小分队成员为缺劳力贫困户采收南丰蜜橘，几天来累计为5户贫困户采收南丰蜜橘4300公斤。

积极拓宽蜜橘销售渠道，为部分贫困户销售蜜橘，目前又敲定廖细火家400公斤、游发金家200公斤、吴爱金家500公斤。至今累计帮助28户群众销售蜜橘1.1万公斤，均价每公斤2.4元，帮助群众增收2.64万元。

召集贫困户开会，宣讲相关扶贫政策。

给村干部与驻村干部宣讲十九大报告精神。

槟榔芋与白莲的深情

“胡书记给我留了他的电话，可我根本用不着，他都是自动送上门，转着转着又转到我家来了。多亏了胡书记让我种槟榔芋，不仅给种苗钱，还有其他补贴，使我增加了不少收入，真心感谢他！”吴益清动情地说。

2017年3月底，贫困户俞国海在胡学发的启发帮助下，种了4亩白莲。俗话说，一亩白莲三亩稻。在他的精心照料下，一年下来白莲收成不错，增收近万元。“我真想捧一把莲子给胡书记尝尝，可惜他再也尝不到了。”说到此，俞国海眼圈都红了。

胡学发驻村后，经过摸排发现，寨俚村25户贫困户，像吴益清、俞国海家这样，因病因残致贫的有15户，其他10户要么缺劳力，要么孩子上大学，导致家庭困难。

只有对每户贫困户情况了然于胸，才能精准扶贫。胡学发深知这个道理。

在与村两委干部讨论研究后，胡学发提出了“发展特色产业，做强集体经济，强化保障托底”的思路，落实“扶贫先扶志，扶贫必扶智”的举措，坚持从村民的衣食住行保障、增加收入等“身边事”入手，一件一件持续地做下去，确保全村贫困群众如期脱贫奔小康。

在保障南丰蜜橘种植面积基础上，胡学发引导寨俚村贫困户大力发展槟榔芋、白莲、烟叶、生猪、野兔等特色种养产业。如引导贫困户吴益清、周兴全种植了15亩槟榔芋；引导贫困户江长脑、俞国海、游发金种植了11亩白莲；引导贫困户周斌贤养殖生猪35头；引导贫困户鄢长容养殖野兔185只。同时，胡学发从市、县请来农业技术人员现场传授种养技术。

在示范带动下，寨俚村种植了槟榔芋170亩、白莲110亩。经过胡学发的积极争取，种植户除了可以获得种苗补贴600元，还可以获得政府产业直补3000元。

不止于此。

短短一年，胡学发用足用好健康扶贫保障政策，为全村25户贫困户代缴城乡居民基本医疗保险；为9户因病住院治疗的贫困户申请医药费报销175075元。

短短一年，他为9户贫困户的子女落实了教育扶贫措施，减免和发放教育扶贫资金18475元。

…………

贫有百样，困有千种。在胡学发等驻村干部的帮助下，寨俚村增强了自我发展的能力，实现了全村特色产业发展“多点开花、全面结果”，增加了贫困户的收入，为贫困户最终脱贫奔小康带去了希望。

春暖花开时节，行走在寨俚村的田垄之上，一畦畦槟榔芋已经在绚丽的春光下萌出了新芽；而3月初种下的白莲，崭新的浮叶也已冒出了水面，那一泓轻盈的碧绿，汇入了田园诗般的乡村美景中。

大地芬芳，万物生长，胡学发离寨俚的百姓而去了，却依然在寨俚留下了无限的深情。

春风十里不如你

2018 年春节来得有点晚，晚得让吴秋花老人望眼欲穿。

老伴早逝，儿子胡学发是个大孝子，往常隔个十天半个月，就会回家来看她。可这次怎么了？她已经有近一个月没有看到儿子了。

2 月 15 日，农历大年除夕，中国老百姓阖家团聚的日子，而吴秋花老人没有等来全家人的团圆。

此时，距胡学发 1 月 19 日去世，已经过去了 27 天。

再也瞒不下去了！再也瞒不住已经 83 岁的老人了！

终于获知迟来的噩耗，吴秋花老人一句话也说不出来，她用颤抖的手指着大儿子，一行浊泪打湿了衣襟。

妻子彭桂萍何尝不悲痛欲绝？夫妻二人都出身农家，1992 年两人结婚，他都快 30 岁的人了，没有房子，收入也低，日子过得很清苦。可是这些都算不了什么，他人好，善良、正直、勤奋，还有一身的书卷气，她喜欢。

1993 年，女儿胡云婕出生了，两人视若掌上明珠，悉心呵护。直到 2003 年，东拼西凑 3 万多元，两人才在抚州市买了一套房子，两室一厅、七楼顶层、没有电梯，但一家人乐在其中。

这一住就是 15 年。

抚州长运有限公司办公室副主任胡平太清楚了。胡学发有两个兄弟，大哥在临川区唱凯镇老家务农，多年前胡学发就把母亲接到城里与他一起生活。妻子彭桂萍原先在粮食部门工作，下岗 10 多年且

妻子彭桂萍展示胡学发用了 8 年的电脑 （毛江凡 摄）

身体一直不好，全家人的生活全靠胡学发一个人的工资支撑。女儿前几年大学毕业，在抚州长运下属的一家公司上班，工资不到 2000 元。但这么多年，胡学发从未向领导和同事们提及家里的困窘。担任工会副主席的他，年年为困难职工申请补助，却从来没考虑过自己。

胡学发去世后，抚州长运有限公司的同事去了他家，一进门，大家都被震撼了：没想到胡学发家的日子过得这么苦。在他的家里，看不到像样的家具、家电，沙发还是他自己亲手做的。

尽管日子过得清苦，但胡学发有一副热心肠，这是同事们对胡学发的一致评价。

1987 年，胡学发从江西交通学校毕业后分到车站，金汝屏也在同一年进入车站工作，两人既是同事又是好友。金汝屏清晰地记得，胡学发任车站值班站长时，碰到旅客钱包被盗，他会主动帮人家买票；车站的厕所堵了，他第一时间去清理；站房电路出问题了，他用自学的电工技能，手到病除。他还精通电脑操作，车站的售票系统出了故障，找他立马可以解决；谁家的电视机、半导体坏了，找他准能修好。为此，同事们亲切地送他一个雅号——“胡万能”。

由于业绩突出、甘于奉献，胡学发连年被评为单位的劳模、优秀共产党员。2010 年，他被中共江西省委、省政府授予“江西省劳动模范”荣誉称号。

在女儿胡云婕眼里，父亲的宽厚与慈爱一直伴随她左右。胡云婕说，她至今记得上小学的时候，父亲给她做了一个风筝，带着她在春天的草地上一路奔跑，那是最好的春光、最美的回忆。

“可是，如果能够，我宁愿不要春风十里、百里、千里，我只想一生一世拥抱着你。”胡云婕面对父亲的遗像，眼含热泪。

“去年今日此门中，人面桃花相映红。人面不知何处去，桃花依旧笑春风。”尽管胡学发离开了，但脱贫攻坚事业在取得完全胜利前不会停摆。

2018 年 3 月 28 日，寨俚村新一任第一书记、抚州长运客运总站副站长万开明，接过脱贫攻坚的接力棒，正式赶到寨俚村报到。

在去南丰的前一天，万开明特意来到抚州回归园公墓区，站在胡学发的墓前深深地鞠了一躬，说道：“兄弟，你安息吧！你未竟的事业，我们来替你完成！”

抚河奔流，浩浩汤汤，一路往前。

（作者：祝芸生　毛江凡）

五、红土榜样

立标杆、树榜样，引领社会新风尚。近些年，在江西这块热土上，一批典型代表被授予“全国优秀共产党员”“全国劳动模范”“全国三八红旗手”“中国好人”等荣誉称号。有的发现问题线索严查到底，面对威胁恐吓毫不畏惧，与腐败分子作坚决斗争；有的待患者如亲人，护理 34 载，抗艾 22 年，给黑夜里的艾滋病患者点亮一盏明灯；有的扎根农村基层法庭，普法在田间地头，用脚步丈量民情，用案例弘扬法治……他们用心温暖心，用爱传递爱。红土榜样层出不穷，处处充满正能量。

巡视组长

——追记全国优秀共产党员李泉新

李泉新在纪检监察和巡视战线工作27年，秉持“没有不能揭的黑，没有不敢碰的恶”，探索巡视工作规律，创新“挖老矿法”“捅天花板法”等多种发现问题线索的方式。他不徇私情，秉公办事，树立了纪检监察干部和巡视干部的良好形象。他先后被授予“全国优秀共产党员”“最美奋斗者”等称号。

一棵枝繁叶茂的大树，一定有庞大的根系，根深才能树高，根深才能叶茂。学习就是生命的一种“光合作用”，人的精神世界会因为学习而变得蓬勃葱茏、气象万千。

亲情、友情再深，也要有一个“界”，这个界限就是公权不能私用。作为党的领导干部，我们最深沉的爱、最博大的爱、最真切的爱，是爱国家、爱人民。

我们不是一般的人，我们是党的人。党的领导干部，是有规矩的人，是不能为所欲为的人。

自古以来，没有几个做官的死于饥寒，但是死于敛财的，历朝历代，大有人在。人不可能把金钱带进坟墓，但是金钱能将人带进坟墓。金钱没有牙齿，却可以吞没人的灵魂。

党纪政纪是设在悬崖边的一道道护栏，保护我们不掉到悬崖下面去。遵守纪律，就是善待自己。我认为，清廉才能轻松，越清廉就越轻松。

——李泉新

一场较量

2015 年 3 月，中共江西省委第三巡视组巡视南昌市西湖区。

在此之前，第三巡视组组长李泉新反复研究了省委巡视工作领导小组办公室移交给三组的相关材料。在 2014 年对南昌市的第一轮巡视中，西湖区委书记周某，已被列入进一步关注的对象。

出征前夕，李泉新重申：“我们一定要努力工作，团结协作，依纪依法，严格保密，自觉接受监督，落实中央八项规定精神。”

他解释说：“我们是监督别人的，绝不能有特权思想，要知道干部群众也在监督我们。如果不落实中央八项规定精神，说不定人还没回去，告状信已经到省委了。”

说到做到。西湖区挑选星级酒店给巡视组办公，被否定；海鲜上了餐桌，被撤走；水果拿进房间，被退回。区联络员看到李泉新喜欢穿布鞋，就买了一双布鞋，要送给他。李泉新严厉制止，并提出严肃批评。几天后，联络员又将童装、儿童书籍、玩具等放到巡视组驾驶员的房间里，说是送给李泉新的孙子，请驾驶员转交给组长。李泉新立即让司机把东西退了。联络员又将东西邮寄到李泉新家，但邮件被拒收，原封不动退了回去。

西湖区委办公室负责人多次联系巡视组，说周某希望与李泉新见上一面。李泉新回复：“可以，但不单独见面。”见面后，周某说：“听说你们在查我？我什么问题也没有！”李泉新当着巡视组所有人的面正告他：“有没有问题你心里最清楚，最好早点向组织说明你的问题！”

在巡视组面前碰了钉子，周某与他人订立攻守同盟，转移隐匿相关证据。三组组员收到了“低头不见抬头见，事不要做绝了”的匿名恐吓短信。

关键时刻，李泉新对组员们说：“你们大胆工作，有什么问题都往我身上推！”有他这份担当，三组及时了解到周某插手干预工程项目建设、违规提拔使用干部、生活作风不正等问题，并移交省纪委。

巡视结束不久，周某接受组织调查。那天，李泉新一夜未眠。

三组有组数据：李泉新 2014 年 1 月就任巡视组长，2016 年 3 月查出肝癌，在省委第三巡视组工作 800 多个日夜。第三巡视组完成了 8 轮巡视，巡视 26 个单位，发现问题线索 934 条，其中涉及厅级干部问题线索 89 条、县处级干部问题线索 333 条。

一大收获

2014 年 5 月的一个周末，第三巡视组成员李思远一早接到李泉新的电话：“今天不休息了，你跟我出去一趟。”

第一站是温圳监狱。

按照有关规定和程序，他们提审了一名服刑人员。这个人曾在三组巡视的某区做过主要领导，李泉新希望能从他口中获得巡视单位的线索。这是李泉新常用的巡视方法——“挖老矿”。

李泉新（右一）与同事深入基层一线 （李泉新家人 供图）

“他做了非常多的功课，一项项问得很细，但我觉得并没有挖到什么。”李思远回忆道。

离开温圳监狱，他们又到了另两座监狱。天气炎热，李思远真担心56岁的李泉新吃不消。

回南昌的路上，李思远想，忙了一整天，跑了三座监狱，却没挖到“矿石”，未免沮丧。

“思远，你觉得今天有收获吗？”李泉新似乎猜到了李思远的心思。

李思远说：“要说收获，就是看了以后很感慨。我告诉自己，一定要廉洁从政，不能犯错误。”

李泉新问：“还有呢？”

他想了想，说：“没有了。”

李泉新说：“我觉得还是有收获的。我们巡视工作，发现问题是一大收获。今天的情况有所不同。我们跑了一天，却没有发现什么问题，那么，原来的怀疑就可以排除了，我们也就放心了。所以，没有发现问题，同样是一大收获。”

一次小聚

2015年11月28日，星期六，寒风呼啸，萍乡市审计局副调研员钟杰兰来南昌办事。傍晚，她给李泉新打了一个电话，说请组长出来吃个便饭。前一轮巡视，钟杰兰被抽调到三组，是李泉新的组员。

一听是钟杰兰来了，李泉新非常高兴：“你远来是客，我请你！”

小餐馆很简陋，四面透着寒风。刚入座，李泉新就单刀直入：“最近忙不忙？新一轮巡视马上开始，三组需要你！”

钟杰兰听了这话，不免有些“得意”。因为她刚被抽调到三组时，李泉新可不是这样。她记得很清楚，那天李泉新看着组员的花名册，当看到钟杰兰的名字时，他问：“钟杰兰是哪一位？”台下的她站起来，应了一声。李泉新看了她一眼，问：“你这个副调研员是搞行政的，还是干业务的？”

钟杰兰是要强的人，组长这一问，刺激了她。第一次到景德镇巡视，她发现了一个700多万元的“小金库”。这一“大手笔”，让李泉新对她刮目相看。

寒风透过小餐馆的屏风吹到他们身上，不过，这丝毫不影响李泉新的求知热情。

“我们马上就要巡视几个大单位了，你说怎样才能快速准确地发现‘小金库’？”

钟杰兰说：“这些大单位，口子多。我想……”

李泉新打断她的话，向服务台招招手：“服务员，请拿张纸、拿支笔来！”

服务员一时找不到白纸，就撕了一张空白菜单给他。李泉新对钟杰兰说：“快说来听听！”

钟杰兰说：“一是到这些部门的下属单位去了解，比如招待所、后勤服务中心、食堂等；二是从管钱管物的人身上去了解……”

六个方面的“秘诀”传授完了，菜也上齐了，菜单上写满了字。

李泉新小心翼翼把菜单折叠成小方块，放进贴身衬衣口袋里，开心地说：“对付腐败分子，又多了一个法宝！”

钟杰兰发现，这顿饭，李泉新根本没吃几口菜。他买了单，告别时，他对钟杰兰说：“我马上 58 岁了，还想再好好干两年，我们一起努力好不好？”

钟杰兰说：“这段时间确实很忙，分不开身。”

李泉新不放弃：“就算很忙，你也要先过来，哪怕一个星期也好，帮我炸开一个‘口子’，你就回去。”

一次“说情”

有李泉新坐镇指挥，三组组员干劲十足，钟杰兰更有使不完的劲。

巡视某县时，钟杰兰突然找到李泉新，说话时有些底气不足。

“李组长，我有件事要请您帮忙。”

平时都是李泉新“求”她帮忙，现在颠倒过来了，李泉新觉得奇怪。

“您说我这看人家的账吧，一路杀杀杀的，正干得起劲，碰到这个单位有个人是我亲戚。我这亲戚把我骂得要死。您能不能帮个忙？”

李泉新说："这个忙你也帮？他找你、骂你，你可以推到我身上来啊！我跟你说个例子，我亲嫂子有个亲戚，因为犯了事给关起来了，要我打个招呼。我怎么能帮这个忙呢？"

钟杰兰理解李泉新的话，不再说下去。

后来，钟杰兰的那个亲戚违纪问题被查实，被免职了。

李泉新在中国井冈山干部学院授课时，给学员讲过一个故事："宜春市袁州区原区委常委、公安局局长被抓起来了。他的一个亲戚是我高中同学，我这同学跟我打电话，请我帮忙。我告诉她，没办法，我们有铁的纪律，不准说情。"

李泉新对学员们说："我们纪委有禁令，其中一条就是严禁干预基层办案。"

一台收音机

2016年5月下旬，李泉新去世前几天，上海市第一人民医院。

省纪委干部谢良贵在重症监护室外穿好隔离服，准备进去看望李泉新。突然，他隐约听到监护室里传来收音机的声音。他眼睛湿了："没想到，都这样了，他还在听新闻。"

收音机，是李泉新最好的"伙伴"之一。散步，随身带着收音机；晚上，在收音机播送的新闻中入睡。省纪委驾驶员罗辉说，他的车载收音机，频率一直定格在"中国之声89.1"上。"组长就爱听新闻，所以现在我都喜欢听了。"

而病床上的这台收音机，是儿媳徐翠在上海照顾李泉新时网购的。她说，公爹在监护室，一清醒过来就要听新闻、看书。应公爹要求，她还网购了《一个革命的幸存者——曾志回忆录》，放在他枕边。

李泉新的弟弟李国英的记忆里，也有一台收音机。1979 年，李泉新上大学后，第一个暑假回到丰城市老家，就忙着帮家里干活。他把收音机音量开得很大，放进裤袋，一边收听新闻，一边挑着米糠到城里去卖。

李泉新常说：“不看书不看报，这不行。再忙，每天的《人民日报》、中央电视台《新闻联播》都要看，中央人民广播电台的《新闻和报纸摘要》都要听。只要每天坚持做到这一点，就等于天天进党校、天天进干部学院了。”

他的卧室里堆满了书，《毛泽东选集》《邓小平文选》《习近平谈治国理政》等著作放在最显眼的地方。去上海治病前夕，他还在翻阅《之江新语》。

省纪委干部汤长明回忆，他刚调整到财务部门工作时，李泉新跟他聊天：“你现在到了财务部门，天天和账目打交道，但政治理论学习还是不能丢。”第二天，李泉新就送来了一套书，汤长明一看，是《朱镕基讲话实录》。

一声道歉

李泉新进入重症监护室后，他的 7 个兄弟姐妹陆续来上海探望。

大姐李凤英来到李泉新跟前。李泉新看着大姐，歉疚地说：“大姐，我对不起你。”

看着虚弱的弟弟，李凤英哭了。

李泉新考上北京大学时，家里很苦，是大姐从微薄的工资里挤出钱来，资助他上学。后来，李凤英在丰城市河洲卫生院工作的女儿有个进城的机会：市中医院从基层选拔医务人员。大姐希望李泉新能够出面打个招呼，但李泉新没有答应。他对姐姐说："这事我帮不了。帮了你，别人就会被挤掉。这种妨碍公平的事，我不能做。"

"好石"，是丰城人对硬脾气人的称呼，也是老家人对李泉新的评价。

李泉新最小的弟弟李贵兴，有一个好友在新余市开超市。超市被水淹了，他的朋友跟房东就超市租赁合同起了纠纷。他的朋友找到他，要他跟李泉新说一下，请李泉新跟有关方面疏通关系。碍于情面，李贵兴硬着头皮，打通了哥哥的电话。李泉新对弟弟说："这事我不能掺和。我帮了你朋友，就损害了其他人的利益。再说，具体情况我不清楚，你也不一定全清楚，这样的经济纠纷我不能干预。"

李泉新向亲人解释："如果我因为办了不该办的事犯错误，你们心里好受吗？再说，我是监督别人的，自己怎么能犯错误呢？自己犯了错误，还怎么去监督别人呢？"

徐翠认识李泉新儿子之前，已经是省妇幼保健院的合同工。李国英说，哥哥去世以后，他们兄弟姐妹看电视，才知道哥哥的儿媳还不是"正式工"。

"他对自己儿媳都这么严格，我们更不能怪他了。"李国英说。

一块手表

李泉新去世多年，家里那块手表，还是原封不动放在盒子里。

这块手表，是徐翠在他住院期间，花了 500 元在南昌买的。年轻时，李泉新就养成了守时的习惯。但他戴的多为电子表，坏了就再买一块，最贵都不超过 200 元。

儿子儿媳曾花 1000 元买过一块较体面的手表送给他。他非常珍惜，戴了数年后，也坏了，他又开始戴起便宜的电子表。

2016年5月，在重症监护室里躺着的他，突然发现手表上的字码不显示了。爱人徐国香打电话给儿媳，让她在南昌买块新表，带到上海来。

徐翠立即来到南昌一家商场买了这块手表。当她带着手表去上海看望公爹时，发现先前那块坏了的表又戴在了他手上。婆婆解释，她上街找师傅看了看表，原来没有坏，只是没电了，换了新电池，又能用了。

李泉新走了，那块新买的手表，他还是没用上。

“他这人简单，物质上没有一点要求。”徐国香说。他的公文包是普通的材料袋，用了许多年，一个角磨破了。被巡视单位想给他换一个，他不允许，说这个包用习惯了，只要不掉东西就行。他办公室的水杯，是装罐头的玻璃瓶。他的布鞋，是他自己从地摊上“批发”来的，20元一双。他的皮鞋，永远只有一双——穿破了才肯买新的。他在家吃饭时喜欢喝上一杯，儿子儿媳就在网上买酒，一瓶不超过40元。李泉新戴的眼镜只花了几十元，镜框褪色，眼镜变形，一块镜片裂了一个小口子。儿子儿媳实在看不下去，一个周末，小两口去鹰潭办事，听说那里的眼镜价廉物美，就给他带了一副，也就200多元。

一门家风

“听说他在外面好严厉，但在家里不会。只要他回家，家里就有说有笑的。”徐翠说。

回到家中，他会把收音机开到最大声，一边炒菜一边收听新闻。吃饭时，他一边呷着小酒一边给家人讲历史故事，讲中共党史，讲反腐倡廉。

“我们都吃完了，他还一边喝酒一边跟我们聊天。”徐翠说。

李泉新的工资卡由徐国香保管。上班前，徐国香会从他口袋里掏出那个透明的塑料袋来看看，袋子里的钱看得一清二楚。

“他袋子里不会超过 300 块钱，少了我就会给他加一点，让他买烟。”徐国香说。

徐翠想给公爹买个真皮钱包，李泉新不肯，说用塑料袋包钱，不占地方。

李泉新也有“土豪”的时候，那就是回老家过年。

每年春节回老家前，爱人和晚辈不等他开口，合起来给他两万元。儿子没买车时，一家人坐客车回丰城；有了私家车，就坐自家的车回老家。

李泉新母亲 80 多岁，身板硬朗。晚上，母亲回房休息了，李泉新就进母亲房间，拿出那两万元，交到母亲手上。

母亲看着这么多钱，露出一丝不安，说身边儿女都很孝顺，她不愁没钱用。

李泉新看出了母亲的心思，说：“妈妈，这钱你放心大胆用，儿孙的钱是干净的！”

过年过节，李泉新习惯住在最小的弟弟李贵兴家。李贵兴说：“我们是怕他来，又盼他来。”

怕，是因为“他每次都给我们上政治课，提醒我们做人一定要低调，不要张扬，不要打着他的招牌办事”；盼，是因为他“墨水”多，记性好，家人团聚时，他有说不完的故事，特别是晚辈们，更喜欢听他说话。

有团聚就有离别，该回南昌了。母亲和兄弟姐妹出门相送，李泉新向母亲挥手告别，上车前不忘补上一句：“妈妈，儿子去赚钱给你用了！”

一次辞行

2016 年 3 月 12 日，李泉新住进江西省人民医院。

13 日，李泉新跟医生说：“我要出院。”

医生说：“急性肺炎还没控制住，不能出院。”

家人说：“你一个人去那么远的地方，叫我们怎么放心？”

李泉新听不进去。他说四所大学的巡视刚刚开始，工作安排一环扣一环：13 日晚上要开碰头会，14 日统一行动。他是组长，必须到场。

医生拗不过他，说一定要出院的话，病人必须签字。李泉新说：“我签！”

他在责任书上写下 12 个字：“身体出了任何问题个人负责！”然后他让医生开了 3 天打点滴的药，坐了 4 个多小时的长途车，赶到被巡视单位——位于赣州市的江西理工大学。

到学校后，李泉新不停地咳嗽，胃口不好，吃了一点面条，来到医院，用从南昌带来的药打起了点滴。

3 月 16 日，药用完了，巡视前期工作也部署完毕。李泉新觉得病情没有好转，决定回南昌复诊。

时任江西理工大学党委书记的罗嗣海前来送行。李泉新忽然想起了什么，对罗嗣海说：“学校里的电子显示屏要滚动播放巡视信息，滚动间隔的时间不能太长。”

说完，他摇晃着走近车子，左脚先上车，坐下，再用双手“搬”起右脚“放”进车内。

一路上，驾驶员罗辉从后视镜里看到，4 个多小时的车程，李泉新是蜷缩在后座上，苦撑到南昌的。

进入南昌市区，他并没有去医院，而是先到设在南昌的江西理工大学分校，检查已经开展的巡视工作。

中午，他陪组员吃了工作餐，才来到省人民医院复诊。次日，结果出来了：肝癌。

谁都没有想到，这次辞行成了永别。他，再也没有回到战友们身边。

一场送别

5 月 18 日，李泉新来到上海复检和治疗。一切来得太突然。组员们为了不让他担心病情，用工作来分散他的注意力。

钟杰兰给李泉新发短信：“我们这个星期天没回家，按照您的指示在加班加点。我们发现了不少问题，在这里已形成了很大震慑。请您放心养病，我们都很想念您、惦记您，希望早日听到您康复的佳音！”

李泉新回复道：“钟杰兰好！很高兴你们发现了不少问题！我在上海，明天将做几项身体检查。谢谢你们关心！很希望跟你们一起战斗！”

但是，他的战友们没能听到他康复的佳音。5 月 31 日，李泉新永远离开了人世。

6 月 2 日，南昌大雨滂沱，全城内涝。

李泉新同志遗体告别仪式定于 8 时举行。

一大早，江西纪检监察系统认识李泉新的人赶来了，和李泉新并肩战斗过的省委第三巡视组的组员们赶来了，被巡视单位的同志也赶来了。

通往殡仪馆的路已被积水淹没，车辆无法通行。钟杰兰和她的同事刘霞、南昌县审计局干部黎凌凌都曾在三组工作过，三人在路边小店买了雨靴，小心翼翼涉水前进。但越往前，积水越深，情急之下，她们请了一位壮年男子，背着她们涉过了深水区。

遗体告别仪式推迟了两个小时。

人越聚越多，许多人都挽着裤腿，打着赤脚。10时整，遗体告别仪式开始。

望着李泉新的遗像，钟杰兰和大家一起，饱含泪水，深深鞠躬。

一声绝唱

李泉新被查出肝癌前一星期，2016年3月9日，中国井冈山干部学院。

李泉新为新疆维吾尔自治区部分厅局级领导干部讲课。他足足讲了2小时40分钟，最后，他用下面这几段话，满怀深情地结束了这堂课——

> 人生好比一次远航，历经风雨与险滩。是沉舟折戟，还是乘风破浪，这个舵就掌握在自己手里；人生好比一部书，这部书是否精彩，全由书的主角决定，而书的主角就是自己。
>
> 参加革命是为了什么，现在当干部应该做什么，将来身后应该留点什么，这是我们每个领导干部在行使权力时，必须认真思考并严肃回答的三个重要问题。

希望每位同志以腐败分子为戒，珍惜自己的历史和荣誉，珍惜党和人民的培育和信任，坚持立党为公，执政为民，艰苦奋斗，廉洁从政，始终保持共产党人的蓬勃朝气、昂扬锐气、浩然正气。讲党性、重品行、做表率，自觉为党和人民掌好权、用好权，创造出无愧于时代、无愧于人民的业绩。

要努力成为人民群众拥护和爱戴的人，努力成为同事敬佩信服的人，努力成为家属引以为荣的人，努力成为回首人生问心无愧的人！

这是他生命的绝唱，更是他一生的写照。

（作者：江仲俞　宋海峰　游静）

爱的呼唤

——记南丁格尔奖章获得者胡敏华

在抗艾一线的22年中，胡敏华待患者如亲人，患者视她为依靠。在多年护理经验中，她摸索建立起艾滋病门诊工作制度、接诊流程和护理常规等，让艾滋病患者得到尊重与关怀。她获得第48届“南丁格尔奖”，还被授予“全国三八红旗手”等荣誉称号。

34载护理经历，抗艾一线22度春秋。你待患者如亲人，患者视你为依靠。在一个个黑夜里，你把灯火点亮，南丁格尔永远在你心中。

——题记

当英雄城第一缕阳光洒进窗户，南昌市第九医院（以下简称“九院”）主任护师胡敏华开始了一天的忙碌。戴上燕尾帽，别好短头发，扣紧护士服纽扣，不忘捋一捋衣襟上细微的褶皱，“走吧，别让病人等着急了”。

胡敏华要去的地方是艾滋病房。

从1981年世界第一例艾滋病病毒感染者被发现至今，短短40余年间，艾滋病在全球肆虐流行，目前尚未研制出根治艾滋病的特效药物，也没有可用于预防的有效疫苗。艾滋病已成为重大的公共卫生问题和社会问题，引起世界卫生组织及各国政府的高度重视。

而艾滋病房，就是胡敏华每天工作的地方，是她演绎“速度与激情”的战场。寒来暑往，岁月如歌。胡敏华已在艾滋病护理这个特殊岗位默默奉献了22年。

这22年里，她每天身处职业暴露的最前沿，累计救护艾滋病患者2000多名，陪护抚慰“艾友”及家属2万余人次，关爱拯救了无数个濒临破碎的家庭。

2021年5月12日，国际护士节，红十字国际委员会公布全球护理界最受瞩目的奖项——第48届“南丁格尔奖”，胡敏华榜上有名。这是已过天命之年的她继获得“贝利·马丁奖”、中国南丁格尔志愿服务总队“优秀志愿者”、全国“五一巾帼标兵”等荣誉后获得的又一大奖，她是我省第三位获此殊荣者。

人道、博爱、奉献，胡敏华用自己的爱心、耐心、细心和责任心对待照顾每一位“艾友”。岁月变迁，荣誉等身，素心依旧；繁华褪去，两鬓飞霜，甘之如饴。在艾滋病房，一抹暖阳透过窗棂，映在脸上，落在指尖。提笔，我们的故事还是从34年前开始。

一

护士必须要有同情心和一双愿意工作的手。

——南丁格尔

九院前身系南昌市传染病医院。1988 年，医院正准备开设妇产科。那一年，从卫校刚毕业，学助产专业，正值双十年华的胡敏华被分配到这里。

对于当年的毕业去向，胡敏华的老师、年过七旬的陈淑英老人至今“耿耿于怀”。

“敏华的学习成绩一直很优秀，毕业时完全可以分配到更好的综合医院，这样对她的发展可能会更好。”陈淑英坦言，让一个风华正茂的小姑娘去照顾传染病人，在很多人眼里是“亏”了。

彼时，对于肝病、流行性乙型脑炎等传染病的治疗手段有限，疫苗也没有，护理任务重、风险大。

尽管如此，胡敏华却表现出超乎年龄的冷静，“这些事总是要人做的，平常工作的时候多注意些，脏点、苦点不怕什么”。

凭着精湛的技术和良好的职业道德，胡敏华赢得了领导、同事和患者的信任与认可。数年间，她服务了多个科室，因为表现出色，1996 年被任命为九院妇产科护士长，成为医院有史以来最年轻的护士长。

2000 年 12 月，九院成立江西省艾滋病治疗中心，设立艾滋病门诊。面对潜在的职业暴露风险，加之对艾滋病的恐惧心理，在那个谈艾色变的年代，许多人纷纷找各种理由，说一千道一万，就是不愿意去艾滋病门诊。

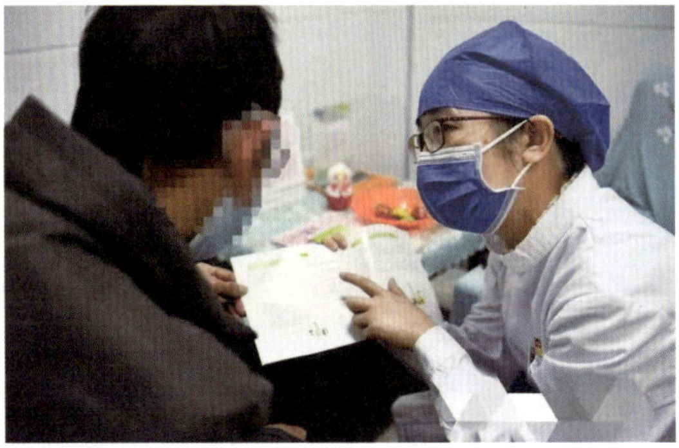
胡敏华与患者沟通 （南昌市第九医院 供图）

“我愿意！”一个小女子像大丈夫般站了出来。这个人就是胡敏华。有一首流行歌曲，歌名就叫《我愿意》。歌中唱道：“我愿意为你，忘记我姓名……我愿意为你，被放逐天际……”意思是为了心爱的人可以忘掉自己，愿意被放逐到遥远的天际。这是有情人之间一种忘我的爱。胡敏华说出“我愿意”这三个字时，心中也有爱，是对医疗护理事业的爱，对患者的爱，是大爱，是博爱。因为这种爱，她愿意舍弃很多东西，愿意被“放逐”到艾滋病门诊这样的“天际”。在不少人眼里，艾滋病房犹如一片沼泽地，充斥着恐怖与阴冷。但是胡敏华的一句“我愿意”，顿时如同三月阳光洒在这片绝地，暖意融融，带给人绿色的希望。胡敏华站出来，人们并不感到意外。

护士站里她的经验最丰富，而且专业素质出众。“艾滋病患者不也是病人？不也需要护士的照顾吗？”她肩负起艾滋病门诊首任护士长的重任，从此与艾滋病患者结下不解之缘。

2010 年 9 月，因吸毒感染艾滋病的患者乔被家人强行送到医院，却坚决不肯配合治疗，还经常举着带血的针头恐吓医生和护士。

面对这样的“问题”病人，大家一筹莫展。有一次，胡敏华去病房看望他的时候，发现他正背着身子打电话，语气竟异常温柔，仔细一听，电话那头是他的孩子。

“其实，每个人的内心都是善良的，每个人的内心都藏着一处最柔软的地方，而乔最牵挂的就是儿子。”胡敏华看他打完电话，笑呵呵地站在他身后，告诉他："我也有一个正在上学的儿子，我懂得爸妈的爱对孩子有多重要。可是，我因为工作忙没有太多的时间照顾孩子，而你因为要治病也同样没有时间照顾孩子。他们不会怪我们，因为他们知道我们都是在做必须做的事。尤其是你，只要你好好活着；孩子就不会缺失父爱，他就是一个幸福的孩子。"

胡敏华的一番话着实打动了乔，那个平日里很难接近的汉子居然哭了，之后与胡敏华成了知心朋友。

认识胡敏华的人都知道，她身形有些瘦弱，说起话来声音也不高。可很多时候大家发现，她那瘦弱的身躯里散发出一种穿透力极强的光芒，打在你身上，照进你的心底。

一次活动中，一个"艾友"向她抱怨："胡姐，我不吃肉。"胡敏华听了，随手就把他饭盒里的肉夹过来吃了。"艾友"惊呆了："胡姐，我家里人都不敢这样。"

一点一滴，一言一行，是胡敏华用行动向生命致敬。

二

你只需要订好计划，准备好地图，鼓起向目标前进的勇气。

——南丁格尔

"在方舱里有一群来自江西的援汉医护人员，还有可爱的护士长胡敏华，感恩你们的付出和勇敢，等春暖花开疫情结束，我请你们吃热干面、看樱花。"2020 年 2 月 25 日，来自武汉江汉开发区方舱医院的患者小吴，抑制不住自己的感激之情，用手机发出了这条微博。小吴虽然只在方舱医院住了 4 天，但她早已与胡敏华熟悉得像一家人。

“来方舱医院的第一天就是胡敏华接待我入住的，她的态度特别好，隔三岔五就会来问我的状况和需求，让我心里暖暖的。”小吴说，第 4 天，因为心电图结果不好，她要转院治疗。胡敏华听说后让她不用担心，“她不断地跟我说要放松心态，为我做心理辅导，前前后后询问病情，真的让我特别感动”。

2020 年初，一场突如其来的新冠肺炎疫情在全国蔓延。疫情牵动着胡敏华的心，得知湖北疫情形势日益严峻，她在大年初二主动递交请战书。2 月 15 日她获批参加江西第七批援鄂医疗队，逆风前行，驰援武汉。

在方舱医院，隔离病房有两位资深护士长带队，胡敏华完全可以在外面指挥。但疫情之初，形势尚不明朗，发热门诊和隔离病房的很多工作流程都在试运行阶段，许多问题还有待在临战状态下检验解决。一贯事必躬亲的她在病房外哪里坐得住，毅然穿起层层防护服冲进了隔离病房。

心急如焚加上连续熬夜，她的嗓子沙哑了，人也消瘦下来，鼻梁和脸颊也被口罩压出深深的痕迹，防护手套中的双手也起了皱。她笑着说：“这是抗疫中的最美印记。”

在所有援鄂医疗队中，七成人员为护士，这是“三分治疗七分护理”的生动写照。新冠肺炎治疗棘手，护理更难，平时的“七分护理”到了抗疫期间，更多了几分操劳与沉重。

为确保医护人员“零感染”和患者“零交叉感染”，胡敏华一直充当着“安全员”的角色。每次进入病区前，她都要提醒医护人员必须进行双人检查、对镜自查、护士长核查，确保安全才能进入病房。出病房时，胡敏华还要仔细检查每名医护人员脱防护用品的每一个动作，确保万无一失。

胡敏华在隔离病房一待就是两周时间。她建立并优化了发热门诊和隔离病房的护士工作流程，将护士取药、取标本，患者转运、体检、餐饮等流程也一一予以规范，还再次完善了应急梯队中护士人力资源调配方案。她还多次顶替身体不适的护士倒班，直接护理患者。在她的带领下，全院 120 多名护士在抗疫一线战斗，无一人退缩，也无一人感染。

方舱医院里的患者来来去去，不断有新面孔出现，他们虽然没住多久，但都认识胡敏华。因为只要胡敏华当班，她就会巡视责任区里的每一个患者，对即将出院的人，她会送上一张自己书写的卡片。

在其中一张卡片上，胡敏华写道："感谢缘分让我们相识！疾病改变了我们的生活，我们还将继续进行这场与未知、恐惧、困难之间的战争。但我们已经学会了不少。强大的心理素质，有时候比药物更有用。"

这熟悉的卡片，胡敏华曾用来鼓励 2000 多名"艾友"，帮助他们点燃生命的希望。后来，胡敏华用它表达着医护人员对新冠肺炎患者的关心、鼓励和祝福，传递着江西人民对湖北人民的深厚情谊。"既治病又疗心"，是方舱医院里的患者对胡敏华共同的评价。

在胡敏华的感召下，许多痊愈的病友自愿捐献血浆，奉献爱心，成为爱和希望的传播者。

三

我们心里想什么，就会成为什么样的人。

——南丁格尔

"这两天浏览微博私信，发现已经积压了很多未回复的信息，真的非常抱歉。2020 年以来，新冠肺炎疫情肆虐。从医院成立隔离病房到驰援武汉，50 多天的时间里，我没有更多的时间和精力关心‘艾友’。‘艾友’们因为爱护我，也尽量不发私信给我。感谢大家对我的包容和谅解！许久未联系的‘艾友’突然用微信发来三张我的漂亮画像，这让我很惊喜、感动。我终于也有穿着防护服的画像了，感恩‘艾友’！谢谢你们一直在挂念、担心我！”这是 2020 年 3 月 21 日胡敏华写的驰援后记。

翻看胡敏华的援鄂日记，一字一句，情真意切地记录着她的援鄂经历，也见证着她与“艾友”们的深厚感情。

“大姨和家人交流的时间很少，和病人交流的时间却很多。有时候好几个月没见她，通过她的微博、微信才知道，哦，今天她的病房又来了一个新病人，昨天她又去参加了‘艾友’组织的聚餐，还为一个患者解开了心结……”通过胡敏华外甥的介绍，一个有情、有义、有爱，“舍小家为大家”的护士形象，变得愈加清晰和高大。

2003 年，胡敏华爱人发生车祸，左手肘关节开放性骨折，内置钢板后缝了近 50 针，疼得龇牙咧嘴。

可是，医院一声召唤，陪在爱人身边的胡敏华立马又回到自己的工作岗位。当时病房里正住着一个情绪极不稳定的艾滋病患者，这个病人常常拔掉针头攻击护士。胡敏华几乎寸步不离地守在病房，随时处理突发情况。

虽然胡敏华家世代行医，但做艾滋病护理工作的，她还是头一个。起初，胡敏华的母亲也曾强烈反对。她责怪胡敏华不回家吃团圆饭，却和“艾友”一起聚餐。胡敏华说：“病人面对太多异样的目光，自尊心比一般人更强。你缺席普通人的饭局，可能别人会认为你忙；你缺席艾滋病患者的饭局，他们就会觉得你看不起他们。”

直到一件事情发生，胡敏华母亲的思想才彻底转变。

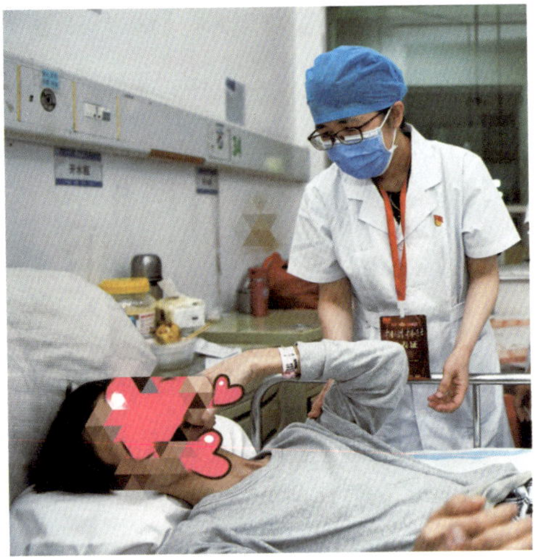

胡敏华探视患者，了解病情（南昌市第九医院 供图）

2014年，一个70多岁的老人因染上艾滋病被家人遗弃，大年三十的晚上，一个人孤零零地坐在病床上抹眼泪。

为了让当班的护士与家人团圆，胡敏华主动顶班。母亲给她送来年夜饭，看到病房里那个老人孤独的身影，觉得分外凄凉。

胡敏华端过母亲送来的饭菜，走到老人身边，一个劲儿地往老人的碗里夹菜，老人的眼泪不停地滚落下来。这一幕感染了母亲，她看到女儿在拯救一个老人孤独的心。老人反复地说："你是护士长的妈妈呀，谢谢你哦，生了这么好的女儿。她救了多少人的命啊，我本来不想活下去的，得了这个病没什么活头了，都是护士长一次次劝我。那时候我问护士长自己能不能活过一年，结果到现在活了七八年。"

从那以后，母亲不再阻拦胡敏华，而且受她的影响，还加入到志愿服务队伍中来。

随着互联网的普及，胡敏华敏锐地尝试利用网络平台进行线上线下互动。她先后开通"与艾滋病为邻"微博和"与艾滋为邻"微信公众号，创建了几十个"艾友"交流群，每天同"艾友"交流、沟通，累计发布抗艾信息3万多条，微博关注量已超7万人，阅读量超过4亿次，受众遍及全国乃至海外。

由博文汇编的《在一起——防艾护士长微博日志》Ⅰ、Ⅱ册，一度引起社会强烈反响，成为“艾友”及家属的必读枕边书。其中，一篇名为《致秋梅》的微博日志更是温暖了许多艾滋病患者的心，也感动了无数网民，胡敏华由此成为有口皆碑的“最美护士长”。

四

一流的护理人员拥有可被信任的气质、精确的观察力、服务别人的心，要主动学习，还要有“我愿意”的使命感。

——南丁格尔

胡敏华为患者操碎了心，而操心是肉眼看不见的。

一颗心不大，却被分割成千万块，每一块上面都系着牵挂、责任和怜悯，重重地坠在那里，实在承受不住的时候，便掉在地上，发出细微的响声，只有自己听得到。也许，一些细心的患者也可以感受到。

在九院艾滋病门诊一间十多平方米的办公室里，胡敏华每天都要接待一个又一个老病友、新病患，同他们聊病情、话家常。每个人背后都有一段不想为人知的故事，面对他们的信任和疑问，胡敏华既要履行医者的职责，还要用真心去轻抚每一根紧张的神经。

在胡敏华办公室的隔壁，还有一个艾滋病患者心仪的“神秘地方”，没有门牌，也没有具体的诊室标识，却被艾滋病患者们所熟知。它有一个暖暖的名字——温馨家园。胡敏华是当之无愧的“家长”。

房间布置得简朴而温馨。靠近门口的一面墙壁上，贴满了一张张五颜六色的心愿签。“加油！一切都会过去的”“艾不可怕，没有爱才可怕。开开心心一辈子”“阳光总在风雨后”……

在这里，她让所有的患者住院时不被歧视，不用生活在异样目光和重重精神威压之下。相反，她让绝地的阳光穿越浓雾射进他们灰暗的心灵，使他们的内心灿烂高远，使他们倾听到旷野里真诚的呼唤，感受到高原惠风的欢畅，一种从未有过的求生欲望和生而为人的尊严感油然而生，如草原烈火在胸中熊熊燃烧。

他们觉得胡敏华就是这个世界上最可信赖的亲人，九院就是他们的家，就是他们淡化烦恼的避风港湾。

正如患者蓝宇在一封感谢信中写的那样："在大姐面前，一切都很自然。她的眼睛，能看到你心里去。聊天时，我得到的是理解和尊重。在她的关爱下，我乐意配合治疗。是她，让我重生了。"

也正如患者 ROMA 所言："艾滋不可怕，艾滋也怕爱。正是因为有了大姐的大爱，我才能走出阴霾，重塑人生。"

绝地逢生，爱是阳光。

为更好地服务艾滋病患者和感染者，凝聚更多人携手抗艾，在省、市红十字会的指导下，胡敏华发起成立了抗艾志愿服务队。

胡敏华和她的团队不辞辛劳，为抗艾公益事业东奔西走，走街串巷，广泛开展抗艾健康宣教。她们的足迹已遍布全省 80 多个县、100 多所学校、400 多个社区，累计开展群众健康沙龙 300 多场，受众 10 万多人次……她用爱点燃更多人对生命的希望。

一个志愿者是一粒微尘，无数微尘汇聚成座座山峰。"艾滋公益，不单是一个人、一个组织的事情，还需要整个社会给予关爱，目前仍然需要加强正面教育并解决歧视问题。"随着社会进步，人们获取知识的途径也多了，胡敏华呼唤更多人在艾滋公益上"结伴而行"。

在她的呼唤下，英国的马丁·哥顿先生来了，带着"贝利·马丁奖"，带着世界人民对她护理事业的认可——"用热情驱散冰冷，用微笑温暖人心，平凡工作，非凡成就，你是中国乃至世界的光辉榜样”。

在她的呼唤下，“贝利·马丁奖”获得者——北京地坛医院艾滋病专家赵红心，第44届“南丁格尔奖”获得者——北京地坛医院“红丝带之家”护士长王克荣来了，她们对胡敏华的工作给予了积极肯定和高度赞赏——“你的内心有着真善美，希望我们有机会开展合作，共同致力于艾滋病防治事业”。

在她的呼唤下，江西首位“南丁格尔奖”获得者、章金媛爱心奉献团负责人——90多岁高龄的章金媛来了。她专程来为胡敏华鼓劲加油：“你就是南丁格尔，一定要把抗艾之棒传下去！”

大爱无疆，真情无涯。

当问及获得第48届“南丁格尔奖”的感受时，胡敏华只说了5个字：“做得还不够。”

一颗仁心，一腔热血，一生博爱。

胡敏华信奉这样一段话：“帮助他人，为他人带来改变，再通过他们去帮助更多的人，是最充实的人生。正所谓助人为乐，乐在其中。”

大爱无言，撑起“生命禁区”的一片蓝天。前路漫漫，她和她的团队还将一如既往，义无反顾，执着前行……

（注：文中患者姓名均为化名）

（作者：祝芸生　张衍）

人民庭长

——记全国优秀共产党员周淑琴

周淑琴把法庭搬到田间地头，让巡回审判成为村民的普法公开课；她以案释法，提升乡村治理法治化水平；她走村入户，用脚步丈量民情，为群众点燃法治的明灯。从事审判工作以来，周淑琴承办的2000余起案件，无一起错案。她先后被授予“全国先进工作者”“全国优秀共产党员”等荣誉称号。

个头不高，才1.5米出头，留齐耳短发，多穿平底鞋。如果不穿制服，看外表，她怎么都跟“法官”二字联系不起来。

声音脆润，语速极快，说案件滔滔不绝，谈事理入木三分；调解纠纷以理说事，法庭判案一槌服众。至2021年，她扎根基层法庭17年，获“全国法院办案标兵”“全国优秀法官”“全国巾帼建功标兵”“全国模范法官”和“全国先进工作者”等称号。2021年6月，她被中共中央授予“全国优秀共产党员”称号。

她叫周淑琴，贵溪市人民法院党组成员、泗沥人民法庭庭长。

初 心

周淑琴中学毕业那年，供职于供销社的父亲让她报考了供销技校。1997 年，周淑琴技校毕业，被分配到基层供销社，卖起了化肥农药。

那些年，市场经济大潮已涌向农村，出现了一些皮包公司，供销社很多停薪留职的下海职工被骗。官司打到法院，法院判决后强制执行，被骗的人拿回了钱。“这时候，我开始有‘执行’的概念，对穿制服的人，特别是法官，非常崇敬。”周淑琴说。2000 年，她放弃供销社的工作，考入南昌大学成人本科法律专业，脱产学习 4 年。

学习结束，她考上了公务员，进入贵溪市人民法院，被分到了基层法庭。

周淑琴（左三）在巡回法庭审案 （曹永斌 摄）

做了 10 多年执业律师的黄涛，因为一桩案子对周淑琴刮目相看。

案件简单：当事人和她的两个小孩都有不同程度的智力残疾。她老公是家里唯一的劳动力，但在做工时不幸身亡。当事人的姐姐寻求法律援助，找到黄涛。“我想法很简单，”黄涛说，“我帮她起诉，拿了钱，把孩子交给孤儿院，孩子有所养、有所依就可以了。”

但是，案子到了周淑琴手上，她说，把孩子放到孤儿院，不是办法。被告是两个小孩的亲叔叔。周淑琴对被告说：“赔偿的钱，不论是调解还是判决下来，你都可以不支付，但条件是小孩放在你家里养。你们毕竟是亲人，相信你会善待他们。”

泗沥镇农业技术推广服务站副站长叶根才当了几年人民陪审员，谈起周淑琴直竖大拇指。因为很多案子在他看来，三分钟能解决的事，周淑琴却要花上三四个小时。

两兄弟为了一栋房子的继承问题打官司。“在我看来，这个案子非常简单，槌子一敲，房子一人一半。”叶根才说。但周淑琴调解了三个多小时，先是在法院院子里调解，下雨了，她就和当事人站在走廊上说。“我后来就问她，三分钟能做完的事，你干吗用三个小时去做？她说，判，得到了法律的公平公正；调，得到的是家庭和谐、亲情融洽。”

泗沥法庭副庭长李进原来在刑事庭工作。他说，以往办刑事案子，会把法官的气派端得足足的，但到了泗沥法庭办家事案，就得学着周淑琴放下身段，跟老百姓打成一片。

“老百姓打官司，就是把公平托付给你了。”周淑琴说。下村送达、调解，都希望能够送达、调解顺利，哪怕调不好，也为今后打下基础，以后再调，成功概率就大。“农村很多事单纯用法律去衡量行不通。表面看，是 100 公斤谷子或 200 块钱的事，其实关键是当事人心里都有一口气。跟他们聊聊天，听他们倾诉，也许这口气就消掉了。”

周淑琴善于借助“多元解纷”渠道，联系特邀调解员、家事调解员，共同做诉前调解工作。“只有平时多和村干部、群众充分地沟通和交流，才能获取大量的、真实的信息。以后要向某个村了解当事人的情况，就容易开口，也能了解到真实情况。如果我跟群众都是泛泛之交，关键时候就不容易从他们那里掏到心里话。”

有人问周淑琴，这么耐心细致做调解工作，为了什么？她说，为了案件少到法庭上来。“化解总比判决好。判决之后要执行，执行困难，增加了法院的工作量。我所做的，就是把人民法庭的前沿阵地功能再往前推一推。”2019 年，泗沥法庭共审理 300 多件案子，2020 年受理了 120 件，2021 年前 8 个月受理 117 件。

深 情

这是一份简短的民事裁定书，短得只有数百字——申请人毛某于 2016 年 4 月 20 日向本院申请人身安全保护令。毛某称，她老公自结婚以来从不关心她，并数次殴打她。2016 年 3 月 31 日，她老公再次殴打她，造成她轻微伤……

法院经过审查，认为毛某因面临遭受家庭暴力的现实危险，向法院申请人身安全保护令，法院应该受理。法院依照《中华人民共和国反家庭暴力法》第二十三条第一款、第二十六条、第二十七条、第二十九条、第三十条、第三十一条的规定，裁定：禁止被申请人威胁、殴打毛某。如被申请人违反禁令，法院将依据《中华人民共和国反家庭暴力法》第三十四条之规定，视情节轻重，处以罚款、拘留；构成犯罪的，依法追究刑事责任。

裁定书末尾写着“审判员：周淑琴　2016 年 4 月 22 日”。

这是一份特别的民事裁定书，裁定书的文号是“（2016）赣 0681

民保令 1 号”——这是贵溪市人民法院向申请人发出的第一份人身安全保护令。据了解，这也是江西省向申请人发出的第一份人身安全保护令。保护令发出的日期，是《中华人民共和国反家庭暴力法》(以下简称《反家庭暴力法》) 施行第 53 天。

贵溪市人民法院院长童力回忆，2016 年 4 月初的一天，周淑琴来到他办公室，报告她从省里参加完《反家庭暴力法》培训，就接到了一个因家暴起诉离婚的案子。当事人起诉后，她老公还威胁要打她。“作为一个女人，我没办法容忍！”周淑琴对院长说，“正好刚学了《反家庭暴力法》，我觉得可以建议当事人申请人身安全保护令，用这份保护令来制止施暴的人，保护弱者。”童力问她程序上有没有问题，周淑琴说，《反家庭暴力法》刚施行，程序不一定跟得上，但她会把握好。就这样，贵溪市人民法院发出了江西省第一份人身安全保护令。“这体现了周淑琴同志的爱心，体现了她对法治精神的追求。”童力说。

在拟定这份裁定书时，周淑琴字斟句酌。原因是当时江西还没有哪个法院作出过这样的裁定，没有可参照的文书格式、认定证据标准等。她多次向省高院民一庭法官请教，终于拟定了这份数百字的裁定书。“家暴伤害的不仅是夫妻关系，还有无辜的孩子。这份保护令承载着我的期望。”

周淑琴的感慨来自她的调研。她把泗沥法庭和贵溪市法院各个庭室的家事案件逐一归纳、分析、总结，发现婚姻家庭类案子，起诉时说被家暴的非常多，但是开庭时能提交证据的，100 个案子里也找不到 1 个。她走农村、进社区，做反家暴宣传。有一次，她正在录制反家暴宣传节目，一个女子闯进演播大厅。她情绪激动，问周淑琴，作为一个旁观者，如果遇到别人被家暴，可不可以报警。周淑琴斩钉截铁地说：“可以报警，应该报警！”

她把手机号码向群众公开，随时接受咨询。

德 治

一名当事人在离婚诉状上数落妻子种种不是，要周淑琴教育他妻子“嫁鸡随鸡，嫁狗随狗”。周淑琴批评这名当事人：“嫁鸡随鸡，嫁狗随狗，这是动物！就凭你诉状上这句话，我就不同意你们离婚！”

一个老大爷得了征地补偿款，买了新房，就想把妻子赶出家门。周淑琴了解到，老人和妻子是半路夫妻，他没房子住的那些年，都是住在女方家。周淑琴严厉批评老人：“你做人不能这样啊，没房子时住老婆家，有了新房就不要老婆了。我不会判你离，下次你再来，我还是不会判你离！”

有一段时间，高价彩礼攀比风越来越严重。周淑琴结合案例，到贵溪农村巡回上课：“这家女儿出嫁，要了多少彩礼，那家说，我女儿不比这家差，彩礼一定要比这家的多。攀比风害死人，女人的价值不是靠彩礼去衡量的。”

…………

周淑琴进村普法，看到小孩子，会给他们讲些故事，让孩子们树立正确的世界观、人生观、价值观；看到村民，她就叫大哥大姐、爷爷奶奶、公公婆婆。泗沥镇王湾村有个赡养案，儿子不肯给父亲200公斤谷子。老人找到村委会，让村干部评理。村支书向周淑琴求援。周淑琴来到老人的儿子家，先讲道德，后讲法律，花了3个多小时，做通了他儿子的工作。

“本院认为，尊老爱幼是中华传统美德，更是做人之基本准则。

古有云：百善孝为先。孝，是千百年来中国社会维系家庭和睦之道德准则。鸦尚有反哺之孝，羊且知跪乳之恩，更何况人乎……”2019年9月28日，周淑琴在一份民事判决书上写下了数百字的“感言”。这起赡养纠纷案并不复杂，判决书在道德层面与法律层面同时陈述，从《中华人民共和国婚姻法》到《中华人民共和国老年人权益保障法》，从“家和万事兴”的家风家训到“孝子之养老也，乐其心，不违其志；乐其耳目，安其寝处，以其饮食忠养之”的古语，深入浅出，循循善诱。这既是一纸判决书，更是一篇道德“提醒告诫书”。

“仁义礼智信，法律是底线。”童力说，“底线思维当然是必需的，但是如果能像周淑琴那样，多从道德层面去化解纠纷，更有利于社会和谐。‘德礼为政教之本，刑罚为政教之用。’德法共治，周淑琴一直在实实在在地践行。她丰富了法官的内涵，是一个真正的法官，一个接地气的法官，一个新时代的人民法官。”

担　当

周淑琴个子小，在公安部门工作的丈夫李军很担心她的安全：“审案子，特别是执行的时候，你要观察当事人的表情。如果他情绪不对，你要赶紧控场。”他还对派出所的同事说：“拜托你们多留点心，一旦法庭有情况，出警要快点，不要让我老婆吃亏。”

周淑琴的同事说：“别看她个子小，在法庭上气势一点也不弱。”

有一次，周淑琴正在审一桩案子，一方当事人突然冲到另一方当事人面前打了对方一巴掌，周淑琴噌地站到两个当事人中间，呵斥动手的一方。“法庭干警就两三个人，我不上谁上？”她说。

有一次审案，一个当事人不时捂裤袋，周淑琴看出了蹊跷，就问他："口袋里放了什么宝贝？是不是带了证据来，想拿给我们看？"当事人死活不肯。周淑琴和一位同事把他口袋里的木工锤子抢到手里。抢夺过程中，她和同事的手都受了伤。

来法庭的人，有性格暴躁的，有情绪紧张的，还有喝了酒的，什么情况都有。而周淑琴手里，只有一把法槌。但法槌在手，她就充满了无穷的力量。

2021 年上半年，周淑琴和同事到一个村开设巡回法庭，审理一桩离婚案。

法庭设在村口一棵大树下，树下有石凳石桌。周淑琴正襟危坐，把法槌摆在石桌上。当事人是一对夫妻，双方都觉得受了天大的委屈。男方当事人特别激动，从头到尾骂骂咧咧，说到激动处，还拍起了石桌。周淑琴见状，拿起法槌噌地站起来，大声呵斥，法槌重重敲在桌面上，四周顿时鸦雀无声。

事后，周淑琴对同事说，村头那么多旁听的群众，如果她不控住场面，老百姓会说，原来在法庭上是可以随便骂人的。"这肯定不行，所以我敲槌，就是警告他。"

知 新

周淑琴办公室放着《裁判是怎样写成的》，她在一些书页上画上了一道道线：

"我也在尝试一种'对话式裁判文书'，所谓'对话'，首先要跟当事人对话……"

"经典文书来源于对案件的精准把握，也来源于法学理论的深厚积淀；来源于理性的殷殷情怀，也来源于对对话式文书的孜孜以求。"

…………

一本发黄的笔记本上，周淑琴记下了她初到法院工作时接触的几百个案子，从序号、案号、原告、被告、案由，到诉讼费、程序、结案方式等，字迹工整，一目了然。她说，入职法院头几年，先做内勤，那时没有电脑，只有手写，“所有案子相关流程，我都要写在本子上，记在心里，随时能拿得出来”。2016 年，她到泗沥法庭任庭长，把前三年的案子全调出来，分门别类，一个一个研究。她还对天价彩礼问题进行归纳，做成宣传册，如“贵溪法院受理婚约财产案件”“什么是彩礼”“法律层面说彩礼”“为什么彩礼逐年攀升，金额越来越高”“天价彩礼造成的社会不良后果”“案例总结与反思”等，从案例到思考，图文并茂，通俗易懂。

每次庭里新进年轻人，周淑琴就告诉他们，既要学会向前看，也要学会向后看：“温故知新。向后看，是反思曾经走过的路，去看自己的不足，这样前面的路才能走得更好。”她经常看自己写过的判决书，总能找出很多欠周全的地方，下次碰到类似的案子，就会避免出现相同的瑕疵。2012 年，她撰写的裁判文书，被评为全省法院优秀裁判文书；后来她写的一个离婚纠纷案例，被收进 2015 年《中国审判案例要览》。

“现在做智慧法院，法官 e 助理，多元解纷 e 平台，我觉得都要试，一定要用。庭长怎么管理？试了之后才知道某一项工作的量到底有多大，分配工作时才能做到均衡。”

贵溪市人民法院在泗沥法庭打造家事审判品牌，在法院建起了“周淑琴工作室”，统筹全院家事审判工作，并将“周淑琴工作室”向所有派出法庭延伸，提炼了“周淑琴工作流程”和“周淑琴工作法”。工作室成立“琴姐姐家事帮帮团”，录制《琴谈家事》节目，在市级媒体上播放。“现在，我们做妇女维权工作更有底气了，”贵

周淑琴（中）和她的帮帮团成员 （贵溪市融媒体中心 供图）

溪市妇联二级主任科员王丽说，“琴姐姐成了全市女同胞的知心姐姐。”

脾 气

“她常常给老百姓做点好事，群众很感激她。”周淑琴的公爹李树生说。2020 年，一个老人拎了两只老母鸡来他们家。老人事先并不知道周淑琴住哪儿，托人问到李树生一位老同事，老同事就带着老人找上门来了。

老人说，周淑琴调解了一个婚约财产的案子，帮她拿回了彩礼，就来表个心意。李树生不肯收，说：“我儿媳就是这脾气，您老人家不要见怪。”老人丢下东西就走，李树生只好让那位带路的老同事把母鸡拎了回去。

2020年4月的一个上午，周淑琴刚开完一个庭，正准备开下一个庭时，突然看到法庭门口停着一辆三轮车，车旁边站着一名50来岁的女子，脚边放着一只蛇皮袋和一小篮鸡蛋。蛇皮袋里显然有活物在动。这不是上次判她不离婚的付某吗？周淑琴走出法庭，来到女子身边。付某说，感谢周庭长没有判决她离婚，她特意送鸭子和鸡蛋给庭长。

周淑琴对付某印象很深。付某爱人向法庭递交诉状，以夫妻关系破裂为由，要求判二人离婚。收到诉状不久，周淑琴先后接到两封信，是付某两个女儿写的。她们各自说了父母共同生活的细节，都表示不希望父母离婚。周淑琴又详细了解了其他情况，找到付某爱人，对他说：“疫情期间，你们一家人都在一起过日子，同一屋生活，同一桌吃饭，并没有天天吵架，证明你们的矛盾并没有到不可调和的地步……”周淑琴苦口婆心，做通了付某爱人的工作。

见到周庭长，付某有些激动，硬要她收下鸭子和鸡蛋，周淑琴坚决不收。两人推了很久，周淑琴说：“你硬要给我，我就出钱买。”见她这样说，付某只好收拾起东西，骑上三轮车离开了。

看着付某离开的背影，周淑琴有些感慨：“他们的感情可能不会因为一纸‘不离’的判决就挽回了，但她从这个判决中，看到了一点希望，这纸判决给了付某一次机会。”

一名精神病患者被妻子起诉离婚，周淑琴两次到精神病院探望被告。调解后，周淑琴从口袋里拿了200元给患者。一桩赡养案子，调到最后，兄弟俩为了200元争执不下，周淑琴掏出200元，送到两兄弟的老父亲手上。“这钱总要有人出，200块钱能解决的事，我能拿出来，不就顺利解决了？”她说。

坚 守

2010 年，31 岁的周淑琴怀孕了。

她当时所在的雷溪法庭人手很紧。这一年，庭里只有庭长夏素明和周淑琴两个人，连书记员都要临时到乡政府去借。

不巧，有个离婚案亟须开庭。男方当事人因诈骗罪在陕西榆林服刑。夏素明和周淑琴商量 :“我准备去榆林监狱，你能不能去？”

周淑琴二话不说 :“去！”

当时她已有两个多月的身孕。但她想，法庭人手太少，到院里或其他法庭借人，人家对案子不熟悉，还不如她自己去。

就这样，她和庭长坐飞机到了西安，出了机场，直奔火车站。因临时购票，他们连坐票都没买到。

这一晚，周淑琴一辈子也忘不了。她和庭长在拥挤的车厢内站了 10 个多小时，只在中途插空靠在洗手池上打了个盹。他们天亮抵达榆林，又马不停蹄赶到监狱开庭……

2016 年，端午节，信江泗沥河段划龙船。镇里出于安全考虑，组织全镇干部维持秩序，龙船不上岸，干部不能走。端午节前夕，镇长让镇政府办公室的同志跟驻镇单位联系，请驻镇单位的干部支持配合镇里的工作。“特别是请穿制服的驻镇单位多支持。”镇长特意交代。

到了端午这天，他来到江边，突然看到穿制服的周淑琴在维持秩序，上前招呼 :“你跑来干什么？”周淑琴说 :“镇长，我庭里 4 个干部，只有我是贵溪人，他们 3 个都是外地的，端午节怎能不让他们回家？”

同事节假日可以回家，她留下 ; 同事在基层法庭待了几年就回城，她仍留下。到今天，她在基层法庭待了整整 18 年。

周淑琴当妈妈后，跟领导提过一次回机关的想法，院领导对她说：“庭长是军转干部，刚到雷溪，业务还是你更熟悉些。法庭需要你，再坚持坚持吧。”

坚持坚持，坚持到了2017年。这一年，公爹李树生突发心脏病，好在抢救及时，挽回了生命。他到广州做了手术，体重从75公斤降到60公斤。住院期间，周淑琴工作正忙，只好利用周六周日两天，坐高铁到广州，看望过公爹就回到了工作岗位。

公爹出院后，对药物严重过敏；孩子每天需要接送两趟；爱人在派出所工作，加班也是没日没夜。周淑琴的爱人想，既然法庭离不开周淑琴，他就向组织提出申请，从派出所调到交警部门上班。

2018年，周淑琴第二次向组织提出回机关的想法。院领导说，院里考虑把泗沥法庭作为家事审判的试点法庭，需要她通过实践探索，不断增强基层群众的获得感、幸福感、安全感。

她把进机关的念头收了回去。从这以后，她再也没提过。

雷溪法庭、泗沥法庭离贵溪市区说近不近，说远也不远。早上到了法庭，一直要忙到晚上，中午不能回家。有几天，副庭长李进的小孩呕吐，他爱人单位事情也多，家人很希望他中午回家。周淑琴看在眼里，怜在心中：“我这么多年的体会是，离家越近，家人对你的期望就越高，要求也越多。如果在机关，中午就能回家；如果离家很远，家人就不指望你什么了。这么多年，唯一对不住的，就是家里人。”

所以，她常跟庭里的年轻人说：“坚持坚持，我就是这么坚持过来的。”基层法庭是最锻炼人的地方。

（作者：江仲俞　刘静）

百岁老兵

——追记渡江战役一等功臣陈训杨

无论是渡江战役，还是抗美援朝战争，陈训杨都作战英勇，立下赫赫战功；退伍回乡后，他带领乡亲们植树造林、开发果园，把家乡建设成“模范村”；他不忘初心、牢记使命，处处发挥着党员带头示范作用。他不仅被评为“中国好人”，还被授予“全国优秀共产党员”等荣誉称号。

1949年4月20日午夜，随着三颗红色信号弹划破夜空，中国人民解放军中、东、西三路突击集团从西起湖口、东至江阴长达千里的长江北岸，以木帆船为主要航渡工具，以排山倒海之势强渡长江，像一把尖刀直插南京。

在渡江战役中，300名“敢死军”率先冲破敌军防线，抢滩登陆，最后仅13人幸存，他是其中之一。他荣立一等功，还被部队授予“水上英雄”称号。

之后，在解放大西南、抗美援朝战争中，他都屡立战功。

他，就是高安市大城镇洲上村的百岁老兵陈训杨，一位一辈子听党话、跟党走的老革命。1955 年，这位英雄深藏赫赫战功，复员回乡当农民，始终不改共产党员的本色。

2022 年 1 月，陈训杨老人永远离开了我们，但他永远不会被忘记。

——题记

一

2019 年 7 月，高安市大城镇洲上村的村道两旁绿树成荫，一位穿着蓝衬衣的老人端坐在樟树下乘凉，右手拄着拐杖，保持着军人的坐姿。老人名叫陈训杨。

村民陈传志和妻子胡月娥刚好经过，见到记者采访，停下脚步，热情地说："训杨爷爷是老革命，打过很多仗，不怕死。"胡月娥补充道："训杨爷爷复员回家当农民，跟我们一起干农活，还教我们唱抗美援朝歌曲。"

树荫下，陈训杨端坐在方凳子上，面带微笑，却不怎么说话。

"你们知道陈训杨老人立过战功吗？"记者问围在老人身边的村民。

"没听说过，村里人只知道训杨爷爷参加过解放战争、抗美援朝战争，打仗勇敢，是一位老党员。"陈传志答道。

按照家族辈分，陈传志叫陈训杨爷爷。在这个 400 多人的村子，此前没人知道这位和他们朝夕相处、再平凡不过的老人，竟是在渡江战役中立过一等功的英雄。

这位百岁老人久经战火，最光辉的战斗经历就是渡江战役。是役，陈训杨为中国人民解放军16军46师138团3营8连战士，六渡长江，九死一生。

70余年前的战火，仿佛仍在眼前。

1949年4月，中国人民解放军决定发起渡江战役，百万大军枕戈待旦，准备横渡长江，直取南京。国民党军以70万兵力扼守长江天堑，企图阻止人民解放军渡江。

中国人民解放军46师138团这个猛虎团决定成立渡江突击队，率先渡江抢占渡口，为大军开路。报名参加渡江突击队有三个条件：党员、南方人、识水性。

渡江突击队，其实就是"敢死军"。陈训杨当时还不是党员，只符合南方人这一个条件，但他毫不犹豫地报名请战，并顺利入选。经过短暂集训，陈训杨担任渡船舵手。他和战友们都做好了牺牲的准备，心里只有一个念头，就是突破敌人的防线，抢占渡口。

这是一场惨烈的战斗。

1949年4月21日凌晨，长江江面风大浪高。一声令下，138团300人的渡江突击队，划着船向长江南岸冲去。陈训杨回忆，渡江时有好多木船、小筏子，就像鸭子下水一样。

船至中流，敌人的炮弹不断打来，在江面炸起冲天水柱。陈训杨大声吼道："大家加油往前冲，船千万不能沉！"眼看有的木船被炮弹打穿了，战士们更加卖力地划桨，奋力冲向敌军防线。

江面上，舟楫如箭，战火纷飞。这支300人的突击队，遭敌炮火猛烈阻击，死伤惨重，只有50余人突破封锁线，攻上对岸。冒着枪林弹雨，陈训杨和战友们一鼓作气，迅速占领了敌军阵地。

这场前锋战，渡江突击队付出了巨大牺牲，最后幸存者仅13人。

陈训杨不但是渡江"敢死军"的成员，还是"运输军"的一员。大军要过江，可渡船极为有限。陈训杨和战友们划着小渡船，顶着敌

百岁老兵陈训杨（邹海斌 摄）

人的猛烈炮火，在长江江面运送一批又一批战士。最后一次，小渡船被敌人炮弹击中，炸成了碎木板。陈训杨抓着一块漂浮的木板，在江面漂了好久才上岸。

从 21 日凌晨 3 时至 22 日早晨 8 时，陈训杨的小渡船在敌人的炮火弹雨中往返长江两岸达六次之多。

渡江战役，人民解放军突破了敌军长江防线，取得了重大胜利。在渡江战役中，突击队员陈训杨作战勇敢，不怕牺牲，荣立一等功，还被中南军区兼第四野战军授予“水上英雄”称号。

抚摸着军功章，陈训杨面色沉静，心情凝重。他怀念那些流血牺牲的战友，那些不知名的英雄。他说，他一辈子都不会忘记渡江战役的惨烈。

二

300名“敢死军”突击过江，50多人上岸，13人幸存……在渡江战役中荣立一等功的陈训杨，天生就是个能当英雄的好兵？

陈训杨娓娓道来：他两度当兵，第一次是被国民党抓壮丁，当了三个月零八天的国民党兵；第二次是在淮海战役中投诚，加入了中国人民解放军，成为人民子弟兵。

1920年6月，陈训杨出生于高安市大城镇洲上村一个贫苦家庭，家里有6个哥哥，他排行老七。两个哥哥参加红军失去联系，两个哥哥被日军炸死，还有两个哥哥被国民党抓了壮丁，一去不回……

那个年代，有太多太多这样不幸的家庭。战火让他们妻离子散，家破人亡。

1948年，靠打鱼为生的父亲刚刚去世，陈训杨也被国民党部队抓了壮丁。在淮海战役中，这支部队被解放军歼灭，陈训杨被俘了，可对他来说，却是获得了解放。

陈训杨清晰地记得，他刚被俘时，解放军3营8连3班班长问他吃了饭没有，他说没吃。班长就给了他一个高粱窝窝头，让他先填一下肚子。可高粱窝窝头太硬，啃不动，班长就带他到炊事班煮了碗面。“那碗面吃得好香！”老人仿佛还在回味70多年前那碗面的味道。

“解放军个个是好人。”陈训杨操着浓重的高安口音讲起了往事：在俘虏诉苦大会上，陈训杨含泪诉说了失去父母和六个哥哥的悲痛。解放军临时制作了八块灵牌，与陈训杨一起悼念失去的亲人。他没想到，解放军连长、指导员会为他失去的亲人托举灵牌。在他的家乡，托举灵牌，那可就是尽孝啊！当时的情形，这位百岁老人念念不忘。

“解放军感动了我。”他发誓，一定要参加解放军，这辈子跟定了共产党！

就这样，陈训杨被编入解放军138团3营8连，从此跟着共产党，为穷人打天下。

淮海战役后，解放军南下，打响了渡江战役。138团担任先头部队，突击渡江，陈训杨作战勇敢，无惧无畏，勇立战功。

渡江战役后，毛主席下令解放大西南。陈训杨随部占领贵阳，挺进成都。

行军打仗，跑得快，走得远，往往能抢占战机，出奇制胜。部队挺进大西南时，陈训杨磨了满脚的泡，每走一步都疼得钻心。“那时候，我真是宁愿战死沙场，也不愿走路。”

连长和指导员注意到了陈训杨的小情绪，就安排他上卡车。在卡车上看到战友们都在奔跑，他觉得很丢人，又跳下车，跟着部队行军，先是轻装跑步，慢慢负重到20公斤。

一次次行军打仗，陈训杨的脚力越来越好。西南地区地势崎岖，山高路远，陈训杨不怕苦不怕累，曾经一个小时急行军10公里，一天之内负重行军90公里，被部队授予“行军模范”称号。

1949年9月，陈训杨光荣入党。

之后，陈训杨随部队南征北战，先后参加了解放大西南和云南剿匪等，荣立三等功一次。

多年行军打仗，陈训杨扛机枪的右肩明显低于左肩，肩胛骨严重变形，至今仍可见厚厚的茧子，失去的左眼、满身的创伤，这些都是战火留给这位百岁老兵的印记。

三

1950年，抗美援朝战争爆发，陈训杨随部队入朝作战。在西海岸，部队一下火车就遭遇敌军“鸽子弹”袭击，近一个连的志愿军被炸，伤亡惨重。

他们把受伤的战友送到战地医院后，医院要陈训杨留下来帮助搞清楚这些伤员的姓名。可陈训杨一心惦记着前线的战事，他拒绝了：“这事伤员能做，我必须上前线！”

有一天夜间行军，陈训杨突然被人从后面推了一把，摔了出去，随后听到身后传来剧烈的爆炸声。他爬起来时，只见营教导员满身是血，已经牺牲。是营教导员用自己的生命，换了他的生命！他忍着悲痛，把教导员就地掩埋。那些年，他特别关注志愿军烈士遗骸回国的新闻，总是千方百计地查询教导员的遗骸有没有找到。

在朝鲜战场上，志愿军经常遭到敌人的炮火攻击，还要忍受饥寒。冰天雪地里，战友们常常抱在一起互相取暖。有一次，一名副班长抱着他帮他御寒，直到僵硬死去……看到为保卫和平、为正义而战的战友一个个牺牲，陈训杨心如刀割。战争的创伤，让人永生难忘。

1955年4月，陈训杨奉命从朝鲜回国后，由国防部批准复员。离开部队前，部队首长杨得志叮嘱他：“立功不要骄傲，要再接再厉，为搞好家乡建设，再立新功！”

陈训杨铭记在心，始终不渝。

他刚回到家乡，正值建立互助组、初级社，村民们踊跃上交家里的农具、耕牛等，发展农业生产。陈训杨二话没说，拿出仅有的300元复员军人补贴，买回两头大水牛交到社里，剩下的钱则分发给贫穷的亲戚邻里。

1956年，经人介绍，陈训杨与大城镇卫生院的医生喻美容相识，结为夫妻。陈训杨一心为了集体，家里的日子却一直过得紧巴巴的。“我母亲经常说，他们结婚时，家里连床像样的被子都没有。”陈训杨的儿子陈坝根说。

陈训杨在战场上立下赫赫战功，复员回家搞社会主义建设，“官”却越当越小，从县里、区里、公社再到大队。1960年，他索性“辞官”回家，当了农民。

在高安，陈训杨从来不提自己的战功，却依然赫赫有名。七十岁以上的高安人，只要提起陈训杨，个个都竖起大拇指：兴修水利大会战时，那可是一员猛将！

20世纪50年代末，高安县兴修的水利工程有上百个，绝大部分都留下了陈训杨参与修建时洒下的汗水。

那时修堤筑坝，全靠肩扛手提和独轮车搬运，但人心齐，泰山移。陈训杨从修碧山水库干起，修了一座又一座，最长的一次有半年没回家，吃住都在筑坝工地。

1958年，陈训杨被任命为上游水库施工团第三连指导员。在修筑大坝期间，他采取军事化管理，起床、开工、吃饭、收工都吹军号，筑坝大军每天斗志昂扬。

兴修水利，利国利民，造福子孙后代。陈训杨带领乡亲们没日没夜地修堤筑坝。在每个月的团部总结大会上，他带领的连队都是雷打不动的先进。

“1957年，我出生时父亲还在修堤坝，我的名字‘坝根’就是这么来的。”陈坝根说，因为父亲对修坝倾注了满腔热情，所以让自家孩子的名字都带上“坝”，三个妹妹分别取名为坝英、坝绿、坝凤。

从1956年至1960年，陈训杨先后参与修建碧山、樟树岭、九龙、上游水库、锦惠渠等水库、堤坝，被评为县劳动模范，多次受到表彰。

1960年，水利建设完成后，组织上将陈训杨调到黄沙苗圃工作。可是，他觉得自己是个“大老粗”，不适合这样的工作，也丝毫没有躺在功劳簿上过日子的想法。他找到县领导，申请放弃“铁饭碗”，回到大城洲上老家当农民。

回乡务农后，因为为人正派、处事公道，陈训杨在群众中威信很高，当上了大队党支部书记。他是村里出了名的“硬脾气”，无论谁做事偷懒耍滑，他都会严厉批评，绝不留情。那段时间，陈训杨领着乡亲们植树造林，开发果园，疏浚沟渠。洲上村成了全乡的模范村，老百姓的日子也越过越好。

四

70多年的沧桑岁月，改变了陈训杨老人的容颜，却从不曾改变他对党的忠诚。

“文化大革命”期间，因为有被国民党抓壮丁的过往，陈训杨被打成了“历史反革命”，妻子也因此丢了工作，儿子陈坝根考上了高安师范也被拒。陈训杨想不通。陈坝根回忆道，有一回父亲把他叫到跟前，给他一个小包，告诉他，里面是自己的党费，让他上交组织。然后，他就上吊了，幸而被家人及时发现，才救活过来。

“文化大革命”结束后，这位渡江战役的“水上英雄”、一等功臣才得以平反。组织上考虑要把他在“文化大革命”期间扣除的工分补回来，他却坚决不要。陈训杨说：“知足了，这样就可以了。”

1950年在云南剿匪时，陈训杨的左眼被土匪的鸟铳射伤。43年后，他的眼伤复发，左眼眼球被摘除，用去医药费630多元。镇民政所知道后，让陈坝根拿发票去报销。陈坝根拿着发票去找父亲签字，却遭父亲大声斥责："家里出不起这笔钱吗？还要向国家伸手？"说罢，陈训杨把自己的住院发票全部撕了。陈坝根委屈地解释："给你报医药费是上级的规定啊！"父亲叹气道："儿呀，你的觉悟不高啊！我们是共产党员，要多为国家想，多为党想。"

在父亲的影响下，陈坝根1991年加入了中国共产党。他当过村砂轮厂车间主任、厂长、采购，为村办企业的发展作出了贡献。

父亲是最好的榜样。陈坝根还当过村团支书、出纳、会计、治保主任、村委会主任，他像父亲一样，踏踏实实工作，以满腔热忱服务群众。

40岁那年，陈坝根患了糖尿病，视力严重下降。为了不影响村委会的工作，他主动辞去了村委会主任一职。村民们说，陈坝根当村干部20多年，一心为公，清正廉洁，"他家里的房子建建停停，10年才建好。原因在于：一是忙公家的事，顾不上；二是他家没那么多钱，盖不起房"。

1986年，陈训杨的孙子陈传球出生，2004年考取了太原大学，大二的时候就入了党，还当上了系学生会主席。大学毕业那年，他报名应征，但由于身体原因没能入伍，只好去深圳打工。后来，为了照顾家里的老人，陈传球辞去深圳的工作，回老家务农。2011年村委会换届，有知识、热心肠、敢担当的陈传球被村民们选为村委会干部。从此，陈传球在村委会当了8年会计。

为了改善生活，陈坝根和儿子一起办起了养猪场，可行情不好，没赚到钱。2017年行情看涨时，他们借钱养了70头能繁母猪，每年可出栏生猪1000头。没想到，为了保护环境，全市开展猪场拆除整治行动。

镇干部找到陈坝根，要他带个头。陈坝根提出，能不能晚4个

百岁寿宴庆典中的陈训杨 （邹海斌 摄）

月，等母猪产崽后再把猪场拆掉，这样可以减少一些损失。镇政府答应了，父亲却不同意。

陈训杨对儿子说：“你都是老党员了，拆猪场是为了保护子孙后代的生存环境，你应该带这个头。”陈坝根流着泪，两个小时就把 2000 多平方米的猪场拆掉了。

陈坝根带头拆猪场的事迅速在大城镇传开了，老百姓有样学样，全镇的养猪户立刻行动起来。陈坝根说：“听党话，跟党走，父亲的思想比我硬，我从心底佩服父亲。”

养猪亏了钱，陈传球想辞掉村里的工作，出去打工。毕竟，在外面工作比在村里收入高多了。爷爷理解他，却不支持他：“乡亲们投票把你选出来，是信任你，你不能辜负大家。你现在辞职，就是当逃兵啊！”“你一个人富，咱们一家人富，这不算本事。只有带领乡亲们一起富，你才算有本事，你才是一个合格的党员，才是为党争光的党员！”爷爷的一番话让陈传球放弃了辞职念头。他买了一辆农用车，工作之余搞运输，家里的生活一天比一天好了。

谈起陈训杨一家三代党员，洲上村村民个个赞不绝口。他们知道，这个党员之家，传承的是红色基因。

2019 年端午节前，大城镇进行退役军人信息采集时，陈训杨在解放战争中荣立一等功两次、三等功一次，在渡江战役中被部队评为“水上英雄”的辉煌过去，才第一次为人知晓。洲上村发现一位老英雄的消息不胫而走。人们由衷敬佩这位 64 年深藏战功，甘当普通农民的老人。

2019 年 6 月 7 日，宜春市退役军人事务局工作人员来到洲上村，为渡江战役一等功臣陈训杨送来了“光荣之家”牌匾。

“入党就要永远跟党走，就要为人民服务。”陈训杨一家三代党员一心向党，永远跟着共产党。陈训杨老人曾说，这辈子跟着党走，光荣！陈坝根说，他的两个孙子长大了，也要去当兵，永远跟着共产党。

（作者：邹海斌）

那山 那树 那人

——记马什国际植物保护奖获得者郑乃员

20多年来，修水县教师郑乃员步行数万公里，穿坏100多双解放鞋，走遍保护区内每一寸土地。他用执着与艰辛守护着39个群落、12万多株南方红豆杉，被人们誉为红豆杉的“守护神”。他入围“中国好人榜”，被授予“马什国际植物保护奖”。

因为“陈门五杰”，地处赣西北的修水人文气息愈发厚重；因为南方红豆杉，高高的油岭闪烁着宝石般的光芒。在白云缠绕的山肩，有一位教师，20多年来带领村民保护古树、保护生态。至今，保护区面积已达2600公顷，有南方红豆杉12万多株。

红豆杉，植物“活化石”，世界公认濒危天然珍稀抗癌植物，国家一级保护植物。南方红豆杉，是红豆杉的一种。专家认定：“油岭保护区是南方地区保存最完好、树龄最大、种群个体数量最多的南方红豆杉群落之一。”

2014 年 9 月 29 日，世界最大的植物保护组织——国际植物园保护联盟（BGCI）在伦敦宣布：中国江西省修水县黄沙镇油岭村郑乃员获得“马什国际植物保护奖”。郑乃员是中国加入该组织 15 年来荣膺此奖的第一人。

岭

全油门加速，车轮飞转，两三指宽的石头呈切割线甩起，无效，采访车还是陷在石子堆里。再来！没有根基的车轮依旧在原地空转，又做了一次无用功。无奈，我们只有弃车攀岭。

从黄沙镇经李村上油岭，要爬五公里的石子路。约好采访时间后，郑乃员就在家里请人紧急修补路面。可那天，我们的采访车仅在山脚盘旋了几个弯就“搁浅”了。

远上寒山。霜降后的油岭，大自然的油画。火红、绛红、明黄、橙黄、墨绿、翠绿……都在这里以植物的形象展示着生命的气韵。安溪河沿着沟谷自西向东跳荡而下，娴静地淌过数百万年前敦厚灰白的冰川沟槽，悉心地润泽着果红叶绿的红豆杉群落以及直耸蓝天的枫林。清澈的涧水滋养着右岸深绿浓密的原始次生林，向左边山坡上一层层立着稻草垛的梯田致意。间或有一两块不见棱角的巨石趴在梯田间，像煞了正在嬉玩的大黑熊。扎根在细窄田埂的芦苇，如礼花般绽放在秋天的晴空。抬眼，层层梯田在一栋深黄的土坯屋前止步，屋旁那棵黄得发红、白籽点点的乌柏树，恰似一团燃烧的火焰，把油岭的山居秋色图传神地点染……

山重水复。

行行重行行。脚踩碎石的摩擦声伴着记者急促的喘息声。黑皮鞋、藏青西装，肩挎公文包，中等结实身材、皮肤黝黑、眉浓鼻挺的郑乃员，在前面如履平川般引着路。20 多年来，郑乃员就是这样，靠一双脚丈量着上山下山的十里机耕道，蹚雨雪，披星月。

“常常夜走山路，不怕摔跤？”

“不会，天天走的路，我太熟悉了，手电筒都不用带。”

“夏天不怕踩到蛇吗？”

“不怕的。我们这里的蛇都不咬人，它们与人类和谐相处。”

下山去请人发电子邮件、打印资料，去争取政策协调保护，去与保护区 263 户住户签订山林托管协议，去向全国各地专家请教……20 多年来，郑乃员日复一日，年复一年，靠着自己的学识、善举与坚毅、执着，攀登在比上油岭还艰难百倍的红豆杉保护之路上。

家

即使再晚再累，他都要爬上这个搭在油岭肩上的家，哪怕是顶风冒雪。“只有在那间土屋里，我才有灵感；只有守着自己的家，偷盗分子才不敢来破坏。”

白云生处有人家。郑乃员的家，海拔 650 米，油岭地势最高的房子。

一夜山雨后，沟谷里雪白的云雾铆足了力气，像登山比赛似的，把远处一座座山尖淹没。坡下的稻田敞开着，黄鸡们在悠闲地觅食，绿花鸭蹒跚着在屋前追逐。绿篱上爬满结着厚皮豆荚的花扁豆。白萝卜叶子油得发亮。视线稍一放远，就是大片野生的深深浅浅的绿色，如塔的楠木，像华盖的杨梅树，扇着风的棕榈，卷着嫩心的粽叶……

白色的两层水泥房内，客厅墙壁上挂满了字画和照片。楼梯没有栏杆。卫生间水龙头里从来没出过水。二楼楼梯口天花板半夜又砸下大堆水泥块。他说，实在是没时间来整修。他的书房兼卧室在北边的大房间，整整两面墙壁的书架被塞得满满当当。

这是四个儿女开家庭会议，每人凑 4 万元，为住在“没准哪天就坍塌”的破房里的父亲盖的新房。彼时，他们的母亲基本都在县城带孙儿。他的老书房立在旧厨房的右前方，两扇窗、泥巴地。他喜欢老书房，有鸟说话，有花做伴。若不是那次大风把墙刮倒，把瓦掀翻，他还会守在老书房。

2012 年，新房竣工。他的房间，却只有书籍，不见人影。返家的儿女们忍无可忍：“特意为你做好的新房子，你却不过来住，你到底什么意思！”

沉默。良久，他从嘴里挤出一句话：“因为新房子全是用你们的钱做的，我事业不成功，觉得住进去不舒坦。”

夜静秋山空。在如检阅台般的二楼露台眺望，低处的一两点亮光，属于与他家一样的守山人家。星辰仿佛伸手可摘。回望这么多年的保护路，他说，家人对他精神、经济上的支持令他无比欣慰。“尽管是从逆境中走来，但‘马什国际植物保护奖’给了我莫大的安慰和鼓励。”

来自世界 118 个国家的 700 多个植物园会员参与角逐的这个奖项，他是当年的唯一获奖者。颁奖词是：“郑乃员为植物保护作出了突出贡献。油岭南方红豆杉种子很有价值，我们将把它作为课题来研究。”

“我能获奖，首先是依赖油岭得天独厚的资源，其次离不开科学家的指点帮助。”凝望着夜空炫目的北斗七星，他说，中国植物园之父陈封怀先生，就是那颗最亮的启明星，指引着他一生的路程。

觉

在山林长大的郑乃员，从小就牢记着家训：古树要保护，柴火用枯树。30多年前，身为油岭小学民办教师的他，因为阻止村里人砍伐一棵比澡盆还粗的松树，而被调至一所更加偏远的小学。

如何保护古树？哪些树有保护价值？24岁的郑乃员带着这些疑惑，南下华南植物园，以修水老乡的名义，带着陈宝箴幼年在油岭读私塾的资料，去拜访陈封怀先生。

“古樟、古楠、古银杏都要特别保护，还有八角莲、七叶一枝花等名贵植物。你们那里要是有红豆杉就好了。”85岁的陈封怀顺手拿出《江西野生观赏植物》手稿，指着图案给郑乃员看。

“红豆杉？”年轻人兴奋了，“有啊！我小时候经常吃它的籽。”先生眼睛一亮：“你把红豆杉保护起来，最有意义。”

“不但要保护古树，还要把生态环境保护好；要防止人们砍古树，要多学知识，多向专家请教。”先生启蒙的话语，随着郑乃员走出了华南植物园，走向了油岭。

油岭的古树，正在变成地板、家具、造船材料。“再没人管，祖先留下的林子就要毁光了！”1986年，他向村、镇申请，将林中的古树挂牌保护。

8年后，当他呵护着油岭红豆杉标本，兴冲冲去请教陈封怀先生时，先生已逝。1999年，红豆杉被列入国家一级保护植物。

“你把红豆杉保护起来，最有意义。”陈封怀先生的教诲又在耳边回响。2000年6月，郑乃员组织没搬迁的30多名村民成立了防火、防盗、防病虫害的“三防协会”。7年后，由他任法人的“油岭野生动植物保护协会”成立，会员68名。2010年，“修水县油岭南方红豆杉自然保护区”挂牌，涉及 3 个行政村，总面积 1334 公顷；同时，郑乃员被任命为保护区管理站站长，但编制仍是教师。

护

“破坏是残忍的，保护是艰难的。但是，保护是很有价值的。”遥望着不远处隐隐约约的绿树红果，郑乃员感慨着。

不让砍树，就断了某些人的财路。在保护初期，曾有当地人多次威胁郑乃员：“再敢向上级部门反映，就要在巡山时做掉你！”他没有丝毫畏惧：“你要是把我做了，你也要被枪毙！”

随着红豆杉的价值广为知晓，保护任务也更为艰巨。2005 年的秋夜，四个不速之客闯进他家，亮出一份 200 万元购买晒谷石徐氏祠堂旁三棵 800 年树龄红豆杉的协议书，还承诺用 50 万元修好上山路。“只要你不管，就给你个人 3 万元。天知地知。”可是，郑乃员断然拒绝了：“只要保护好古树，我们不愁没钱修路！”他义正词严：“红豆杉是严禁砍伐的，即使我同意，你也运不走！”

“我们自有办法运出去！”

“你要是敢砍，我就敢报案！”

一个巴掌，重重地打在郑乃员的脸上。正在洗锅的妻子，舀起一勺热水就要泼去。妻子的手，被郑乃员紧紧摁住。

有段时间，红豆杉籽价格飙至每公斤 1200 元，有的古树结籽多达百斤。2009 年金秋，郑乃员在巡山时发现两人在树上采籽，心里一咯噔：“你们怎么采我们的籽？”

“我们老板是出了钱的，你们不摘，掉在地上浪费了。”

“他们给你多少钱？”

郑乃员紧抱古老的南方红豆杉 （郑乃员 供图）

“20元。”

他立即从自己口袋里拿出20元钱，塞到来人手上。种子，被没收了一半。岂知，翌日一早，老板竟带着一帮人骑着摩托车呼啸而来。“来者不善，保持冷静！”他提醒妻子。等对方一阵发泄后，郑乃员镇定地解释：“红豆杉籽我们自己都不摘，是为了建保护区……凡事都有规矩，你违规了。”妻子端出芳香的芝麻菊花茶笑脸相待，告诉他们保护红豆杉的意义。最后，这些人表示，再也不会来采红豆杉籽了。

身为县法院陪审员的他，不惧怕正面冲突，甚至觉得这是一次宣传良机。

求

2008 年，他萌生了在油岭建陈封怀植物园的想法。于是，他上庐山、下广州……是年秋天，中科院华南植物园研究员陈贻竹、胡启明来了，他俩分别是陈封怀之子、中国植物分类学奠基人胡先骕之子。一个月后，几位知名专家提出应先设保护区，再考虑建植物园。

漫漫科考路，从脚下开始。他自筹资金，一边去买书籍、请专家，一边勘查油岭资源、整理调查资料。

此后，他跑政策、查文件、找领导，组织群众保护、宣传、接待，走村串户签林权托管协议……

华南植物园、科技部联合考察组专家陆续来了……他们认定："油岭保护区是南方地区保存最完好、树龄最大、种群个体数量最多的南方红豆杉群落之一。"有专家表示，它已初步达到申报省级自然保护区标准。但是，申报必须有科考报告和总体规划，通常需 30 万元经费。

"只要县政府有文件，我就有办法！我去找专家，我来协助专家做基础工作！"为了保护区的发展，为了这片珍贵的红豆杉，郑乃员有点"疯"了。让他喜出望外的是，县里鼎力支持，红头文件第二天就出台，但经费没定。

带着红头文件，他直奔杭州，去浙江林科院找红豆杉研究专家钱华。因为钱华曾带着考察队在油岭一待就是三天，吃住全在他家的土坯房。岂料，迎面竟是一盆冷水："你们支付不起差旅费，我们也请不到假"，"我写好提纲，你按要求去做"。随即，他带走了一大张参考书目。

从此，晚上11时息、凌晨3时起，成了他学习、整理资料的生物闹钟。

从此，他家土坯房前那3亩梯田，每年春天都要花20元一天请人耕种。

从此，他的手机话费每月至少600元，他成了浙江林科院可以免费吃住的"贵宾"。

从此，他携着油岭的各种植物标本，成了庐山植物园的"学习生"。为省去住宿费，他在植物园长凳上连续躺了四宿，直到巡逻员发现了"修水的郑老师"，他才进了被腾出的房间。

泪

人为的阻碍、刁难，令人心力交瘁，甚至磨损前进的动力。唯有理想坚定、精神强大者才能在逆境中淬炼成钢。

皮肉的疼痛、冲突和对峙、异常的辛劳，他都早有心理准备，也有足够的毅力去应对。然而，修路、科考导致的巨大经济压力以及迟迟不见曙光的渺茫，却是压在他心头的"泰山"。

"不让我摘籽，你每年就给我2000元！"徐氏家族又有人上山来了。一声叹息，郑乃员把2000元给了索要者。他开导自己，平时花这么多钱老在外面跑，也不是每次都成功，就当是浪费了2000元。

“人家抽条烟都要 50 元，我省吃俭用，有碗稀饭就够了。在外面最初是花几块钱住一晚，后来是住 20 元的通铺。唉，想开了就给了他。”他平静地坦陈，自己是个争气而不容易生气的人。

第二年，那人又来了。他质问道：“树不让我们砍，籽不让我们摘，路也不修好，你还让不让人活了？”郑乃员无语。这条因“撤村并乡”而几乎被政策遗忘的上山路啊，一条“天晴一块铜，下雨一包脓”的机耕道。借钱！再修路！路修好了，既留住了 13 户乡亲，又方便专家科考；既利于游客上山，也防止古树被破坏。

木立在被山洪冲毁的上山通道，他的泪水混着雨水滚入了泥浆河。毁了修、修了又被毁……为了这条上山路，他已欠款 19 万元。

妻子说：“你把工资全拿去做公益，我也不抱怨，可这条路何时是个头呀？”

前几年，长期在外奔走，常以方便面和甜饼充饥的他，又被疾病纠缠。为了不给家人添麻烦，他一人去住院，甚至开刀也没告诉家人。

几年来，那间 8 平方米的书房，见证了两本共计 28 万字的报告和规划手稿的诞生，也见证了他为此翻译、打印、制作而花费的 7 万元账目。

这边借债做科考，那边学校要清理教师编制；家里的妻儿劝他下山，山下又有人要来摘籽、砍树……2012 年，紧贴在土坯房外那丛碧绿叶、鲜红花的悬铃，在寂静的月夜，不止一次听到泪水滴在稿纸上的声响；晒谷石旁的千年红豆杉，不止一次品尝到落在它树冠下泪水的苦涩。

杉

绿树村边合，雀鸟杉上鸣。晒谷石千年南方红豆杉群落。

这是一群壮美得让人敬畏的生命。踏过数百年霜雪，谛听过千年松涛，它们款款而来，飒飒生风，它们陪伴了一个家族千年的生息繁衍、百年兴衰。如天外来客、可“晒谷晒经”的巨石，呼朋引伴，镇守在这油岭的要冲。五株三四百岁的黄枫香，十余株五六百岁的绿楠，还有百年的女贞、苦槠，攀附在小叶楠上的薜荔果、林下青绿的棕榈、吊着红色聚合球果的南五味子、“星火燎原”般殷红的茅莓悬钩子以及匍匐在地抽出蓝果实的麦冬……一群顽强的相存相偎的大自然的标本，一个庞大的相亲相爱的植物大家庭。

植物是有情感的，红豆杉尤甚。41 位“美丽杉公子”，在这潮湿阴凉的石畔崖际翩翩起舞，成双结对，相望依依。面朝硕石背向崖的雄性千年古杉，以 3 人合抱、近 5 米的胸围坚实地支撑着 30 米高的挺拔身躯，它的树枝收敛而有节奏地向上伸展。淡灰色的树皮映衬着墨绿油亮的羽状叶片，镰刀形的细叶饱满而肉实。看侧边，那株近 800 年的雌树，正闪着累累红果向它频送秋波、表达相思。

这是一帧美丽得令人心颤的图画。近瞧，红得透明的如黄豆大的浆果，半包着乌黑的种子，拼了命地往绿莹莹的枝叶外挤呀冒呀，调皮地探着脑袋、扇着鼻翼。稍远，那红果又成了挂在绿树上的点点孔明灯。再远，那一团团红果，就变成了高高绿云上燃烧的火焰。

这是一场“雀鸟鸣杉”的天籁音乐会。似乎所有善歌的鸟儿，都被这团团燃烧的火焰召唤而来。叽叽，咕叽，呜呜，喳喳……长尾的红嘴蓝鹊、活泼的白头翁、神仙般典丽的仙八色鸫，哼唱着欢愉的歌儿在绿云火焰上蹦跳翻飞，嬉戏逗闹。领唱的，当是黄绿色的百灵。

乔木、灌木、草本，鸟类，昆虫……一旦森林生态系统被破坏，从第四纪冰川穿越而来的红豆杉，可能真的只能活在化石里了。这群古杉定然记得，2008 年遭遇冰雪灾害时，是郑乃员率领会员们，用炭炉为它们烘脚，用长竿替它们敲冰……

“我还算不上长寿哟！在我印象里，油岭就没人得过癌症。”当年，86 岁的徐庭浩老人曾这样说。是啊，这不分白昼黑夜都在释放氧气的红豆杉，早已是世界公认的最佳抗癌植物。

望

披雾纱、撞雨幕，跨青石桥，穿栗林、抚栎果，恍入桃花源。有朱红的富贵籽入眼，有鲜红的草珊瑚惊艳，还有满坡丹珠的矮地茶，有质感的绿叶、红艳艳的球果，都在林下鲜亮欲滴地烂漫生长。

2014 年，熊春铁家就在沟谷边，一家三口都在。熊春铁曾自豪地说：“这几年上油岭来看红豆杉的人越来越多了，他们都讲‘活在这里真好’。以前我们没钱搬迁被人看不起，现在呀，他们都羡慕我们哟！我们虽然穷点，但是吃自己种的菜、自己种的粮，还天天吸收红豆杉释放的氧气，身体好哟！”

她的儿子郑焕忠，几年前从南方打工回来过年，之后就不愿再出去了。他觉得家里舒服，有发展潜力。“虽然现在贫穷点，但是跟着郑老师有奔头。住在我们下面的老何家，2014 年光卖花扁豆，就赚了上万块钱喽！”“郑老师为油岭接电、装电话，为我们修路，没要我们一分钱。”“他自己不但跑政策，还帮我们垫了好多钱，真是一个大好人哪！”

金黄的野菊在雨丝中已暗香浮动，金银花、粉杜鹃居然还在生机勃勃地怒放。郑乃员说，因为是小阳春，原本属于春天的花儿又开了。

鞋子被黄泥紧紧包裹，下山的路，举步维艰。

与郑乃员握别，超然、敬仰、悲壮的情绪阵阵袭来。他察觉到我们盯着他踩在泥泞中的皮鞋，不得不“交代”，近年必须给磨损过度的膝盖注射玻璃酸钠，伤痕累累的双脚已经承受不了坚硬石头的顶硌，再也不能穿胶鞋了。

蓦然回首，郑乃员正走在千年古杉的拐弯处。路曼曼其修远兮，他将坚定而求索。

那山，那树，那人……

（作者：祝芸生　柳易江）

天上人间

——张果喜其人其事

张果喜，把一个21人的木工小作坊发展成为涉及工艺美术品、化工、电机等产业的企业集团。同时，他支持鹰潭市余江区多个乡镇办起了木雕厂，创办了木雕技工学校和残疾人雕刻技术培训班，培养的技术人才遍布全国。他被授予“全国五一劳动奖章”“全国劳动模范”等荣誉。

“为一大事来，做一大事去。”这是陶行知的名句，也是我喜爱的格言。我的大事就是余雕。

——张果喜

望　星

很多次，遥望星空，是为寻找那颗星。

张果喜参加张果喜星命名大会
（罗宸清 供图）

1993 年 6 月 5 日，中国科学院紫金山天文台和江西省政府在南昌举行隆重仪式，将国际编号为 3028 号的小行星命名为张果喜星。

这是中国首次以著名企业家的名字为新发现的小行星命名。全世界叱咤风云、声名显赫的企业家灿若群星，能获此殊荣永载浩渺广宇的唯此二人：美国的哈默，中国的张果喜。

张果喜，江西果喜实业集团有限公司董事长兼总经理，时年 41 岁。与牛顿、爱因斯坦、莎士比亚、张衡、祖冲之、张钰哲、邵逸夫、吴健雄、李约瑟等天之骄子一起，将名字永远嵌入璀璨的银河，张果喜激动得脸上泛着红光。他借用莎士比亚的名言来答谢人们赠予他这一殊荣：“上天生下我们，是要把我们当作火炬，不是照亮自己，而是普照世界。”

鲜花，掌声，张果喜像舞台上光彩照人的明星，一下子跃上万里之遥的星空，远去了。

此刻真说不清，是为他高兴，还是有几分担忧？

荣誉的光环犹如一片汪洋，可以载舟，亦可覆舟。年轻气盛、如日中天的张果喜，鲜花簇拥、掌声相伴的张果喜，会不会荣誉上天、事业沉海？

岁月如风，张果喜走南闯北，有如天马行空。他总是兴致勃勃，谈余雕大本营的新信息，谈在沿海城市兴办实业的新举措，令人兴奋，更令人放心。果喜还是那个果喜，星星还是那颗星星！

也许，张果喜生来就是个弄潮儿。爱冒风险，敢走别人没走过的路，敢于学习前人、超越前人，这脾性使他举起板斧、雕刀，把企业推向了市场经济的潮头。多少年来，中国的企业曾经在计划的大坐标下运行，习惯了，依赖惯了，似乎离开了坐标就摸不着南北东西。张果喜走的却是一条不靠国家计划、不靠政府拨款、不靠正统销售渠道的新路，建立的是不端铁饭碗、不拿铁工资、不坐铁交椅的全新制度。诚如人们所说：别人还在试探水的深度时，张果喜已经一头扎进去了。

到大江大河中游泳需要胆略，到市场经济大潮中去游泳还需要谋略。有勇有谋，才能在迎战风浪、迎接挑战中走向成熟。

梦想是生命的希望之源。

张果喜最绚丽的梦想是当中国的艾柯卡。他崇拜太平洋彼岸的“企业之父”艾柯卡。艾柯卡把负债累累的企业经营成为世界一流的汽车公司，是张果喜心中不容置疑的英雄楷模。

对东邻之国日本的松下幸之助，张果喜同样敬慕有加。松下幸之助是铁匠出身，靠 100 日元起家，却让松下电器誉满全球，走进异国他乡。小木匠张果喜的自信与日俱增：为什么中国的产品就不能赚外国人的钱，八面风光走向世界？

希望是一种清醒的梦境，希望在小木匠的手中一天天走出梦境。越是民族的，越是世界的，中国传统工艺品只会越卖越值钱。雕花家具走俏上海滩，精雕细琢的佛龛抢滩日本市场，从出口木雕半成品到实现生产一条龙，张果喜构架起了一个世界领先的木雕王国。

英雄的梦想永远不会终结。张果喜没有沉醉于“天下雕刻第一家”的赞誉声中。市场经济大潮在中国大地汹涌而起，大江东去更显英雄本色。张果喜牢牢握紧雕刀的同时，把一点一滴积累起来的资金，一步一步撒向更广阔的领域。上海、深圳、福建、海南，服装设备、汽车零部件、化工、房地产、旅游业，跻身中国经济崛起最受人瞩目的地方，张果喜正在兴起一批有市场、有希望的产业，他要在这雄心勃勃、脚踏实地的第二次创业中，把木雕王国扩建成一支联合舰队，乘风破浪，驶向市场经济的王国。

中国是一艘更雄壮的巨轮，中国的企业向市场经济转轨的背后，是让人惊心揪心费心的日日夜夜，是催人脱胎换骨、求变求新的日日夜夜，也是压力、风险、竞争、波动与动力、信心、勇气、希望同在的日日夜夜。他的自信写在脸上，他的自强握在手中。他痛痛快快地说，说完扬长而去，痛痛快快地干。

“骨子里就是爱干实业，爱做生意。”张果喜如是评价自己。他干起来太急太狠太拼命，累得尿里渗血也不肯罢休。可是不急不狠不拼命，小木匠又怎能大刀阔斧，建立起他的木雕王国？又怎能实现当年的梦想，做中国的艾柯卡、松下幸之助？

人的一生，还有什么比给这个世界留下几件不朽的作品，更令人动心倾心，更让人倍感荣耀？当张果喜穷尽其心血和智慧，把企业精心雕琢成不朽之作时，他这样剖白自己的心迹：“中国有十几亿人口，比我聪明，比我有知识、有学问、有能力的人多得很，为什么我的事业能不断发展？我心里很清楚，首先得益于改革开放大政方针，得益于党的好政策，得益于各级党政领导对我的关心、帮助、支持。当然，关键还要靠自己。”

读　眼

张果喜眼睛不大，却炯炯有神。凝眸细察，难说这双眼睛里是智慧的成分多，还是精明的成分多。

一日，几位朋友相聚，酒兴正浓，张果喜面赤耳热，似醉非醉。此时有人将话题急转向果喜集团商界风云之事，只见张果喜双眼大瞪，溜溜直转，频频闪光，醉意早抛至九霄云外。观其眼，识其人，果喜这人太精。

2007 年 7 月，张果喜天津赴会，当选为中国企业管理协会、中国企业家协会副会长，乃副会长中唯一的民营企业家。好事逢双，张果喜一边开会，一边还盯上了一个中外合资项目。此后半个月时间，通三次电话，见三次面，双方基本谈妥，效率之高，足见果喜速度之快。

那是一个高科技产品——无齿无刷直流电机，超越了流行 150 年的传统电机，效率可提高 80% 至 90%，可节能 40%，与性能要求高的产品，如日益精密、功能日益齐全的医疗仪器，半自动化设备，空调设备等相配套，则尤显其优越性。仅美国市场，此电机有效年需求达 7.7 亿美元。

出自美国的这个专利产品，在美国已有三个财团投入生产，无奈效益不理想。来自美国的程先生看好中国生产成本低，稀土资源丰富，两年来大江南北多方运作，与几家大型国有企业频频接洽，却终未成交。未料想机缘从天而降，偶然场合有人举荐民营企业老板张果喜，程先生电传追至天津，遂与张果喜在上海面商，又赴江西余江考察，果然中意，大有“踏破铁鞋无觅处，得来全不费工夫”之感叹。

仅半月之交，程先生何以就看准了张果喜？

在程先生看来，在美国办企业必须具备三要素，即有敢于承担风险的创业者，若干有商业思维的人，很多有专业知识和技能的人。三要素构成一个金字塔，塔尖上是敢于承担风险的创业者。虽然程先生与张果喜仅有半月之交，但程先生认定，张果喜正是一个敢于承担风险的创业者。

的确，现在缺的就是敢于承担风险、敢于承担责任、敢于拍板的人。张果喜恰恰都敢。

只通三次话，只见三次面，张果喜凭什么就拍板?

提起这段往事，张果喜双眼笑成两道缝："其实，我与对方谈了三次，就增加了一个条件。我用厂房、土地入股，美方是几个教授，以 70 万美金的技术入股。我当时要求他们增加 50 万美金入股，产品由双方组成的销售公司销往美国市场。几个教授如果愿意掏腰包投资，那就说明这个产品有利可图，而且大家坐在一条船上共担风险。有的企业搞合资被人宰了一刀，项目还没有搞成，往往就是吃了这方面的亏。真正的合资，关键是在平等条件下互利互惠。谈生意抓住了要害，说句大实话，我的成功率都是百分之百。"

程先生看中的恰恰是张果喜的眼光。他很清楚，早已被外国传媒誉为"中国亿万富翁"的张果喜并不是缺钱，加码 50 万美金拴住几个美国教授，只不过是他利用高科技获取丰厚回报的一步好棋而已。

置身于花园一般的果喜集团总部，程先生对自己的选择更胸有成竹：张果喜有眼光，如果他仅仅满足于做个匠人，就不会有企业的今天。张果喜懂得现代管理，而不是仅有雕虫小技。

生命的乐趣在于探索，生命的意义在于创造。张果喜深深迷恋生意场上的斗智斗勇。

"桌面上凭智慧，桌面下凭信用。"这是他的得意之见。商场如战场，知己知彼，抓住战机，迎难而上，练就了企业家敏锐的眼光。

想当年，21 岁的小木匠振臂一呼"要吃饭的跟我来"，带领 21 个兄弟白手起家，用卖掉私房换来的 1400 元钱创业办厂，那时就是为争一口气。

有了这口气，不靠天，不靠地，不靠别人施舍，只靠自己往前闯。

这一闯就超前地闯入市场经济的轨道。走上这条轨道，就注定了要迎接挑战，要承担风险，就注定了要选择活力，要选择效率。风雨中磕磕碰碰，波涛里沉沉浮浮，小木匠的眼光远了，眼界高了，木雕王国的产品不仅占领了日本市场，还把日本企业吸引到余江来办厂。小木匠不再满足于做木头文章，在金银铜铁等五花八门的行当直至高科技项目中几试身手。从把产品打入国际市场赚外国人的钱，到运作资金借助人才跻身市场大循环，张果喜努力开拓新产业，开辟新领域。

眼乃心灵之窗。读张果喜的眼，能读出英雄气概，能读出华夏风采。这双眼讲述了一个真实的故事，荣誉上天，事业并未沉海。

你看，张果喜为成就他的大事，还像创业之初的小木匠一般来去如风，说话中气十足，办事闯劲十足，解难锋芒十足。不同的是，气沉丹田，他的眼光更老辣。

张果喜有钱，恐怕无人不晓。1992 年，他一次就向江西省政府捐赠 100 万元，设立教育奖励基金，资助教育事业发展。

走在他故乡余江的土地上，他的慈行善举随处可见：兴建养老院，为老人们送去彩电、新衣；建起科技楼，让孩子们早日插上科技翅膀飞翔；架起果喜大桥，使新洲几百亩荒滩变成崛起的新区。这些年来，果喜造福社会，造福家乡人民。

他常常扪心自问：没有深潭哪有蛟龙，没有草原哪有骏马。是父老乡亲养育了他，是家乡的沃土滋润了他，是改革开放的好政策造就了他！

他备尝没钱的痛苦，想当年白手起家，只有卖掉家中的私房作为生存的根基。为了给厂里换来一张大额订单，他往返 200 多公里，连夜赶制样品，终于在 18 个小时内将 6 件样品送到外商手中。

这位党旗下成长起来的共产党员，深深理解党的富民政策，贫穷不是社会主义。有能量为国家创造财富，有能力向海外发展，有能耐带领大伙走上富裕路，就是本事，就是荣光。他乐此不疲。正如在他企业“打工”的一个外国员工所言：“张老板可能除了睡觉时不想赚钱的事，其他时间肯定都在考虑企业的未来与如何赚钱。”

钱在张果喜眼中是个万花筒。他以小钱赚大钱，积少成多，积沙成丘，雪球越滚越大，资本越积越多，从一个厂发展到二十几个企业，从单一产品发展到多元结构的综合型集团。

他把向海外发展视为骄傲，起步就是发展外向型企业，眼睛盯着国际市场，销售网络遍及几十个国家和地区。

从一个大的视角来观照张果喜的经营谋略，完全可以说，他已经把个人资本的运作融入社会资本经营之中，正在形成涵盖更大范围的大资本、大流通。

从靠苦力赚钱，到用钱生钱，再到以智力赚钱，张果喜企业发展的三部曲，终于奏响了雄浑辉煌的乐章。

仅读了初中的张果喜并非天才，但他相信天生我材必有用，改革开放给了我们一个大舞台，实践出真知，时势造英雄，成事在人不在天！

曾经有人问张果喜：“今天与过去相比，自我感觉有何不同？”

张果喜略作思索，笑答道：“过去多少有点像个‘小财主’，现在感觉是在想大事、做大事了。”

也许人们想象不到，今天的张果喜并不是一些人想象的那样挥金如土，花天酒地。正如他赚钱有原则——“君子爱财，取之有道”一样，他用钱的原则同样泾渭分明：该花的再多也要花，不该花的一分钱也不乱花。

一位与他深交的朋友说，果喜这人，必要的场合，花几千元招待宾客也不是不可以。可无事时朋友小聚，多点几个菜他就会骂人：“还没学会赚钱，就先学会乱花钱了。”

张果喜生活照 （罗宸清 供图）

另一位与他多有接触的熟人说，平日果喜喝的是普通婺源绿茶，工作到深夜，最爱吃的宵夜是辣椒炒油渣。

能赚会花，张果喜熟谙此道，这样才能小鸡变大鸡，木鸡变金鸡，鸡生蛋，蛋育鸡。难能可贵的是，张果喜没有掉进钱眼里无法自拔，也并非躺在钱堆里修身养性。每当结束一天的忙碌安睡之前，他总会习惯性地问自己："明天我将做些什么？"

而当他完成这例行的一课之后，他必会带着微笑进入梦境。他笑得有理，人生活在社会中，怎能只向社会索取？能为社会创造财富，能为国家作出贡献，今生今世干一大事足矣。

这世上最难的，乃是以平常心态去把握自己。

问 情

总有人劝果喜，事业做得这么发达，很多企业在上海、广州、深圳等沿海城市，何不把总部也迁往大城市，还在余江这穷乡僻壤有意义吗？

果喜从没动过迁走的念头。年年跨洋越海，飞向世界各地，见过多少域外风光，尝过多少美味佳肴，果喜最爱看的还是家乡的河流山川，最爱吃的还是家乡的萝卜辣椒。乡音乡情，乡思乡恋，果喜的根，始终在余江。

忙里偷闲，看武侠小说、侦探小说，乃张果喜一大嗜好。他看重男子汉气概，他觉得男人更要重情义。他常说："党员讲党性，做人讲义气。"

有情有义，实为张果喜的人格魅力。

无怪工人们说，对他又爱又怕，三天不见还想得慌。

厂长心中有工人，工人心中才会有企业。张果喜对工人严得出名，也爱得出名。

严起来他不分亲疏。

当车间主任的亲哥哥违反厂规，因喝酒上班迟到，张果喜毫不留情，免去他的职务，把他调到城外管理橘园。

两个副总经理晚上工作到深夜，第二天上班迟到两分钟，同样被扣罚半天工资。难怪上班铃响之前，工人们都是小跑赶到车间。曾经与张果喜一起闯生路的一个创业伙伴，由于经济问题被张果喜忍痛除名。可是对此人子女，果喜毫不见外，按条件照样安排出国学习技术。被除名的创业伙伴特别感动，过年时非得上门给张果喜拜个年。他服的就是张果喜严爱分明，一视同仁。

爱起员工来他不分彼此。

一个工人患病需要做手术，亲人不在身边，张果喜亲自把工人送上手术台，在手术单上签上自己的名字。工人担心女友与他分手，又是张果喜为他解开疙瘩，使有情人终成眷属。有这样知心贴心的厂长，工人能不好好为企业效力？

张果喜在余江创办了全国第一所木雕技工学校，为省内省外培养了很多木雕工人，其中有很多残疾人，为的是让更多的人用技术叩开致富之门。

情重如山，情义无价。情是爱的奉献，情是爱的回报。果喜呀果喜，今生今世，无怨无悔！

走进余雕总部，一座汉白玉石雕牌楼矗立在鲜花绿树丛中。“承前启后　继往开来”八个大字旁边，镌刻着22个创业者的姓名。生死之交，患难与共。这么多年风风雨雨，吹不散往日的友情，抛洒青春热血、同心艰苦创业的伙伴，张果喜永远铭记在心。

爱妻陈伏兰与果喜患难与共。创业之初急需用钱，伏兰节衣缩食，省下钱贴补果喜。厂里招待客人没好菜，伏兰把家里的鸡杀了送来。随着企业的发展，果喜把伏兰送到南昌进修日语，又让她到驻日本、泰国的机构去见世面。果喜的事业越做越大，伏兰心疼他太忙太累。可他说，大丈夫报国报家终需事业有成，这才是对妻子的最好馈赠。

爱亲人、爱家乡、爱祖国、爱事业，这是中国人亘古不变的情怀。好风凭借力，送我上青云。张果喜遥看天上人间，神州万家灯火，长空群星璀璨。

（作者：彭春兰）

信任的力量

——记人民调解员李时洪

为了“信任”二字，他坚守医疗纠纷调解岗位11年。他善待群众，化解积案一起又一起；他尊重事实，还医者清白一桩又一桩；他坚毅前行，不顾安危一次又一次；他创新调解，收获锦旗一面又一面。他是李时洪，先后获评“全国综治基层模范创新人物”“全省模范人民调解员等”。

原本，60岁的李时洪，此刻应在北京陪伴家人，享受退休生活。但是，组织返聘他继续当一名人民调解员。千里之遥的亲情召唤，只能日后再做打算。手头上，好几个纠纷需要他及时调解。

没有办法，谁让他名声在外呢！

十几年来，他先后获评“全国综治基层模范创新人物”“全国创建平安医院活动表现突出个人”“全省模范人民调解员”“全省最美基层干部”“新时代江西十大法治人物”。由他“领衔”的新余市医疗纠纷人民调解委员会（以下简称“新余市医调委”），捧回过“全国模范

李时洪（左）与同事翻阅资料 （邹宇波 摄）

人民调解委员会”奖杯。

奖杯背后，有着这位老党员多少劳累、委屈，多少辛酸、血泪。当然，也有成功和喜悦。每个纠纷的成功调解，就像风雨之后见彩虹。

李时洪答应留任，不是因为那些奖杯，而是因为医患双方的口碑。他们的信任，才是李时洪最珍贵的奖杯。他永远记得父亲的告诫：当干部不要怕困难，不要辜负老百姓的信任！

二

北方，天寒地冻。

李时洪下了飞机来到现场时，倒吸一口冷气。陈虹领着一群上访户正在聚众吵闹，若滞留太久，必然引起骚乱。好不容易挤到陈虹身旁，她恶狠狠甩出一句话："你谁啊？三年多都没给我解决，凭啥相信你？"

"我知道，如果没有委屈，你不会千辛万苦跑这么远的。"李时洪身材高大，外表坚硬如铁，内心却柔软似绵。这一句话，猛然触动陈虹心弦，她的眼泪唰地流了下来。情绪似决堤之水，一番倾泻，陈虹逐渐平静下来。

2014 年 4 月，陈虹的小儿子在医院出生时，因呛羊水导致肺部感染，治疗 5 天后出院，护士为他接种了卡介苗。从那以后，两年多时间里，孩子经常发烧住院。为给孩子治病，陈虹辞掉工作，卖掉房子。孩子的病没治好，还欠下 50 多万元债务。

2016 年 12 月，孩子不幸去世。后来，陈虹才知道孩子的病是"播散性结核菌病，属疫苗接种异常反应"。其实，两年前，疾控部门的诊断报告就显示：孩子属于卡介苗接种异常反应。但这份报告直至孩子病逝前五天才送到陈虹手中，导致错过最佳治疗时间。

"那个时候，我根本不知道婴儿肺部感染不能打卡介苗，更没想到他们竟然隐瞒诊断报告。"为讨要说法，陈虹从此踏上艰辛的上访之路。

听完陈虹的哭诉，李时洪把心一横："跟我回家吧，我一定把事情调查清楚！"陈虹抑制悲恸，将信将疑地点点头。

回来后，李时洪花了 4 个月时间，东奔西走、调查取证，形成了 14 份 16 万字的证据材料，写下 3.7 万字的调查记录，实事求是地指出：医院违反禁忌给婴儿接种卡介苗，疾控部门未在 15 天之内送达诊断报告，存在认定事实和程序上的违法行为。

此时，有人给他传话："新余就这么大，低头不见抬头见，最好别管这摊子事！"李时洪回应："我一定尊重事实，依法依规处理。如果认为我违法违规，可以向市纪委举报，我愿接受调查！"

2017年7月12日，是陈虹三年多来最舒畅的一天。她与涉事医院、疾控部门达成调解协议，依法获得赔偿，涉事人员受到处理。一件持续多年的信访积案、难案，终于得到圆满解决。

如今，陈虹不仅成为一名社区工作者，还加入了新余市医调委志愿者队伍。

“人民调解员一定要善待群众，要始终带着‘情’字做工作，换位思考，以心换心。”李时洪常对六位搭档说。

一次，在调解一起学生校外意外死亡事件后，李时洪得知死者的父亲、爷爷、奶奶都是残疾人，母亲刚做完乳腺癌手术，家庭贫困。他于心不忍，在信访、民政、辖区行政部门之间来回反映、协调，为他们办理了低保。

谁善待群众，群众就信任谁。采访李时洪，我们多次被陌生群众的来电打断。“老百姓的电话不接不行，找我都是寻求帮助的。”

凭着这份信任，十几年来，新余市医调委成功调处医疗、校园及非正常死亡引发的纠纷920起，调解成功率达96.1%。经他调解的纠纷，没有一个当事人反悔或重新起诉、信访闹访，满意率达100%。

二

2020年1月25日，农历大年初一。一名住院病人因医治无效于凌晨死亡，数十名家属情绪激动，围聚在医院门诊部，死活不肯带走遗体。当时，这家医院已发现新冠肺炎病毒感染者，是新余市疫情防控重点地区。人员聚集，不仅易触发群体医闹事件，更极有可能引发疫情扩散，产生更为严重的后果。

家属情绪激动，犹如巨大的火药桶。事态十万火急！必须尽快调处。一接到求助电话，李时洪没有迟疑，迅速赶了过来。言语中，得知他本职岗位是新余市司法局党组成员、政治处主任，却志愿担任无级别无报酬、成天打难缠“官司”的“调解主任”时，死者家属语气开始缓和下来。

李时洪趁热打铁：“我很理解你们的心情，但请冷静地想一想，老人家年纪那么大，患高血压等多种疾病，入院时签了病危通知书的。治疗过程中，医生也尽了全力抢救……”4个小时摆事实、讲法条，家属终于同意先将遗体运走火化。

第二天，李时洪和同事放弃休息，开展取证、咨询专家意见等工作，召集双方通过微信视频进行网络调解。又是3个小时，总算取得死者家属理解，放弃索赔。最终，纠纷以医院无责“零赔偿”成功调解。

事后，大家才知道，李时洪的父亲春节前刚去世，他本该在家料理祭祀之事……院方和死者家属心生愧意：“为了我们，李主任把家里这么大的事耽搁了，实在不好意思呢。”

受此启发，疫情期间，新余市医调委采用微信“点单”服务方式，通过网络成功调处医疗纠纷19起。这个做法，在疫情期间被省司法厅专报司法部，向全国推广。

“调解工作的核心是什么？就是讲法律、摆事实。作为人民调解员，坚决不能和稀泥，感情用事。”这是李时洪的原则。凭着这个原则，他在为群众公正“讨说法”的同时，也依法依规守护着医院、医务人员的“清白”。

严小光父子因与他人发生冲突，导致身体多处受伤，被送往医院就医。就医期间，严小光认为主治医生向法医提供的病历等证明材料与事实不符，使得他在司法鉴定时未得到公平待遇。于是，他向医院索赔6万元。

李时洪（右二）工作场景 （新余市司法局 供图）

李时洪受理此案后，找纠纷双方调查取证，最后认定：主治医生在诊疗过程中，存在一定过失，但与司法鉴定结果没有直接因果关系。

一间调解室，三方相对坐。李时洪摆事实、讲法律，最终双方达成共识，握手言和。当着调解员的面，医务人员为自己的过失，诚恳地向严小光赔礼道歉。严小光主动放弃赔偿要求。

“尽管我没有得到一分钱赔偿，但是得到了一个满意的结果，我觉得社会还是有公平正义的。”走出医调委，阳光正好，微风拂面，卸下心理包袱的严小光，脚步轻快而从容。

11 年间，新余市医调委实现无责调处医院“零赔偿”196 起，占全省无责调处总数的 54.73%，有效维护了医院合法权益，推动群众依法提出合理诉求的社会风气形成。

省医调办负责人称赞：李时洪始终坚持情、理、法相结合，创新了调解、保险、理赔、预防四位一体的调解模式，尤其是无责调处医院“零赔偿”取得的好成绩，来之不易。

这个成绩背后的艰辛，只有李时洪知道。从法律条文的“门外汉”，到连当地法院也号召学习的“活法典”，他付出了巨大的努力。2021 年 11 月，李时洪被省司法厅评定为一级人民调解员。2022 年 1 月，他受聘为省政府行政复议委员会委员。

三

“李主任，我晓得你人好，会调解，懂法律。如果杀了人，自首会怎么判？”一天上午，李时洪接了一个电话，电话那头声音急促，透着焦急和惶恐。他意识到事态严重，赶紧稳住对方：“你过来，我们当面说说，可以吗？”

在等待的间隙，李时洪了解到一则悬赏通告：某乡镇发生一起命案，经调查发现杨某有重大作案嫌疑……

来者姓王，受杨某家属委托，向李时洪咨询法律问题。李时洪脑中闪出一个大胆想法：既然犯罪嫌疑人的家属信任自己，不如当面规劝他自首。经过“谈判”，这个想法得到杨某及其家属同意。

动身前，他向警方报告，并说明了此行目的。“嫌犯手中持有凶器。如果一定要去，我们派警力配合你。”“不行啊，他看见警察可能会有过激行为，事情反而不好办。让我试试，能劝他自首最好。”

中午时分，李时洪驾车来到杨某藏匿点——一个偏僻村庄的废弃土坯房。

一见李时洪，浑身血迹的杨某从茅草堆上弹起，浑身发抖，挥舞着短刀。李时洪退后几步，喝道：“放下刀！我当过 5 年兵，你 3

天没吃饭，打不过我的！”见杨某怔住，他放缓语调，好言相劝。

然而杨某情绪反复，晃动的短刀，寒光闪闪。两个小时的“博弈”之后，杨某情绪终于平稳了，李时洪动情地说：“跟我去自首吧。如果你判死刑，我到刑场送你；如果你判无期，我到监狱看你。”

突然，“哇”的一声，杨某跪倒在地，痛哭流涕，表示愿意自首。

不料，在回城路上，杨某几度情绪失控，李时洪不得不停车安抚。原本 20 分钟的路程，走了 2 个小时。将杨某交给警方后，李时洪突然放声大哭。

没人问他原因，也许问不出答案。泪水中裹挟的情感，只有李时洪自己才能体味。

李时洪因此得到“虎胆英雄”之誉，但有人说风凉话：“李时洪就是爱表现，为了当官命都不要。”

李时洪说：“我只是凭着党性、良心在做事。”

是啊，如果是爱表现，谁会屡次冒着生命危险冲锋在前呢？如果说这是爱表现，那也是表现出一名人民调解员对法律的敬畏、对公正的追求、对生命的尊重。

人们还记得那一次。2014 年农历正月初八，在新余市区一家医院接受治疗的朱姓老人病情恶化，抢救无效死亡。死者的两名家属一怒之下，将主治医生绑至乡下。医生的家人得知后，叫来 40 余名亲友集结在医院，准备强行救人。

一场群体性械斗一触即发。李时洪闻讯赶到医院，稳住人群，然后孤身进村。经过与死者家属一个多小时的调解，他把主治医生解救出来。

可两名绑人者逃走了。后来，李时洪得知两人藏在一个旧矿山，又冒着危险只身前往，最后成功规劝两人投案自首。

四

2011 年，初到新余市医调委，李时洪和他的团队干得并不顺畅：怎样规范医调流程？如何介入医患双方矛盾纠纷？政府在期待，院方有疑惑，患者不信任……这些都是摆在李时洪面前的难题。

一件调解案，让李时洪有了自己的心得：调解纠纷，不能有丝毫私心贪念，这样才会让医患双方信服、信任。

2012 年 1 月，农民张冰花脖子上长了个包块，来到市内一家医院就诊，院方诊断为“甲状腺癌”。手术后，经切片会诊为“亚急性甲状腺炎，伴局部滤泡上皮增生”。

这次误诊，导致张冰花免疫力下降。她要求医院赔偿 2 万元，遭到拒绝。患者情绪激动，院方冷漠以对，李时洪想方设法与双方沟通，引导他们通过医疗鉴定解决纠纷。可张冰花不干，她说：“这调解员指不定向着谁，鉴定后就怕 2 万元都赔不到。”

经过多次做工作，张冰花总算同意了。经医学会鉴定，这属于二级丙等医疗事故，院方承担主要责任。依据鉴定结果，张冰花获得 15.8 万元赔偿。

张冰花做梦都没想到是这样的结果。一天，她怀着感激之情，来到李时洪的办公室，塞给他 5 万块钱，转身便走。

“不行不行，这个违反原则。”李时洪连忙追出去，将钱如数退还。纯朴的张冰花感动得不知说啥好。

李时洪给同事们鼓劲：“没有私心贪念，依法依规，公平公正，多大的纠纷都能调解，多难解的心结都能打开。”

对陈虹那起案子，李时洪直言永生难忘。对于陈虹来说，也不啻为一次“重生”。那年春节，她走进李时洪办公室，送上 2 万元红包，满脸真诚。

李时洪问她："你送过父母这么大的红包吗？"陈虹摇摇头。"你父母都没收过你这么大红包，我怎么能收呢？"陈虹羞愧地低下头。

那次孤身进村，规劝杨某投案自首后，根据悬赏公告，警方奖励他 2 万元。他拒绝了："规劝犯罪嫌疑人自首，是司法行政人员应尽的责任！这钱我不能要。"

人们知道了，李时洪诚心待人，用情办案，看淡名利，不贪钱财。

面对这样一位传奇式的人民调解员，我们忍不住问："你认为自己最大的性格特点是什么？"

"坚毅。"他想了想，干脆地回答。

是啊，部队的淬炼、父母的教诲、38 年司法行政工作的历练，成就了李时洪坚毅的性格。

是坚毅，让他从事医疗纠纷调解 11 年，有 6 个春节在医院度过，2 个春节在殡仪馆度过。

是坚毅，让他能够无惧危险的挑战，更能抵挡物质的诱惑。十几年来，退回多少财物，他记不清了。但 324 面艳红的锦旗，他记在心里。这是用金钱买不来的社会和群众的口碑。

2021 年底，"新时代江西十大法治人物"组委会写给李时洪的颁奖词为："你淬炼法律之剑，解百姓之困；你锚定法治坐标，让阳光照进现实；你坚守法律底线，护佑一方平安，让人民信仰法治之光。"

（注：文中所涉纠纷当事人均为化名）

（作者：胡光华　邹宇波）

深山邮路

——记乡村邮递员吴文清

不畏酷暑寒冬的吴文清，奔波在崎岖的乡村邮路上，为孤寡老人代购生活用品，为村里的学生捎带衣服，为村民运送货物……做一件好事并不难，难的是一辈子坚持做好事。他先后被授予“全国优秀农民工”“中国好人”等荣誉称号。

一条深山邮路，两代人的接力……在宜丰县双峰林场，乡村邮递员吴文清沿着父亲的足迹，30年行走在深山的邮路上。

——题记

一

2020年3月，宜丰县邮政分公司陆续收到多封寄自双峰林场的感谢信。

为山民带货的吴文清 （邹海斌 摄）

“疫情肆虐，我们都出不了门，多亏了吴文清……”“请领导一定要好好表扬这样的好同志……”这些感谢信是纯朴的山里人对双峰邮政所邮递员吴文清的真挚谢意。

“吴文清，双峰？”宜春市邮政分公司运管部经理邓群辉看到宜丰分公司转来的感谢信，想起一个人——

30多年前，双峰邮政所出了个全国邮政系统的先进典型——邮递员吴能丰。如今，山区群众交口称赞的这位邮递员也姓吴，双峰人，会不会与吴能丰有关系？

这年夏天，在宜丰县双峰林场，邓群辉见到了吴文清：高高的个子，为人憨厚，一打听，果然是吴能丰的儿子。

让邓群辉惊讶的是，眼前的吴文清，已在双峰的深山邮路上走了28年。

遗憾的是，吴能丰早些年已离世。吴能丰1968年就在双峰邮政所工作，是十里八乡有名的“铁脚板”，30多年行走在大山里，为山区百姓投递报刊邮件。

乡村邮递员的工作是清苦的，也是孤独的。吴文清“子承父业”，多少有一些无奈。

1993 年 3 月，双峰邮政所一名邮递员突发脑溢血去世。“我父亲需要一个帮手，又找不到人，就让我来做临时工。”那时，吴文清 18 岁。

背起十几斤重的邮包，翻山越岭，渴了喝山泉水，累了靠在石头上小憩……吴文清跟着父亲，踏着山路，去给乡亲们送邮件，脚起泡了，长茧子了。

“这份工作太苦了，而且工资低，娶妻生子、养家糊口都很成问题。”吴文清几次想辞职。

“去开货车或者做竹子生意，收入都会比当邮递员强。”吴文清当时似乎打定了主意。父亲劝了他几次，县邮政分公司领导也找他谈心。最终，他还是不忍心让父亲独自受这份苦，留了下来。大山里的邮路，总得有人走；乡亲们的邮件，总得有人送！

2000 年，吴能丰因病提前办理退休，告别了坚守 32 年的邮递员岗位，把自己的邮包交给了儿子。寡言的父亲没有一句叮嘱，吴文清却感觉到了一份沉甸甸的责任。

从此，吴文清独自挑起了双峰邮政所收发报刊、投递邮件的重担，一年又一年，不曾停下脚步。

“谢谢”“你真好”“你真像你父亲”……在邮路上听到这样的话语，吴文清似乎明白了父亲的坚持，明白了父亲代自己做的选择。

二

这是大山里一处很小的邮政所，只有吴文清一名邮递员。

初冬的双峰，邮递业务多了起来。这天傍晚，从县城来的班车抵达双峰。车门打开，吴文清上了车，取到报刊邮件后，又搬下一个大编织袋。大编织袋里装着各种包裹，吴文清把它扛进所里，放在地上，蹲下身子分拣。蹲得久了，脚麻了，起身时，他只能用一只手撑着地面，缓缓地站起来。

双峰学校张婷老师前来邮政所取快递，是一箱脐橙。签单后，张婷试着问道："能帮我送一下吗？""好的，等下我来送。"吴文清答道。

这时，双峰学校的刘莹老师拿来一袋冬笋，要寄给在广州的父母。吴文清找来一个编织袋换装："冬笋装在塑料袋里，很容易坏。"

忙完手中的活，吴文清把一箱脐橙扛在肩上，帮张婷送到了双峰学校。

回到邮政所，他又走进报刊分拣室，双手麻利地分拣各类报刊，口中念念有词。因为怕记混，他养成了边拣边念的习惯，时刻提醒自己别出错。

晚饭前，他要去双峰林场、学校、居委会、医院送报刊，七点半才能回家吃晚饭。第二天，他要去各村送报刊包裹，那是真正的深山邮路。

双峰的邮路，有多远？

吴文清承担了双峰 13 个村和邻乡 1 个偏远村的邮件投递工作，邮路长 127 公里。因为缺人手，吴文清只能隔日走一条线路，每周分 3 次走完全程。粗略计算，吴文清 30 年走过的邮路可绕地球 12 圈多。

双峰的邮路，有多难走？

长年累月奔走在深山邮路上，吴文清的同伴只有邮车和山风。"最难的是冰雪天，别说骑摩托车，走路都会摔跤。"大雪封山的时候，吴文清走邮路要带着砍刀，一路砍掉倒在路上的毛竹，才能过得去。

有一年冰雪灾害，吴文清去严湖村送报刊，走了10里山路，花了近2个小时。“走得脚都肿了，第二天早上上厕所，蹲不下去。”吴文清说，“我特别佩服我父亲，他是真正的‘铁脚板’。”

有一次道路被淹，摩托车过不去。吴文清只好扛着邮包，赤脚蹚过20多米宽的河，请对面的朋友骑摩托车来接，带他一起去送报刊包裹，送完后又把他送回河边。

深山邮路，意外无时不在。吴文清骑摩托车多次摔跤，屡屡受伤。可邮路不能断，他只能吃“大药丸”，让自己尽快恢复。“一天两粒，真是太难吃了。”吴文清直摇头。

翻山越岭送邮件，吴文清患腰椎间盘突出，膝关节有风湿，经常疼得受不了。妻子张龙英心疼丈夫，问来一个土方子，用烧酒炒谷子，敷在丈夫的腰上缓解疼痛。

双峰是山区，地广人稀，包裹投递难度很大。“因为投递成本太高，民营的快递公司都不愿做，只有我们邮政坚守，乡亲们也需要邮政。”吴文清说。

30年漫漫邮路，吴文清不知道走坏了多少双鞋，骑坏了一辆又一辆自行车，先后报废了5辆摩托车。他在大山里投递了无数的报刊包裹，从来没有出过错，没有遗失过一份邮件。

在孤独的邮路上，每当看到乡亲们热情的笑脸，吴文清都感到幸福。

三

庚子年的新冠肺炎疫情，让双峰山区神经紧绷，道路封了，村子封了。可吴文清的邮车没停，哪怕再危险，也不能断了连着山里山外的邮路。

“文清，我们好多天没出去了，可以帮忙捎带一些大米进来吗？”“我家的盐和酱油快用完了，请帮忙带些进来”……不能出门，生活物资怎么办？村民们想到了吴文清。

吴文清向双峰林场领导报告。领导非常感动，叮嘱他注意安全。“疫情这么危险，别人都不敢出门，你冒着风险去投递报刊包裹，还要帮人家采购、捎带生活物资。”妻子不理解。

张龙英担心丈夫的安全，埋怨他“拿命在跑邮路”。埋怨归埋怨，丈夫每次出门送邮件时，她总是细心地帮他准备好口罩，嘱咐他早点回家。

“那段宅家抗疫的日子，我的电话特别多。”先是几户人家请他买米买油，后来请他帮忙的人越来越多，几块豆腐、几斤猪肉、几袋木炭……他帮忙代购的“品种”也越来越多。

四

年复一年奔忙在深山邮路上，吴文清投递的邮件在不断变化，他注意到了时代带给山乡的变迁。

在大山深处，青壮年大多出去了，留守的只有老人了。重重大山阻隔，老人们出门不便，于是连接山里山外的吴文清就不只是他们的信使，更是他们与山外联系的纽带。

“老人们需要买点什么就会给我打电话，油、菜、肉、豆腐、洗衣粉、菜种子等，我买好了就顺道给他们送过去。”吴文清说，“父亲从前也是这样做的，挑二三十斤重的报刊邮件走几十里的山路，还

吴文清在深山送报刊 （邹海斌 摄）

经常帮乡亲们带些盐、面条，帮读书的孩子捎腌菜、挑被子、送行李……”

“在送报刊的路上，遇到老人插豆角杆，公爹都会过去帮一把，有时还会帮村民挑大粪……”在张龙英印象中，公爹吴能丰是一个特别善良的人。“文清和他爸爸一样，心地好，吃得苦，爱帮忙。”说这话的时候，这位中年女子的眼睛里满是深情。

说话间，吴文清接到一个电话，小槽村张月娥说家里养的鸡快断粮了，请他帮忙买几十斤谷糠。他赶紧给加工厂打电话，约好去买谷糠。这时，一位老人送来了 20 个鸡蛋，请吴文清捎给他的女儿。老人的女儿住在龙袍村上槽组……在双峰，吴文清哪天要走哪条邮路，乡亲们都很清楚。

要送的报刊包裹装好车后，吴文清开着邮车，前往集镇的超市。他随身带着一本本子，里面详细记录着乡亲们“预订”的物资。他在超市一一采购好，贴好标价，送到村里，乡亲们再付钱给他。

…………

翻过一道道山梁，绕过一道道弯，吴文清开着邮车来到了李家村。停好邮车，送好报刊，他便一手夹着 3 板豆腐，一手提着 1 副猪大肠，走进了残疾人杨枧生家。

杨枧生腿有残疾，行动不便。吴文清每次去李家村，都会帮他带一些东西，4 天前就给他送来了 4 袋木炭。

吴文清显然是杨枧生家的熟客。杨枧生拄着拐杖，坐在竹椅上，热情地和吴文清说着话。吴文清走进厨房，找来砧板和菜刀，把豆腐铺在砧板上，用菜刀切好，放进脸盆里。杨枧生付过钱，连声道谢。

山里的老人多，需求也多。吴文清每天要接 100 多个电话，不单是要帮忙买东西，还要帮忙卖东西。“有的要买兔子，有的要卖兔子，有一个残疾人要买小鸭子养，明天要我带几只小鸭子过去。”

吴文清开着邮车继续往前走。来到严湖村，村里人一看到吴文清的邮车进村，马上围上来。一个村民取到自己预订的一块猪肉，超市的标价是 25.28 元。吴文清说：“你拿 25 块就行了，不好找零钱。”

“乡亲们都请吴文清帮忙带东西，吴文清不仅没赚大家一分钱，还常常把零头抹掉。长年累月，往里面贴了不少钱呢。”69 岁的郑东生说。

“文清一天到晚在忙大家的事，家里的事却顾不上。我理解他，可有时候也免不了吵架。”几年前，张龙英在县城的制衣厂打工，晚上六点半才能回到家，小儿子在上幼儿园。放学后，迟迟不见吴文清去接，老师只好把孩子放在邮政所门口，由隔壁邻居照看。

原来，当天傍晚，附近村庄的一个小孩被毒蛇咬了，吴文清赶紧把孩子送去万载抢救，来不及去幼儿园接孩子。次日凌晨 2 点，他从万载回到了双峰，倒头就睡。

张龙英气不打一处来，跟丈夫吵了一架。“吵归吵，我还是理解他，没有什么比救命更重要。”

“山里人纯朴，你帮他们做了一点好事，他们会记得你、敬重你。这些年，文清在这条邮路上结了好多‘亲’，乡亲们杀年猪，都会打电话请他去吃杀猪饭，还老是把自己种的菜送给我们……”在张龙英心里，丈夫是她的骄傲。

五

蜿蜒的山路，潺潺的流水，起伏的山峦。寂静的林海里，一间老屋，一位老人，一条黑狗……在双木村二组，70多岁的独居老人陈腾林站在门口，期盼着吴文清的到来。

吴文清停好邮车，提着代购的猪肉、酱油和大米，来到了陈腾林家。黑狗不停地摇着尾巴，很是热情。

两天前，吴文清去双木村送报刊，给陈腾林捎去一些东西。陈腾林身上的钱用完了，又不方便下山，就把存折和身份证给了吴文清，请他帮忙去银行取2000块钱。

吴文清是银行的老客户了，经常帮一些行动不便的老人取款，都是爱心跑腿，无偿帮忙。“老人们还委托我代领养老金，把存折和密码都给我，很相信我。”

2020年8月，吴文清去李家村送邮件，路过76岁的华秋生家。华秋生拄着拐杖，来到邮车旁。

“文清，骆家槽的杨木生你认识吗？”华秋生试着问道。杨木生是他的表哥，算来有80多岁了。

“认识。”吴文清答道。

“想请你帮我带个话，向他问个好。”华秋生和表哥从小在一起长大，自从姑妈去世后，就再也没有了表哥的音讯，也不知道是否健在。

两天后，吴文清去骆家槽投递报刊包裹时，登门看望杨木生。20多年没了联系，杨木生收到表弟托吴文清捎来的问候，非常激动，又委托他捎话，向表弟问好。

“有一位老人找到我，说他的一个老朋友生病了，想请我代他去看望，问个好。”很快，吴文清把问候和礼金捎到。几天后，生病的老人又委托吴文清把酒、饮料带回去，感谢老朋友的关心。

在偏远山区，老人大多不会用智能手机，不会存手机号，阻隔了亲友间的来往。吴文清经常碰到这样的情况，总是耐心地教老人使用手机。有些老人听力不好，接打不了电话，都找吴文清帮忙捎话，传递一份亲情牵挂。

从投递报刊包裹，到捎带各种东西，再到捎话传递亲情……吴文清的深山邮路，连接着一份邮政人特别的爱。

2021年，吴文清先后获得“全国优秀农民工”“中国好人”等荣誉称号。

一条邮路，一名邮递员，那是双峰最美的风景，最动人的旋律。吴文清相信，只要自己还在坚守，大山村落就会多一点活力，山里老人就会多一点幸福。

（作者：邹海斌）

初心如磐

——记全国优秀共产党员姚石玉

姚石玉把信访群众当家人，把群众之事当家事，用心用情为群众排忧解难。他创新性地搭建“百姓说事”平台，牵头出台《关于深入推进让群众“最多访一次”的实施细则》，成立姚石玉调处工作室，有效化解了一批信访积案。他先后被授予“全国优秀共产党员”、全国“最美信访干部”等称号。

“你不能骂他，他是真正为我们老百姓办实事的好人……”

2022 年 4 月 19 日上午，在江西省景德镇市委信访局接访大厅，前来上访的昌江区居民余先生因为误会，一怒之下就对着前来接访的姚石玉吼了一嗓子，结果立即被周边 5 名上访者齐声制止。

5 名上访者眼里的好人姚石玉，是景德镇市委信访局副局长（原珠山区委信访局局长），曾先后获得“全国优秀共产党员”、全国“最美信访干部”等荣誉称号。从事信访工作 30 年来，姚石玉对群众一往情深，始终把信访群众当家人，把群众之事当家事，千方百计为群众排忧解难。2014 年，姚石玉还创新性地搭建“百姓说事”平台，在党委政府与人民群众之间架起桥梁，解决群众反映的各类民生问题 2.8 万余件。

时间的车轮滚滚向前，但它带不走如磐的初心。身材瘦削的姚石玉，如今已满头白发。信访群众说，他的苍苍白发里，藏着的都是党和政府与人民群众之间的真情故事……

一

“为了我们 6 个老人的养老保险，他操碎了心。我们都能感觉到，他对我们的那一份真心、真情。”在景德镇市珠山区的刘宝珠等老人眼里，满头白发的姚石玉，是真正把群众放在心坎上的好干部。

“企业改制把我们的饭碗改没了，最后把我们的养老待遇也给改没了……”2012 年，是姚石玉担任景德镇市珠山区委信访局局长的第三年。当年 3 月的一天，第一次走进姚石玉的办公室，脾气火暴的刘宝珠扯着嗓门，点名骂起了相关干部。一见刘宝珠这架势，姚石玉起身默默听了一会儿，再拿起热水瓶倒了一杯水，笑眯眯地端到刘宝珠手中：“大姐，先坐下来喝口水、消消气，有什么委屈和困难，都详细跟我说说，看我能帮到你不？”

心里有委屈的刘宝珠，是珠山区发改委下属短运公司下岗职工。数年前，短运公司进行企业改制，将资产变卖后，为 200 多名职工购买养老保险。但令人意外的是，因企业管理松散再加上联系不畅等种种原因，刘宝珠等 6 名下岗职工没有被列入购买养老保险名单。甚至在企业改制结束后，刘宝珠等 6 人的人事档案都“不翼而飞”。“没有人事档案，又要求补办养老保险”，面对刘宝珠等人的信访诉求，姚石玉额头上的抬头纹又紧紧皱到了一起。

事情究竟应从哪儿着手？后来，经过多方打听，姚石玉得知，短运公司的一名原人事管理人员，曾私自将一批公司职工人事档案带回了家中。然而，令人气愤的是，当得知消息的刘宝珠等人兴冲冲地找上门，准备取回人事档案时，对方却要求他们支付一定的保管费。在多次交涉无果后，刘宝珠等人又找到了姚石玉。姚石玉立即联系协调区纪检等部门，直接上门找那人谈话。结果，纪检部门起到了强大的震慑作用，顺利帮刘宝珠等人取回了人事档案。

有了人事档案，意味着刘宝珠等人离“养老梦”近了一大步。然而，新的难题又接踵而至。短运公司资产早已全部变卖，公司也早已停止运转，购买养老保险需要全额自费，这让刚看到一线曙光的刘宝珠等人，心情瞬间跌落到了谷底。刘宝珠等人应缴养老保险费 3.85 万元，就算东挪西借了 1 万多元钱，也远远不够。家庭生活本就困难的刘宝珠等人，陷入了一筹莫展的境地。

“当时，我们都以为，这辈子只能老无所养了，情绪十分低落。没想到，姚局长竟然还一直惦记着我们。”2012 年 7 月，一个星光璀璨的晚上，处理完当天最后一起信访案的姚石玉，拎起白天买好的两箱牛奶，爬了 40 多分钟弯弯绕绕的山路，来到了刘宝珠家走访。这一趟走访，让姚石玉感触良多。用砖木搭建的房子四处漏风，用石头和木板搭起的床分外扎眼，饭桌上没有一道荤菜……看见刘宝珠一家人的真实生活状况，姚石玉鼻子有些发酸。临走时，他斩钉截铁地说了一句话：“大姐，不放弃，我们一起来想想办法。”

“领导，他们实在太困难了，真的十分需要我们帮助，什么时候我陪您一起去看看。”“钱从我们信访口出，有责任我来承担，拜托各兄弟单位多多支持。”走访完刘宝珠等 6 家人后，姚石玉组织专业团队对相关政策和法规进行综合研判，拿出了一个处理方案：预借刘宝珠等6人每人24148元信访帮扶资金，用于补交养老保险费，6人在正式享受养老保险待遇后，每月将实发退休金的20%用于归还借款。2013年3月，珠山区集中处理信访突出问题及群体性事件联席会议办公室召开会议，正式通过了姚石玉提出的处理方案。刘宝珠等人当月就拿到了第一笔养老金。

2013年至今，已将近10年，但飞逝的时光淹没不了人间至善至美的真情。从2013年开始，刘宝珠等6名老人，每年都要找个借口前去珠山区政府看看姚石玉，和姚石玉唠上一会儿嗑。2022年，已年过六旬的刘宝珠又准备前去找姚石玉报个喜，因为就在当月，她还清了当初的全部借款。如今已住上了拆迁安置新房的刘宝珠说："现在的生活，我觉得有尊严、有盼头，这一次，我要和姚局长好好唠一唠咱共产党的好。"

二

"面对事关群众切身利益的疑难复杂信访案件，他充满了智慧，有的是韧劲。"在珠山区基层干部丁志龙的眼里，善于攻坚克难的姚石玉是景德镇信访系统的一面旗帜。

成立于1990年的景德镇普天科技有限公司（原景德镇普天通信设备厂）受市场环境等诸多因素影响，生产经营每况愈下，于2015年关停生产并拉开了股权改革序幕。当年5月，该公司全部员工中，有400余人依规解除劳动合同，但仍有47名下岗员工一直未与公司解除劳动合同。多年来，景德镇普天科技有限公司一直为这47名员工缴纳基本养老保险及医疗保险。

2020年，景德镇普天科技有限公司着手对厂房等固定资产进行

姚石玉（左一）上门了解情况 （孙凌超 摄）

处置，由此引发了与这 47 名员工的矛盾。由于权利纷争双方始终无法达成一致意见，47 名员工开始通过网络平台，分批连续向国家信访局反映，并提出了希望公司支付拖欠多年的待岗工资等利益诉求。当年 4 月，姚石玉与丁志龙等珠山区干部受上级委派，正式处理这起信访案。

“我们是央企，我们的问题，哪里是你们一个区级信访局能够处理得了的？”“你们与公司是‘穿一条裤子’的，是来帮公司‘擦屁股’的，我们信不过你们。”刚开始，这些人就对姚石玉与丁志龙等人表达了强烈不信任。因为信息不对称且对法律法规不熟悉，这 47 名员工提出了各种各样的利益诉求，甚至有人提出：公司资产变现了上亿元，至少应该分几十万元给员工个人。信访人的利益诉求众多，有的明显不合法理，再加上不信任、不配合的态度，丁志龙当时认为，这几乎是一个不可能完成的任务。

破冰之旅就从一个叫周金泉的退伍老兵开始。数年前，周金泉曾因一起信访案与姚石玉相识。姚石玉公平公正的处事态度，给周金泉留下了良好印象，双方也因此结下了一份不错的情谊。一个偶然的机会，姚石玉得知，47 名员工中的周鑫就是周金泉的儿子。这让姚石玉觉得，仿佛找到了一个打破僵局的突破口。丁志龙记得，那是 2020 年 5 月的一个夜晚，他与姚石玉买了一个西瓜和两箱牛奶，拎着就跑到了周金泉家。周金泉与姚石玉老哥俩好久不见，一见面就有唠不完的嗑。唠着唠着，周金泉、周鑫父子俩最后都表示，理解并支持姚石玉的工作。后来，在珠山区干部与这些员工之间，周金泉与周鑫帮忙架起了一座沟通的桥梁，这些员工也开始慢慢配合姚石玉等珠山区干部的工作，对他们给予了初步的信任。

“吴师傅好！您今晚能来一下街道么？我们去厂区门口接您也行。”眼见形势有利，姚石玉趁热打铁，频频约见 47 名员工。可 47 名员工基本都在外工作或创业，白天几乎都没有时间。于是，姚石玉等人便经常利用晚上的时间，守在珠山区新厂街道，等着与员工们见面。三四个月后，见面多了、碰撞多了，有不少员工与姚石玉越来越熟，也越来越认可姚石玉这位真性情的信访局局长。他们开始成为可以敞开心扉、深入交流问题的朋友。

“来来来，老游，看下这份文件，你们要求公司支付待岗工资的诉求是完全站不住脚的，你得带头多支持老哥的工作。我再告诉你一件事，只要你们提出的诉求合理合法，哪怕只是一分钱，我都会全力帮你们去争取。”数月时间，40 多次面对面沟通对话，姚石玉总是不失时机地讲政策、讲法律，慢慢引导 47 名员工放弃了不合理的诉求。同时，他也收集整理了员工们的合理诉求，并赴南昌等地为部分职工解决了工龄认定等难题。

2020 年 12 月，在与景德镇普天科技有限公司进行十多轮沟通后，珠山区委信访局等部门单位及法律团队联合拿出了处理方案。47 名员工中，9 人解除与景德镇普天科技有限公司的劳动关系，由相关方按不低于现标准缴纳基本养老保险、医疗保险费用（包括单位及个人应缴部分），直至职工符合办理退休、领取养老保险金的条件。另有 38 人按照改制时解除劳动合同的办法，一次性领取到公司支付的经济补偿金。一起疑难复杂的信访案，就此画上了圆满的句号。

“无论何时何地，作为一名信访干部，一定要懂得运用‘真诚、真心、真情’这个‘三真’工作法，听群众心声、近群众生活、赢群众信任，这样群众才会理解你，最终支持你为民服务解难题。”姚石玉在事后与丁志龙等人一起总结经验时如是说。

三

“他始终心系群众，胸怀大局。面对错综复杂的信访形势，他不惧流言蜚语，敢于创新、敢于亮剑。”在曾经一起奋斗的同事张子仂的眼里，对党忠诚、敢于担当的姚石玉，是值得他学习的好榜样。

珠山区作为景德镇市的中心城区，多年来，群众习惯去区里市里反映问题，反而不去街道或社区，结果既不利于基层干群关系和谐，也不利于问题及时妥善处理。究竟该如何创新工作方式，提高为民服务水平，最大限度地将矛盾化解在基层？2014 年，在学习总结“枫桥经验”后，姚石玉牵头，创新性地搭建了各级对口负责、党政主要领导负总责的“百姓说事”平台，给群众提供一个交心谈心、化解纠纷的地方。

后来，针对部分干部对群众反映的热点、难点问题责任心不强、拖延推诿的现象，姚石玉又牵头出台《关于深入推进让群众“最多访一次”的实施细则》。实施细则明确规定，对未按规定时间办结的信访件，责任单位要向区信访工作联席会议书面说明延期理由，由区委信访局分管领导牵头现场督查、跟踪推进、限期办结。对办理不力、拖延推诿的，将视情况对责任人进行约谈、通报批评，直至给予相应党纪政纪处分。结果，一批干部被诫勉谈话、通报批评，有的甚至被降级使用。

姚石玉（中）在耐心听取群众的诉求 （孙凌超 摄）

“领导，姚石玉现在拉大旗，作虎皮，老是偷偷借用你的名义来办事”“领导，信访局的权力过大，姚石玉现在膨胀了，老是喜欢拿着萝卜大棒吓唬人”……被批评、处理的干部多了，有段时间，找区委主要领导告状的人也开始多了起来。但是，珠山区委主要领导给予了姚石玉充分的支持与信任。

“这么多年来，他没找我要过官，没找我办过事，没开口请过我吃饭。但是，姚石玉对领导和同事真诚，对组织真心，对人民群众满怀真情……”在一次全区干部大会上，珠山区委主要领导将姚石玉称为“三不”干部，并给予了高度评价。尽管当时姚石玉不在现场，但听说此事后，他还是非常感动。他说：“如果我每天看领导和同僚的脸色行事，可能我就不需要多看群众的脸色做事；如果我老是花心思在领导身上，那就花不了多少心思在群众身上。事物都是相对的，甘蔗没有两头甜，人的精力也是有限的。”

群众利益无小事，一枝一叶总关情。姚石玉付出的心血和精力没有白费。“百姓说事”平台的搭建运行，让珠山区各级干部多了一份“民情档案”，老百姓多了一点盼头，各级领导多了一份牵挂，全区上下多了一份和谐安宁。如今，该区信访局、派出所和10个街道（镇）都建起了“百姓说事”中心，将每月10日、25日作为乡镇街道的“百姓说事日”，由街道（镇）党委、政府一把手牵头，邀请区挂点领导和有关职能部门负责人参与“百姓说事”活动，让群众和领导面对面，全面为群众打开倾诉之门。数据显示，从2014年成立至今，已有5.3万余人参与“百姓说事”，为群众解决问题2.8万多个，将党和政府的温暖第一时间送到群众的心坎上。同时，该区还通过“百姓说事”平台，将党的路线方针政策，以生动的形式传递到成千上万的群众中间。

四

“他不贪财、很仗义，看见我们生活困苦，他就会心里难受，总想着多为我们做些什么。”在珠山区居民张迎春（化名）等人眼里，清清白白而又甘于无私付出的姚石玉，是能够与群众心贴心的亲人。

“老弟老弟，现在给你报告个好消息，你大侄子读博毕业后，去了上海的证券公司上班，还找了个研究生毕业的媳妇。我现在在家太悠闲了，要不也去你的个人信访工作室做个志愿者？”阳春三月，曾经的上访户张迎春的一个电话，让姚石玉感觉心情舒畅。

十多年前，双腿落下残疾的张迎春，母亲和丈夫都身患重病，家庭生活贫困，儿子读书有时都交不起学费。后来，张迎春家位于珠山区浙江路的房屋面临拆迁，但又因拆迁条件与有关单位始终谈不拢。感觉到生活无望的张迎春，甚至动起了轻生的念头。2011年，张迎春因上访与姚石玉相识。得知张迎春一家人的状况后，姚石玉首先帮张迎春丈夫就医争取到民政救济。同时，根据张迎春的个人意见，姚石玉反复与有关单位沟通，就张迎春家的房屋拆迁，依法依规拿出了多套处理方案，顺利解决了困扰张迎春已久的难题，让张迎春一家人看到了生活的希望。

"大姐，我是肯定不会收你钱的。作为一个党员干部，不能有吃拿卡要的行为。你不是一直希望有一个弟弟吗？以后，你把我当作自己的亲弟弟就好了。"2012 年 9 月的一天，拿到了全部拆迁补偿款的张迎春，兴高采烈地来到姚石玉的办公室，掏出一个装了 2 万元现金的牛皮大信封，硬要往姚石玉手里塞。姚石玉费了九牛二虎之力，才说服张迎春将信封收了回去。在送张迎春出门前，姚石玉说了一句情真意切的话："姐，你的问题现在解决了，家里的生活会越来越好。但你要感谢的不是我，我个人哪有那么大的权力帮你解决问题，你要相信党、感谢党、跟党走。"

在景德镇市，像张迎春一样将姚石玉当成亲人的还有许多人。2014 年 8 月，刚刚高中毕业的段志诚（化名），面临着人生的一次重要选择。段志诚是单亲家庭孩子，母亲又患有重病。拿到大学录取通知书后，高昂的学费令母子俩愁眉不展。无奈之下，段志诚来到了珠山区委信访局求助。在详细了解段志诚的情况后，姚石玉当即决定为段志诚开通帮扶"绿色通道"。此后，姚石玉还带着营养品，赶往段志诚家中看望其母亲，并鼓励段志诚迎难而上、刻苦求学。段志诚求学四年，姚石玉坚持帮扶了母子俩四年。早已学有所成的段志诚感慨："姚叔叔给予了我亲人般的温暖，从他身上，我获得了许多正能量，让我也成了一个爱心满满的人。"

你把群众放在心上，群众就会将你记在心里。2022 年 4 月 23 日清早，80 岁的罗爱珍老人一起床就拿起手机给姚石玉发送了一张问候早安的动态美图。曾经接受过姚石玉帮助的罗爱珍，每天坚持通过这种方式，表达她对姚石玉的感谢、祝福与牵挂。而像罗爱珍老人一样，每天通过微信给姚石玉送上祝福的困难群众至少还有5名，有的甚至已坚持三四年时间。

“姚局长看起来铁骨铮铮，其实，一看到困难群众受苦，他的心就会变得特别柔软。”张子仂介绍，多年来，除了在工作中千方百计为群众排忧解难之外，家庭本就不富裕的姚石玉还拿出部分工资和奖金，给近百名困难学子、困难群众送过温暖，许多群众也因此将他牢牢记在了心里。

“通过这段时间的深入采访，我们发现，忠诚、担当、敬业、奉献等关键词，几乎都能从您身上找到很好的注解。最后，我们想再问一个广大读者都很关心的问题——‘钢铁，究竟是怎样炼成的？’”曾经有记者在采访时这样问姚石玉。

“我出生在著名的‘中国红茶之乡’——景德镇市浮梁县的农村。因为家里贫困，作为长子，我早早就挑起了家里的重担。记忆中，奶奶对我的影响最大。她是一名老党员，经常给我讲述革命先辈、模范人物故事，让我自小就有了一颗爱党报国的心。”姚石玉回应，“曾经吃过的苦，让我对困难群众的经历，真的能够感同身受。而深入骨髓的红色基因和党的多年培养教育，更是让我时刻不敢忘记一名共产党员肩上的责任。”

“把人民放在心中最高位置，以实际行动践行党的初心使命，我是执着的，也是幸福的！”姚石玉最后说。

（作者：王景萍）

后　记

2021年2月25日，习近平总书记在全国脱贫攻坚总结表彰大会上宣告中国“完成了消除绝对贫困的艰巨任务，创造了又一个彪炳史册的人间奇迹”。7月1日，在庆祝中国共产党成立100周年大会上，他又庄严宣告中国“实现了第一个百年奋斗目标，在中华大地上全面建成了小康社会，历史性地解决了绝对贫困问题”。

千年梦想，今朝梦圆。全面建成小康社会，坚定地迈出了实现中华民族伟大复兴中国梦的关键一步，具有伟大历史意义。为多维度、多视角记录和展现这一伟大历程，总结好伟大成就，阐释好其中蕴含的实践经验、理论创新和制度优势，保存好历史档案，在中共中央宣传部领导下，由中宣部新闻局牵头指导，人民出版社统筹协调，各省（区、市）和新疆生产建设兵团党委宣传部负责，各地方人民出版社具体承担，推出“纪录小康工程”大型丛书。

为贯彻落实中央的决策部署，中共江西省委、江西省人民政府高度重视丛书江西卷（5册）的编写工作。省委常委、宣传部部长庄兆林具体指导，常务副部长郭建晖、副部长傅云具体部署，新闻处、出版印刷发行处具体负责，对江西卷（5册）的编写出版工作给予了大力支持和有力指导，对各册内容进行了审定。

《全面建成小康社会江西奋斗者》是“纪录小康工程”大型丛书

江西卷（5 册）中的一册，由江西日报社牵头，省社联、省委党史研究室、省乡村振兴局为成员单位。江西日报社社长黄万林精心组织策划，要求政教部牵头成立工作专班，具体负责编写工作。社委会成员张天清、衷淑英、桂榕、李旭、练蒙蒙、朱彦积极推动书稿落实工作。白文松、刘善庆、刘建生等专家对本书提出了宝贵意见。朱力、傅晓波、陈化先负责全书图文统筹联络收集工作。省委宣传部、省社联、省委党史研究室、省乡村振兴局等部门和单位对本书编写提供了大力支持，江西人民出版社张德意、梁菁、余晖、李月华等承担了本书编辑出版的有关工作，在此一并表示诚挚的谢意！

江西始终牢记习近平总书记视察江西的殷殷嘱托，坚持解放思想、开拓进取，最终胜利实现与全国同步全面建成小康社会。充分展示全面建成小康社会的江西成就，科学总结其中蕴含的江西经验，将助推江西“作示范、勇争先”，奋力书写全面建设社会主义现代化江西的精彩华章。70 多年江西小康社会建设史波澜壮阔、时间跨度大，在本书编写过程中，我们虽然查阅了大量资料，精心撰写，几易其稿，但限于时间、水平和资料等，书中难免存在疏漏，敬请读者朋友不吝指正。

本书编写组

2022 年 6 月 9 日